The ICS Ancient Chinese Texts Concordance Series

Philosophical works No.27 · Philosophical works No.28

先秦兩漢古籍逐字索引叢刊

子部第二十七種 · 子部第二十八種

六韜逐字索引

鬻子逐字索引

CONCORDANCE TO THE

LIU TAO

YUZI

CUHK ICS THE ANCIENT CHINESE TEXTS CONCORDANCE SERIES

Philosophical works No. 27		Philosophical works No. 28
A Concordance to the Liutao		**A Concordance to the Yuzi**

Series editors:	D.C. Lau Chen Fong Ching	D.C. Lau Chen Fong Ching
Publication editor:	Chan Man Hung	Chan Man Hung
Executive editor:	Ho Che Wah	Ho Che Wah

Publisher: THE COMMERCIAL PRESS (HONG KONG) LTD.
Kiu Ying Building, 2D Finnie St.,
Quarry Bay, Hong Kong.

Printer: ELEGANCE PRINTING & BOOK BINDING CO., LTD.
Block B1 4/F., Hoi Bun Industrial Building,
6 Wing Yip St., Kwun Tong, Kln.

Edition/Impression: 1st Edition / 1st Impression February 1997
© 1997 by The Commercial Press (H.K.) Ltd.

ISBN 962 07 4325 3

Printed in Hong Kong

香港中文大學中國文化研究所
先秦兩漢古籍逐字索引叢刊

子部第二十七種	子部第二十八種
六韜逐字索引	鬻子逐字索引

叢刊主編：劉殿爵　陳方正		劉殿爵　陳方正
出版策劃：陳萬雄		陳萬雄
執行編輯：何志華		何志華

出 版 者：商務印書館（香港）有限公司
　　　　　香港鰂魚涌芬尼街2號D僑英大廈
印 刷 者：美雅印刷製本有限公司
　　　　　九龍官塘榮業街6號海濱工業大廈4樓B1室
版　　次：1997年2月第1版第1次印刷
　　　　　© 1997 商務印書館（香港）有限公司
ISBN 962 07 4325 3

Printed in Hong Kong

香港中文大學中國文化研究所

The Chinese University of Hong Kong
Institute of Chinese Studies

The ICS Ancient Chinese Texts Concordance Series
Philosophical works No.27 · Philosophical works No.28

先秦兩漢古籍逐字索引叢刊

子部第二十七種 · 子部第二十八種

六韜逐字索引
鬻子逐字索引

CONCORDANCE TO THE
LIU TAO
LYU ZI

商務印書館
The Commercial Press

香港中文大學中國文化研究所
先秦兩漢古籍逐字索引叢刊

叢刊主編：劉殿爵　　　陳方正
計劃主任：何志華
顧　　問：張雙慶　　　黃坤堯　　　朱國藩
版本顧問：沈　津
程式統籌：何玉成
系統主任：何國杰
程式顧問：梁光漢
研究助理：陳麗珠
程式助理：梁偉明
資料處理：黃祿添　　　洪瑞強

本《逐字索引》乃據「先秦兩漢一切傳世文獻電腦化資料庫」編纂而成，而資料庫之建立，有賴香港大學及理工撥款委員會資助，謹此致謝。

CUHK.ICS.
The Ancient Chinese Texts Concordance Series

SERIES EDITORS	D.C. Lau	Chen Fong Ching	
PROJECT DIRECTOR	Ho Che Wah		
CONSULTANTS	Chang Song Hing	Wong Kuan Io	Chu Kwok Fan
TEXT CONSULTANT	Shum Chun		
COMPUTER PROJECT MANAGER	Ho Yuk Shing		
COMPUTER PROJECT OFFICER	Ho Kwok Kit		
PROGRAMMING CONSULTANT	Leung Kwong Han		
RESEARCH ASSISTANT	Uppathamchat Nimitra		
PROGRAMMING ASSISTANT	Leung Wai Ming		
DATA PROCESSING	Wong Luk Tim	Hung Sui Keung	

THIS CONCORDANCE IS COMPILED FROM THE ANCIENT CHINESE TEXTS DATABASE, WHICH IS ESTABLISHED WITH A RESEARCH AWARD FROM THE UNIVERSITY AND POLYTECHNIC GRANTS COMMITTEE OF HONG KONG, FOR WHICH WE WISH TO ACKNOWLEDGE OUR GRATITUDE.

子部：二十七
六韜逐字索引

執行編輯 ： 何志華
研究助理 ： 陳麗珠
校　　對 ： 何志華　　陳麗珠

系統設計 ： 何國杰
程式助理 ： 梁偉明

Philosophical works No. 27
A Concordance to the Liutao

EXECUTIVE EDITOR   Ho Che Wah
RESEARCH ASSISTANT   Uppathamchat Nimitra
PROOF-READERS   Ho Che Wah   Uppathamchat Nimitra

SYSTEM DESIGN   Ho Kwok Kit
PROGRAMMING ASSISTANT   Leung Wai Ming

子部：二十八
鬻子逐字索引

執行編輯 ： 何志華
研究助理 ： 陳麗珠
校　　對 ： 何志華　　陳麗珠

系統設計 ： 何國杰
程式助理 ： 梁偉明

Philosophical works No. 28
A Concordance to the Yuzi

EXECUTIVE EDITOR   Ho Che Wah
RESEARCH ASSISTANT   Uppathamchat Nimitra
PROOF-READERS   Ho Che Wah   Uppathamchat Nimitra

SYSTEM DESIGN   Ho Kwok Kit
PROGRAMMING ASSISTANT   Leung Wai Ming

主編者簡介

劉殿爵教授（Prof. D. C. Lau）早歲肄業於香港大學中文系，嗣赴蘇格蘭格拉斯哥大學攻讀西洋哲學，畢業後執教於倫敦大學達二十八年之久，一九七八年應邀回港出任香港中文大學中文系講座教授。劉教授於一九八九年榮休，隨即出任中國文化研究所榮譽教授至今。劉教授興趣在哲學及語言學，以準確嚴謹的態度翻譯古代典籍，其中《論語》、《孟子》、《老子》三書之英譯，已成海外研究中國哲學必讀之書。

陳方正博士（Dr. Chen Fong Ching），一九六二年哈佛（Harvard）大學物理學學士，一九六四年拔蘭（Brandeis）大學理學碩士，一九六六年獲理學博士，隨後執教於香港中文大學物理系，一九八六年任中國文化研究所所長至今。陳博士一九九零年創辦學術文化雙月刊《二十一世紀》，致力探討中國文化之建設。

執行編輯簡介

何志華博士（Dr. Ho Che Wah），一九八六年香港中文大學中國語言及文學系文學士，一九八八年哲學碩士，一九九五年哲學博士；自一九八九年起，出任香港中文大學中國文化研究所古文獻資料庫研究計劃主任及執行編輯，現任中國語言及文學系助理教授；何博士興趣在古籍校讎學，已發表之著作包括有關《淮南子》、《呂氏春秋》、《戰國策》三書高誘《注》之論文多篇。

總　　目

(二) 鬻子逐字索引

出 版 說 明

　　一九八八年，香港中文大學中國文化研究所獲香港「大學及理工撥款委員會」撥款資助，並得香港中文大學電算機服務中心提供技術支援，建立「漢及以前全部傳世文獻電腦化資料庫」，決定以三年時間，將漢及以前全部傳世文獻共約八百萬字輸入電腦。資料庫建立後，將陸續編印《香港中文大學中國文化研究所先秦兩漢古籍逐字索引叢刊》，以便利語言學、文學，及古史學之研究。

　　《香港中文大學先秦兩漢古籍逐字索引叢刊》之編輯工作，將分兩階段進行，首階段先行處理未有「逐字索引」之古籍，至於已有「逐字索引」者，將於次一階段重新編輯出版，以求達致更高之準確度，與及提供更為詳審之異文校勘紀錄。

　　「逐字索引」作為學術研究工具書，對治學幫助極大。西方出版界、學術界均極重視索引之編輯工作，早於十三世紀，聖丘休（Hugh of St. Cher）已編成《拉丁文聖經通檢》。

　　我國蔡耀堂（ 廷幹 ）於民國十一年(1922)編刊《老解老》一書，以武英殿聚珍版《道德經》全文為底本，先正文，後逐字索引，以原書之每字為目，下列所有出現該字之句子，並標出句子所出現之章次，此種表示原句位置之方法，雖未詳細至表示原句之頁次 、行次，然已具備逐字索引之功能。《老解老》 一書為非賣品，今日坊間已不常見，然而蔡氏草創引得之編纂，其功實不可泯滅。 我國大規模編輯引得， 須至一九三零年，美國資助之哈佛燕京學社引得編纂處之成立然後開始。此引得編纂處，由洪業先生主持，費時多年，為中國六十多種傳統文獻，編輯引得，功績斐然。然而漢學資料卷帙浩繁，未編成引得之古籍仍遠較已編成者為多。本計劃希望能利用今日科技之先進產品 —— 電腦，重新整理古代傳世文獻；利用電腦程式，將先秦兩漢近八百萬字傳世文獻，悉數編為「逐字索引」。俾使學者能據以掌握文獻資料，進行更高層次及更具創意之研究工作。

　　一九三二年，洪業先生著《引得說》，以「引得」對譯 Index，音義兼顧，巧妙工整。Index 原意謂「指點」，引伸而為一種學術工具，日本人譯為「索引」。而洪先生又將西方另一種逐字索引之學術工具　Concordance　譯為「堪靠燈」。Index　與 Concordance 截然不同；前者所重視者乃原書之意義名物，只收重要之字、詞，不收虛字及連繫詞等，故用處有限；後者則就文獻中所見之字，全部收納，大小不遺，故有助於文辭訓詁，語法句式之研究及字書之編纂。洪先生將選索性之 Index 譯作「引得」，將字字可索的　Concordance 譯作「堪靠燈」，足見卓識，然其後於一九三零年間，主持哈佛燕京學社編纂工作，所編成之大部分《引得》，反屬全索之「堪靠燈」，以致名實混淆，實為可惜。今為別於選索之引得(Index)，本計劃將全索之 Concordance 稱為「逐字索引」。

　　利用電腦編纂古籍逐字索引，本計劃經驗尚淺，是書倘有失誤之處，尚望學者方家不吝指正。

PREFACE

In 1988, the Institute of Chinese Studies of The Chinese University of Hong Kong put forward a proposal for the establishment of a computerized database of the entire body of extant Han and pre-Han traditional Chinese texts. This project received a grant from the UPGC and was given technical support by the Computer Services Centre of The Chinese University of Hong Kong. The project was to be completed in three years.

From such a database, a series of concordances to individual ancient Chinese texts will be compiled and published in printed form. Scholars whether they are interested in Chinese literature, history, philosophy, linguistics, or lexicography, will find in this series of concordances a valuable tool for their research.

The *ICS Ancient Chinese Texts Concordance Series* is planned in two stages. In the first stage, texts without existing concordances will be dealt with. In the second stage, texts with existing concordances will be redone with a view to greater accuracy and more adequate textual notes.

In the Western tradition, the concordance was looked upon as one of the most useful tools for research. As early as c. 1230, appeared the concordance to the *Vulgate*, compiled by Hugh of St. Cher.

In China, the first concordance to appear was *Laozi Laojielao* in the early nineteen twenties. Cai Yaotang who produced it was in all probability unaware of the Western tradition of concordances.

As the *Laojielao* was not for sale, it had probably a very limited circulation. However, Cai Yaotang's contribution to the compilation of concordances to Chinese texts should not go unmentioned.

The *Harvard-Yenching Sinological Concordance Series* was begun in the 1930s under the direction of Dr. William Hung. Unfortunately, work on this series was cut short by the Second World War. Although some sixty concordances were published, a far greater number of texts remains to be done. However, with the advent of the computer the establishment of a database of all extant ancient works become a distinct possibility. Once such a database is established, a series of concordances can be compiled to cover the entire field of ancient Chinese studies.

Back in 1932, William Hung in his *"What is Index ?"* used the term 引得 for "Index" in preference to the Japanese 索引, and the term 堪靠燈 for concordance. However, when he came to compile the *Harvard Yenching Sinological Concordance Series*, he abandoned the term 堪靠燈 and used the term 引得 for both index and concordance. This was unfortunate as this blurs the difference between a concordance and an index. The former, because of its exhaustive listing of the occurrence of every word, is a far more powerful tool for research than the latter. To underline this difference we decided to use 逐字索引 for concordance.

The *ICS Ancient Chinese Texts Concordance Series* is compiled from the computerized database. As we intend to extend our work to cover subsequent ages, any ideas and suggestions which may be of help to us in our future work are welcome.

The ICS Ancient Chinese Texts Concordance Series

Philosophical works No.27

先秦兩漢古籍逐字索引叢刊子部第二十七種

六韜逐字索引

A CONCORDANCE TO THE LIU TAO

目　　次

凡　　例

一．《六韜》正文：

1．本《逐字索引》所附正文據《四部叢刊》影常熟瞿氏鐵琴銅劍樓影宋鈔本。由於傳世刊本，均甚殘闕，今除別本、類書外，並據其他文獻所見之重文，加以校改。校改只供讀者參考，故不論在「正文」或在「逐字索引」，均加上校改符號，以便恢復底本原來面貌。

2．（　）表示刪字；〔　〕表示增字。除用以表示增刪字外，凡誤字之改正，例如 a 字改正爲 b 字，亦以（a）〔b〕方式表示。

例如：子樂〔得〕漁邪 1.1/1/14

表示《四部叢刊》本脫「得」字。讀者翻檢《增字、刪字、誤字改正說明表》，即知增字之依據爲《群書治要》卷子本卷31頁5。

例如：必無（憂）〔愛〕財 2.5/16/14

表示《四部叢刊》本作「憂」，乃誤字，今改正爲「愛」。讀者翻檢《增字、刪字、誤字改正說明表》，即知改字之依據爲《武經七書》本卷2頁14b。

3．本《逐字索引》據別本，及其他文獻對校原底本，或改正底本原文，或只標注異文。有關此等文獻之版本名稱，以及本《逐字索引》標注其出處之方法，均列《徵引書目》中。

4．本《逐字索引》所收之字一律劃一用正體，以昭和四十九年大修館書店發行之《大漢和辭典》，及一九八六至一九九零年湖北辭書出版社、四川辭書出版社出版之《漢語大字典》所收之正體爲準，遇有異體或譌體，一律代以正體。

例如：闇忽往來 3.1/17/16

《四部叢刊》本原作「闇忽徃來」，據《大漢和辭典》，「往」、「徃」乃異體字，音義無別，今代以正體「往」字。爲便讀者了解底本原貌，凡

異體之改正，均列《通用字表》中。

5．異文校勘主要依據朱墉輯《武經七書彙解》（一九八九年中州古籍出版社）、《群書治要》卷子本（鎌倉時代寫，清原教隆加點，金澤文庫舊藏，日本汲古書院）。

　5.1.異文紀錄欄

　　　a．凡正文文字右上方標有數碼者，表示當頁下端有注文。

　　　　　例如：人食其¹裸 1.1/2/2

　　　　　　　當頁注 1 注出「其」字有異文「於」，見《群書治要》卷子本卷31頁6。

　　　b．數碼前加 ˙˙，表示範圍。

　　　　　例如：免人˙之死˙⁴ 1.1/2/12

　　　　　　　當頁注 4 注出「死之」為「之死」二字之異文，見《群書治要》卷子本卷31頁6。

　　　c．異文多於一種者：加 A．B．C．以區別之。

　　　　　例如：故智者從之而不釋⁷ 3.9/25/11

　　　　　　　當頁注 7 下注出異文及出處：

　　　　　　　　A.失《武經七書彙解》卷七下頁三十一上總頁364 B.擇《群書治要》卷子本卷31頁46

　　　　　　　表示兩種不同異文分見不同文獻。

　5.2.校勘除選錄不同版本所見異文之外，亦選錄其他文獻、類書等引錄所見異文。

　5.3.凡據別本，及其他文獻所紀錄之異文，於標注異文後，均列明出處，包括書名、篇名、頁次，有關所據文獻之版本名稱，及標注其出處之方法，請參《徵引書目》。

二．逐字索引編排：

1．以單字爲綱，旁列該字在全文出現之頻數（書末另附《全書用字頻數表》〔附錄〕，按頻數次序列出全書單字），下按原文先後列明該字出現之全部例句，句中遇該字則代以「〇」號。

2．全部《逐字索引》按漢語拼音排列；一字多音者，只於最常用讀音下，列出全部例句，異讀請參《漢語拼音檢字表》。

3．每一例句後加上編號 a/b/c 表明於原文中位置，例如 1.1/2/3，「1.1」表示原文的篇章次、「2」表示頁次、「3」表示行次。

三．檢字表：

備有《漢語拼音檢字表》、《筆畫檢字表》兩種：

1．漢語拼音據《辭源》修訂本（一九七九年至一九八三年北京商務印書館）及《漢語大字典》。一字多音者，按不同讀音在音序中分別列出；例如「說」字有 shuō, shuì, yuè, tuō 四讀，分列四處。聲母、韻母相同之字，按陰平、陽平、上、去四聲先後排列。讀音未詳者，一律置於表末。

2．《逐字索引》中某字所出現之頁數，在《漢語拼音檢字表》中所列該字任一讀音下皆可檢得。

3．筆畫數目、部首歸類均據《康熙字典》。畫數相同之字，其先後次序依部首排列。

4．另附《威妥碼－漢語拼音對照表》，以方便使用威妥碼拼音之讀者。

Guide to the use of the Concordance

1. Text

1.1 The text printed with the concordance is based on the *Sibu congkan* (*SBCK*) edition. As all extant editions are marred by serious corruptions, besides other editions, parallel texts in other works have been used for collation purposes. As emendations of the text have been incorporated for the reference of the reader, care has been taken to have them clearly marked as such, both in the case of the full text as well as in the concordance, so that the original text can be recovered by ignoring the emendations.

1.2 Round brackets signify deletions while square brackets signify additions. This device is also used for emendations. An emendation of character a to character b is indicated by (a)〔b〕, e.g.,

子樂〔得〕漁邪 1.1/1/14

The character 得 missing in the *SBCK* edition, is added on the authority of the *Qunshuzhiyao* (Juanzi edition) chapter 31 (p.5).

必無（憂）〔愛〕財 2.5/16/14

The character 憂 in the *SBCK* edition has been emended to 愛 on the authority of *Wujing qishu* edition chapter 2 (p.14b).

A list of all additions, deletions and emendations is appended on p.26 where the authority for each is given.

1.3 Where the text has been emended on the authority of other editions or the parallel text found in other works, such emendations are either incorporated into the text or entered as footnotes. For explanations, the reader is referred to the Bibliography on p.25.

1.4 For all concordanced characters only the standard form is used. Variant or incorrect forms have been replaced by the standard forms as given in

Morohashi Tetsuji's *Dai Kan-Wa jiten*, (Tokyo: Taishūkan shōten, 1974), and the *Hanyu da zidian* (Hubei cishu chubanshe and Sichuan cishu chubanshe 1986-1990), e.g.,

闇忽往來 3.1/17/16

The *SBCK* edition has 徃 which, being a variant form, has been replaced by the standard form 往 as given in the *Dai Kan-Wa jiten*. A list of all variant forms that have been in this way replaced is appended on p.24.

1.5 The textual notes are mainly based on Zhu yong's *Wujing qishu huijie* (Zhongzhou guji chubanshe, 1989) and *Qunshuzhiyao*, Juanzi edition (Japan: Jigu shuyuan).

1.5.1.a A figure on the upper right hand corner of a character indicates that a collation note is to be found at the bottom of the page, e.g.,

人食其¹祿 1.1/2/2

the superscript ¹ refers to note 1 at the bottom of the page.

1.5.1.b A range marker ˙˙ is added to the figure superscribed to indicate the total number of characters affected, e.g.,

免人˙之死˙⁴ 1.1/2/12

The range marker indicates that note 4 covers the two characters 之死.

1.5.1.c Where there are more than one variant reading, these are indicated by A, B, C, e.g.,

故智者從之而不釋⁷ 3.9/25/11

Note 7 reads A.失《武經七書彙解》卷七下頁三十一上總頁364 B.擇《群書治要》卷子本卷31頁46, showing that for 釋 one edition reads 失, while another edition reads 擇.

1.5.2 Besides readings from other editions, readings from quotations found in encyclopaedias and other works are also included.

1.5.3 For further information on references to sources the reader is referred to Bibliography on p.25.

2. Concordance

2.1 In the entries the concordanced character is replaced by the ○ sign. The entries are arranged according to the order of appearance in the text. The frequency of appearance of the character concerned in the whole text is shown, and a list of all the concordanced characters in frequency order is appended. (Appendix)

2.2 The entries are listed according to Hanyupinyin. In the body of the concordance only the most common pronunciation of a character is listed under which all occurrences of the character are located.

2.3 Figures in three columns show the chapter, page and line in which the first character in the text cited appears, e.g., 1.1/2/3,

      1.1 denotes the chapter.
      2   denotes the page.
      3   denotes the line.

3. Index

A Stroke Index and an Index arranged according to Hanyupinyin are included.

3.1 The pronunciation given in the *Ciyuan* (The Commercial Press, Beijing, 1979-1983) and the *Hanyu da zidian* is used. Where a character has two or more pronunciations, it can be found under any of these in the Index. For example : 說 which has four pronunciations : shuō, shuì, yuè, tuō is to be found under any one of these four entries. Characters with the same pronunciation but different tones are listed according to tone order. Characters of which the pronunciation is unknown are relegated to the end of the Index.

3.2 In the body of the Concordance only the most common pronunciation of a character is listed, but in the Index all alternative pronunciations of the character are given.

3.3 In the stroke Index, characters with the same number of strokes appear under the radicals in the same order as given in the *Kangxi zidian*.

3.4 A correspondence table between the Hanyupinyin and the Wade-Giles systems is also provided.

漢 語 拼 音 檢 字 表

ài	**bān**	背 51	編(biān) 53	薄 54
陀(è) 70	盼(fén) 75	倍 51	辨 53	
隘 49		被 51	辯 53	**bò**
愛 49	**bǎn**	備 51	變 53	薄(bó) 54
	反(fǎn) 74	輩 51		
ān	阪 50		**biāo**	**bǔ**
安 49	板 50	**bēn**	杓(sháo) 130	卜 54
陰(yīn) 168		奔 51		補 54
闇(àn) 49	**bàn**		**biǎo**	
	半 50	**běn**	表 53	**bù**
àn	辨(biàn) 53	本 51		不 54
按 49			**bié**	布 56
闇 49	**bàng**	**bèn**	別 53	步 56
	並(bìng) 54	奔(bēn) 51		怖 57
āo	旁(páng) 114		**bīn**	部 57
坳 49	棓 50	**bǐ**	賓 53	
		比 51		**cái**
áo	**bāo**	卑(bēi) 51	**bìn**	才 57
嚻(xiāo) 157	枹(fú) 76	彼 51	賓(bīn) 53	材 57
		啚 51		財 57
ba	**bǎo**		**bīng**	
罷(bà) 49	保 50	**bì**	并(bìng) 54	**cān**
	堡 50	必 51	兵 53	參(shēn) 131
bā	飽 50	拂(fú) 76		
八 49	寶 50	服(fú) 76	**bǐng**	**cán**
		被(bèi) 51	柄 54	殘 57
bá	**bào**	畢 52		
拔 49	報 50	閉 52	**bìng**	**càn**
	暴 51	幣 52	并 54	參(shēn) 131
bà		壁 52	並 54	操(cāo) 57
杷(pá) 114	**bēi**	蔽 52	柄(bǐng) 54	
罷 49	波(bō) 54	避 52	病 54	**cāng**
	卑 51			倉 57
bái	背(bèi) 51	**biān**	**bō**	
白 49	悲 51	編 53	波 54	**cáng**
			發(fā) 73	藏 57
bǎi	**běi**	**biǎn**		
百 49	北 51	辨(biàn) 53	**bó**	**cāo**
			百(bǎi) 49	操 57
bài	**bèi**	**biàn**	博 54	
拜 50	北(běi) 51	便 53	搏 54	**cǎo**
敗 50	拔(bá) 49	徧 53	暴(bào) 51	草 57

cè		chē		chǐ		處（chǔ）	62	cōng	
側	57	車	58	尺	61			從（cóng）	63
測	57			斥（chì）	61	chuán		聰	63
策	57	chě		赤（chì）	61	傳	62		
		尺（chǐ）	61	侈	61	椽	62	cóng	
cēn				恥	61			從	63
參（shēn）	131	chè		移（yí）	164	chuāng		叢	64
		徹	59			創	63		
céng				chì		瘡	63	còu	
增（zēng）	179	chén		斥	61			族（zú）	193
		臣	59	赤	61	chuàng		湊	64
chā		沈	60	勑（lài）	101	倉（cāng）	57		
叉	57	辰	60	嘯（xiào）	157	創（chuāng）	63	cù	
捷（jié）	93	陳	60					取（qǔ）	122
鍤	58	湛（zhàn）	179	chōng		chuī		卒（zú）	193
		塵	60	衝	61	吹	63	促	64
chá						炊	63	數（shù）	138
鉏（chú）	62	chèn		chóng				縮（suō）	140
察	58	稱（chēng）	60	重（zhòng）	190	chuí		趣（qū）	122
						垂	63		
chái		chēng		chǒng		鎚	63	cuán	
柴	58	稱	60	龍（lóng）	106			鑽（zuān）	193
				寵	62	chuì			
chán		chéng				吹（chuī）	63	cuī	
漸（jiàn）	91	成	60	chóu				衰（shuāi）	138
鋋	58	承	60	疇	62	chūn			
讒	58	城	60			春	63	cuì	
		乘	61	chū				卒（zú）	193
chāng		誠	61	出	62	chǔn			
昌	58	徵（zhēng）	183			春（chūn）	63	cún	
倡	58	懲	61	chú				存	64
				助（zhù）	191	cī			
cháng		chèng		芻	62	柴（chái）	58	cùn	
長	58	稱（chēng）	60	除	62			寸	64
尚（shàng）	130			屠（tú）	144	cí			
常	58	chī		鉏	62	子（zǐ）	192	cuò	
		蚩	61	著（zhù）	191	茨	63	昔（xī）	154
chǎng		螭	61	鋤	62	慈	63		
敞	58	離（lí）	102	諸（zhū）	191	辭	63	dá	
								達	64
chàng		chí		chǔ		cǐ			
倡（chāng）	58	池	61	杵	62	此	63	dà	
唱	58	治（zhì）	189	處	62			大	64
暢	58	持	61	儲	62	cì			
		馳	61			次	63	dài	
chāo				chù		伺（sì）	139	大（dà）	64
超	58			畜	62	刺	63	代	65

殆	65	**dí**		**dòu**		**è**		**fāng**	
怠	65	杓(sháo)	130	投(tóu)	144	阨	70	方	74
待	65	敵	67	瀆(dú)	70	堊	70	**fáng**	
帶	65	適(shì)	136	鬬	69	惡	70	方(fāng)	74
戴	65	**dǐ**		**dū**		隘(ài)	49	**fēi**	
dān		砥	68	都	69	**ēn**		非	75
担(dǎn)	65	**dì**		督	69	恩	70	飛	75
湛(zhàn)	179	地	68	**dú**		**ér**		**fěi**	
dǎn		弟	69	頓(dùn)	70	而	70	非(fēi)	75
担	65	帝	69	獨	69	**ěr**		誹	75
dàn		**diàn**		瀆	70	耳	73	**fēn**	
啗	65	田(tián)	143	**dù**		餌	73	分	75
贍(shàn)	129	電	69	土(tǔ)	144			氛	75
dāng		殿	69	度	70	**èr**		紛	75
當	65	**diāo**		渡	70	二	73	**fén**	
dǎng		雕	69	塗(tú)	144	**fā**		枌	75
黨	66	**diǎo**		**duǎn**		發	73	幩	75
dàng		鳥(niǎo)	113	短	70	**fá**		**fèn**	
當(dāng)	65	**diào**		**duàn**		乏	73	分(fēn)	75
dāo		釣	69	斷	70	伐	73	憤	75
刀	66	調(tiáo)	143	**duī**		罰	73	奮	75
dǎo		**dié**		追(zhuī)	192	**fǎ**		**fēng**	
道(dào)	66	迭	69	**duì**		法	74	封	75
dào		涉(shè)	130	隊	70			風	75
陶(táo)	142	諜	69	對	70	**fān**		鋒	75
盜	66	**dìng**		銳(ruì)	127	反(fǎn)	74	豐	75
道	66	定	69	**dùn**		**fán**		酆	75
dé		**dōng**		鈍	70	凡	74	**fèng**	
得	66	冬	69	遁	70	煩	74	奉	76
德	67	東	69	頓	70	燔	74	風(fēng)	75
dēng		**dòng**		**duō**		繁	74	**fōu**	
登	67	動	69	多	70	**fǎn**		不(bù)	54
簦	67	**dǒu**		**duó**		反	74	**fǒu**	
děng		斗	69	度(dù)	70	返	74	不(bù)	54
等	67			奪	70	**fàn**		否	76
				鐸	70	反(fǎn)	74		
						犯	74		
						飯	74		

fū		gān		gōng		gù		guō	
不（bù）	54	干	78	工	79	告（gào）	78	郭	82
夫	76			弓	79	固	81	過（guò）	83
		gǎn		公	79	故	81		
fú		敢	78	功	79	錮	81	guó	
夫（fū）	76			共（gòng）	80	顧	81	國	82
伏	76	gāng		攻	79				
扶	76	坑（kēng）	100	肱	80	guǎ		guǒ	
拂	76	剛	78	恭	80	寡	81	果	83
服	76	綱	78	宮	80				
枹	76			躬	80	guài		guò	
浮	76	gāo				怪	81	過	83
符	76	咎（jiù）	96	gǒng					
鳧	77	皋	78	共（gòng）	80	guān		hǎi	
福	77	高	78			官	81	海	83
輻	77	橋（qiáo）	120	gòng		冠	81		
				共	80	關	81	hài	
fǔ		gǎo		恐（kǒng）	100	鰥	81	害	83
父（fù）	77	縞	78			觀	81	蓋（gài）	78
附（fù）	77			gōu				駭	83
斧	77	gào		勾	80	guǎn			
俯	77	告	78	鉤	80	管	82	hān	
輔	77			溝	80			歛（liǎn）	104
撫	77	gē				guàn			
		割	78	gǒu		冠（guān）	81	hán	
fù				苟	80	關（guān）	81	寒	83
父	77	gé				懽（huān）	86		
付	77	革	78	gòu		觀（guān）	81	háng	
伏（fú）	76			勾（gōu）	80			行（xíng）	158
阜	77	gě		彀	80	guāng			
附	77	合（hé）	84	講（jiǎng）	93	光	82	hàng	
服（fú）	76	蓋（gài）	78			潢（huáng）	87	行（xíng）	158
赴	77			gū					
負	77	gè		孤	80	guǎng		háo	
婦	77	各	78	家（jiā）	90	廣	82	皋（gāo）	78
副	77			皋（gāo）	78			號	83
報（bào）	50	gēn		辜	80	guī		豪	83
復	77	根	78			龜	82		
富	77			gǔ		歸	82	hǎo	
腹	77	gēng		古	80			好	83
賦	77	更	78	角（jué）	97	guǐ			
縛	77	耕	78	谷	80	鬼	82	hào	
覆	78	羹	79	股	80	詭	82	好（hǎo）	83
				苦（kǔ）	101			號（háo）	83
gài		gèng		鼓	80	guì			
蓋	78	更（gēng）	78	穀	80	貴	82	hē	
				蠱	81			何（hé）	84

苛(kē)	99	**hú**		**huàng**		資(zī)	192	際	90
		狐	86	潢(huáng)	87	齊(qí)	118	齊(qí)	118
hé		號(háo)	83			稽	88	稷	90
禾	83			**huī**		激	88	濟	90
合	84	**hǔ**		灰	87	積	88	騎(qí)	118
何	84	虎	86	麾	87	機	88		
和	84	許(xǔ)	159	徽	87	績	89	**jiā**	
河	84					擊	88	加	90
害(hài)	83	**huā**		**huǐ**		雞	89	俠(xiá)	154
涸	84	華(huá)	86	毀	87			家	90
蓋(gài)	78					**jí**		笳	90
闔	84	**huá**		**huì**		及	89		
		華	86	晦	87	即	89	**jiǎ**	
hè				彗	87	亟	89	甲	91
何(hé)	84	**huà**		惠	87	急	89	夏(xià)	155
和(hé)	84	化	86	會	87	革(gé)	78	暇(xià)	155
嗃	84	華(huá)	86	諱	87	疾	89		
壑	85			蕙	87	集	89	**jià**	
		huái		穢	87	棘	89	駕	91
hēi		懷	86	壞(huài)	86	楫	89		
黑	85					極	89	**jiān**	
		huài		**hūn**		蒺	89	姦	91
héng		壞	86	昏	87			兼	91
衡	85					**jǐ**		堅	91
橫	85	**huān**		**huó**		己	90	間	91
		懽	86	越(yuè)	176	紀(jì)	90	閒(xián)	155
hèng						戟	90	湛(zhàn)	179
橫(héng)	85	**huán**		**huǒ**		給	90	漸(jiàn)	91
		環	86	火	87	棘(jí)	89	艱	91
hóng		還	86			幾	90		
降(jiàng)	93			**huò**		濟(jì)	90	**jiǎn**	
		huǎn		或	87			前(qián)	119
hóu		緩	86	呼(hū)	86	**jì**		剪	91
侯	85			貨	87	吉	90	齊(qí)	118
		huàn		惑	87	伎	90	儉	91
hòu		幻	86	禍	88	技	90	險(xiǎn)	156
厚	85	患	86	獲	88	近(jìn)	94	簡	91
後	85			藿	88	其(qí)	115		
候	85	**huáng**				紀	90	**jiàn**	
		皇	86	**jī**		計	90	見	91
hū		黃	87	居(jū)	96	既	90	健	91
乎	86	潢	87	其(qí)	115	記	90	間(jiān)	91
忽	86			奇(qí)	117	寂	90	閒(xián)	155
呼	86	**huǎng**		迹	88	幾(jǐ)	90	漸	91
武(wǔ)	152	芒(máng)	108	飢	88	結(jié)	93	劍	92
惚	86	怳	87	幾(jǐ)	90	棘(jí)	89	賤	92
惡(è)	70	潢(huáng)	87	期(qī)	115	資(zī)	192	澗	92

kuā		**láng**		**lì**		劣	104	**lóu**	
華(huá)	86	蜋	101	力	102	裂	105	漏(lòu)	106
		羹(gēng)	79	立	103	獵	105	樓	106
kuài				吏	103				
快	101	**láo**		利	103	**lín**		**lòu**	
會(huì)	87	勞	101	笠	103	林	105	漏	106
				慄	103	鄰	105	鏤	106
kuāng		**lǎo**		厲	103	霖	105		
皇(huáng)	86	老	102	歷	103	臨	105	**lú**	
				曆	103			廬(lǘ)	107
kuáng		**lào**		勵	103	**lǐn**		鏤(lòu)	106
狂	101	勞(láo)	101	離(lí)	102	廩	105	轤	106
誑	101	絡(luò)	107	礪	103				
		樂(yuè)	176	糲	104	**lìn**		**lǔ**	
kuàng						臨(lín)	105	鹵	106
兄(xiōng)	159	**lè**		**lián**				虜	106
況	101	樂(yuè)	176	令(lìng)	105	**líng**		櫓	106
皇(huáng)	86			連	104	令(lìng)	105		
曠	101	**léi**		廉	104	陵	105	**lù**	
		累(lěi)	102	鎌	104	靈	105	六(liù)	105
kuí		雷	102					谷(gǔ)	80
揆	101	縲	102	**liǎn**		**lǐng**		角(jué)	97
		纍(lěi)	102	斂	104	領	105	鹿	106
kuì				殮	104			祿	106
潰	101	**lěi**				**lìng**		賂	106
歸(guī)	82	耒	102	**liàn**		令	105	路	106
		累	102	練	104	領(lǐng)	105	慮(lǜ)	107
kùn		纍	102					戮	106
困	101			**liáng**		**liú**		轆	106
		lèi		良	104	流	105		
kuò		累(lěi)	102	梁	104	留	105	**lǘ**	
會(huì)	87	纍(lěi)	102	樑	104	游(yóu)	170	閭	106
				糧	104				
lái		**lǐ**				**liǔ**		**lǚ**	
來(lài)	101	裏(lǐ)	102	**liǎng**		留(liú)	105	律	107
				良(liáng)	104			率(shuài)	138
lài		**lí**		兩	104	**liù**		慮	107
來	101	離	102			六	105	纍(lěi)	102
勑	101	藜	102	**liàng**					
厲(lì)	103			兩(liǎng)	104	**lóng**		**luàn**	
		lǐ				隆	106	亂	107
lán		里	102	**liáo**		龍	106		
闌	101	理	102	勞(láo)	101	籠	106	**lūn**	
		裏	102	遼	104			輪(lún)	107
lǎn		禮	102			**lǒng**			
覽	101			**liè**		龍(lóng)	106	**lún**	
攬	101			列	104	籠(lóng)	106	倫	107

輪	107	**méi**		**miǎo**		寞	110	**náo**	
論（lùn）	107	枚	108	妙（miào）	109	嘿	110	撓	112
		某（mǒu）	111	渺	109	默	111		
lùn						繆	111	**něi**	
論	107	**měi**		**miào**				餒（wěi）	149
		美	108	妙	109	**móu**			
luó				廟	109	謀	111	**nèi**	
羅	107	**mèi**						內	112
		昧	108	**miè**		**mǒu**			
luǒ				滅	109	某	111	**néng**	
果（guǒ）	83	**mén**						而（ér）	70
累（lěi）	102	門	108	**mín**		**mǔ**		能	112
				民	109	母	111		
luò		**méng**		緡	109	畝	111	**ní**	
絡	107	萌	108					泥	113
落	107	盟	108	**mǐn**		**mù**			
路（lù）	106	甍	108	昏（hūn）	87	木	111	**nǐ**	
樂（yuè）	176					目	111	泥（ní）	113
		měng		**míng**		沐	111	疑（yí）	164
lüè		猛	108	名	109	牧	111		
略	107			明	110	莫（mò）	110	**nì**	
掠	107	**mèng**		冥	110	墓	111	泥（ní）	113
		盟（méng）	108	盟（méng）	108	幕	111	逆	113
mǎ				鳴	110	暮	111	匿	113
馬	107	**mí**		瞑	110				
		迷	108	瞑	110	**ná**		**nián**	
màn		靡（mǐ）	108			南（nán）	112	年	113
曼	108			**mìng**				黏	113
幕（mù）	111	**mǐ**		命	110	**nà**			
慢	108	弭	108	瞑（míng）	110	內（nèi）	112	**niàn**	
		靡	108			納	111	念	113
máng				**miù**					
芒	108	**mì**		謬	110	**nǎi**		**niǎo**	
萌（méng）	108	祕	108			乃	111	鳥	113
龍（lóng）	106	密	108	**mó**					
				莫（mò）	110	**nài**		**niè**	
máo		**mián**		無（wú）	151	奈	112	泥（ní）	113
矛	108	瞑（míng）	110	靡（mǐ）	108	柰	112		
茅	108	緜	109			能（néng）	112	**níng**	
				mò				疑（yí）	164
mào		**miǎn**		末	110	**nán**		寧	113
冒	108	免	109	百（bǎi）	49	南	112		
冒	108	勉	109	沒	110	難	112	**nìng**	
茂	108			冒（mào）	108			佞	113
貌	108	**miàn**		冒（mào）	108	**nàn**		寧（níng）	113
		面	109	莫	110	難（nán）	112		
		瞑（míng）	110	幕（mù）	111				

拼音	字	頁
niú	牛	113
nóng	農	113
nòu	耨	113
nǔ	弩	113
nù	怒	114
nǚ	女	114
nǜ	女(nǚ)	114
nuó	難(nán)	112
nuò	懦	114
nüè	虐	114
ǒu	偶	114
pá	杷	114
pán	盤	114
	繁(fán)	74
pàn	反(fǎn)	74
	半(bàn)	50
páng	方(fāng)	74
	旁	114
péi	棓(bàng)	50
pèi	配	114
péng	朋	114
pěng	奉(fèng)	76
pī	被(bèi)	51
pí	比(bǐ)	51
	疲	114
	罷(bà)	49
	羆	114
	鼙	114
pǐ	否(fǒu)	76
pì	副(fù)	77
	闢	114
piān	偏	114
	徧(biàn)	53
pián	平(píng)	114
	便(biàn)	53
	徧(biàn)	53
	辯(biàn)	53
piàn	辨(biàn)	53
piē	薇(bì)	52
pín	貧	114
pǐn	品	114
píng	平	114
pō	朴(pò)	114
	鏺	114
pó	繁(fán)	74
pò	朴	114
	破	114
pōu	朴(pò)	114
póu	臼(jú)	96
	棓(bàng)	50
pǒu	附(fù)	77
	部(bù)	57
pū	朴(pò)	114
	鋪	114
pú	扶(fú)	76
pǔ	朴(pò)	114
pù	暴(bào)	51
	鋪(pū)	114
qī	七	114
	期	115
	欺	115
	棲	115
qí	伎(jì)	90
	其	115
	奇	117
	幾(jǐ)	90
	旗	117
	齊	118
	騎	118
qǐ	起	118
	豈	119
	啓	119
	幾(jǐ)	90
	棨	119
	綺	119
	稽(jī)	88
qì	亟(jí)	89
	氣	119
	棄	119
	器	119
qiān	千	119
	允(yǔn)	177
	牽	119
	遷	119
qián	前	119
	健(jiàn)	91
	漸(jiàn)	91
	潛	120
qiǎn	遣	120
qiàn	牽(qiān)	119
	塹	120
	壍	120
qiāng	將(jiāng)	92
qiáng	強	120
	彊	120
qiǎng	強(qiáng)	120
	彊(qiáng)	120
qiāo	橋(qiáo)	120
qiáo	橋	120
qiǎo	巧	120
qiào	削(xuē)	160
qiě	且	120
qiè	怯	121
	捷(jié)	93
qīn	侵	121
	親	121
qín	擒	121
qǐn	侵(qīn)	121
	寢	121
qìn	親(qīn)	121
qīng	青	121
	清	121
	傾	121
	輕	121

qíng		quán		rě		sà		shān	
情	121	全	122	若(ruò)	127	殺(shā)	128	山	129
請(qǐng)	121	泉	122					芟	129
		痊	123	rén		sài		扇(shàn)	129
qǐng		權	123	人	123	塞(sè)	128		
請	121			仁	125			shàn	
		quǎn		任(rèn)	126	sān		扇	129
qìng		犬	123	紝	125	三	127	善	129
請(qǐng)	121					參(shēn)	131	擅	129
		quàn		rěn				贍	129
qióng		勸	123	忍	125	sǎn			
窮	121					參(shēn)	131	shāng	
		quē		rèn		散(sàn)	128	商	129
qiū		缺	123	刃	125			傷	129
丘	122			任	126	sàn			
秋	122	què				散	128	shǎng	
龜(guī)	82	卻	123	rì				上(shàng)	130
		雀	123	日	126	sāng		賞	129
qiú		愨	123			桑	128		
仇	122	爵(jué)	97	róng		喪(sàng)	128	shàng	
囚	122			戎	126			上	130
求	122	qūn		容	126	sàng		尚	130
裘	122	逡(dùn)	70	榮	126	喪	128	賞(shǎng)	129
道	122								
		qún		róu		sào		shāo	
qū		群	123	柔	126	燥(zào)	177	燒	130
去(qù)	122								
曲	122	rán		ròu		sè		sháo	
取(qǔ)	122	然	123	肉	126	色	128	杓	130
趨	122					塞	128		
驅	122	ráng		rú		嗇	128	shǎo	
		壤(rǎng)	123	如	126			少	130
qú						shā			
渠	122	rǎng		rǔ		殺	128	shào	
鈎(gōu)	80	壤	123	女(nǔ)	114	煞	129	少(shǎo)	130
懼(jù)	97	讓(ràng)	123	汝	126			召(zhào)	180
衢	122					shá		削(xuē)	160
		ràng		rù		奢(shē)	130	詔(zhào)	180
qǔ		讓	123	入	126			燒(shāo)	130
曲(qū)	122			洳	127	shà			
取	122	rǎo				舍(shè)	130	shē	
		擾	123	ruì		煞(shā)	129	奢	130
qù		繞	123	銳	127				
去	122					shāi		shě	
趨(qū)	122	rào		ruò		殺(shā)	128	舍(shè)	130
		繞(rǎo)	123	若	127				
				弱	127				

shè			shí						shuì			suī		
社	130		十	133		授	137		說(shuō)	139		蓑(suō)	140	
舍	130		石	133		獸	137					雖	140	
拾(shí)	134		拾	134					shǔn					
涉	130		食	134		shū			楯	138		suí		
射	130		時	134		書	137					隨	140	
設	130		提(tí)	142		殊	137		shùn					
葉(yè)	163		實	134		倏	137		順	139		suì		
			識	134		淑	137					彗(huì)	87	
shēn						跾	137		shuō			術(shù)	138	
申	131		shǐ			踈	137		說	139		隊(duì)	70	
身	131		史	134		輸	137					遂	140	
伸	131		矢	134					shuò					
信(xìn)	158		使	134		shú			數(shù)	138		sūn		
參	131		始	134		孰	138					孫	140	
深	131		施(shī)	133		熟	138		sī					
									司	139		suō		
shén			shì			shǔ						蓑	140	
神	131		士	134		暑	138		sǐ			縮	140	
			氏	135		數(shù)	138		死	139				
shěn			世	135		屬	138					suǒ		
沈(chén)	60		示	135					sì			所	140	
審	131		舍(shè)	130		shù			四	139		索	141	
			事	135		束	138		司(sī)	139		鎖	141	
shèn			室	136		術	138		伺	139				
甚	131		恃	136		庶	138		似	139		tà		
慎	131		是	136		跾(shū)	137		食(shí)	134		達(dá)	64	
			視	136		踈(shū)	137		耜	139		濕(shī)	133	
shēng			試	136		豎	138							
生	132		勢	136		數	138		sǒng			tái		
勝(shèng)	132		飾	136		樹	138		從(cóng)	63		能(néng)	112	
聲	132		誓	136					縱(zòng)	192		臺	141	
			適	136		shuā								
shěng			澤(zé)	178		選(xuǎn)	160		sú			tài		
省(xǐng)	159		識(shí)	134					俗	139		大(dà)	64	
			釋	137		shuāi						太	141	
shèng						衰	138		sù			能(néng)	112	
乘(chéng)	61		shōu						夙	139		態	142	
勝	132		收	137		shuài			素	139				
聖	132					帥	138		速	140		tān		
			shǒu			率	138		粟	140		貪	142	
shī			手	137					肅	140				
失	132		守	137		shuí			數(shù)	138		tán		
施	133		首	137		誰	138					沈(chén)	60	
師	133								suàn			談	142	
濕	133		shòu			shuǐ			箅	140				
			受	137		水	138		選(xuǎn)	160				

tàn		**tīng**		**tuí**		**wàng**		**wěn**	
貪(tān)	142	聽	143	弟(dì)	69	王(wáng)	145	昧(mèi)	108
						妄	146		
táng		**tíng**		**tuì**		忘	146	**wèn**	
螳	142	廷	143	退	144	往(wǎng)	146	文(wén)	149
		亭	143	脫(tuō)	144	望	146	免(miǎn)	109
tǎng		庭	143					問	149
黨(dǎng)	66	霆	143	**tún**		**wēi**		聞(wén)	149
				屯(zhūn)	192	危	146		
tāo		**tìng**				委(wěi)	148	**wěng**	
挑(tiāo)	143	庭(tíng)	143	**tuō**		威	146	蓊	150
				託	144	畏(wèi)	148		
táo		**tōng**		脫	144	微	146	**wǒ**	
逃	142	通	143	說(shuō)	139			我	150
陶	142					**wéi**		果(guǒ)	83
		tóng		**tuó**		爲	146		
tè		同	144	池(chí)	61	唯	148	**wū**	
匿(nì)	113	重(zhòng)	190			僞(wěi)	148	汙	150
		銅	144	**wā**		圍	148	巫	150
tī				汙(wū)	150	違	148	於(yú)	172
梯	142	**tōu**				維	148	屋	150
		偷	144	**wài**				惡(è)	70
tí				外	144	**wěi**		嗚	150
折(zhé)	180	**tóu**				委	148		
提	142	投	144	**wān**		僞	148	**wú**	
				關(guān)	81	唯(wéi)	148	亡(wáng)	145
tì		**tū**				偉	148	无	151
弟(dì)	69	突	144	**wán**				吾	151
適(shì)	136			完	145	**wèi**		無	151
		tú		玩	145	未	148	鋙(yǔ)	173
tiān		徒	144			位	148		
天	142	啚(bǐ)	51	**wǎn**		味	148	**wǔ**	
		途	144	宛	145	畏	148	五	152
tián		屠	144			渭	148	伍	152
田	143	塗	144	**wàn**		慰	148	武	152
		圖	144	萬	145	謂	148	侮	153
tiāo						衛	149	務(wù)	153
挑	143	**tǔ**		**wáng**		遺(yí)	164		
		土	144	亡	145	餧	149	**wù**	
tiáo				王	145			勿	153
調	143	**tuán**				**wēn**		物	153
		專(zhuān)	191	**wǎng**		溫	149	掘(jué)	97
tiǎo				方(fāng)	74	輼	149	務	153
挑(tiāo)	143	**tuī**		王(wáng)	145			惡(è)	70
		推	144	往	146	**wén**		誤	154
tiě						文	149	騖	154
鐵	143					聞	149		

xī		xiǎn		xiào		xiōng		xuàn	
西	154	省(xǐng)	159	肖	157	凶	159	涓(juān)	97
昔	154	洗(xǐ)	154	孝	157	兄	159	旋(xuán)	160
息	154	險	156	校(jiào)	93	胸	159	選(xuǎn)	160
悉	154	鮮(xiān)	155	效	157				
喜(xǐ)	154	顯	156	嚇(hè)	84	xióng		xuē	
棲(qī)	115			嘯	157	雄	159	削	160
熙	154	xiàn						薛	160
谿	154	見(jiàn)	91	xié		xiū			
		限	156	邪	157	休	159	xué	
xí		陷	156	協	157	修	159	穴	160
習	154	鮮(xiān)	155			羞	159	學	160
檄	154			xiè					
襲	154	xiāng		泄	157	xiù		xuè	
		香	157	械	157	繡	159	決(jué)	97
xǐ		舡	157	解(jiě)	94				
洗	154	相	156	榭	157	xū		xún	
枲	154	鄉	157	懈	157	呼(hū)	86	旬	160
喜	154			豫(yù)	174	胥	159	尋	160
		xiáng				虛	159	循	160
xì		降(jiàng)	93	xīn		須	159	遁(dùn)	70
卻(què)	123	祥	157	心	157				
係	154			欣	158	xú		xùn	
氣(qì)	119	xiǎng		新	158	邪(xié)	157	迅	160
		鄉(xiāng)	157	親(qīn)	121	徐	159	孫(sūn)	140
xiá				薪	158			選(xuǎn)	160
甲(jiǎ)	91	xiàng				xǔ			
俠	154	向	157	xìn		休(xiū)	159	yá	
狹	154	相(xiāng)	156	信	158	許	159	牙	160
暇(xià)	155	鄉(xiāng)	157						
				xīng		xù		yà	
xià		xiāo		星	158	畜(chù)	62	御(yù)	174
下	154	肖(xiào)	157			婿	159		
夏	155	消	157	xíng		蓄	159	yān	
暇	155	嚇(hè)	84	行	158			身(shēn)	131
		囂	157	刑	158	xuān		殷(yīn)	168
xiān		驕(jiāo)	93	形	158	喧	159	焉	160
先	155	驍	157					煙	160
鮮	155			xǐng		xuán			
		xiáo		省	159	玄	159	yán	
xián		校(jiào)	93			旋	160	延	160
閒	155	絞(jiǎo)	93	xìng		滋	160	言	160
嫌	155			行(xíng)	158	還(huán)	86	炎	160
銜	155	xiǎo		姓	159			鋋(chán)	58
賢	156	小	157	倖	159	xuǎn		險(xiǎn)	156
						喧(xuān)	159	嚴	160
						選	160		

yǎn		野	163	移(yí)	164	yǐng		與(yǔ)	173
掩	160			異	167	影	169	踰	172
闇(àn)	49	yè		意	167			輿	172
		夜	163	義	167	yìng			
yàn		拽	163	毅	168	應(yīng)	169	yǔ	
炎(yán)	160	射(shè)	130	懌	168			予	173
驗	160	葉	163	澤(zé)	178	yǒng		羽	173
		業	163	翼	168	勇	169	雨	173
yāng				翳	168			禹	173
殃	160	yī		釋(shì)	137	yòng		與	173
		一	163	議	168	用	169	語	173
yáng		衣	164	翳	168			鋙	173
佯	160	依	164			yōu			
陽	160	意(yì)	167	yīn		憂	170	yù	
揚	161			因	168	優	170	玉	173
		yí		音	168	擾	170	谷(gǔ)	80
yǎng		圯	164	殷	168			或(huò)	87
仰	161	宜	164	陰	168	yóu		雨(yǔ)	173
養	161	怠(dài)	65	煙(yān)	160	尤	170	欲	174
		施(shī)	133			由	170	御	174
yāo		焉(yān)	160	yín		猶	170	馭	174
要	161	移	164	淫	168	游	170	愈	174
祅	161	疑	164	銀	168	遊	170	遇	174
		遺	164					與(yǔ)	173
yáo				yǐn		yǒu		語(yǔ)	173
陶(táo)	142	yǐ		引	168	又(yòu)	171	禦	174
堯	161	已	164	殷(yīn)	168	有	170	豫	174
猶(yóu)	170	以	164	飲	168			譽	174
搖	161	矣	167	隱	169	yòu			
僥	161	依(yī)	164			又	171	yuān	
踰(yú)	172			yìn		右	171	宛(wǎn)	145
		yì		陰(yīn)	168	有(yǒu)	170	淵	174
yǎo		刈	167	飲(yǐn)	168	誘	172		
要(yāo)	161	失(shī)	132	隱(yǐn)	169			yuán	
窈	161	衣(yī)	164			yū		垣	174
		亦	167	yīng		汙(wū)	150	圓	174
yào		役	167	英	169	迂	172	源	174
要(yāo)	161	邑	167	應	169			轅	174
樂(yuè)	176	杙	167	鷹	169	yú			
藥	161	易	167			予(yǔ)	173	yuǎn	
耀	161	泄(xiè)	157	yíng		邪(xié)	157	遠	174
		泆	167	盈	169	吾(wú)	151		
yé		迭(dié)	69	楹	169	於	172	yuàn	
邪(xié)	157	施(shī)	133	熒	169	娛	172	願	175
		食(shí)	134	營	169	魚	172		
yě		益	167			愚	172	yuē	
也	161	射(shè)	130			漁	172	曰	175

約	176	**zàng**		**zhǎng**		**zhēng**		置	189
		藏(cáng)	57	長(cháng)	58	正(zhèng)	183	職(zhí)	188
yuè				黨(dǎng)	66	政(zhèng)	183	織(zhī)	188
月	176	**zào**				爭	183	識(shí)	134
悅	176	燥	177	**zhàng**		徵	183	驚	189
越	176	譟	177	丈	180				
鉞	176			長(cháng)	58	**zhěng**		**zhōng**	
說(shuō)	139	**zé**		張(zhāng)	179	承(chéng)	60	中	189
樂	176	則	177	障	180	整	183	忠	190
		賊	178	鄣(zhāng)	180			衆(zhòng)	190
yūn		澤	178			**zhèng**		終	190
輼(wēn)	149	擇	179	**zhāo**		正	183		
				著(zhù)	191	政	183	**zhǒng**	
yún		**zè**				爭(zhēng)	183	冢	190
均(jūn)	98	側(cè)	57	**zhǎo**		靜(jìng)	95	踵	190
雲	176			爪	180				
		zēng				**zhī**		**zhòng**	
yǔn		憎	179	**zhào**		氏(shì)	135	中(zhōng)	189
允	177	增	179	召	180	之	183	重	190
				兆	180	枝	187	衆	190
yùn		**zhà**		詔	180	知	187		
均(jūn)	98	作(zuò)	194	照	180	智(zhì)	189	**zhōu**	
溫(wēn)	149	詐	179			織	188	舟	190
運	177			**zhē**				周	190
		zhāi		遮	180	**zhí**		調(tiáo)	143
zā		齊(qí)	118			直	188		
匝	177	齋	179	**zhé**		執	188	**zhóu**	
				折	180	埴	188	軸	191
zá		**zhài**		適(shì)	136	職	188		
雜	177	柴(chái)	58					**zhòu**	
				zhě		**zhǐ**		胄	191
zāi		**zhān**		者	180	止	188	晝	191
災	177	占	179			指	188		
哉	177			**zhēn**		砥(dǐ)	68	**zhū**	
		zhǎn		貞	182	視(shì)	136	朱	191
zǎi		展	179	珍	182	徵(zhēng)	183	珠	191
載(zài)	177	斬	179	振(zhèn)	182			誅	191
				眞	182	**zhì**		諸	191
zài		**zhàn**				伎(jì)	90		
再	177	占(zhān)	179	**zhěn**		至	188	**zhú**	
在	177	湛	179	振(zhèn)	182	志	189	逐	191
載	177	戰	179			治	189	軸(zhóu)	191
				zhèn		制	189		
zāng		**zhāng**		振	182	知(zhī)	187	**zhǔ**	
藏(cáng)	57	張	179	陣	182	致	189	主	191
		彰	180	陳(chén)	60	秩	189	屬(shǔ)	138
		鄣	180	震	182	智	189		

zhù		齋（zhāi）	179	zuàn	
助	191			鑽（zuān）	193
除（chú）	62	zǐ			
庶（shù）	138	子	192	zuì	
著	191			最	193
築	191	zì		罪	193
		自	192	醉	193
zhuān		字	192		
專	191	事（shì）	135	zūn	
		柴（chái）	58	尊	193
zhuǎn					
轉	191	zōng		zǔn	
		宗	192	尊（zūn）	193
zhuàn		從（cóng）	63		
傳（chuán）	62	縱（zòng）	192	zuō	
轉（zhuǎn）	191			作（zuò）	194
		zǒng			
zhuàng		從（cóng）	63	zuó	
壯	191	揔	192	作（zuò）	194
狀	192	縱（zòng）	192		
				zuǒ	
zhuī		zòng		左	194
追	192	從（cóng）	63	佐	194
		縱	192		
zhuì				zuò	
隊（duì）	70	zǒu		左（zuǒ）	194
贅	192	走	192	作	194
				坐	194
zhūn		zòu			
屯	192	族（zú）	193		
頓（dùn）	70				
		zū			
zhuō		諸（zhū）	191		
拙	192				
掘（jué）	97	zú			
		足	192		
zhuó		卒	193		
椓	192	族	193		
著（zhù）	191	鏃	193		
斲	192				
濁	192	zǔ			
		作（zuò）	194		
zī		阻	193		
次（cì）	63	祖	193		
資	192				
齊（qí）	118	zuān			
輜	192	鑽	193		

威 妥 碼 － 漢 語 拼 音 對 照 表

A										
a	a	ch'ing	qing		**F**	hui	hui	k'ou	kou	
ai	ai	chiu	jiu	fa	fa	hun	hun	ku	gu	
an	an	ch'iu	qiu	fan	fan	hung	hong	k'u	ku	
ang	ang	chiung	jiong	fang	fang	huo	huo	kua	gua	
ao	ao	ch'iung	qiong	fei	fei			k'ua	kua	
		cho	zhuo	fen	fen		**J**	kuai	guai	
C		ch'o	chuo	feng	feng	jan	ran	k'uai	kuai	
cha	zha	chou	zhou	fo	fo	jang	rang	kuan	guan	
ch'a	cha	ch'ou	chou	fou	fou	jao	rao	k'uan	kuan	
chai	zhai	chu	zhu	fu	fu	je	re	kuang	guang	
ch'ai	chai	ch'u	chu			jen	ren	k'uang	kuang	
chan	zhan	chua	zhua		**H**	jeng	reng	kuei	gui	
ch'an	chan	ch'ua	chua	ha	ha	jih	ri	k'uei	kui	
chang	zhang	chuai	zhuai	hai	hai	jo	ruo	kun	gun	
ch'ang	chang	ch'uai	chuai	han	han	jou	rou	k'un	kun	
chao	zhao	chuan	zhuan	hang	hang	ju	ru	kung	gong	
ch'ao	chao	ch'uan	chuan	hao	hao	juan	ruan	k'ung	kong	
che	zhe	chuang	zhuang	he	he	jui	rui	kuo	guo	
ch'e	che	ch'uang	chuang	hei	hei	jun	run	k'uo	kuo	
chei	zhei	chui	zhui	hen	hen	jung	rong			
chen	zhen	ch'ui	chui	heng	heng			**L**		
ch'en	chen	chun	zhun	ho	he		**K**	la	la	
cheng	zheng	ch'un	chun	hou	hou	ka	ga	lai	lai	
ch'eng	cheng	chung	zhong	hsi	xi	k'a	ka	lan	lan	
chi	ji	ch'ung	chong	hsia	xia	kai	gai	lang	lang	
ch'i	qi	chü	ju	hsiang	xiang	k'ai	kai	lao	lao	
chia	jia	ch'ü	qu	hsiao	xiao	kan	gan	le	le	
ch'ia	qia	chüan	juan	hsieh	xie	k'an	kan	lei	lei	
chiang	jiang	ch'üan	quan	hsien	xian	kang	gang	leng	leng	
ch'iang	qiang	chüeh	jue	hsin	xin	k'ang	kang	li	li	
chiao	jiao	ch'üeh	que	hsing	xing	kao	gao	lia	lia	
ch'iao	qiao	chün	jun	hsiu	xiu	k'ao	kao	liang	liang	
chieh	jie	ch'ün	qun	hsiung	xiong	ke	ge	liao	liao	
ch'ieh	qie			hsü	xu	k'e	ke	lieh	lie	
chien	jian	**E**		hsüan	xuan	kei	gei	lien	lian	
ch'ien	qian	e	e	hsüeh	xue	ken	gen	lin	lin	
chih	zhi	eh	ê	hsün	xun	k'en	ken	ling	ling	
ch'ih	chi	ei	ei	hu	hu	keng	geng	liu	liu	
chin	jin	en	en	hua	hua	k'eng	keng	lo	le	
ch'in	qin	eng	eng	huai	huai	ko	ge	lou	lou	
ching	jing	erh	er	huan	huan	k'o	ke	lu	lu	
				huang	huang	kou	gou	luan	luan	

lun	lun	nu	nu	sai	sai	t'e	te	tsung	zong
lung	long	nuan	nuan	san	san	teng	deng	ts'ung	cong
luo	luo	nung	nong	sang	sang	t'eng	teng	tu	du
lü	lü	nü	nü	sao	sao	ti	di	t'u	tu
lüeh	lüe	nüeh	nüe	se	se	t'i	ti	tuan	duan
				sen	sen	tiao	diao	t'uan	tuan
M		**O**		seng	seng	t'iao	tiao	tui	dui
ma	ma	o	o	sha	sha	tieh	die	t'ui	tui
mai	mai	ou	ou	shai	shai	t'ieh	tie	tun	dun
man	man			shan	shan	tien	dian	t'un	tun
mang	mang	**P**		shang	shang	t'ien	tian	tung	dong
mao	mao	pa	ba	shao	shao	ting	ding	t'ung	tong
me	me	p'a	pa	she	she	t'ing	ting	tzu	zi
mei	mei	pai	bai	shei	shei	tiu	diu	tz'u	ci
men	men	p'ai	pai	shen	shen	to	duo		
meng	meng	pan	ban	sheng	sheng	t'o	tuo	**W**	
mi	mi	p'an	pan	shih	shi	tou	dou	wa	wa
miao	miao	pang	bang	shou	shou	t'ou	tou	wai	wai
mieh	mie	p'ang	pang	shu	shu	tsa	za	wan	wan
mien	mian	pao	bao	shua	shua	ts'a	ca	wang	wang
min	min	p'ao	pao	shuai	shuai	tsai	zai	wei	wei
ming	ming	pei	bei	shuan	shuan	ts'ai	cai	wen	wen
miu	miu	p'ei	pei	shuang	shuang	tsan	zan	weng	weng
mo	mo	pen	ben	shui	shui	ts'an	can	wo	wo
mou	mou	p'en	pen	shun	shun	tsang	zang	wu	wu
mu	mu	peng	beng	shuo	shuo	ts'ang	cang		
		p'eng	peng	so	suo	tsao	zao	**Y**	
N		pi	bi	sou	sou	ts'ao	cao	ya	ya
na	na	p'i	pi	ssu	si	tse	ze	yang	yang
nai	nai	piao	biao	su	su	ts'e	ce	yao	yao
nan	nan	p'iao	piao	suan	suan	tsei	zei	yeh	ye
nang	nang	pieh	bie	sui	sui	tsen	zen	yen	yan
nao	nao	p'ieh	pie	sun	sun	ts'en	cen	yi	yi
ne	ne	pien	bian	sung	song	tseng	zeng	yin	yin
nei	nei	p'ien	pian			ts'eng	ceng	ying	ying
nen	nen	pin	bin	**T**		tso	zuo	yo	yo
neng	neng	p'in	pin	ta	da	ts'o	cuo	yu	you
ni	ni	ping	bing	t'a	ta	tsou	zou	yung	yong
niang	niang	p'ing	ping	tai	dai	ts'ou	cou	yü	yu
niao	niao	po	bo	t'ai	tai	tsu	zu	yüan	yuan
nieh	nie	p'o	po	tan	dan	ts'u	cu	yüeh	yue
nien	nian	p'ou	pou	t'an	tan	tsuan	zuan	yün	yun
nin	nin	pu	bu	tang	dang	ts'uan	cuan		
ning	ning	p'u	pu	t'ang	tang	tsui	zui		
niu	niu			tao	dao	ts'ui	cui		
no	nuo	**S**		t'ao	tao	tsun	zun		
nou	nou	sa	sa	te	de	ts'un	cun		

筆　畫　檢　字　表

一畫
一　一　163

二畫
一　七　114
丿　乃　111
乙　九　96
二　二　73
人　人　123
入　入　126
八　八　49
刀　刀　66
力　力　102
十　十　133
卜　卜　54
又　又　171

三畫
一　丈　180
　　下　154
　　上　130
　　三　127
丿　久　96
乙　也　161
亠　亡　145
几　凡　74
刀　刃　125
十　千　119
又　叉　57
口　口　101
土　土　144
士　士　134
大　大　64
女　女　114
子　子　192
寸　寸　64
小　小　157
山　山　129
工　工　79
己　己　90
　　已　164
干　干　78

弓　弓　79
手　才　57

四畫
一　不　54
丨　中　189
丿　之　183
亅　予　173
二　井　95
　　五　152
人　今　94
　　仁　125
　　仇　122
儿　允　177
入　內　112
八　六　105
　　公　79
凵　凶　159
刀　分　75
　　刈　167
勹　勾　80
　　勿　153
匕　化　86
又　反　74
　　及　89
大　夫　76
　　天　142
　　太　141
小　少　130
尢　尤　170
尸　尺　61
屮　屯　192
幺　幻　86
弓　引　168
心　心　157
手　手　137
文　文　149
斗　斗　69
斤　斤　94
方　方　74
无　无　151
日　日　126

日　日　175
月　月　176
木　木　111
止　止　188
比　比　51
氏　氏　135
水　水　138
火　火　87
爪　爪　180
父　父　77
牙　牙　160
牛　牛　113
犬　犬　123
玉　王　145

五畫
一　丘　122
　　世　135
　　且　120
、　主　191
丿　乏　73
　　乎　86
人　令　105
　　代　65
　　付　77
　　以　164
儿　兄　159
冫　冬　69
凵　出　62
力　功　79
　　加　90
匕　北　51
匚　匝　177
十　半　50
卜　占　179
厶　去　122
口　古　80
　　可　99
　　召　180
　　史　134
　　司　139
　　右　171

口　四　139
　　囚　122
夕　外　144
大　失　132
工　左　194
　　巧　120
巾　布　56
干　平　114
心　必　51
斤　斥　61
木　末　110
　　本　51
　　未　148
止　正　183
毋　母　111
氏　民　109
犬　犯　74
玄　玄　159
玉　玉　173
生　生　132
用　用　169
田　甲　91
　　由　170
　　田　143
　　申　131
白　白　49
目　目　111
矛　矛　108
矢　矢　134
石　石　133
示　示　135
禾　禾　83
穴　穴　160
立　立　103

六畫
亠　交　93
　　亦　167
人　伋　90
　　伏　76
　　伐　73
　　伍　152

　　任　126
　　休　159
　　仰　161
儿　光　82
　　先　155
　　兆　180
入　全　122
八　共　80
冂　再　177
刀　列　104
　　刑　158
力　劣　104
卩　危　146
口　吏　103
　　名　109
　　各　78
　　合　84
　　吉　90
　　同　144
　　向　157
囗　因　168
土　地　68
　　在　177
　　圾　164
夕　多　70
　　夙　139
女　好　83
　　如　126
　　妄　146
子　存　64
　　字　192
宀　安　49
　　守　137
干　井　54
　　年　113
戈　成　60
　　戎　126
攴　收　137
日　旬　160
曰　曲　122
月　有　170
木　朴　114

　　朱　191
欠　次　63
止　此　63
歹　死　139
水　江　92
　　池　61
　　汙　150
　　汝　126
火　灰　87
白　百　49
羽　羽　173
老　考　99
　　老　102
而　而　70
耒　耒　102
耳　耳　73
肉　肉　126
臣　臣　59
自　自　192
至　至　188
臼　臼　96
舟　舟　190
色　色　128
行　行　158
衣　衣　164
襾　西　154

七畫
人　何　84
　　佞　113
　　似　139
　　伸　131
　　位　148
　　作　194
　　伺　139
　　佐　194
儿　免　109
　　克　100
八　兵　53
刀　利　103
　　別　53
力　助　191

冂　即　89
口　吹　63
　　告　78
　　君　98
　　否　76
　　吾　151
囗　困　101
土　均　98
　　坑　100
　　坐　194
士　壯　191
女　妙　109
子　孝　157
宀　完　145
工　巫　150
廴　延　143
　　延　160
弓　弟　69
彡　形　158
彳　役　167
心　快　101
　　忍　125
　　忘　146
　　志　189
戈　戒　94
　　我　150
手　抗　99
　　技　90
　　扶　76
　　投　144
　　折　180
攴　攻　79
曰　更　78
木　材　57
　　杓　130
　　杕　167
　　束　138
止　步　56
水　沈　60
　　沐　111
　　沒　110
　　決　97

海 83	逃 142	弓 張 179	田 略 107	**十二畫**	棲 115	邑 都 69
流 105	退 144	強 120	畢 52	人 傑 94	榮 119	金 鈍 70
消 157	追 192	彐 彗 87	广 瘁 123	備 51	欠 欺 115	門 間 91
涉 130	酉 酒 96	彳 從 63	目 眾 190	刀 創 63	歹 殘 57	開 99
犬 狹 154	配 114	得 66	示 祥 157	割 78	水 湊 64	閒 155
玉 珠 191	阜 除 62	御 174	禾 移 164	力 勞 101	測 57	阜 隊 70
田 畜 62	陣 182	心 悾 100	竹 笠 103	十 博 54	渡 70	階 93
留 105	馬 馬 107	惚 86	符 76	口 喜 154	渺 109	隆 106
畝 111	高 高 78	患 86	笱 90	善 129	渭 148	陽 160
广 病 54	鬼 鬼 82	悉 154	糸 累 102	喧 159	湛 179	佳 集 89
疾 89		情 121	終 190	喪 128	渠 122	雄 159
疲 114	**十一畫**	手 掘 97	羊 羞 159	囗 圍 148	游 170	雨 雲 176
白 皋 78	人 偶 114	掠 107	羽 習 154	土 報 50	火 然 123	頁 順 139
皿 益 167	健 91	接 93	耒 粗 139	堡 50	無 151	須 159
目 眞 182	側 57	捷 93	肉 脫 144	堯 161	犬 猶 170	馬 馭 174
矢 矩 96	偏 114	推 144	艸 莖 95	大 奢 130	田 異 167	黃 黃 87
石 砥 68	偽 148	授 137	莫 110	女 婿 159	癶 登 67	黑 黑 85
破 114	偉 148	掩 160	虍 處 62	宀 富 77	發 73	
示 祕 108	偷 144	攴 教 93	行 術 138	寒 83	皿 盜 66	**十三畫**
神 131	刀 剪 91	救 96	言 設 130	寸 尊 193	矢 短 70	乙 亂 107
祖 193	副 77	敗 50	許 159	尋 160	穴 窘 96	人 傳 62
禾 秩 189	力 動 69	斤 斬 179	貝 貨 87	尢 就 96	竹 等 67	傷 129
穴 窈 161	務 153	方 旖 95	貧 114	尸 屠 144	策 57	傾 121
糸 納 111	匚 匿 113	旋 160	貪 142	幺 幾 90	米 粟 140	力 勢 136
紛 75	厶 參 131	族 193	辵 連 104	彳 復 77	糸 給 90	口 嗑 84
素 139	口 啗 65	日 晦 87	途 144	徧 53	結 93	嗚 150
索 141	喦 51	晝 191	逐 191	循 160	絕 97	嗇 128
紆 125	唱 58	曰 曼 108	速 140	心 悲 51	絡 107	囗 圓 174
缶 缺 123	啓 119	月 望 146	通 143	惠 87	絞 93	土 塗 144
耒 耕 78	問 149	木 梁 104	邑 郭 82	惡 70	絳 93	塞 128
肉 能 112	唯 148	梢 97	部 57	惑 87	艸 萌 108	女 嫌 155
胸 159	商 129	梯 142	里 野 163	戈 戟 90	華 86	广 廉 104
艸 茨 63	囗 國 82	械 157	金 釣 69	手 揆 101	虍 虜 106	弓 彀 80
荔 62	土 堊 70	欠 欲 174	門 閉 52	提 142	虛 159	彳 微 146
草 57	堅 91	殳 殺 128	阜 陵 105	揚 161	行 街 93	心 慄 103
虫 蚩 61	執 188	水 淨 95	陳 60	揔 192	衣 裂 105	愛 49
衣 被 51	埠 188	涸 84	陰 168	攴 敢 78	補 54	慎 131
衰 138	女 婦 77	淫 168	陷 156	敞 58	見 視 136	愚 172
言 記 90	子 孰 138	淵 174	陶 142	散 128	言 詐 179	意 167
託 144	宀 寇 101	淑 137	佳 雀 123	日 智 189	詔 180	愈 174
豆 豈 119	密 108	清 121	食 飢 88	曰 最 193	貝 貴 82	手 搏 54
貝 財 57	寂 90	深 131	魚 魚 172	月 期 115	走 超 58	搖 161
走 起 118	寸 將 92	火 焉 160	鳥 鳥 113	木 棓 50	越 176	攴 敬 95
身 躬 80	專 191	牛 牽 119	鹵 鹵 106	棘 89	足 距 97	斤 新 158
辵 迹 88	巾 帶 65	犬 猛 108	鹿 鹿 106	椓 192	車 軸 191	日 暇 155
迷 108	常 58	玄 率 138		棄 119	辛 辜 80	暑 138
逆 113	广 庶 138	玉 理 102			辵 進 94	曰 會 87

木 椽 62	資 192	彡 彰 180	足 踈 137	水 潰 101	霆 143	諫 92
極 89	賊 178	心 慢 108	車 輔 77	潢 87	食 餌 73	謂 148
楹 89	足 路 106	慈 63	輕 121	潤 92	養 161	諸 191
楡 169	跣 137	態 142	辵 遣 120	潔 94	馬 駕 91	豸 豫 174
業 163	車 載 177	愨 123	遠 174	潛 120	麻 麾 87	足 踴 190
楯 138	辰 農 113	斤 斳 192	邑 鄲 180	火 熱 138		踰 172
殳 毀 87	辵 達 64	方 旗 117	金 銀 168	广 瘡 63	十六畫	車 輻 77
殿 69	過 83	日 暝 110	銜 155	皿 盤 114	口 器 119	輪 137
水 溝 80	道 66	暢 58	銅 144	目 瞑 110	土 壁 52	辛 辨 53
滅 109	遁 70	木 榮 126	阜 際 90	禾 穀 80	大 奮 75	辵 遼 104
溫 149	遊 170	榭 157	障 180	稽 88	子 學 160	選 160
源 174	運 177	水 漸 91	頁 領 105	稷 90	广 廩 105	遺 164
滋 160	遒 122	漏 106	食 飽 50	穴 窮 121	弓 彊 120	金 錦 94
火 煩 74	遂 140	漁 172	飾 136	糸 縣 109	心 懥 168	鋸 97
煙 160	遇 174	火 熒 169	鳥 鳴 110	緩 86	懈 157	錮 81
照 180	達 148	熙 154	齊 齊 118	緇 109	戈 戰 179	阜 險 156
煞 129	邑 鄉 157	疋 疑 164		編 53	手 操 57	隨 140
田 當 65	金 鉤 80	皿 盡 95	十五畫	練 104	擇 179	隹 雕 69
皿 盟 108	鉏 62	示 福 77	人 儉 91	网 罷 49	擅 129	雨 霖 105
目 督 69	鈌 176	禍 88	刀 劍 92	行 衝 61	擒 121	青 靜 95
示 禁 95	阜 隘 49	禾 稱 60	厂 厲 103	言 論 107	攴 整 183	馬 駮 83
祿 106	雨 雷 102	立 竭 94	口 嘿 110	誹 75	日 曆 103	黑 默 111
竹 節 94	電 69	竹 管 82	嘯 157	調 143	木 機 88	龍 龍 106
筭 140	頁 頓 70	米 精 95	土 增 179	請 121	橫 85	龜 龜 82
米 粱 104	食 飯 74	糸 綱 78	宀 審 131	誰 138	橋 120	
糸 經 95	飲 168	綺 119	巾 幣 52	談 142	樹 138	十七畫
网 置 189	馬 馳 61	維 148	广 廟 109	豆 豎 138	止 歷 103	人 優 170
罪 193	鳥 鳧 77	网 罰 73	廣 82	貝 賦 77	水 激 88	力 勱 103
羊 義 167	鼓 鼓 80	耳 聚 97	彡 影 169	賤 92	濁 192	土 堅 85
群 123		聞 149	彳 德 67	賢 156	澤 178	墬 120
耳 聖 132	十四畫	至 臺 141	徹 59	賞 129	火 燔 74	彳 微 87
聿 肅 140	人 僥 161	臼 與 173	徵 183	車 輦 51	燒 130	心 懦 114
肉 腹 77	囗 圖 144	艸 蒺 89	心 憤 75	輪 107	犬 獨 69	應 169
艸 落 107	土 境 95	蓋 78	慮 107	輜 192	瓦 甊 108	手 擊 88
萬 145	塵 60	蓊 150	憎 179	辵 適 136	示 禩 174	攴 斂 104
著 191	墓 111	蒉 140	憂 170	遷 119	禾 積 88	木 橾 154
葉 163	塹 120	蓄 159	慰 148	遮 180	竹 築 191	欠 歛 104
虍 號 83	大 奪 70	言 誠 94	戈 戮 106	邑 鄴 105	糸 縛 77	水 濟 90
虫 蜋 101	宀 寧 113	誑 101	手 撫 77	酉 醉 193	縞 78	濕 133
衣 裏 102	寞 110	誓 136	撓 112	金 鋌 58	耒 耨 113	火 燦 177
裝 122	寡 81	語 173	攴 敵 67	鋒 75	艸 蕆 52	營 169
角 解 94	察 58	誘 172	數 138	鋤 62	行 衡 85	犬 獲 88
言 誠 61	實 134	說 139	日 暮 111	鋪 114	衛 149	玉 環 86
詭 82	寢 121	誤 154	暴 51	錙 173	見 親 121	糸 縲 102
誅 191	寸 對 70	豕 豪 83	木 樓 106	銳 127	言 謀 111	績 89
試 136	巾 幕 111	豸 貌 108	樂 176	門 閣 106	謀 69	繁 74
貝 賂 106	广 廏 96	貝 賓 53	殳 毅 168	雨 震 182	諝 87	縮 140

縱	192	米 糧	104	**二十畫**		**廿三畫**	
羽 翼	168	糸 織	188	力 勸	123	虫 蠱	81
翿	168	繞	123	口 嚴	160	言 變	53
耳 聰	63	繡	159	土 壤	123	車 轤	106
聲	132	耳 職	188	宀 寶	50	頁 顯	156
臣 臨	105	艸 藏	57	石 礦	103	馬 驚	95
臼 舉	96	襾 覆	78	羽 耀	161	驗	160
艮 艱	91	言 謬	110	艸 蘿	88		
艸 薄	54	謹	94	見 覺	98	**廿四畫**	
薇	87	豆 豐	75	言 警	95	手 攬	101
薛	160	貝 贅	192	議	168	行 衢	122
薪	158	車 轍	106	譟	177	言 讒	58
虫 螄	61	轉	191	貝 贍	129	讓	123
螳	142	金 鎌	104	釆 釋	137	雨 靈	105
言 講	93	鎚	63	金 鐃	114	門 關	69
谷 谿	154	鎖	141	黑 黨	66	鳥 鷹	169
走 趨	122	門 闖	84				
車 轅	174	佳 雞	89	**廿一畫**		**廿五畫**	
輳	149	雜	177	口 囂	157	見 觀	81
輿	172	馬 騎	118	尸 屬	138		
辵 還	86			心 懾	86	**廿七畫**	
避	52	**十九畫**		懼	97	金 鑽	193
金 鎚	58	土 壞	86	米 糲	104		
門 闇	49	宀 寵	62	糸 纏	111	**廿八畫**	
闌	101	心 懲	61	耒 耰	170	金 钁	98
阜 隱	169	懷	86	艸 蘚	168		
佳 雛	140	日 曠	101	見 覽	101		
食 餒	149	木 櫓	106	言 譽	174		
魚 鮮	155	犬 獸	137	辛 辯	53		
黍 黏	113	田 疇	62	邑 酆	75		
齊 齋	179	网 羆	114	金 鐸	70		
		羅	107	鐵	143		
十八畫		羊 羹	79	門 闢	114		
人 儲	62	艸 蕊	102	頁 顧	81		
又 叢	64	藥	161	馬 驅	122		
土 壘	102	言 譎	98	魚 鰥	81		
戈 戴	65	識	134	鼓 鼙	114		
手 擾	123	車 轎	75				
斤 斷	70	辛 辭	63	**廿二畫**			
止 歸	82	金 鎔	106	木 權	123		
水 潰	70	鏃	193	竹 籠	106		
爪 爵	97	門 關	81	耳 聽	143		
犬 獵	105	佳 難	112	衣 襲	154		
示 禮	102	離	102	馬 驕	93		
禾 穢	87	非 靡	108	驍	157		
竹 簦	67	頁 願	175	鳥 鷙	189		
簡	91	馬 騖	154				

通 用 字 表

編號	本索引用字	原底本用字	章/頁/行	內文
1	螭	彲	1.1/1/5	非龍非螭
2	聰	聦	1.4/4/27	耳貴聰
3	博	愽	1.9/8/15	博聞辯辭
4	潛	潜	3.1/16/32	主潛謀應卒
5	災	灾	3.1/17/6	校災異
6	往	徃	3.1/17/16 3.10/26/10 3.11/27/4 4.6/34/3 4.6/34/4 4.6/34/13 4.6/34/14	闇忽往來 所以默往來也 往至敵人之壘 我可以往 我欲往而襲之 鼓呼而往來 吾往者不止
7	鑽	鑚	3.4/20/18	鑽靈龜
8	豎	竪	3.5/21/24	賞及牛豎、馬洗、廄養之徒
9	倏	倐	3.9/24/19	倏〔然〕而往
10	糧	粮	3.10/26/10	深溝高壘、〔積〕糧多者
11	鳧	鳬	4.1/29/26 4.1/29/26	飛鳧電影自副 飛鳧赤莖白羽
12	鉤	鈎	4.1/30/11 4.1/30/11	飛鉤 鉤芒長四寸
13	胸	胷	4.1/30/21 4.1/31/14 4.1/31/15 4.1/31/15	方胸鋋矛 方胸鐵杷 方胸鐵叉 方胸兩枝鐵叉

徵 引 書 目

編號	書名	標注出處方法	版本
1	平津館叢書本六韜	卷/頁（a、b爲頁之上下面）	光緒甲申小春月白堤八字橋孫谿槐廬家塾本
2	武經七書彙解本六韜	卷/頁（a、b爲頁之上下面）	朱墉輯，中州古籍出版社，1989年
3	宋刊本武經七書本六韜	卷/頁（a、b爲頁之上下面）	臺灣商務印書館，1969年
4	六臣注文選	頁數	北京中華書局1987年版
5	孫詒讓札迻	頁數	北京中華書局1989年版
6	群書治要卷子本	卷/頁	鎌倉時代寫，清原教隆加點，金澤文庫舊藏，宮內廳書陵部藏，日本：汲古書院

増字、刪字、誤字改正說明表

編號	原句／位置（章／頁／行）	校改依據
1	子樂〔得〕漁邪　1.1/1/14	群書治要卷子本卷31頁5
2	天下可畢〔也〕　1.1/2/3	群書治要卷子本卷31頁6
3	天下〔者〕、非一人之天下　1.1/2/10	群書治要卷子本卷31頁6
4	〔其〕所以然者、何也　1.2/2/20	群書治要卷子本卷31頁7
5	上世〔之〕所謂賢君也　1.2/2/28	群書治要卷子本卷31頁8
6	民不失〔其所〕務　1.3/3/26	群書治要卷子本卷31頁9
7	則利之〔也〕　1.3/3/26	群書治要卷子本卷31頁10
8	農不失〔其〕時　1.3/3/26	群書治要卷子本卷31頁10
9	則成之〔也〕　1.3/3/26	群書治要卷子本卷31頁10
10	則生之〔也〕　1.3/4/1	群書治要卷子本卷31頁10
11	則與之〔也〕　1.3/4/1	群書治要卷子本卷31頁10
12	則樂之〔也〕　1.3/4/1	群書治要卷子本卷31頁10
13	則喜之〔也〕　1.3/4/2	群書治要卷子本卷31頁10
14	則害之〔也〕　1.3/4/2	群書治要卷子本卷31頁10
15	則敗之〔也〕　1.3/4/2	群書治要卷子本卷31頁10
16	則殺之〔也〕　1.3/4/3	群書治要卷子本卷31頁10
17	則奪之〔也〕　1.3/4/3	群書治要卷子本卷31頁10
18	則苦之〔也〕　1.3/4/4	群書治要卷子本卷31頁10
19	則怒之〔也〕　1.3/4/4	群書治要卷子本卷31頁10
20	如兄之愛弟〔也〕　1.3/4/6	群書治要卷子本卷31頁10
21	勿逆而（担）〔拒〕　1.4/4/22	武經七書彙解卷7上頁15a總頁323
22	人君〔慎此六者以爲君用〕　1.6/5/29	群書治要卷子本卷31頁22
23	〔君〕無以三寶借人　1.6/5/29	群書治要卷子本卷31頁22
24	〔以三寶〕借人則君〔將〕失其威　1.6/5/29	群書治要卷子本卷31頁22
25	〔文〕王曰　1.7/6/20	武經七書彙解卷7上頁23a總頁327
26	臣有結朋黨、蔽賢智、（鄣）〔障〕主明者　1.9/7/27	平津館叢書本卷1頁7a
27	故民不盡〔其〕力　1.9/9/1	群書治要卷子本卷31頁15
28	士不誠信〔而巧僞〕　1.9/9/1	群書治要卷子本卷31頁15
29	如龍〔之〕首　1.9/9/5	群書治要卷子本卷31頁15
30	〔好聽世俗之所譽者〕　1.10/9/24	群書治要卷子本卷31頁16
31	〔或以非賢爲賢〕　1.10/9/24	群書治要卷子本卷31頁16
32	〔或以非智爲智〕　1.10/9/24	群書治要卷子本卷31頁16
33	〔或以非忠爲忠〕　1.10/9/24	群書治要卷子本卷31頁17
34	〔或以非信爲信〕　1.10/9/25	群書治要卷子本卷31頁17
35	君以世俗之所譽者爲賢〔智〕　1.10/9/25	群書治要卷子本卷31頁17
36	若是則群邪（此）〔比〕周而蔽賢　1.10/10/1	武經七書本卷1頁8b
37	不可〔以〕先倡　2.1/11/20	群書治要卷子本卷31頁27
38	不可〔以〕先謀　2.1/11/21	群書治要卷子本卷31頁28
39	與人同〔利〕　2.1/11/29	群書治要卷子本卷31頁28

編號	原句 / 位置（章/頁/行）	校改依據
40	〔同〕病相救　2.1/11/29	群書治要卷子本卷31頁28
41	〔得之〕而天下皆有分肉之心　2.1/12/8	群書治要卷子本卷31頁28
42	〔動之則濁〕　2.2/13/24	群書治要卷子本卷31頁30
43	則知其所終〔矣〕　2.2/13/25	群書治要卷子本卷31頁30
44	〔夫〕天有常形　2.2/13/29	群書治要卷子本卷31頁30
45	必無（憂）〔愛〕財　2.5/16/14	武經七書本卷2頁14b
46	揆（夫）〔天〕消變　3.1/16/32	武經七書彙解卷7下頁1b總頁349
47	主（啚）〔圖〕安危　3.1/17/3	武經七書彙解卷7下頁1b總頁349
48	信則不欺〔人〕　3.2/18/16	群書治要卷子本卷31頁34
49	命在於將〔也〕　3.2/19/1	群書治要卷子本卷31頁35
50	持〔其〕首　3.4/20/19	群書治要卷子本卷31頁40
51	從此〔以往〕　3.4/20/20	群書治要卷子本卷31頁40
52	從此〔以〕下　3.4/20/22	群書治要卷子本卷31頁40
53	〔將〕臨敵決戰　3.4/21/5	群書治要卷子本卷31頁41
54	〔何以爲審〕　3.5/21/17	群書治要卷子本卷31頁41
55	〔煞一人而萬人慄者〕　3.5/21/21	群書治要卷子本卷31頁42
56	〔煞之〕　3.5/21/21	群書治要卷子本卷31頁42
57	〔煞一人而千萬人恐者〕　3.5/21/21	群書治要卷子本卷31頁42
58	〔煞之〕　3.5/21/22	群書治要卷子本卷31頁42
59	〔故〕殺貴大　3.5/21/24	群書治要卷子本卷31頁42
60	〔夫煞一人而三軍不聞〕，〔煞一人而萬民不知〕，〔煞一人而千萬人不恐〕，〔雖多煞之〕，〔其將不重〕；〔封一人而三軍不悅〕，〔爵一人而萬人不勸〕，〔賞一人萬人不欣〕，〔是爲賞无功、貴无能也〕。〔若此〕，〔則三軍不爲使〕，〔是失衆之紀也〕。　3.5/21/25	群書治要卷子本卷31頁42-43
61	〔親其將如父母〕　3.6/22/8	群書治要卷子本卷31頁43
62	將有三〔禮〕　3.6/22/11	群書治要卷子本卷31頁43
63	將冬〔日〕不服裘　3.6/22/15	群書治要卷子本卷31頁43
64	夏〔日〕不操扇　3.6/22/15	群書治要卷子本卷31頁43
65	〔天〕雨不張蓋〔幕〕　3.6/22/15	群書治要卷子本卷31頁43
66	〔士卒〕、軍皆定次　3.6/22/20	群書治要卷子本卷31頁44
67	名曰（上）〔止〕欲將　3.6/22/21	武經七書本卷3頁19b
68	〔故上〕將與士卒共寒暑　3.6/22/23	群書治要卷子本卷31頁44
69	〔共〕勞苦、飢飽　3.6/22/23	群書治要卷子本卷31頁44
70	聞金聲則怒〔矣〕　3.6/22/24	群書治要卷子本卷31頁44
71	爲其將（知）〔念〕〔其〕寒暑〔之極〕、〔知其〕飢飽之審　3.6/22/26	群書治要卷子本卷31頁44
72	而見〔其〕勞苦之明也　3.6/22/27	群書治要卷子本卷31頁44
73	諸奉使行符、稽留〔者〕　3.7/23/24	武經七書彙解卷7下頁23a總頁360
74	倏〔然〕而往　3.9/24/19	群書治要卷子本卷31頁45
75	忽〔然〕而來　3.9/24/19	群書治要卷子本卷31頁45
76	上戰無與戰〔矣〕　3.9/24/23	群書治要卷子本卷31頁45
77	疾如流矢、〔擊〕如發機者　3.10/26/2	武經七書彙解卷7下頁34b總頁365
78	嚴刑〔重〕罰者　3.10/26/8	武經七書彙解卷7下頁35a總頁366

編號	原句 / 位置（章／頁／行）	校改依據
79	深溝高壘、〔積〕糧多者 3.10/26/10	武經七書彙解卷7下頁35a總頁366
80	钁鍤斧鋸杵（臼）〔臼〕 3.13/28/22	平津館叢書本卷3頁11a
81	武（衝）〔衛〕大扶胥三十六乘 4.1/29/16	孫詒讓說，見札逐頁345
82	武翼大櫓、矛戟扶胥七十二（具）〔乘〕 4.1/29/20	孫詒讓說，見札逐頁345
83	提翼小櫓扶胥一百四十〔四〕（具）〔乘〕 4.1/29/23	孫詒讓說，見札逐頁345
84	方首鐵棓（維朌）〔矩胸〕 4.1/30/7	孫詒讓說，見札逐頁345
85	〔五〕百二十具 4.1/30/27	孫詒讓說，見札逐頁345
86	環利小徽（繑）〔繩〕 4.1/31/9	孫詒讓說，見札逐頁345
87	（固）〔銅〕為垂 4.1/31/14	孫詒讓說，見札逐頁346
88	令（軍）〔我〕前軍 4.6/34/6	武經七書彙解卷7下頁72a總頁384
89	依山（林）〔陵〕險阻、水泉林木而為之固 4.9/35/26	孫詒讓說，見札逐頁346
90	（極）〔亟〕廣吾道 5.1/38/2	孫詒讓說，見札逐頁347
91	必得大國（而）〔之〕與、鄰國之助 5.7/41/13	據下文改
92	（各）〔吾〕欲以守則固 5.8/41/31	武經七書彙解卷7下頁15a總頁399
93	名曰（冒）〔冒〕刃之士 6.3/43/9	平津館叢書本卷6頁1b
94	六騎當一（卒）〔車〕 6.5/44/28	武經七書彙解卷7下頁24b總頁404
95	隊（問）〔間〕三十六步 6.5/45/5	武經七書本卷6頁46b
96	翳（薈）〔茂〕林木 6.9/48/3	武經七書彙解卷7下頁32a總頁408
97	步兵〔與〕車騎戰奈何 6.10/48/18	平津館叢書本卷6頁6b

正　文

1 文韜

1.1 《文師》

文王將田，史編布卜，曰：「田於渭陽，將大得焉。非龍非螭，非虎非羆，兆得公 [5]
侯。天遺汝師，以之佐昌，施及三王。」

文王曰：「兆致是乎？」

史編曰：「編之太祖史疇，爲禹占，得皋陶，兆比於此。」 [10]

文王乃齋三日，乘田車，駕田馬，▸田於渭陽◂[1]，卒見太公，坐茅▸以漁◂[2]。

文王勞而問之曰：「子樂〔得〕漁邪？」 [15]

太公曰：「臣聞君子樂得其志，小人樂得其事。今吾漁，甚有似也。殆非樂之 也。」

文王曰：「何謂其有似也？」 [20]

太公曰：「釣有三權：祿等以權，死等以權，官等以權。夫釣以求得也，其情深， 可以觀大矣。」

文王曰：「願聞其情。」 [25]

太公曰：「源深而水流，水流而魚生之，情也。根深而木長，木長而實生之，情 也。君子情同而親合，親合而事生之，情也。言語應對者，情之飾也；言至情者，事之 極也。今臣言至情不諱，君其惡之乎？」

文王曰：「唯仁人能受至諫，不惡至情，何爲其然？」 [30]

---

1. 田乎渭之陽《群書治要》卷子本卷31頁5
2. 而釣《群書治要》卷子本卷31頁5

太公曰：「緡微餌明，小魚食之；緡調餌香，中魚食之；緡隆餌豐，大魚食之。夫魚食其餌，乃牽於緡；人食其[1]祿，乃服於君。故以餌取魚，魚可殺；以祿取人，人可竭；以家取國，國可拔；以國取天下，天下可畢〔也〕。

「嗚呼！曼曼緜緜，其聚必散；嘿嘿昧昧，其光必遠。微哉！聖人之德，誘乎獨見；樂哉！聖人之慮，各歸其次，而樹斂焉。」

文王曰：「樹斂何若而天下歸之？」

太公曰：「天下〔者〕、非一人之天下，乃天下之天下也。同天下之利者，則得天下[2]；擅天下之利者，則失天下。天有時，地有財[3]，能與人共之者、仁也；仁之所在，天下歸之。免人之死[4]、解人之難、救人之患、濟人之急者，德也；德之所在，天下歸之。與人同憂同樂、同好同惡者，義也；義之所在，天下赴[5]之。凡人惡死而樂生，好德而歸利，能生利者、道也；道之所在，天下歸之。」

文王再拜曰：「允哉！敢不受天之詔命乎？」乃載與俱歸，立為師。

1.2　《盈虛》

文王問太公曰：「天下熙熙，一盈一虛，一治一亂[6]，〔其〕所以然者、何也？其君賢、不肖不等乎？其天時變化自然乎[7]？」

太公曰：「君不肖，則國危而民亂；君賢聖，則國安而民治[8]。禍福在君，不在天時。」

文王曰：「古之賢君，可得聞乎？」

太公曰：「昔者帝堯之王天下，上世〔之〕所謂賢君也。」

---

1. 於《群書治要》卷子本卷31頁6
2. 與天下同利者，澤得天下《群書治要》卷子本卷31頁6
3. 時《群書治要》卷子本卷31頁6　　4. 死之《群書治要》卷子本卷31頁6
5. 歸《群書治要》卷子本卷31頁7　　6. 一亂一治《群書治要》卷子本卷31頁7
7. 當自有之乎《群書治要》卷子本卷31頁7
8. 則國家安而天下治《群書治要》卷子本卷31頁8

文王曰：「其治如何？」

太公曰：「帝堯王天下之時，金銀珠玉▸不飾◂¹，錦繡文綺不²衣，奇怪▸珍異◂³不⁴視，玩好之器不⁵寶，淫泆之樂不⁶聽，宮垣屋室▸不堊◂⁷，甍桷椽楹不斲，茅茨▸徧庭◂⁸不剪。▸鹿裘禦寒，布衣掩形；糲粱之飯，藜藿之羹◂⁹。▸不以役作之故，害民耕績之時◂¹⁰，削心約志，從事乎無爲。吏、忠正奉法者尊其位，廉潔愛人者厚其祿。民、有孝慈者愛敬之，盡力農桑者慰勉之。旌別淑德¹¹，表其門閭。平心正節，以法度禁邪僞。所憎者，有功必賞；所愛者，有罪必罰。存養天下鰥寡孤獨，振贍禍亡之家。其自奉也甚薄，其賦役也甚寡。故萬民富樂而無飢寒之色。百姓戴其君如日月，親¹²其君如父母。」

文王曰：「大哉！賢君之德也¹³。」

1.3　《國務》

文王問太公曰：「願聞爲國之▸大務◂¹⁴，欲使主尊人安，爲之奈何？」

太公曰：「愛民而已。」

文王曰：「愛民奈何？」

太公曰：「利而勿害，成而勿敗，生而勿殺，與而勿奪，樂而勿苦，喜而勿怒。」

文王曰：「▸敢請釋其故◂¹⁵。」

太公曰：「民不失〔其所〕務，則利之〔也〕；農不失〔其〕▸時◂¹⁶，則成之

---

1. 弗服《群書治要》卷子本卷31頁8
2. 弗《群書治要》卷子本卷31頁8　　3. 異物《群書治要》卷子本卷31頁8
4. 弗《群書治要》卷子本卷31頁8　　5. 弗《群書治要》卷子本卷31頁8
6. 弗《群書治要》卷子本卷31頁8　　7. 弗崇《群書治要》卷子本卷31頁8
8. 之蓋《群書治要》卷子本卷31頁8
9. 衣履不弊盡，不更爲滋味，重累不食《群書治要》卷子本卷31頁8
10. 食不以私曲之故，留耕種之時《群書治要》卷子本卷31頁8-9
11. 惡《武經七書彙解》卷七上頁九上總頁320
12. 視《群書治要》卷子本卷31頁9　　13. 矣《群書治要》卷子本卷31頁9
14. 道《群書治要》卷子本卷31頁9　　15. 奈何《群書治要》卷子本卷31頁9
16. 時業《群書治要》卷子本卷31頁10

〔也〕；省刑罰，則生之〔也〕；薄賦斂，則與之〔也〕；►儉宮室、臺榭，則樂之〔也〕◄¹；吏清不苛擾，則喜之〔也〕；民失其務，則害之〔也〕；農失其時，則敗之〔也〕；無罪而罰，則殺之〔也〕；重賦斂，則奪之〔也〕；►多營宮室、臺榭以疲民力◄²，則苦之〔也〕；吏濁³苛擾，則怒之〔也〕。

　　「故善為國者，馭民如父母之愛子，如兄之愛⁴弟〔也〕。見其⁵飢寒則為之憂⁶，見其⁷勞苦則為之悲。賞罰如加於身，賦斂如取己物。此愛民之道也⁸。」

1.4　《大禮》

文王問太公曰：「君臣之禮如何？」

太公曰：「為上唯臨，為下唯沈；臨而無遠，沈而無隱。為上唯周，為下唯定；周、則天也，定、則地也。或天或地，大禮乃成。」

文王曰：「主位如何？」

太公曰：「安徐而靜，柔節先定，善與而不爭。虛心平志，待物以正。」

文王曰：「主聽如何？」

太公曰：「勿妄而許，勿逆而（担）〔拒〕；許之則失守，拒之則閉塞。高山仰之，不可極也；深淵度之，不可測也。神明之德，正靜其極。」

文王曰：「主明如何？」

太公曰：「目貴明，耳貴聰，心貴智。以天下之目視，則無不見也。以天下之耳聽，則無不聞也。以天下之心慮，則無不知也。輻湊⁹並進，則明不蔽矣。」

---

1. 無多宮、臺池，則樂之也《群書治要》卷子本卷31頁10
2. 多害室遊觀以疲民《群書治要》卷子本卷31頁10
3. 為《群書治要》卷子本卷31頁10　　4. 慈《群書治要》卷子本卷31頁10
5. 之《群書治要》卷子本卷31頁11　　6. 哀《群書治要》卷子本卷31頁11
7. 之《群書治要》卷子本卷31頁11
8. 此下《群書治要》卷子本卷31頁11引文有「文王曰：『善哉』」五字。
9. 輳《武經七書彙解》卷七上頁十六上總頁323

1.5　《明傳》

　　文王寢疾，召太公望，太子發在側。曰：「嗚呼！夫將棄予，周之社稷，將以屬汝。今予欲師至道之言，以明傳之子孫。」

　　太公曰：「王何所問？」

　　文王曰：「先聖之道，其所止，其所起，可得聞乎？」

　　太公曰：「見善而怠，時至而疑，知非而處，此三者，道之所止也。柔而靜，恭而敬，强而弱，忍而剛，此四者，道之所起也。故義勝欲則昌[1]，欲勝義則亡[2]；敬勝怠則吉，怠勝敬則滅[3]。」

1.6　《六守》

　　文王問太公曰：「君國主民者，其所以失之者，何也？」

　　太公曰：「不愼所與也。人君有六守、三寶。」

　　文王曰：「六守何也？」

　　太公曰：「一曰仁，二曰義，三曰忠，四曰信，五曰勇，六曰謀，是謂六守。」

　　文王曰：「愼擇▸六守者何◂[4]？」

　　太公曰：「富之而觀其無犯，貴之而觀其無驕，付之而觀其無轉，使之而觀其無隱，危之而觀其無恐，事之而觀其無窮。富之而不犯者、仁也，貴之而不驕者、義也，付之而不轉者、忠也，使之而不隱者、信也，危之而不恐者、勇也，事之而不窮者、謀也。人君〔愼此六者以爲君用〕，〔君〕無以三寶借人，〔以三寶〕借人則君〔將〕失其威。」

---

1. 從《群書治要》卷子本卷31頁23　　　2. 凶《群書治要》卷子本卷31頁23
3. 《群書治要》卷子本卷31頁23此下有「故義勝怠者王，怠勝敬者亡」兩句。
4. 此六者奈何《群書治要》卷子本卷31頁21

文王曰：「敢問三寶？」

太公曰：「大農、大工、大商，謂之三寶。農一其鄉，則穀足；工一其鄉，則器足；商一其鄉，則貨足。三寶各安其處，民乃不慮。無亂其鄉，無亂其族。臣無富於君，都無大於國。六守長，則君昌；三寶完[1]，則國安。」

1.7　《守土》

文王問太公曰：「守土奈何？」

太公曰：「無疏其親，無怠其眾，撫其左右，御其四旁。無借人國柄。借人國柄，則失其權。無掘壑而附丘，無舍本而治末。日中必彗，操刀必割，執斧必伐。日中不彗，是謂失時；操刀不割，失利之期；執斧不伐，賊人將來。

「涓涓不塞，將為江河；熒熒不救，炎炎奈何；兩葉不去，將用斧柯。

「是故人君必從事於富。不富無以為仁，不施無以合親。疏其親，則害；失其眾，則敗；無借人利器，借人利器，則為人所害，‣而不終其正也‣[2]。」

〔文〕王曰：「何謂仁義？」

太公曰：「敬其眾，合其親。敬其眾則和，合其親則喜，是謂仁義之紀。無使人奪汝威。因其明，順其常。順者、任之以德，逆者、絕之以力。敬之無疑，天下和服。」

1.8　《守國》

文王問太公曰：「守國奈何？」

太公曰：「齋，將語君天地之經，四時所生，仁聖之道，民機之情。」

王即齋七日，北面再拜而問之。

---

1. 全《武經七書彙解》卷七上頁二十上總頁325
2. 而不終其世《武經七書彙解》卷七上頁二十三上總頁327

太公曰：「天生四時，地生萬物。天下有民，仁聖牧之。

「故春道生，萬物榮；夏道長，萬物成；秋道斂，萬物盈；冬道藏，萬物尋。盈則藏，藏則復起，莫知所終，莫知所始。聖人配之，以爲天地經紀。

「故天下治，仁聖藏；天下亂，仁聖昌；至道其然也。

「聖人之在天地間也，其寶固大矣。因其常而視之，則民安。夫民動而爲機，機動而得失爭矣。

「故發之以其陰，會之以其陽。爲之先唱[1]，天下和之。極反其常，莫進而爭，莫退而讓。守國如此，與天地同光。」

1.9 《上賢》

文王問‧太公‧[2]曰：「王人者，何上何下？何取何去？何禁何止？」

‧太公‧[3]曰：「王人者，上賢，下不肖；取誠信，去詐僞；禁暴亂，止奢侈。故王人者有六賊七害。」

文王曰：「願聞其道。」

太公曰：「夫六賊者：一曰：臣有大作‧宮室池榭、遊觀倡樂‧[4]者，‧傷王之德‧[5]。

「二曰：民有不事農桑、‧任氣‧[6]遊俠、犯歷法禁、不從吏教者，傷王之化[7]。

「三曰：臣有‧結朋黨、蔽賢智‧[8]、（郭）〔障〕主明者，‧傷王之權‧[9]。

1. 倡《平津館叢書》本卷1頁6b   2. 師尙父《群書治要》卷子本卷31頁12
2. 尙父《群書治要》卷子本卷31頁12
3. 宮殿、臺池，遊觀淫樂哥舞《群書治要》卷子本卷31頁13
4. 傷王者德《群書治要》卷子本卷31頁13
5. 作業作勞《群書治要》卷子本卷31頁13
6. 威《群書治要》卷子本卷31頁13
7. 結連朋黨，比周爲權，以蔽賢智《群書治要》卷子本卷31頁13
8. 傷王者治《群書治要》卷子本卷31頁13

「四曰：士有抗志[1]高節以爲氣勢，外交諸侯、不重其主者，▸傷王之威◂[2]。

「五曰：臣有輕爵位、賤有司、羞爲上犯難者，傷功臣之勞。

「六曰：强宗侵奪、陵侮貧弱者，傷庶人[3]之業[4]。

「七害者：一曰：無智略權[5]謀，而以重賞尊爵之，故强勇輕戰，僥倖於外，王者慎勿使爲將。

「二曰：▸有名無實◂[6]，出入異言；▸掩善揚惡◂[7]，進退爲巧[8]，王者慎勿[9]與謀。

「三曰：朴其身躬[10]，惡其衣服；語無爲以求名，言無欲以求利[11]，此僞人也，王者慎勿近[12]。

「四曰：奇其冠帶，偉其依服；▸博聞辯辭，虛論高議以爲容美，窮居靜處而誹時俗◂[13]，此姦人也，王者慎勿寵。

「五曰：▸讒佞苟得以求官爵，果敢輕死以貪祿秩◂[14]，不圖大事，得[15]利而動；以高談虛論說於人主，王者慎勿使。

「六曰：爲雕文刻鏤、技巧華飾而[16]傷農事，王者必禁之。

「七曰：▸僞方異伎，巫蠱左道，不祥之言，幻惑良民，王者必止之◂[17]。

---

1. 智《群書治要》卷子本卷31頁13
2. 傷吏威《群書治要》卷子本卷31頁13
3. 民《群書治要》卷子本卷31頁13
4. 《群書治要》卷子本卷31頁13句末有「矣」字。
5. 大《群書治要》卷子本卷31頁13
6. 有名而无用《群書治要》卷子本卷31頁14
7. 揚美掩惡《群書治要》卷子本卷31頁14
8. 功《群書治要》卷子本卷31頁14　　　9. 莫《群書治要》卷子本卷31頁14
10. 頭《群書治要》卷子本卷31頁14
11. 得《群書治要》卷子本卷31頁14
12. 進《群書治要》卷子本卷31頁14
13. 慎文辨亂，高行論議而非時俗《群書治要》卷子本卷31頁14
14. 果敢輕死，苟以貪得，尊爵重祿《群書治要》卷子本卷31頁14
15. 待《群書治要》卷子本卷31頁14
16. 以《群書治要》卷子本卷31頁14
17. 爲方技，咒詛作蠱，道鬼神不驗之物，不祥訛言，欺詐良民，王者必禁止之《群書治要》卷子本卷31頁15

「故民不盡〔其〕力，非吾民也；士不誠信〔而巧僞〕，非吾士也；臣不忠諫，非吾臣也；吏不平潔愛人，非吾吏也；·相‹¹不能富國强兵、調和陰陽以安萬乘之主，·正群臣‹²，定名實，明賞罰，·樂萬民，非吾相也‹³。

「夫王者之道，如龍〔之〕首，高居而遠望，深⁴視而審聽。　　　　　　　　　5

「示⁵其形，·隱其情‹⁶。若天之高，不可極也；若淵之深，不可測也。故可怒而不怒，姦臣乃作；可殺而不殺，大賊乃發。兵勢不行，敵國乃强。」

文王曰：「善哉！」　　　　　　　　　　　　　　　　　　　　　　　　　10

1.10　《舉賢》

文王問太公曰：「君務舉賢，而不獲其功。世亂愈甚以至⁷危亡者，何也？」
　　　　　　　　　　　　　　　　　　　　　　　　　　　　　　　　　15

太公曰：「舉賢而不用，是有舉賢之名而⁸無用⁹賢之實也。」

文王曰：「其失安在？」

太公曰：「其失在君好用世俗之所譽而不得眞賢也。」　　　　　　　　　　20

文王曰：「·何如‹¹⁰？」

太公曰：「〔好聽世俗之所譽者〕，〔或以非賢爲賢〕，〔或以非智爲智〕，〔或以非忠爲忠〕，〔或以非信爲信〕。君以世俗之所譽者爲賢〔智〕，以世俗之所毀者爲不肖。則多黨者進，少黨者退。　　　　　　　　　　　　　　　　25

---

1. 宰相《群書治要》卷子本卷31頁15
2. 簡練群臣《群書治要》卷子本卷31頁15
3. 令百姓富樂，非吾宰相也《群書治要》卷子本卷31頁15
4. 徐《群書治要》卷子本卷31頁15　　　5. 神《群書治要》卷子本卷31頁16
6. 散其精《群書治要》卷子本卷31頁16
7. 致《武經七書彙解》卷七上頁三十四上總頁332、《群書治要》卷子本卷31頁16
8. 也《群書治要》卷子本卷31頁16　　　9. 得《群書治要》卷子本卷31頁16
10. 好用世俗之所舉者何也《群書治要》卷子本卷31頁16

「若是則群邪（此）〔比〕周而蔽賢，忠臣死於無罪，姦臣以虛譽取爵位▸¹。是以世亂愈甚，▸則國◂²不免於危亡。」

文王曰：「舉賢奈何？」

太公曰：「將相分職，而各³以官名舉人，按名督⁴實，選才考能，令實⁵當其名，名當⁶其實，則得舉賢之道也⁷。」

1.11　《賞罰》

文王問太公曰：「賞所以存勸，罰所以示懲。吾欲賞一以勸百，罰一以懲眾，為之奈何？」

太公曰：「凡用賞者貴信，用罰者貴必。賞信罰必於耳目之所聞見，則所不聞見者莫不陰化矣。夫誠暢於天地，通於神明，而況於人乎。」

1.12　《兵道》

武王問太公曰：「兵道如何？」

太公曰：「凡兵之道，莫過乎一。一者、能獨往獨來。

「黃帝曰：一者、階於道，幾於神。用之在於機，顯之在於勢，成之在於君。

「故聖王號兵為凶器，不得已而用之。

「今商王知存而不知亡，知樂而不知殃。夫存者非存，在於慮亡。樂者非樂，在於慮殃。今王已慮其源，豈憂其流乎。」

---

1. 耶臣虛譽以取爵位《群書治要》卷子本卷31頁17
2. 故其國《群書治要》卷子本卷31頁17
3. 君《群書治要》卷子本卷31頁17　　　4．察《群書治要》卷子本卷31頁17
5. 能《群書治要》卷子本卷31頁17　　　6．得《群書治要》卷子本卷31頁18
7. 《群書治要》卷子本卷31頁18此下有「文王曰：『善哉』」二句。

武王曰：「兩軍相遇，彼不可來，此不可往，各設固備，未敢先發。我欲襲之，不得其利，爲之奈何？」

太公曰：「外亂而內整，示飢而實飽，內精而外鈍，一合一離，一聚一散，陰其謀，密其機；高其壘，伏其銳。

「士寂若無聲，敵不知我所備。欲其西，襲其東。」

武王曰：「敵知我情，通我謀，爲之奈何？」

太公曰：「兵勝之術，密察敵人之機而速乘其利，復疾擊其不意。」

2 武韜

2.1 《發啓》

文王在酆，召太公曰：「嗚呼！商王虐極，罪殺不辜，公[1]尙助予憂民，如何[2]？」

太公曰：「王其修德[3]，以下賢惠民。以觀天道。天道無殃，不可〔以〕先倡；人道無災，不可〔以〕先謀。必見天殃，又見人災，乃可以謀。必見其陽，又見其陰，乃知其心；必見其外，又見其內，乃知其意；必見其疏，又見其親，乃知其情。

「行其道，道可致也；從其門，門可入也；立其禮，禮可成也；爭其強，強可勝也。

「全勝不鬬，大兵無創，與鬼神通，微哉！微哉！

「與人[4]同〔利〕，〔同〕病[5]相救，同情相成，同惡相助，同好相趨。

---

1. 汝《群書治要》卷子本卷31頁27
2. 今我何如《群書治要》卷子本卷31頁27
3. 身《群書治要》卷子本卷31頁27　　　4. 民《群書治要》卷子本卷31頁28
5. 利《群書治要》卷子本卷31頁28

「故無甲兵而勝，無衝機而攻，無溝[1]壍而守。

「大智不智，大謀不謀；大勇不勇，大利不利。

「‧利天下者[2]，天下啓之；‧害天下者[3]，天下閉之。天下者、非一人之天下，乃天下之天下也。

「取天下者，若逐野獸，〔得之〕而天下皆有分肉之心。若同舟而濟，‧濟則[4]皆同其利，‧敗則[5]皆同其害。然則皆有啓之，無有閉之也[6]。

「無取於民者，取民者也；無取於國者，取國者也；無取於天下者，取天下者也。

「無取民者，民利之；無取國者，國利之；無取天下者，天下利之。

「故道在不可見，事在不可聞，勝在不可知，微哉！微哉！鷙鳥將擊，卑飛斂[7]翼；猛獸將搏[8]，弭[9]耳俯伏；聖人將動，必有愚[10]色[11]。

「今彼殷商，衆口相惑；紛紛渺渺，好色無極，此亡國之徵也。

「吾觀其野，草菅勝穀；吾觀其‧衆[12]，邪曲勝直；吾觀其吏，暴虐殘賊。敗法亂刑，‧上下不覺[13]，此亡國之時[14]也。

「大明發而萬物皆照，大義發而萬物皆利，大兵發而萬物皆服。大哉！聖人之德。獨聞獨見，樂哉。」

---

1. 渠《群書治要》卷子本卷31頁28
2. 利人者《群書治要》卷子本卷31頁28
3. 害人者《群書治要》卷子本卷31頁28
4. 天下《群書治要》卷子本卷31頁28
5. 舟敗天下《群書治要》卷子本卷31頁28
6. 矣《群書治要》卷子本卷31頁29　　7. 翕《群書治要》卷子本卷31頁29
8. 擊《群書治要》卷子本卷31頁29　　9. 俛《群書治要》卷子本卷31頁29
10. 過《群書治要》卷子本卷31頁29
11. 《群書治要》卷子本卷31頁29此下有「唯文唯德，誰爲之惑；弗觀弗視，安知其極」十六字。　　12. 群衆《群書治要》卷子本卷31頁30
13. 而上不覺《群書治要》卷子本卷31頁30
14. 則《群書治要》卷子本卷31頁30

2.2　《文啓》

文王問太公曰：「聖人何守？」

太公曰：「何憂何嗇，萬物皆得；何嗇何憂，萬物皆道。

「政之所施，莫知其化；時之所在，莫知其移。聖人守此而萬物化。何窮之有？終而復始。

「優之游之。展轉求之；求而得之，不可不藏。既以藏之，不可不行；既以行之，勿復明之。

「夫天地不自明，故能長生；聖人不自明，故能名彰。

「古之聖人，聚人而爲家，聚家而爲國，聚國而爲天下。分封賢人以爲萬國，命之曰大紀。

「陳其政教，順其民俗，群曲化直，變於形容。萬國不通，各樂其所，人愛其上，命之曰大定。

「嗚呼！聖人務靜之，賢人務正之；愚人不能正，故與人爭。上勞則刑繁，刑繁則民憂，民憂則流亡。上下不安其生，累世不休，命之曰大失。

「天下之人如流水，障之則止，啓之則行，〔動之則濁〕，靜之則清。嗚呼！神哉！聖人見其所始，則知其所終〔矣〕。」

文王曰：「靜之奈何？」

太公曰：「〔夫〕天有常形，民有常生。與‣天下‣[1]共其生，而天下靜矣。太上因之，其次化之。夫民化而從政。

「是以天無爲而成事，民無與而自富。此聖人之德也。」

---

1. 天人《群書治要》卷子本卷31頁30

文王曰：「公言乃恊予懷，夙夜念之不忘，以用爲常。」

2.3　《文伐》

文王問太公曰：「文伐之法奈何？」

太公曰：「凡文伐有十二節：一曰：因其所喜，以順其志。彼將生驕，必有好事。苟能因之，必能去之。

「二曰：親其所愛，以分其威。一人兩心，其中必衰。廷無忠臣，社稷必危。

「三曰：陰賂左右，得情甚深。身內情外，國將生害。

「四曰：輔其淫樂，以廣其志。厚賂珠玉，娛以美人。卑辭委聽，順命而合。彼將不爭，姦節乃定。

「五曰：嚴其忠臣，而薄其賂，稽留其使，勿聽其事。亟爲置代，遺以誠事，親而信之，其君將復合之。苟能嚴之，國乃可謀。

「六曰：收其內，間其外。才臣外相，敵國內侵，國鮮不亡。

「七曰：欲錮其心，必厚賂之。收其左右忠愛，陰示以利，令之輕業，而蓄積空虛。

「八曰：賂以重寶，因與之謀。謀而利之，利之必信，是謂重親。重親之積，必爲我用。有國而外，其地大敗。

「九曰：尊之以名，無難其身；示以大勢，從之必信；致其大尊，先爲之榮，微飾聖人，國乃大偷。

「十曰：下之必信，以得其情。承意應事，如與同生。既以得之，乃微收之。時及將至，若天喪之。

　　「十一曰：塞之以道：人臣無不重貴與富，惡死與咎。陰示大尊，而微輸重寶，收其豪傑；內積甚厚，而外爲乏；陰納智士，使圖其計；納勇士，使高其氣；富貴甚足，而常有繁滋；徒黨已具，是謂塞之。有國而塞，安能有國。

　　「十二曰：養其亂臣以迷之，進美女淫聲以惑之，遺良犬馬以勞之，時與大勢以誘之；上察，而與天下圖之。

　　「十二節備，乃成武事。所謂上察天，下察地，徵已見，乃伐之。」

2.4　《順啓》

　　文王問太公曰：「何如•而可•¹爲天下？」

　　•太公曰•²：「大蓋天下，然後能容天下；信蓋天下，然後能³約天下；仁蓋天下，然後•能懷天下•⁴；恩蓋天下，然後•能保天下•⁵；權⁶蓋天下，然後•能•⁷不失天下。事而不疑，則天運不能移，時變不能遷。此六者備，然後可以爲天下政。

　　「故利天下者，天下啓之；害天下者，天下閉之；生天下者，天下德之；殺天下者，天下賊之；徹天下者，天下通之；窮天下者，天下仇⁸之；安天下者，天下恃之；危天下者，天下災之。天下者、非一人之天下，唯有道者•處之•⁹。」

2.5　《三疑》

　　武王問太公曰：「予欲立功，有三疑：恐力不能攻強，離親，散衆，爲之奈何？」

　　太公曰：「因之，愼謀，用財。夫攻強，必養之使強，益之使張。太強必折，太張必缺。

---

1. 而可以 《群書治要》卷子本卷31頁32
2. 太公對曰 《群書治要》卷子本卷31頁32
3. 可 《群書治要》卷子本卷31頁33
4. 可以求天下 《群書治要》卷子本卷31頁33
5. 王天下 《群書治要》卷子本卷31頁33
6. 接 《群書治要》卷子本卷31頁33
7. 可以 《群書治要》卷子本卷31頁33
8. 恃 《群書治要》卷子本卷31頁33
9. 得天下也 《群書治要》卷子本卷31頁33

「攻强以强，離親以親，散衆以衆。

「凡謀之道，周密爲寶。設之以事，玩之以利，爭心必起。

5 「欲離其親，因其所愛，與其寵人，與之所欲，示之所利，因以疏之，無使得志。彼貪利甚喜，遺疑乃止。

「凡攻之道，必先塞其明，而後攻其强、毀其大，除民之害。

10 「淫之以色，啗之以利，養之以味，娛之以樂。

「既離其親，必使遠民，勿使知謀。扶而納之，莫覺其意，然後可成。

「惠施於民，必無（憂）〔愛〕財。民如牛馬，數餧食之，從而愛之。

15 「心以啓智，智以啓財，財以啓衆，衆以啓賢。賢之有啓，以王天下。」

3 龍韜

20 ### 3.1 《王翼》

武王問太公曰：「王者帥師，必有股肱羽翼以成威神，爲之奈何？」

太公曰：「凡舉兵帥師，以將爲命。命在通達，不守一術。因能受職，各取所長，
25 隨時變化，以爲綱紀。

「故將有股肱羽翼七十二人，以應天道。備數如法，審知命理。殊能異技，萬事畢矣。」

30 武王曰：「請問其目？」

太公曰：「腹心一人：主潛[1]謀應卒，撲（夫）〔天〕消變，揔攬計謀，保全民

---

1. 贊《平津館叢書》本卷3頁1a

命。

「謀士五人：主（昌）〔圖〕安危，慮未萌，論行能，明賞罰，授官位，決嫌疑，定可否。

「天文三人：主司星曆，候風氣，推時日，考符驗，校災異，知人心去就之機。

「地利三人：主三軍行止形勢，利害消息，遠近險易，水涸山阻，不失地利。

「兵法九人：主講論異同，行事成敗，簡練兵器，刺舉非法。

「通糧四人：主度飲食、蓄積，通糧道，致五穀，令三軍不困乏。

「奮威四人：主擇材力，論兵革，風馳電擊，不知所由。

「伏‧鼓旗◂¹三人：主伏‧鼓旗◂²，明耳目，詭符節，謬號令，闇忽往來，出入若神。

「股肱四人：主任重持難，修溝壍，治壁壘，以備守禦。

「通材三人：主拾遺補過，應偶賓客，論議談語，消患解結。

「權士三人：主行奇譎，設殊異，非人所識，行無窮之變。

「耳目七人：主往來，聽言視變，覽四方之事，軍中之情。

「爪牙五人：主揚威武，激勵三軍，使冒難攻銳，無所疑慮。

「羽翼四人：主揚名譽，震遠方，搖動四境，以弱敵心。

「遊士八人：主伺姦候變，開闔人情，觀敵之意，以為間諜。

1. 旗鼓《武經七書彙解》卷七下頁二上總頁349
2. 旗鼓《武經七書彙解》卷七下頁二上總頁349

「術士二人：主爲譎詐，依託鬼神，以惑衆心。

「方士二人：主百藥，以治金瘡，以痊萬病。

「法筭二人：主計會三軍營壁、糧食、財用出入。」

3.2　《論將》

武王問太公曰：「論將之道奈何？」

太公曰：「將有五材十過。」

武王曰：「敢問其目？」

太公曰：「所謂五材者：勇、智、仁、信、忠也。勇則不可犯，智則不可亂，仁則愛人，信則不欺〔人〕；忠則無二心。

「所謂十過者：有勇◂1而輕死者，有急而心速者，有貪而好2利者，有仁而◂不忍人◂3者，有智而心怯者，有信而喜◂信人◂4者，有廉潔而不愛人5者，有智而心緩者，有剛毅而自用者，有懦而喜任6人者。

「勇而輕死者，可暴也；急而心速者，可久也；貪而好7利者，可遺8也；仁而不忍◂人者◂9，可勞也；智而心怯者，可窘也；信而喜信◂人者◂10，可誑也；廉潔而不愛人者，可侮也；智而心緩者，可襲也；剛毅而自用者，可事也；懦而喜任11人者，可欺也。

---

1. 將有勇《群書治要》卷子本卷31頁34
2. 喜《群書治要》卷子本卷31頁34
3. 不忍於人《群書治要》卷子本卷31頁34
4. 信於人《群書治要》卷子本卷31頁34
5. 民《群書治要》卷子本卷31頁34　　　6. 用《群書治要》卷子本卷31頁35
7. 喜《群書治要》卷子本卷31頁35　　　8. 略《武經七書彙解》卷七下頁八下總頁352
9. 於人者《群書治要》卷子本卷31頁35
10. 於人者《群書治要》卷子本卷31頁35
11. 用《群書治要》卷子本卷31頁35

　　「故兵者、國之大事¹，存亡之道²，命在於將〔也〕。將者、國之輔，先王之所重也。故置將不可不‣察‣³也。

　　「故曰：兵不兩勝，亦不兩敗。兵出踰境，期不十日，不有亡國，必有破軍殺將。」

　　武王曰：「善哉。」

3.3　《選將》

　　武王問太公曰：「王者舉兵，欲簡練英雄，知士之高下，爲之奈何？」

　　太公曰：「夫士外貌不與中情相應者十五：有嚴而不肖者；有溫良而爲盜者；有貌恭敬而心慢者；有外廉謹而內無至誠者；有精精而無情者；有湛湛而無誠者；有好謀而不決者；有如果敢而不能者；有恾恾而不信者；有‣悗悗‣⁴惚惚而反忠實者；有詭激而有功效者；有外勇而內怯者；有肅肅而反易人者；有嗃嗃而反靜愨者；有勢虛形劣而外出無所不至、無所不遂者。

　　「天下所賤，聖人所貴；‣凡人莫知‣⁵，非有大明不見其際，此士之外貌不與中情相應者也。」

　　武王曰：「何以知之？」

　　太公曰：「知之有八徵：‣一曰、問之‣⁶以言，以觀其辭。

　　「二曰、窮之以辭，以觀其變。

　　「三曰、與之‣閒謀‣⁷，以觀其誠。

1. 器《群書治要》卷子本卷31頁35　　　2. 事《群書治要》卷子本卷31頁35
3. 審察《群書治要》卷子本卷31頁36
4. 恍恍《武經七書彙解》卷七下頁十一上總頁354
5. 凡人不知《武經七書彙解》卷七下頁十一下總頁354
6. 一曰徵察問之《群書治要》卷子本卷31頁36
7. 間諜《武經七書彙解》卷七下頁十一下總頁354

「四曰、明白顯問，以觀其德。

「五曰、‣使之以財，以觀其廉‣1。

「六曰、試之以色，以觀其貞。

「七曰、告之以難，以觀其勇。

「八曰、醉之以酒，以觀其態。

「八徵皆備，則賢、不肖別矣。」

3.4　《立將》

武王問太公曰：「立將之道奈何？」

太公曰：「凡國有難，君避2正殿，召將而詔之曰：『社稷安危，一在將軍。今某國不臣，願將軍帥師應之。』將‣3既受命。乃命太史卜，齋三日，之太廟，鑽靈龜，‣卜吉日‣4，以授斧鉞。君入廟門，西面而立；‣將‣5入廟門，北面而立。君親操鉞，持〔其〕首，授將其柄，曰：『從此〔以往〕，上至‣天者‣6，將軍制之。』

「‣復‣7操斧，持柄，授將8其刃，曰：『從此〔以〕下，至‣淵‣9者，將軍制之。見其虛，則進；見其實，則止。勿以三軍為眾而輕敵，勿以受命為重而必死，勿以身貴而賤人，勿以獨見而違眾，勿以辯說為必然。士未坐勿坐，士未食勿食，寒暑必同。如此，則士眾必盡死力。』

---

1. 遠使以財，以觀其貪《群書治要》卷子本卷31頁36
2. 居《群書治要》卷子本卷31頁39
3. 將軍《群書治要》卷子本卷31頁39
4. 擇日《群書治要》卷子本卷31頁39
5. 將軍《群書治要》卷子本卷31頁40
6. 於天《群書治要》卷子本卷31頁40
7. 乃復《群書治要》卷子本卷31頁40
8. 與《群書治要》卷子本卷31頁40
9. 於泉《群書治要》卷子本卷31頁40

「將已受命，拜而報君曰：『臣聞[1]國不可從外治，軍不可從中御。二心不可以事君，疑志不可以應敵。臣既受命，專斧鉞之威。臣不敢生還，願[2]君亦垂一言之命於臣。君不許臣，臣不敢將。』君許之，乃辭而行。

「軍中之事，不聞君命，皆由將出[3]。〔將〕臨敵決戰，無有二心。若此，則無天於上，無地於下，無敵於前，無君[4]於後。 5

「是故智者爲之謀[5]，勇者爲之鬭；氣厲青雲，疾若馳騖[6]；兵不接刃，而敵降服。

「戰勝於外，功立於內。吏遷士賞，百姓懽說，將無咎殃。是故風雨時節，五穀豐 10
熟，社稷安寧。」

武王曰：「善哉。」

3.5 《將威》 15

武王問太公曰：「將何以爲威？何以爲明？〔何以爲審〕？何以爲禁止而令行？」

太公曰：「將以誅大爲威，以賞小爲明；以罰審爲禁止而令行。 20

「故殺一人而三軍震者，殺之；〔煞一人而萬人慄者〕，〔煞之〕；〔煞一人而千萬人恐者〕，〔煞之〕[7]；賞一人而萬人說者，賞之。

「〔故〕殺貴大，賞貴小。殺及[8]當路貴重[9]之臣[10]，是刑上極也；賞及牛豎、馬洗、廝養[11]之徒，是賞下通也。刑上極，賞下通，是將威[12]之所行也。〔夫煞一人 25

1. 治國《群書治要》卷子本卷31頁40
2. 請願《群書治要》卷子本卷31頁40
3. 不可聞君命，皆由將軍出《群書治要》卷子本卷31頁41
4. 主《群書治要》卷子本卷31頁41　　　5. 慮《群書治要》卷子本卷31頁41
6. 驚《群書治要》卷子本卷31頁41
7. 編者按：準《群書治要》卷子本卷31頁42補，又《群書治要》卷子本引下文，有「封一人而三軍不悅，爵一人而萬人不勸，賞一人萬人不欣」三句，則此句上疑尚有脫文。
8. 其《武經七書彙解》卷七下頁十九下總頁358
9. 貴重當路《群書治要》卷子本卷31頁42
10. 人《武經七書彙解》卷七下頁十九下總頁358
11. 廝養《群書治要》卷子本卷31頁42
12. 威將《群書治要》卷子本卷31頁42

而三軍不聞〕，〔煞一人而萬民不知〕，〔煞一人而千萬人不恐〕，〔雖多煞之〕，〔其將不重〕；〔封一人而三軍不悅〕，〔爵一人而萬人不勸〕，〔賞一人萬人不欣〕，〔是爲賞无功、貴无能也〕。〔若此〕，〔則三軍不爲使〕，〔是失眾之紀也〕[1]。」

3.6 《勵軍》

武王問太公曰：「吾欲令三軍之眾，〔親其將如父母〕，攻城爭先登，野戰爭先赴；聞金聲而怒，聞鼓聲[2]而喜，爲之奈何？」

太公曰：「將有三〔禮〕。」

武王曰：「敢問其目。」

太公曰：「將冬〔日〕不服裘，夏〔日〕不操扇，〔天〕雨不張蓋〔幕〕，‣名曰禮將‣[3]。將不身服禮，無以知士卒之寒暑。

「出隘塞，犯泥塗，將必先下步，名曰力將。將不身服力，無以知士卒之勞苦。

「〔士卒〕、軍皆定次，將乃就舍；炊者皆熟，將乃就[4]食；軍不舉火，將亦不‣舉‣[5]，名曰（上）〔止〕欲將。將不身服止欲，無以知士卒之飢飽。

「〔故上〕將與士卒共寒暑，〔共〕‣勞苦、飢飽‣[6]，故三軍之眾，聞鼓聲[7]則[8]喜，聞金聲則[9]怒〔矣〕。高城深池，矢石繁下，士爭先登；白刃始合，士爭先赴。

「士非好死而樂傷也，爲其將（知）〔念〕〔其〕寒暑[10]〔之極〕、〔知其〕飢飽之審，而見〔其〕勞苦之明也。」

---

1. 編者按：以上一段今本誤脫，今據《群書治要》卷子本卷31頁42補。
2. 音《群書治要》卷子本卷31頁43
3. 名曰三禮也《群書治要》卷子本卷31頁43
4. 敢《群書治要》卷子本卷31頁44
5. 火食《群書治要》卷子本卷31頁44
6. 飢飽勤苦《群書治要》卷子本卷31頁44
7. 音《群書治要》卷子本卷31頁44   8. 而《群書治要》卷子本卷31頁44
9. 而《群書治要》卷子本卷31頁44
10. 苦《群書治要》卷子本卷31頁44

3.7　《陰符》

　　武王問太公曰：「引兵深入諸侯之地，三軍卒有緩急[1]，或利或害。吾將以近通遠，從中應外，以給三軍之用。爲之奈何？」

　　太公曰：「主與將，有陰符，凡八等。

　　「有大勝克敵之符，長一尺。

　　「破軍擒將之符，長九寸。

　　「降城得邑之符，長八寸。

　　「卻敵報[2]遠之符，長七寸。

　　「警衆堅守之符，長六寸。

　　「請糧益兵之符，長五寸。

　　「敗軍亡將之符，長四寸。

　　「失利亡士之符，長三寸。

　　「諸奉使行符、稽留〔者〕，若符事聞泄，告者皆誅之[3]。八符者，主將祕聞，所以陰通言語，不泄中外相知之術。敵雖聖智，莫之能識。」

　　武王曰：「善哉。」

---

1. 《武經七書彙解》卷七下頁二十四上總頁360訓解此文云「三軍倉卒之間有緩急事宜。」可見「卒」讀「倉卒」之「卒」。
2. 孫詒讓云：《後漢書・方術傳敘》李《注》引《玄女六韜要決》，文與此略同……「報」，李引作「執」，義亦通。
3. 若符事泄，聞者、告者皆誅之《武經七書彙解》卷七下頁二十三上總頁360

3.8 《陰書》

武王問太公曰：「引兵深入諸侯之地，主將欲合兵，行無窮之變，圖不測之利。其事煩[1]多，符不能明；相去遼遠，言語不通。爲之奈何？」

太公曰：「諸有陰事大慮，當用書，不用符。主以書遺將，將以書問主。書皆一合而再離，三發而一知。再離者，分書爲三部。三發而一知者，言三人，人操一分，相參而不相知情也。此謂陰書。敵雖聖智，莫之能識。」

武王曰：「善哉。」

3.9 《軍勢》

武王問太公曰：「攻伐之道奈何？」

太公曰：「資[2]因敵家之動，變生於兩陳之間，奇正發[3]於無窮之源。

「故至事不語，用兵不言。且事之至[4]者，其言不足聽也；兵之用者，其狀不足見也。倏〔然〕而往，忽〔然〕而來，能獨專而不制者，兵也。

「夫兵、聞則議，見則圖，知則困，辨則危。

「故善戰者，不待張軍；善除患者，理於未生；善勝敵者，勝於無形。上戰無與戰〔矣〕。

「故爭勝於白刃之前者，非良將也；設備於已失之後者，非上聖也。智與衆同，非國[5]師也；技與衆同，非國工也。

「事莫大於必克[6]，用莫大於玄默[7]，動莫神於不意，謀莫善[8]於不識。

---

1. 繁《武經七書彙解》卷七下頁二十四下總頁360
2. 勢《武經七書彙解》卷七下頁二十六上總頁361
3. 傳《群書治要》卷子本卷31頁45　　4. 成《群書治要》卷子本卷31頁45
5. 人《群書治要》卷子本卷31頁46　　6. 成《群書治要》卷子本卷31頁46
7. 用莫大於必成，用莫貴於玄眇《群書治要》卷子本卷31頁46
8. 勝莫大《群書治要》卷子本卷31頁46

「夫先¹勝者，先見弱於敵，而後戰者也。故事半而►功倍◄²焉。

「聖人徵於天地之動，孰知其紀。循陰陽之道而從其候；當天地盈縮，因以為常；物有死生，因天地之形。

「故曰：未見形而戰，雖衆必敗。善戰者，居之不撓，見勝則起，不勝則止。

「故曰：無恐懼，無猶豫。用兵之害，猶豫最大；►三軍之災，莫過狐疑◄³。►善者◄⁴，見利不失，遇時不疑。失利後時，反受其殃⁵。

「►故智◄⁶者從之而不釋⁷，巧者一決而不猶豫。►是以◄⁸疾雷不及掩耳，迅⁹電不及瞑¹⁰目。赴之若驚，用之若狂；當之者破，近之者亡。孰能禦¹¹之？

「夫將，有所不言而守者，神也；有所不見而視者，明也。故知神明之道者，野無衡¹²敵，對無立國。」

武王曰：「善哉。」

3.10　《奇兵》

武王問太公曰：「凡用兵之道，大要何如？」

太公曰：「古之善戰者，非能戰於天上，非能戰於地下；其成與敗，皆由神勢。得之者昌，失之者亡。」

「夫兩陳之間，出甲陳兵、縱卒亂行者，所以為變也；深草蓊蘙者，所以逃遁也；

---

1. 必《群書治要》卷子本卷31頁46
2. 功自倍《群書治要》卷子本卷31頁46
3. 兵之災，莫大於狐疑《群書治要》卷子本卷31頁46
4. 善戰者《武經七書彙解》卷七下頁三十一上總頁364
5. 災《群書治要》卷子本卷31頁46　　6. 善《群書治要》卷子本卷31頁46
7. A.失《武經七書彙解》卷七下頁三十一上總頁364 B.擇《群書治要》卷子本卷31頁46
8. 故《群書治要》卷子本卷31頁46　　9. 卒《群書治要》卷子本卷31頁47
10. 瞬《群書治要》卷子本卷31頁47
11. 待《群書治要》卷子本卷31頁47
12. 橫《武經七書彙解》卷七下頁三十二上總頁364

谿谷險阻者，所以止車禦騎也；隘塞山林者，所以少擊眾也；坳澤窈冥者，所以匿其形也；清明無隱者，所以戰勇力也；疾如流矢、〔擊〕如發機者，所以破精微也；詭伏設奇、遠張詆誘者，所以破軍擒將也；四分五裂者，所以擊圓破方也；困¹其驚駭者，所以一擊十也；因其勞倦暮舍者，所以十擊百也；奇伎者，所以越深水、渡江河也；彊弩長兵者，所以踰水戰也；長關遠候、暴疾謬遁者，所以降城服邑也；鼓行喧囂者，所以行奇謀也；大風甚雨者，所以搏前擒後也；偽稱敵使者，所以絕糧道也；謬號令，與敵同服者，所以備走北也；戰必以義者，所以勵眾勝敵也；尊爵重賞者，所以勸用命也；嚴刑〔重〕罰者，所以進罷怠也；一喜一怒，一與一奪，一文一武，一徐一疾者，所以調和三軍、制一臣下也。處高敵者，所以警守也；保▸阻險◂²者，所以為固也；山林茂穢者，所以默往來也；深溝高壘、〔積〕糧多者，所以持久也。

「故曰：不知戰攻之策，不可以語敵；不能分移，不可以語奇；不通治亂，不可以語變。

「故曰：將不仁，則三軍不親；將不勇，則三軍不銳；將不智，則三軍大疑；將不明，則三軍大傾；將不精微，則三軍失其機；將不常戒，則三軍失其備；將不彊力，則三軍失其職。

「故將者、人之司命，三軍與之俱治，與之俱亂。得賢將者，兵彊國昌；不得賢將者，兵弱國亡。」

武王曰：「善哉。」

3.11　《五音》

武王問太公曰：「律音之聲，可以知三軍之消息、勝負之決乎？」

太公曰：「深哉！王之問也。夫律管十二，其要有五音：宮、商、角、徵、羽，此其正聲也，萬代不易。五行之神，道之常也，可以知敵。金、木、水、火、土，各以其勝攻之。

---

1. 因《武經七書彙解》卷七下頁三十五上總頁366
2. 險阻《武經七書彙解》卷七下頁三十五上總頁366

「古者，三皇之世，虛無之情以制剛彊。無有文字，皆由五行。五行之道，天地自然。六甲之分，微妙之神。

「其法：以天清淨，無陰雲風雨，夜半遣輕騎，往至敵人之壘，去九百步外，偏持律管當耳，大呼驚之。有聲應管，其來甚微。角聲應管，當以白虎；徵聲應管，當以玄武；商聲應管，當以朱雀；羽聲應管，當以勾陳；五管聲盡不應者，宮也，當以青龍。此五行之符，佐勝之徵，成敗之機。」

武王曰：「善哉！」

太公曰：「微妙之音，皆有外候。」

武王曰：「何以知之？」

太公曰：「敵人驚動，則聽之；聞枹鼓之音者，角也；見火光者，徵也；聞金鐵矛戟之音者，商也；聞人嘯呼之音者，羽也；寂寞無聞者，宮也。此五者、聲色之符也。」

3.12 《兵徵》

武王問太公曰：「吾欲未戰先知敵人之強弱，豫見勝負之徵，爲之奈何？」

太公曰：「勝負之徵，精神先見，明將察之，其敗在人。

「謹候敵人出入進退，察其動靜，言語祅祥，士卒所告。

「凡三軍說懌，士卒畏法，敬其將命，相喜以破敵，相陳以勇猛，相賢以威武，此強徵也。

「三軍數驚，士卒不齊，相恐以敵強，相語以不利，耳目相屬，祅言不止，衆口相惑，不畏法令，不重其將，此弱徵也。

「三軍齊整，陳勢已固，深溝高壘，又有大風甚雨之利；三軍無故，旌旗前指，金鐸之聲揚以清，鼙鼓之聲宛以鳴。此得神明之助，大勝之徵也。

「行陳不固，旌旗亂而相繞；逆大風甚雨之利，士卒恐懼，氣絕而不屬；戎馬驚奔，兵車折軸；金鐸之聲下以濁，鼙鼓之聲濕如沐。此大敗之徵也。

「凡攻城圍邑，城之氣色如死灰，城可屠；城之氣出而北，城可克；城之氣出而西，城必¹降；城之氣出而南，城不可拔；城之氣出而東，城不可攻；城之氣出而復入，城主逃北；城之氣出而覆我軍之上，軍必病；城之氣出高而無所止，用日²長久。

「凡攻城圍邑，過旬不雷不雨，必亟去之，城必有大輔。此所以知可攻而攻，不可攻而止。」

武王曰：「善哉。」

3.13　《農器》

武王問太公曰：「天下安定，國家無事，戰攻之具，可無修乎？守禦之備，可無設乎？」

太公曰：「戰攻守禦之具，盡在於人事。耒耜者、其行馬、蒺藜也；馬牛、車輿者，其營壘、蔽櫓也；鋤耰之具，其矛戟也；蓑薜、簦笠者，其甲冑、干楯也；钁鍤斧鋸杵（臼）〔臼〕，其攻城器也；牛馬、所以轉輸糧用也；雞犬、其伺候也；婦人織紝，其旌旗也；丈夫平壤，其攻城也；春鏺草棘，其戰車騎也；夏耨田疇，其戰步兵也；秋刈禾薪，其糧食儲備也；冬實倉廩，其堅守也。

「田里相伍，其約束符信也；里有吏，官有長，其將帥也；里有周垣，不得相過，其隊分也；輸粟收³芻，其廩庫也；春秋治城郭，修溝渠，其塹壘也。

「故用兵之具，盡在於人事也。善為國者，取於人事。

---

1. 可 《武經七書彙解》卷七下頁四十七上總頁372
2. 兵 《武經七書彙解》卷七下頁四十七上總頁372
3. 取 《武經七書彙解》卷七下頁四十九上總頁373

「故必使遂其六畜，闢其田野，安其處所。丈夫治田有畝數，婦人織紝有尺度，是富國强兵之道也。」

武王曰：「善哉。」

4 虎韜

4.1 《軍用》

武王問太公曰：「王者舉兵，三軍器用，攻守之具，科品衆寡，豈有法乎？」

太公曰：「大哉！王之問也。夫攻守之具，各有科品，此兵之大威也。」

武王曰：「願聞之。」

太公曰：「凡用兵之大數，將甲士萬人。法用：武（衝）〔衛〕[1]大扶胥三十六乘，材士、强弩、矛戟爲翼，一車二十四人，推之以八尺車輪，車上立旗鼓，兵法謂之震駭，陷堅陳，敗强敵。

「武翼大櫓、矛戟扶胥七十二（具）〔乘〕[2]，材士、强弩、矛戟爲翼，以五尺車輪，絞車連弩自副。陷堅陳，敗强敵。

「提翼小櫓扶胥一百四十〔四〕（具）〔乘〕[3]。絞車連弩自副。以鹿車輪，陷堅陳，敗强敵。

「大黃參連弩大扶胥三十六乘。材士强弩矛戟爲翼，飛鳧電影自副。飛鳧赤莖白羽，以銅爲首；電影青莖赤羽，以鐵爲首，晝則以絳縞，長六尺，廣六寸，爲光耀；夜則以白縞，長六尺，廣六寸，爲流星。陷堅陳，敗步騎。

---

1. 編者按：下文「武翼大櫓、矛戟扶胥七十二（具）〔乘〕」，孫詒讓云：「上文云：『武衛大扶胥三十六乘』，『衛』、『翼』義同，施本『衛』作『衝』，非。《逸周書・大明武篇》云：『輕車翼衛。』」
2. 孫詒讓云：「『具』，當作『乘』。上文云：『武衛大扶胥三十六乘。』」
3. 孫詒讓云：以上下文校之，此當作「一百四十四乘。」「具」亦「乘」之誤。上文「武衛大扶胥三十六乘」，「武翼大櫓矛戟扶胥七十二乘」，倍「武衛大扶胥」之數也。此「提翼小櫓扶胥」又倍之，故一百四十四乘。

「大扶胥衝車三十六乘，螳蜋武士共載，可以縱擊橫[1]、可以敗敵。輜車騎寇，一名電車，兵法謂之電擊。陷堅陳，敗步騎。

「寇夜來前。矛戟扶胥輕車一百六十乘，螳蜋武士三人共載，兵法謂之霆擊。陷堅陳，敗步騎。

「方首鐵棓（維肦）〔矩胸〕[2]，重十二斤，柄長五尺以上，千二百枚，一名天棓。大柯斧，刃長八寸，重八斤，柄長五尺以上，千二百枚，一名天鉞。方首鐵鎚，重八斤，柄長五尺以上，千二百枚，一名天鎚。敗步騎群寇。

「飛鉤，長八寸，鉤芒長四寸，柄長六尺以上，千二百枚。以投其眾。三軍拒守，木螳蜋劍刃扶胥，廣二丈，百二十具，一名行馬。平易地，以步兵敗車騎。

「木蒺藜，去地二尺五寸，百二十具。敗步騎，要窮寇；遮走北。

「軸旋短衝矛戟扶胥，百二十具，黃帝所以敗蚩尤氏。敗步騎，要窮寇，遮走北。

「狹路微徑，張鐵蒺藜，芒高四寸，廣八寸，長六尺以上，千二百具。敗步騎。

「突暝來前促戰，白刃接，張地羅，鋪兩鏃蒺藜，參連織女，芒間相去二寸[3]，萬二千具。曠野草中，方胸鋋[4]矛，千二百具；張鋋[5]矛法，高一尺五寸。敗步騎，要窮寇，遮走北。

「狹路微徑，地陷，鐵械鎖參連，百二十具。敗步騎，要窮寇，遮走北。

「壘門拒守，矛戟小櫓十二具，絞車連弩自副。三軍拒守，天羅、虎落鎖連一部，廣一丈五尺，高八尺，〔五〕[6]百二十具。虎落劍刃扶胥，廣一丈五尺，高八尺，五百

---

1. 擊縱橫《武經七書彙解》卷七下頁五十四下總頁375
2. 孫詒讓云：「維肦」義難通，當作「矩胸」。後文有「方胸鋋矛」、「方胸鐵杷」、「方胸鐵叉」、「方胸兩枝鐵叉」。「矩胸」即「方胸」，義同。後文又云：「天浮鐵螳螂，矩內圓外。」此以「矩」為「方」之證。
3. 尺《平津館叢書》本卷4頁2a
4. 鋋《武經七書彙解》卷七下頁五十八上總頁377
5. 鋋《武經七書彙解》卷七下頁五十八上總頁377
6. 孫詒讓云：孫本挩「五」字，今從施本。慶長本與下「虎落劍刀扶胥」數同。

二十具。

　　「渡溝塹，飛橋一間，廣一丈五尺，長二丈以上，著轉關轆轤八具，以環利通索張之。渡大水，飛江廣一丈五尺，長二丈以上，八具，以環利通索張之。天浮鐵螳螂，矩內圓外，徑四尺以上，環絡自副，三十二具。以天浮張飛江，濟大海，謂之天潢，一名天釭。

　　「山林野居，結虎落柴營，環利鐵鎖，長二丈以上，千二百枚，環利大通索，大四寸，長四丈以上，六百枚。環利中通索，大二寸，長四丈以上，二百枚。環利小徽（縲）〔縲〕[1]，長二丈以上，萬二千枚。

　　「天雨，蓋重車上板，結枲[2]鉏鋙，廣四尺，長四丈以上。車一具，以鐵杙張之。伐木大斧，重八斤，柄長三尺以上，三百枚。棨钁，刃廣六寸，柄長五尺以上，三百枚。銅築，（固）〔銅〕[3]爲垂，長五尺以上，三百枚。鷹爪，方胸鐵杷[4]，柄長七尺以上，三百枚。方胸鐵叉，柄長七尺以上，三百枚。方胸兩枝鐵叉，柄長七尺以上，三百枚。芟草木大鎌，柄長七尺以上，三百枚。大櫓，刀[5]重八斤，柄長六尺，三百枚。委環鐵杙，長三尺以上，三百枚。椓杙[6]大鎚，重五斤，柄長二尺以上，百二十具。

　　「甲士萬人，强弩六千，戟楯二千，矛楯二千，修治攻具，砥礪兵器，巧手三百人。此舉兵、軍用之大數也。」

　　武王曰：「允哉。」

---

1. 孫詒讓云：「縲」當爲「縲」，形近而譌。《易・坎上六》「係用徽纆」，李鼎祚《集解》引馬融云：「徽纆，索也。」《釋文》引劉表云：「三股曰徽，兩股曰纆。」《說文・系部》云：「纆，索也。」
2. 孫詒讓云：「結枲」，謂結繫麻索也。《墨子・宂備篇》云：「參約枲繩。」
3. 孫詒讓云：此當作「銅爲垂」。「垂」、「錘」字通……「銅爲垂」，言銅爲杵頭也。《文選・蕪城賦》李《注》引《三蒼》云：「築，杵頭鐵沓也。」「銅」或省作「同」，又譌作「固」。
4. 杷 《武經七書彙解》卷七下頁六十一上總頁379
5. 刃 《武經七書彙解》卷七下頁六十一上總頁379
6. 孫詒讓云：《詩・周南・兔罝》毛《傳》云：「丁丁，椓杙聲。」《說文・木部》云：「椓，擊也。」《弋部》云：「弋，橛也。」「杙」即「弋」之俗字。《墨子・備城門篇》云：「一寸一椓弋。」

4.2 《三陳》

武王問太公曰：「凡用兵，爲天陳、地陳、人陳，奈何？」

太公曰：「日月星辰斗杓，一左一右，一向一背，此謂天陳。丘陵水泉，亦有前後、左右之利，此謂地陳。用車用馬，用文用武，此謂人陳。」

武王曰：「善哉。」

4.3 《疾戰》

武王問太公曰：「敵人圍我，斷我前後，絕我糧道，爲之奈何？」

太公曰：「此天下之困兵也。暴用之則勝，徐用之則敗。如此者，爲四武衝陳，以武車驍騎驚亂其軍而疾擊之，可以橫行。」

武王曰：「若已出圍地，欲因以爲勝，爲之奈何？」

太公曰：「左軍疾左，右軍疾右，無與敵人爭道。中軍迭前迭後，敵人雖衆，其將可走。」

4.4 《必出》

武王問太公曰：「引兵深入諸侯之地，敵人四合而圍我，斷我歸道，絕我糧食。敵人既衆，糧食甚多，險阻又固。我欲必出，爲之奈何？」

太公曰：「必出之道，器械爲寶，勇鬥爲首。審知敵人空虛之地，無人之處，可以必出。將士人持玄旗，操器械，設銜枚，夜出。勇力、飛足、冒將之士，居前平壘，爲軍開道。材士、強弩爲伏兵，居後。弱卒、車騎居中。陳畢徐行，慎無驚駭。

「以武衝扶胥，前後拒守。武翼大櫓，以備[1]左右。敵人若驚，勇力冒將之士疾擊而前。弱卒車騎，以屬其後。材士、強弩，隱伏而處。審候敵人追我，伏兵疾擊其後，

---

1. 蔽《武經七書彙解》卷七下頁六十七上總頁382

多其火鼓，若從地出，若從天下。三軍勇鬬，莫我能禦。」

武王曰：「前有大水、廣塹、深坑，我欲踰渡，無舟楫之備。敵人屯壘，限我軍前，塞我歸道；斥候常戒：險塞盡中[1]，車騎要我前，勇士擊我後，爲之奈何？」

太公曰：「大水、廣塹、深坑，敵人所不守；或能守之，其卒必寡。若此者，以飛江、轉關與天潢以濟吾軍。勇力、材士，從我所指，衝敵絕陳，皆致其死。

「先燔吾輜重，燒吾糧食，明告吏士，勇鬬則生，不勇則死。已出者，令我踵軍，設雲火遠候，必依草木、丘墓、險阻。敵人車騎，必不敢遠追長驅。因以火爲記，先出者，令至火而止，爲四武衝陳。如此，則吾三軍皆精銳勇鬬，莫我能止。」

武王曰：「善哉。」

4.5 《軍略》

武王問太公曰：「引兵深入諸侯之地，遇深谿大谷險阻之水。吾三軍未得畢濟，而天暴雨，流水大至，後不得屬於前，無有舟梁之備，又無水草之資。吾欲畢濟，使三軍不稽留，爲之奈何？」

太公曰：「凡帥師將衆，慮不先設，器械不備；教不素信，士卒不習，若此，不可以爲王者之兵也。

「凡三軍有大事，莫不習用器械。攻城圍邑[2]，則有轒轀、臨衝；視城中，則有雲梯、飛樓；三軍行止，則有武衝、大櫓；前後拒守，絕道遮街，則有材士、強弩，衝其兩旁；設營壘，則有天羅、武落[3]、行馬、蒺藜。

「晝則登雲梯遠望，立五色旗旌[4]；夜則設雲火萬炬，擊雷鼓，振鼙鐸，吹鳴笳；越溝塹，則有飛橋、轉關、轆轤、鉏鋙；濟大水，則有天潢、飛江；逆波上流，則有浮海、絕江。三軍用備，主將何憂？」

1. 守《武經七書彙解》卷七下頁六十八上總頁382
2. 若攻城圍邑《平津館叢書》本卷4頁5b
3. 孫詒讓云：「武落」，即前《軍用篇》之「虎落」，唐人避諱改。
4. 旌旗《武經七書彙解》卷七下頁七十下總頁383

4.6　《臨境》

　　武王問太公曰：「吾與敵人臨境相拒，彼可以來，我可以往，陳皆堅固，莫敢先舉。我欲往而襲之，彼亦可來。爲之奈何？」

5

　　太公曰：「分兵三處。令（軍）〔我〕前軍，深溝增壘而無出，列旌旗，擊鼙鼓，完爲守備；令我後軍，多積糧食；無使敵人知我意。發我銳士，潛襲其中，擊其不意，攻其無備。敵人不知我情，則止不來矣。」

10　　武王曰：「敵人知我之情，通我之謀，動而得我事。其銳士伏於深草，要隘路，擊我便處，爲之奈何？」

　　太公曰：「令我前軍，日出挑戰，以勞其意；令我老弱，拽柴揚塵，鼓呼而往來，或出其左，或出其右，去敵無過百步，其將必勞，其卒必駭。如此，則敵人不敢來。吾
15　往者不止，或襲其內，或擊其外，三軍疾戰，敵人必敗。」

4.7　《動靜》

　　武王問太公曰：「引兵深入諸侯之地，與敵之軍相當，兩陳相望，衆寡彊弱相等，
20　未敢先舉。吾欲令敵人將帥恐懼，士卒必傷，行陳不固，後陳欲走，前陳數顧。鼓譟而乘之，敵人遂走。爲之奈何？」

　　太公曰：「如此者，發我兵，去寇十里而伏其兩旁，車騎百里而越其前後。多其旌旗，益其金鼓，戰合，鼓譟而俱起。敵將必恐，其軍驚駭。衆寡不相救，貴賤不相待，
25　敵人必敗。」

　　武王曰：「敵之地勢，不可以伏其兩旁，車騎又無以越其前後。敵知我慮，先施其備。我[1]士卒心傷，將帥恐懼，戰則不勝，爲之奈何？」

30　　太公曰：「微哉！王之問也。如此者，先戰五日，發我遠候，往視其動靜。審候其來，設伏而待之。必於死地，與敵相避。遠我旌旗，疏我行陳。必奔其前，與敵相當。戰合而走，擊金無止。三里而還，伏兵乃起。或陷其兩旁，或擊其前後，三軍疾戰，敵

---

1. 吾《武經七書彙解》卷七下頁七十五上總頁386

人必走。」

武王曰：「善哉。」

4.8　《金鼓》

武王問太公曰：「引兵深入諸侯之地，與敵相當。而天大寒甚暑，日夜霖雨，旬日不止。溝壘悉壞，隘塞不守，斥候懈怠，士卒不戒。敵人夜來，三軍無備，上下惑亂，為之奈何？」

太公曰：「凡三軍以戒為固，以怠為敗。令我壘上，誰何不絕；人執旌旗，外內相望。以號相命，勿令乏音，而皆外向。三千人為一屯，誡而約之，各慎其處。敵人若來，觀我軍之警戒，至而必還，力盡氣怠。發我銳士，隨而擊之。」

武王曰：「敵人知我隨之，而伏其銳士，佯北不止。過伏而還，或擊我前，或擊我後，或薄我壘。吾三軍大恐，擾亂失次，離其處所。為之奈何？」

太公曰：「分為三隊，隨而追之，勿越其伏。三隊俱至，或擊其前後，或陷其兩旁。明號審令，疾擊而前，敵人必敗。」

4.9　《絕道》

武王問太公曰：「引兵深入諸侯之地，與敵相守。敵人絕我糧道，又越我前後。吾欲戰則不可勝，欲守則不可久。為之奈何？」

太公曰：「凡深入敵人之地，必察地之形勢，務求便利。依山（林）〔陵〕[1]險阻、水泉林木而為之固；謹守關梁，又知城邑丘墓地形之利。如是，則我軍堅固，敵人不能絕我糧道，又不能越我前後。」

武王曰：「吾三軍過大陵[2]、廣澤、平易之地，吾盟誤失，卒與敵人相薄。以戰則不勝，以守則不固。敵人翼我兩旁，越我前後，三軍大恐，為之奈何？」

---

1. 孫詒讓云：「山林」與「林木」文複，「山林」當作「山陵」。《通典》五十七引正作「陵」，當據校正。　　　2. 大林《武經七書彙解》卷七下頁七十九下總頁388

太公曰：「凡帥師之法，當先發遠候，去敵二百里，審知敵人所在。地勢不利，則以武衛為壘而前，又置兩踵軍於後，遠者百里，近者五十里。即有警急，前後相救，吾三軍常完堅，必無毀傷。」

5   武王曰：「善哉。」

4.10 《略地》

武王問太公曰：「戰勝深入，略其地，有大城不可下。其別軍守險，與我相拒。我
10 欲攻城圍邑，恐其別軍卒至而擊我。中外相合，擊我表裏。三軍大亂，上下恐駭。為之奈何？」

太公曰：「凡攻城圍邑，車騎必遠，屯衛警戒，阻其˙外內˙[1]。中人絕糧，外不得輸，城人恐怖，其將必降。」

15

武王曰：「中人絕糧，外不得輸，陰為約誓，相與密謀。夜出，窮寇死戰。其車騎銳士，或衝我內，或擊我外。士卒迷惑，三軍敗亂。為之奈何？」

太公曰：「如此者，當分軍為三軍，謹視地形而處。審知敵人別軍所在，及其大城
20 別堡，為之置遺缺之道以利其心；謹備勿失，敵人恐懼，不入山林，即歸大邑。走其別軍。車騎遠要其前，勿令遺脫。中人以為先出者得其徑道，其練卒、材士必出，其老弱獨在。車騎深入長驅，敵人之軍，必莫敢至。慎勿與戰，絕其糧道，圍而守之，必久其日。

25   「無燔人積聚，無壞人宮室，冢樹社叢勿伐，降者勿殺，得而勿戮，示之以仁義，施之以厚德，令其士民曰：『罪在一人。』如此，則天下和服。」

武王曰：「善哉。」

30 ## 4.11 《火戰》

武王問太公曰：「引兵深入諸侯之地，遇深草蓊穢，周吾軍前後左右。三軍行數百

---

1. 內外《武經七書彙解》卷七下頁八十一上總頁389

里，人馬疲倦休止。敵人因天燥疾風之利，燔吾上風，車騎銳士，堅伏吾後。吾三軍恐怖，散亂而走。爲之奈何？」

太公曰：「若此者，則以雲梯飛樓，遠望左右，謹察前後。見火起，即燔吾前而廣延之；又燔吾後。敵人若至，則引軍而卻，按黑地而堅處，敵人之來。猶在吾後，見火起，必還走。吾按黑地而處，强弩、材士衛吾左右，又燔吾前後。若此，則敵不能害我。」

武王曰：「敵人燔吾左右，又燔吾前後，煙覆吾軍。其大兵按黑地而起。爲之奈何？」

太公曰：「若此者，爲四武衝陳，强弩翼吾左右，其法無勝亦無負。」

4.12 《壘虛》

武王問太公曰：「何以知敵壘之虛實，自來自去？」

太公曰：「將必上知天道，下知地理，中知人事。登高下望，以觀敵之變動。望其壘，即知其虛實。望其士卒，則知其去來。」

武王曰：「何以知之？」

太公曰：「聽其鼓無音，鐸無聲；望其壘上多飛鳥而不驚。上無氛氣，必知敵詐而爲偶人也。敵人卒去不遠，未定而復返者，彼用其士卒太疾也。太疾、則前後不相次，不相次、則行陳必亂。如此者，急出兵擊之。以少擊衆，則必勝矣。」

5 豹韜

5.1 《林戰》

武王問太公曰：「引兵深入諸侯之地，遇大林，與敵分林相拒。吾欲以守則固，以戰則勝。爲之奈何？」

太公曰：「使吾三軍，分爲衝陳。便兵所處。弓弩爲表，戟楯爲裏。斬除草木，（極）〔亟〕[1]廣吾道，以便戰所。高置旌旗，謹勑[2]三軍，無使敵人知吾之情，是謂林戰。林戰之法，率吾矛戟，相與爲伍。林間木疎，以騎爲輔，戰車居前，見便則戰，不見便則止。林多險阻，必置衝陳，以備前後。三軍疾戰，敵人雖衆，其將可走。更戰更息，各按其部，是謂林戰之紀。」

5.2　《突戰》

武王問太公曰：「敵人深入長驅，侵掠我地，驅我牛馬；其三軍大至，薄我城下。吾士卒大恐；人民係累，爲敵所虜。吾欲以守則固，以戰則勝。爲之奈何？」

太公曰：「如此者謂之突兵，其牛馬必不得食，士卒絕糧。暴擊而前，令我遠邑別軍，選其銳士，疾擊其後，審其期日，必會於晦。三軍疾戰，敵人雖衆，其將可虜。」

武王曰：「敵人分爲三四，或戰而侵掠我地，或止而收我牛馬。其大軍未盡至，而使寇薄我城下，致吾三軍恐懼，爲之奈何？」

太公曰：「謹候敵人，未盡至則設備而待之。去城四里而爲壘，金鼓旌旗，皆列而張。別隊爲伏兵。令我壘上，多積強弩。百步一突門，門有行馬。車騎居外，勇力、銳士，隱伏而處。敵人若至，使我輕卒合戰而佯走；令我城上立旌旗，擊鼙鼓，完爲守備。敵人以我爲守城，必薄我城下。發吾伏兵以衝其內，或擊其外。

「三軍疾戰，或擊其前，或擊其後。勇者不得鬭，輕者不及走，名曰突戰。敵人雖衆，其將必走。」

武王曰：「善哉。」

5.3　《敵強》

武王問太公曰：「引兵深入諸侯之地，與敵人衝軍相當。敵衆我寡，敵強我弱。敵人夜來，或攻吾左，或攻吾右，三軍震動。吾欲以戰則勝，以守則固，爲之奈何？」

---

1. 孫詒讓云：「極」當爲「亟」。《分險篇》亦云：「亟廣吾道，以便戰所。」
2. 勑《平津館叢書》本卷5頁1a

太公曰：「如此者謂之震寇。利以出戰，不可以守。選吾材士、强弩、車騎爲之左右，疾擊其前，急攻其後；或擊其表，或擊其裏。其卒必亂，其將必駭。」

武王曰：「敵人遠遮我前，急攻我後，斷我銳兵，絕我材士。吾內外不得相聞，三軍擾亂，皆散[1]而走。士卒無鬬志，將吏無守心，爲之奈何？」

太公曰：「明哉！王之問也。當明號審令，出我勇、銳、冒將之士，人操炬火，二人同鼓。必知敵人所在，或擊其表，或擊其裏。微[2]號相知，令之滅火，鼓音皆止。中外相應，期約皆當。三軍疾戰，敵必敗亡。」

武王曰：「善哉。」

5.4　《敵武》

武王問太公曰：「引兵深入諸侯之地，卒遇敵人，甚衆且武。武車驍騎繞我左右。吾三軍皆震，走不可止。爲之奈何？」

太公曰：「如此者謂之敗兵。善者以勝，不善者以亡。」

武王曰：「用[3]之奈何？」

太公曰：「伏我材士强弩，武車驍騎，爲之左右，常去前後三里。敵人逐我，發我車騎，衝其左右。如此，則敵人擾亂，吾走者自止。」

武王曰：「敵人與我車騎相當，敵衆我少，敵强我弱。其來整治精銳，吾陳不敢當。爲之奈何？」

太公曰：「選我材士强弩，伏於左右，車騎堅陳而處。敵人過我伏兵，積弩射其左右；車騎銳兵，疾擊其軍，或擊其前，或擊其後。敵人雖衆，其將必走。」

---

1. 敗《武經七書彙解》卷七下頁五下總頁394
2. 孫詒讓云：「微」與「徽」通。《說文·巾部》云：「徽，幟也。以絳帛著於背。从巾，微省聲。」《墨子·號令篇》亦作「微職」。
3. 爲《武經七書彙解》卷七下頁七上總頁395

武王曰：「善哉。」

5.5　《鳥雲山兵》

武王問太公曰：「引兵深入諸侯之地，遇高山盤石，其上亭亭，無有草木，四面受敵，吾三軍恐懼，士卒迷惑。吾欲以守則固，以戰則勝。爲之奈何？」

太公曰：「凡三軍處山之高，則爲敵所棲；處山之下，則爲敵所囚。既以被山而處，必爲鳥雲之陳。鳥雲之陳，陰陽皆備。或屯其陰，或屯其陽。處山之陽，備山之陰；處山之陰，備山之陽。處山之左，備山之右。處山之右，備山之左。其山敵所能陵者，兵備其表。衢道通谷，絕以武車。高置旌旗；謹勑三軍，無使敵人知吾之情，是謂山城。行列已定，士卒已陳，法令已行，奇正已設，各置衝陳於山之表，便兵所處。乃分車騎爲鳥雲之陳。三軍疾戰，敵人雖衆，其將可擒。」

5.6　《鳥雲澤兵》

武王問太公曰：「引兵深入諸侯之地，與敵人臨水相拒。敵富而衆，我貧而寡。踰水擊之，則不能前；欲久其日，則糧食少。吾居斥鹵之地，四旁無邑，又無草木。三軍無所掠取，牛馬無所芻牧。爲之奈何？」

太公曰：「三軍無備，牛馬無食，士卒無糧。如此者，索便詐敵而亟去之，設伏兵於後。」

武王曰：「敵不可得而詐，吾士卒迷惑。敵人越我前後，吾三軍敗亂而走，爲之奈何？」

太公曰：「求途之道，金玉爲主，必因敵使，精微爲寶。」

武王曰：「敵人知我伏兵，大軍不肯濟，別將分隊，以踰於水。吾三軍大恐，爲之奈何？」

太公曰：「如此者，分爲衝陳，便兵所處。須其畢出，發我伏兵，疾擊其後。强弩

兩旁，射其左右。車騎分爲鳥雲之陳，備其前後。三軍疾戰。敵人見我戰合，其大軍必濟水而來。發我伏兵，疾擊其後；車騎衝其左右。敵人雖衆，其將可走。

「凡用兵之大要，當敵臨戰，必宜衝陣，便兵所處。然後以軍騎分爲鳥雲之陳，此用兵之奇也。所謂鳥雲者，鳥散而雲合，變化無窮者也。」

武王曰：「善哉。」

5.7　《少衆》

武王問太公曰：「吾欲以少擊衆，以弱擊彊，爲之奈何？」

太公曰：「以少擊衆者，必以日之暮，伏於深草，要之隘路。以弱擊彊者，必得大國（而）〔之〕[1]與、鄰國之助。」

武王曰：「我無深草，又無隘路；敵人已至，不適日暮；我無大國之與，又無鄰國之助。爲之奈何？」

太公曰：「妄張詐誘，以熒惑其將。迂其道，令過深草；遠其路，令會日路[2]。前行未渡水，後行未及舍，發我伏兵，疾擊其左右，車騎擾亂其前後。敵人雖衆，其將可走。

「事大國之君，下鄰國之士。厚其幣，卑其辭，如此，則得大國之與、鄰國之助矣。」

武王曰：「善哉。」

5.8　《分險》

武王問太公曰：「引兵深入諸侯之地，與敵人相遇於險阨之中。吾左山而右水，敵右山而左水，與我分險相拒。（各）〔吾〕欲以守則固，以戰則勝，爲之奈何？」

---

1. 編者按：下文云「我無大國之與」、「則得大國之與」，此作「而與」者，「而」蓋「之」之誤，今據改。　　2. 日暮《武經七書彙解》卷七下頁十三下總頁398

太公曰：「處山之左，急備山之右；處山之右，急備山之左。險有大水，無舟楫者，以天潢濟吾三軍。已濟者，亟廣吾道，以便戰所。以武衝爲前後，列其強弩，令行陳皆固。衢道谷口，以武衝絕之。高置旌旗，是謂車城。

「凡險戰之法，以武衝爲前，大櫓爲衛；材士、強弩，翼吾左右。三千人爲屯，必置衝陳，便兵所處。左軍以左，右軍以右，中軍以中，並攻而前。已戰者，還歸屯所，更戰更息，必勝乃已。」

武王曰：「善哉。」

6 犬韜

6.1 《分兵[1]》

武王問太公曰：「王者帥師，三軍分爲數處，將欲期會合戰，約誓賞罰，爲之奈何？」

太公曰：「凡用兵之法，三軍之眾，必有分合之變。其大將先定戰地戰日，然後移檄書與諸將吏期，攻城圍邑，各會其所。明告戰日，漏刻有時。

「大將設營而陳，立表轅門，清道而待。諸將吏至者，校其先後；先期至者賞，後期至者斬。如此，則遠近奔集，三軍俱至，并力合戰。」

6.2 《武鋒》

武王問太公曰：「凡用兵之要，必有武車驍騎，馳陳選鋒，見可，則擊之。如何則可擊？」

太公曰：「夫欲擊者，當審察敵人十四變。變見則擊之，敵人必敗。」

武王曰：「十四變可得聞乎？」

---

1. 合《武經七書彙解》卷七下頁十七上總頁400

太公曰：「敵人新集可擊，人馬未食可擊，天時不順可擊，地形未得可擊；奔赴可擊，不戒可擊；疲勞可擊，將離士卒可擊；涉長路可擊，濟水可擊；不暇可擊，阻難狹路可擊；亂行可擊，心怖可擊。」

6.3 《練士》

武王問太公曰：「練士之道奈何？」

太公曰：「軍中有大勇敢死樂傷者，聚爲一卒，名曰（冒）〔冒〕刃之士。

「有銳氣壯勇彊暴者，聚爲一卒，名曰陷陳之士。

「有奇表長劍、接武齊列者，聚爲一卒，名曰勇銳之士。

「有拔距伸鉤、彊梁多力、潰破金鼓、絕滅旌旗者，聚爲一卒，名曰勇力之士。

「有踰高絕遠、輕足善走者，聚爲一卒，名曰寇兵之士。

「有王臣失勢、欲復見功者，聚爲一卒，名曰死鬭之士。

「有死將之人，子弟欲與其將報仇者，聚爲一卒，名曰·敢死之士·[1]。

「有贅婿人虜，欲掩迹揚名者，聚爲一卒，名曰勵鈍之士。

「有貧窮憤怒，欲快其心者，聚爲一卒，名曰必死之士。

「有胥靡免罪之人，欲逃其恥者，聚爲一卒，名曰倖用之士。

「有材技兼人，能負重致遠者，聚爲一卒，名曰待命之士。

「此軍之·服習·[2]，不可不察也。」

---

1. 死憤之士《武經七書彙解》卷七下頁二十下總頁402
2. 練士《武經七書彙解》卷七下頁二十一上總頁402

6.4 《教戰》

武王問太公曰：「合三軍之眾。欲令士卒▸練士◂[1]教戰之道，奈何？」

太公曰：「凡領三軍，有金鼓之節，所以整齊士眾者也。將必先明告吏士，申之以三令，以教操兵起居、旌旗指麾之變法。

「故教吏士：使一人學戰，教成，合之十人；十人學戰，教成，合之百人；百人學戰，教成，合之千人；千人學戰，教成，合之萬人；萬人學戰，教成，合之三軍之眾；大戰之法，教成，合之百萬之眾。故能成其大兵，立威於天下。」

武王曰：「善哉。」

6.5 《均兵》

武王問太公曰：「以車與步卒戰，一車當幾步卒，幾步卒當一車？以騎與步卒戰，一騎當幾步卒，幾步卒當一騎？以車與騎戰，一車當幾騎，幾騎當一車？」

太公曰：「車者、軍之羽翼也，所以陷堅陳、要彊敵、遮走北也。

「騎者、軍之伺候也，所以踵敗軍、絕糧道、擊便寇也。

「故車騎不敵戰，則一騎不能當步卒一人，三軍之眾成陳而相當：則易戰之法，一車當步卒八十人，八十人當一車；一騎當步卒八人，八人當一騎；一車當十騎，十騎當一車。

「險戰之法，一車當步卒四十人，四十人當一車；一騎當步卒四人，四人當一騎；一車當六騎，六騎當一（卒）〔車〕。

「夫車騎者、軍之武兵也。十乘敗千人，百乘敗萬人；十騎敗[2]百人，百騎走千人，此其大數也。」

---

1. 服習《武經七書彙解》卷七下頁二十二下總頁403
2. 走《武經七書彙解》卷七下頁二十四下總頁404

武王曰：「車騎之吏數、陳法奈何？」

太公曰：「置車之吏數：五車一長，十車一吏，五十車一率，百車一將。易戰之
法，五車爲列，相去四十步，左右十步，隊間六十步。險戰之法，車必循道，十車爲
聚，二十車爲屯，前後相去二十步，左右六步，隊（問）〔間〕三十六步。五車一長。
縱橫相去二里，各返故道。

「置騎之吏數：五騎一長，十騎一吏，百騎一率，二百騎一將。易戰之法：五騎爲
列，前後相去二十步，左右四步，隊間五十步；險戰者：前後相去十步，左右二步，隊
間二十五步。三十騎爲一屯，六十騎爲一輩，十騎一吏，縱橫相去百步，周環各復故
處。」

武王曰：「善哉。」

6.6　《武車士》

武王問太公曰：「選車士奈何？」

太公曰：「選車士之法，取年四十已下，長七尺五寸已上，走能逐奔馬，及馳而乘
之，前後、左右、上下周旋，能▸縛束◂[1]旌旗，力能彀八石弩，射前後左右，皆便習
者，名曰武車之士，不可不厚也。」

6.7　《武騎士》

武王問太公曰：「選騎士奈何？」

太公曰：「選騎士之法，取年四十已下，長七尺五寸已上，壯健捷疾，超絕倫等，
能馳騎彀射，前後、左右周旋進退，越溝塹，登丘陵，冒險阻，絕大澤，馳強敵，亂大
衆者，名曰武騎之士，不可不厚也。」

1.　縛束《武經七書彙解》卷七下頁二十七上總頁405

6.8 《戰車》

武王問太公曰:「戰車奈何?」

太公曰:「步貴知變動,車貴知地形,騎貴知別徑奇道。三軍同名而異用也。凡車之死地有十,其勝地有八。」

武王曰:「十死之地奈何?」

太公曰:「往而無以還者,車之死地也;越絕險阻、乘敵遠行者,車之竭地也;前易後險者,車之困地也;陷之險阻而難出者,車之絕地也;圮下漸[1]澤、黑土黏埴者,車之勞地也;左險右易、上陵仰阪者,車之逆地也;殷草橫畝[2]、犯歷深澤者,車之拂地也;車少地易、與步不敵者,車之敗地也;後有溝瀆、左有深水、右有峻阪者。車之壞地也;日夜霖雨,旬日不止,道路潰陷,前不能進、後不能解者,車之陷地也;此十者、車之死地也,故拙將之所以見擒、明將之所以能避也。」

武王曰:「八勝之地奈何?」

太公曰:「敵之前後,行陳未定,即陷之;旌旗擾亂,人馬數動,即陷之;士卒或前或後,或左或右,即陷之;陳不堅固,士卒前後相顧,即陷之;前往而疑,後恐而怯,即陷之;三軍卒驚,皆薄而起,即陷之;戰於易地,暮不能解,即陷之;遠行而暮舍,三軍恐懼,即陷之。此八者、車之勝地也。將明於十害八勝,敵雖圍周,千乘萬騎,前驅旁馳,萬戰必勝。」

武王曰:「善哉。」

6.9 《戰騎》

武王問太公曰:「戰騎奈何?」

---

1. 孫詒讓云:《通典》一百五十九約引此文作「澡塹黏土」,此「漸」即「塹」之借字。
2. 孫詒讓云:《考工記》「輪人爲蓋」云:「良蓋勿冒勿紞,殷畝而馳,不隊,謂之國工。」鄭《注》云:「善蓋者以橫馳於畝上,無衣若無紞,而弓不落也。」此「殷草橫畝」即「殷畝」之義。

太公曰：「騎有十勝九敗。」

武王曰：「十勝奈何？」

太公曰：「敵人始至，行陳未定，前後不屬；陷其前騎，擊其左右，敵人必走。　　5

「敵人行陳整齊堅固，士卒欲鬭。吾騎翼而勿去，或馳而往，或馳而來，其疾如風，其暴如雷，白晝而昏，數更旌旗，變易衣服，其軍可克。

「敵人行陳不固，士卒不鬭。薄其前後，獵其左右，翼而擊之，敵人必懼。　　10

「敵人暮欲歸舍，三軍恐駭，翼其兩旁，疾擊其後，薄其壘口，無使得入，敵人必敗。

「敵人無險阻保固，深入長驅，絕其糧路[1]，敵人必飢。　　15

「地平而易，四面見敵，車騎陷之，敵人必亂。

「敵人奔走，士卒散亂，或翼其兩旁，或掩其前後，其將可擒。

　　　　　　　　　　　　　　　　　　　　　　　　　　　　　　　　　　　　20

「敵人暮返，其兵甚眾，其行陳必亂。令我騎十而為隊，百而為屯，車五而為聚，十而為群，多設旌旗，雜以強弩；或擊其兩旁，或絕其前後，敵將可虜。此騎之十勝也。」

武王曰：「九敗奈何？」　　25

太公曰：「凡以騎陷敵而不能破陳；敵人佯走，以車騎返擊我後，此騎之敗地也。

「追北踰險，長驅不止；敵人伏我兩旁，又絕我後，此騎之圍地也。

　　　　　　　　　　　　　　　　　　　　　　　　　　　　　　　　　　　　30

「往而無以返，入而無以出，是謂陷於天井，頓於地穴，此騎之死地也。

---

1. 道《武經七書彙解》卷七下頁三十一下總頁407

　　　「所從入者隘，所從出者遠。彼弱可以擊我強，彼寡可以擊我衆，此騎之沒地也。

　　　「大澗深谷，翳（薉）〔茂〕林木，此騎之竭地也。

5　　　「左右有水，前有大阜，後有高山；三軍戰於兩水之間，敵居表裏，此騎之艱地也。

　　　「敵人絕我糧道，往而無以返，此騎之困地也。

10　　　「汙下沮澤。進退漸洳，此騎之患地也。

　　　「左有深溝，右有坑阜，高下如平地，進退誘敵，此騎之陷地也。

　　　「此九者、騎之死地也。明將之所以遠避、闇將之所以陷敗也。

15

　　6.10　　《戰步》

　　　武王問太公曰：「步兵〔與〕車騎戰奈何？」

20　　太公曰：「步兵與車騎戰者，必依丘陵險阻，長兵強弩居前，短兵弱弩居後，更發更止。敵之車騎雖衆而至，堅陣疾戰，材士、強弩，以備我後。」

　　　武王曰：「吾無丘陵，又無險阻。敵人之至，既衆且武，車騎翼我兩旁，獵我前後。吾三軍恐怖，亂敗而走，爲之奈何？」

25

　　　太公曰：「令我士卒爲行馬、木蒺藜，置牛馬隊伍，爲四武衝陣；望敵車騎將來，均置蒺藜；掘地匝後，廣深五尺，名曰命籠。人操行馬進步，闌車以爲壘，推而前後，立而爲屯；材士、強弩，備我左右。然後令我三軍，皆疾戰而不解。」

30　　　武王曰：「善哉。」

逐字索引

愛 ài	18
廉潔○人者厚其祿	1.2/3/6
民、有孝慈者○敬之	1.2/3/6
所○者	1.2/3/8
○民而已	1.3/3/18
○民奈何	1.3/3/20
馭民如父母之○子	1.3/4/6
如兄之○弟〔也〕	1.3/4/6
此○民之道也	1.3/4/7
吏不平潔○人	1.9/9/2
人○其上	2.2/13/18
親其所○	2.3/14/10
收其左右忠○	2.3/14/22
因其所○	2.5/16/5
必無（憂）〔○〕財	2.5/16/14
從而○之	2.5/16/14
仁則○人	3.2/18/15
有廉潔而不○人者	3.2/18/19
廉潔而不○人者	3.2/18/23

隘 ài	7
出○塞	3.6/22/18
○塞山林者	3.10/26/1
要○路	4.6/34/10
○塞不守	4.8/35/8
要之○路	5.7/41/13
又無○路	5.7/41/16
所從入者○	6.9/48/1

安 ān	16
則國○而民治	1.2/2/23
欲使主尊人○	1.3/3/16
○徐而靜	1.4/4/18
三寶各○其處	1.6/6/4
則國○	1.6/6/5
則民○	1.8/7/8
相不能富國强兵、調和	
陰陽以○萬乘之主	1.9/9/2
其失○在	1.10/9/18
上下不○其生	2.2/13/22
○能有國	2.3/15/3
○天下者	2.4/15/19
主（圖）〔圖〕○危	3.1/17/3
社稷○危	3.4/20/17

社稷○寧	3.4/21/11
天下○定	3.13/28/18
○其處所	3.13/29/1

按 àn	5
○名督實	1.10/10/6
○黑地而堅處	4.11/37/5
吾○黑地而處	4.11/37/6
其大兵○黑地而起	4.11/37/9
各○其部	5.1/38/5

闇 àn	2
○忽往來	3.1/17/16
明將之所以遠避、○將	
之所以陷敗也	6.9/48/14

坳 āo	1
○澤窈冥者	3.10/26/1

八 bā	29
○曰	2.3/14/25
遊士○人	3.1/17/31
知之有○徵	3.3/19/24
○曰、醉之以酒	3.3/20/9
○徵皆備	3.3/20/11
凡○等	3.7/23/6
長○寸	3.7/23/12,4.1/30/11
○符者	3.7/23/24
推之以○尺車輪	4.1/29/17
刃長○寸	4.1/30/8
重○斤	4.1/30/8,4.1/30/8
	4.1/31/13
廣○寸	4.1/30/18
高○尺	4.1/30/27,4.1/30/27
著轉關轆轤○具	4.1/31/3
○具	4.1/31/4
刀重○斤	4.1/31/16
一車當步卒○十人	6.5/44/23
○十人當一車	6.5/44/24
一騎當步卒○人	6.5/44/24
○人當一騎	6.5/44/24
力能彀○石弩	6.6/45/20
其勝地有○	6.8/46/6

○勝之地奈何	6.8/46/17
此○者、車之勝地也	6.8/46/22
將明於十害○勝	6.8/46/22

拔 bá	3
國可○	1.1/2/3
城不可○	3.12/28/8
有○距伸鉤、彊梁多力	
、潰破金鼓、絕滅旌	
旗者	6.3/43/15

罷 bà	1
所以進○怠也	3.10/26/8

白 bái	8
四曰、明○顯問	3.3/20/1
○刃始合	3.6/22/24
故爭勝於○刃之前者	3.9/24/26
當以○虎	3.11/27/5
飛梟赤莖○羽	4.1/29/26
夜則以○縞	4.1/29/27
○刃接	4.1/30/20
○晝而昏	6.9/47/8

百 bǎi	51
○姓戴其君如日月	1.2/3/9
吾欲賞一以勸○	1.11/10/11
主○藥	3.1/18/3
○姓懽說	3.4/21/10
所以十擊○也	3.10/26/4
去九○步外	3.11/27/4
提翼小櫓扶胥一○四十	
〔四〕（具）〔乘〕	4.1/29/23
矛戟扶胥輕車一○六十	
乘	4.1/30/4
千二○枚	4.1/30/7,4.1/30/8
	4.1/30/9,4.1/30/11,4.1/31/8
○二十具	4.1/30/12
	4.1/30/14,4.1/30/16
	4.1/30/24,4.1/31/17
千二○具	4.1/30/18,4.1/30/21
〔五〕○二十具	4.1/30/27
五○二十具	4.1/30/27

六〇枚	4.1/31/9	此大〇之徵也	3.12/28/5	**棓 bàng**	2
二〇枚	4.1/31/9	〇强敵	4.1/29/18		
三〇枚	4.1/31/13		4.1/29/21,4.1/29/24	方首鐵〇（維盼）〔矩	
	4.1/31/13,4.1/31/14	〇步騎	4.1/29/28	胸〕	4.1/30/7
	4.1/31/15,4.1/31/15		4.1/30/2,4.1/30/5,4.1/30/14	一名天〇	4.1/30/7
	4.1/31/15,4.1/31/16		4.1/30/16,4.1/30/18		
	4.1/31/16,4.1/31/17		4.1/30/21,4.1/30/24	**保 bǎo**	4
巧手三〇人	4.1/31/19	可以縱擊橫、可以〇敵	4.1/30/1		
去敵無過〇步	4.6/34/14	〇步騎群寇	4.1/30/9	然後能〇天下	2.4/15/15
車騎〇里而越其前後	4.7/34/23	以步兵〇車騎	4.1/30/12	〇全民命	3.1/16/32
去敵二〇里	4.9/36/1	黃帝所以〇蚩尤氏	4.1/30/16	〇阻險者	3.10/26/9
遠者〇里	4.9/36/2	徐用之則〇	4.3/32/14	敵人無險阻〇固	6.9/47/15
三軍行數〇里	4.11/36/32	敵人必〇	4.6/34/15		
〇步一突門	5.2/38/19		4.7/34/25,4.8/35/19	**堡 bǎo**	1
合之〇人	6.4/44/8		6.2/42/29,6.9/47/12		
〇人學戰	6.4/44/8	以怠爲〇	4.8/35/11	及其大城別〇	4.10/36/19
合之〇萬之衆	6.4/44/10	三軍〇亂	4.10/36/17		
〇乘敗萬人	6.5/44/30	敵必〇亡	5.3/39/9	**飽 bǎo**	4
十騎敗〇人	6.5/44/30	如此者謂之〇兵	5.4/39/18		
〇騎走千人	6.5/44/30	吾三軍〇亂而走	5.6/40/24	示飢而實〇	1.12/11/4
〇車一將	6.5/45/3	所以踵〇軍、絕糧道、		無以知士卒之飢〇	3.6/22/21
〇騎一率	6.5/45/8	擊便寇也	6.5/44/21	〔共〕勞苦、飢〇	3.6/22/23
二〇騎一將	6.5/45/8	十乘〇千人	6.5/44/30	爲其將（知）〔念〕	
縱橫相去〇步	6.5/45/10	百乘〇萬人	6.5/44/30	〔其〕寒暑〔之極〕	
〇而爲屯	6.9/47/21	十騎〇百人	6.5/44/30	、〔知其〕飢〇之審	3.6/22/26
		車之〇地也	6.8/46/13		
拜 bài	3	騎有十勝九〇	6.9/47/1	**寶 bǎo**	14
		九〇奈何	6.9/47/25		
文王再〇曰	1.1/2/16	此騎之〇地也	6.9/47/27	玩好之器不〇	1.2/3/4
北面再〇而問之	1.8/6/31	明將之所以遠避、闇將		人君有六守、三〇	1.6/5/18
〇而報君曰	3.4/21/1	之所以陷〇也	6.9/48/14	〔君〕無以三〇借人	1.6/5/29
		亂〇而走	6.10/48/24	〔以三〇〕借人則君	
敗 bài	50			〔將〕失其威	1.6/5/29
		阪 bǎn	2	敢問三〇	1.6/6/1
成而勿〇	1.3/3/22			謂之三〇	1.6/6/3
則〇之〔也〕	1.3/4/2	左險右易、上陵仰〇者	6.8/46/12	三〇各安其處	1.6/6/4
則〇	1.7/6/18	後有溝瀆、左右深水、		三〇完	1.6/6/5
〇則皆同其害	2.1/12/9	右有峻〇者	6.8/46/13	其〇固大矣	1.8/7/8
〇法亂刑	2.1/12/20			賂以重〇	2.3/14/25
其地大〇	2.3/14/26	**板 bǎn**	1	而微輸重〇	2.3/15/1
行事成〇	3.1/17/10			周密爲〇	2.5/16/3
亦不兩〇	3.2/19/4	蓋重車上〇	4.1/31/12	器械爲〇	4.4/32/27
〇軍亡將之符	3.7/23/20			精微爲〇	5.6/40/27
雖衆必〇	3.9/25/6	**半 bàn**	2		
其成與〇	3.10/25/23			**報 bào**	3
成〇之機	3.11/27/7	故事〇而功倍焉	3.9/25/1		
其〇在人	3.12/27/23	夜〇遣輕騎	3.11/27/4	拜而〇君曰	3.4/21/1

卻敵○遠之符	3.7/23/14	被 bèi	1	奔 bēn	6
子弟欲與其將○仇者	6.3/43/21				
		既以○山而處	5.5/40/8	戎馬驚○	3.12/28/4
				必○其前	4.7/34/31
暴 bào	9	備 bèi	37	則遠近○集	6.1/42/22
				○赴可擊	6.2/43/1
禁○亂	1.9/7/18	各設固○	1.12/11/1	走能逐○馬	6.6/45/19
○虐殘賊	2.1/12/20	敵不知我所○	1.12/11/7	敵人○走	6.9/47/19
可○也	3.2/18/22	十二節○	2.3/15/8		
長關遠候、○疾謬遁者	3.10/26/5	此六者○	2.4/15/16	本 běn	1
○用之則勝	4.3/32/14	○數如法	3.1/16/27		
而天○雨	4.5/33/17	以○守禦	3.1/17/19	無舍○而治末	1.7/6/12
○擊而前	5.2/38/12	八徵皆○	3.3/20/11		
有銳氣壯勇彊○者	6.3/43/11	設○於已失之後者	3.9/24/26	比 bǐ	2
其○如雷	6.9/47/8	所以○走北也	3.10/26/7		
		則三軍失其○	3.10/26/16	兆○於此	1.1/1/10
卑 bēi	3	守禦之○	3.13/28/18	若是則群邪（此）〔○〕	
		其糧食儲○也	3.13/28/25	周而蔽賢	1.10/10/1
○飛斂翼	2.1/12/15	以○左右	4.4/32/31		
○辭委聽	2.3/14/14	無舟楫之○	4.4/33/3	彼 bǐ	10
○其辭	5.7/41/23	無有舟梁之○	4.5/33/18		
		器械不○	4.5/33/21	○不可來	1.12/11/1
悲 bēi	1	三軍用○	4.5/33/30	今○殷商	2.1/12/18
		完為守○	4.6/34/7,5.2/38/20	○將生驕	2.3/14/7
見其勞苦則為之○	1.3/4/7	攻其無○	4.6/34/8	○將不爭	2.3/14/14
		先施其○	4.7/34/27	○貪利甚喜	2.5/16/6
北 bēi	12	三軍無○	4.8/35/8,5.6/40/21	○可以來	4.6/34/3
		謹○勿失	4.10/36/20	○亦可來	4.6/34/4
○面再拜而問之	1.8/6/31	以○前後	5.1/38/4	○用其士卒太疾也	4.12/37/24
○面而立	3.4/20/19	未盡至則設○而待之	5.2/38/18	○弱可以擊我強	6.9/48/1
所以備走○也	3.10/26/7	陰陽皆○	5.5/40/9	○寡可以擊我衆	6.9/48/1
城之氣出而○	3.12/28/7	○山之陰	5.5/40/9		
城主逃○	3.12/28/9	○山之陽	5.5/40/10	啚 bǐ	1
遁走○　4.1/30/14,4.1/30/16		○山之右	5.5/40/10		
4.1/30/22,4.1/30/24		○山之左	5.5/40/10	主（○）〔圖〕安危	3.1/17/3
佯○不止	4.8/35/15	兵○其表	5.5/40/11		
所以陷堅陳、要彊敵、		○其前後	5.6/41/1	必 bì	109
遁走○也	6.5/44/19	急○山之右	5.8/42/1		
追○踰險	6.9/47/29	急○山之左	5.8/42/1	其聚○散	1.1/2/5
		以○我後	6.10/48/21	其光○遠	1.1/2/5
背 bèi	1	○我左右	6.10/48/28	有功○賞	1.2/3/8
				有罪○罰	1.2/3/8
一向一○	4.2/32/5	輩 bèi	1	日中○彗	1.7/6/12
				操刀○割	1.7/6/12
倍 bèi	1	六十騎為一○	6.5/45/10	執斧○伐	1.7/6/12
				是故人君○從事於富	1.7/6/17
故事半而功○焉	3.9/25/1			王者○禁之	1.9/8/21

凡用○	4.2/32/3	4.1/30/8,4.1/30/9,4.1/31/13	皆○而起　6.8/46/21
此天下之困○也	4.3/32/14	○長六尺以上　4.1/30/11	○其前後　6.9/47/10
材士、强弩爲伏○	4.4/32/29	○長三尺以上　4.1/31/13	○其壘口　6.9/47/12
伏○疾擊其後	4.4/32/32	○長七尺以上　4.1/31/14	
不可以爲王者之○也	4.5/33/21	4.1/31/15,4.1/31/15	**卜 bǔ**　　3
分○三處	4.6/34/6	4.1/31/16	
發我○	4.7/34/23	○長六尺　4.1/31/16	史編布○　1.1/1/5
伏○乃起	4.7/34/32	○長二尺以上　4.1/31/17	乃命太史○　3.4/20/18
其大○按黑地而起	4.11/37/9		○吉日　3.4/20/19
急出○擊之	4.12/37/25	**并 bìng**　　1	
便○所處　5.1/38/1,5.5/40/12			**補 bǔ**　　1
5.6/40/32,5.6/41/4,5.8/42/6		○力合戰　6.1/42/22	
如此者謂之突○	5.2/38/12		主拾遺○過　3.1/17/21
別隊爲伏○	5.2/38/19	**並 bìng**　　2	
發吾伏○以衝其內	5.2/38/21		**不 bù**　　291
斷我銳○	5.3/39/4	輻湊○進　1.4/4/28	
如此者謂之敗○	5.4/39/18	○攻而前　5.8/42/6	今臣言至情○諱　1.1/1/28
敵人過我伏○	5.4/39/28		○惡至情　1.1/1/30
車騎銳○	5.4/39/29	**病 bìng**　　3	敢○受天之詔命乎　1.1/2/16
○備其表	5.5/40/11		其君賢、○肖○等乎　1.2/2/21
設伏○於後	5.6/40/21	〔同〕○相救　2.1/11/29	君○肖　1.2/2/23
敵人知我伏○	5.6/40/29	以痊萬○　3.1/18/3	○在天時　1.2/2/23
發我伏○　5.6/40/32,5.6/41/2		軍必○　3.12/28/9	金銀珠玉○飾　1.2/3/3
5.7/41/20			錦繡文綺○衣　1.2/3/3
凡用○之大要	5.6/41/4	**波 bō**　　1	奇怪珍異○視　1.2/3/3
此用○之奇也	5.6/41/4		玩好之器○寶　1.2/3/4
凡用○之法	6.1/42/18	逆○上流　4.5/33/29	淫泆之樂○聽　1.2/3/4
凡用○之要	6.2/42/26		宮垣屋室○塏　1.2/3/4
名曰寇○之士	6.3/43/17	**博 bó**　　1	蔂楯橡楹○斲　1.2/3/4
以教操○起居、旌旗指			茅茨徧庭○剪　1.2/3/4
麾之變法	6.4/44/6	○聞辯辭　1.9/8/15	○以役作之故　1.2/3/5
故能成其大○	6.4/44/10		民○失〔其所〕務　1.3/3/26
夫車騎者、軍之武○也	6.5/44/30	**搏 bó**　　2	農○失〔其〕時　1.3/3/26
其○甚衆	6.9/47/21		吏清○苛擾　1.3/4/2
步○〔與〕車騎戰奈何		猛獸將○　2.1/12/16	善與而○爭　1.4/4/18
6.10/48/18		所以○前擒後也　3.10/26/6	○可極也　1.4/4/23,1.9/9/7
步○與車騎戰者	6.10/48/20		○可測也　1.4/4/23,1.9/9/7
長○强弩居前	6.10/48/20	**薄 bó**　　11	則無○見也　1.4/4/27
短○弱弩居後	6.10/48/20		則無○聞也　1.4/4/28
		其自奉也甚○　1.2/3/8	則無○知也　1.4/4/28
柄 bǐng　　16		○賦斂　1.3/4/1	則明○蔽矣　1.4/4/28
		而○其略　2.3/14/17	○慎所與也　1.6/5/18
無借人國○	1.7/6/11	或○我壘　4.8/35/16	富之而○犯者、仁也　1.6/5/27
借人國○	1.7/6/11	卒與敵人相○　4.9/35/30	貴之而○驕者、義也　1.6/5/27
授將其○	3.4/20/20	○我城下　5.2/38/9	付之而○轉者、忠也　1.6/5/28
持○	3.4/20/22	而使寇○我城下　5.2/38/15	使之而○隱者、信也　1.6/5/28
○長五尺以上	4.1/30/7	必○我城下　5.2/38/21	危之而○恐者、勇也　1.6/5/28

事之而○窮者、謀也	1.6/5/28	大智○智	2.1/12/3	有勢虛形劣而外出無所	
民乃○慮	1.6/6/4	大謀○謀	2.1/12/3	○至、無所○遂者	3.3/19/16
日中○彗	1.7/6/12	大勇○勇	2.1/12/3	非有大明○見其際	3.3/19/19
操刀○割	1.7/6/13	大利○利	2.1/12/3	此士之外貌○與中情相	
執斧○伐	1.7/6/13	故道在○可見	2.1/12/15	應者也	3.3/19/19
涓涓○塞	1.7/6/15	事在○可聞	2.1/12/15	則賢、○肖別矣	3.3/20/11
熒熒○救	1.7/6/15	勝在○可知	2.1/12/15	今某國○臣	3.4/20/17
兩葉○去	1.7/6/15	上下○覺	2.1/12/21	臣聞國○可從外治	3.4/21/1
○富無以爲仁	1.7/6/17	○可○藏	2.2/13/10	軍○可從中御	3.4/21/1
○施無以合親	1.7/6/17	○可○行	2.2/13/10	二心○可以事君	3.4/21/1
而○終其正也	1.7/6/18	夫天地○自明	2.2/13/13	疑志○可以應敵	3.4/21/2
下○肖	1.9/7/18	聖人○自明	2.2/13/13	臣○敢生還	3.4/21/2
民有○事農桑、任氣遊		萬國○通	2.2/13/18	君○許臣	3.4/21/3
俠、犯歷法禁、○從		愚人○能正	2.2/13/21	臣○敢將	3.4/21/3
吏教者	1.9/7/25	上下○安其生	2.2/13/22	○聞君命	3.4/21/5
外交諸侯、○重其主者	1.9/8/1	累世○休	2.2/13/22	兵○接刃	3.4/21/8
○圖大事	1.9/8/18	夙夜念之○忘	2.2/14/1	〔夫煞一人而三軍○聞〕	
○祥之言	1.9/8/23	彼將○爭	2.3/14/14		3.5/21/25
故民○盡〔其〕力	1.9/9/1	國鮮○亡	2.3/14/20	〔煞一人而萬民○知〕	3.5/22/1
士○誠信〔而巧僞〕	1.9/9/1	人臣無○重貴與富	2.3/15/1	〔煞一人而千萬人○恐〕	
臣○忠諫	1.9/9/1	然後能○失天下	2.4/15/15		3.5/22/1
吏○平潔愛人	1.9/9/2	事而○疑	2.4/15/15	〔其將○重〕	3.5/22/2
相○能富國强兵、調和		則天運○能移	2.4/15/16	〔封一人而三軍○悅〕	3.5/22/2
陰陽以安萬乘之主	1.9/9/2	時變○能遷	2.4/15/16	〔爵一人而萬人○勸〕	3.5/22/2
故可怒而○怒	1.9/9/7	恐力○能攻强	2.5/15/24	〔賞一人萬人○欣〕	3.5/22/2
可殺而○殺	1.9/9/8	○守一術	3.1/16/24	〔則三軍○爲使〕	3.5/22/3
兵勢○行	1.9/9/8	○失地利	3.1/17/8	將冬〔日〕○服裘	3.6/22/15
而○獲其功	1.10/9/14	令三軍○困乏	3.1/17/12	夏〔日〕○操扇	3.6/22/15
舉賢而○用	1.10/9/16	○知所由	3.1/17/14	〔天〕雨○張蓋〔幕〕	3.6/22/15
其失在君好用世俗之所		勇則○可犯	3.2/18/15	將○身服禮	3.6/22/16
譽而○得眞賢也	1.10/9/20	智則○可亂	3.2/18/15	將○身服力	3.6/22/18
以世俗之所毀者爲○肖	1.10/9/25	信則○欺〔人〕	3.2/18/16	軍○舉火	3.6/22/20
則國○免於危亡	1.10/10/2	有仁而○忍人者	3.2/18/18	將亦○舉	3.6/22/20
則所○聞見者莫○陰化		有廉潔而○愛人者	3.2/18/19	將○身服止欲	3.6/22/21
矣	1.11/10/14	仁而○忍人者	3.2/18/22	○泄中外相知之術	3.7/23/25
○得已而用之	1.12/10/25	廉潔而○愛人者	3.2/18/23	圖○測之利	3.8/24/3
今商王知存而○知亡	1.12/10/27	故置將○可察也	3.2/19/2	符○能明	3.8/24/4
知樂而○知殃	1.12/10/27	兵○兩勝	3.2/19/4	言語○通	3.8/24/4
彼○可來	1.12/11/1	亦○兩敗	3.2/19/4	○用符	3.8/24/6
此○可往	1.12/11/1	期○十日	3.2/19/4	相參而○相知情也	3.8/24/7
○得其利	1.12/11/1	○有亡國	3.2/19/4	故至事○語	3.9/24/18
敵○知我所備	1.12/11/7	夫士外貌○與中情相應		用兵○言	3.9/24/18
復疾擊其○意	1.12/11/11	者十五	3.3/19/13	其言○足聽也	3.9/24/18
罪殺○辜	2.1/11/17	有嚴而○肖者	3.3/19/13	其狀○足見也	3.9/24/18
○可〔以〕先倡	2.1/11/20	有好謀而○決者	3.3/19/14	能獨專而○制者	3.9/24/19
○可〔以〕先謀	2.1/11/21	有如果敢而○能者	3.3/19/15	○待張軍	3.9/24/23
全勝○鬪	2.1/11/27	有悾悾而○信者	3.3/19/15	動莫神於○意	3.9/24/29

謀莫善於○識	3.9/24/29	器械○備	4.5/33/21	○適日暮	5.7/41/16
居之○撓	3.9/25/6	教○素信	4.5/33/21	天時○順可擊	6.2/43/1
○勝則止	3.9/25/6	士卒○習	4.5/33/21	○戒可擊	6.2/43/2
見利○失	3.9/25/9	○可以爲王者之兵也	4.5/33/21	○暇可擊	6.2/43/2
遇時○疑	3.9/25/9	莫○習用器械	4.5/33/24	○可○察也	6.3/43/31
故智者從之而○釋	3.9/25/11	擊其○意	4.6/34/7	故車騎○敵戰	6.5/44/23
巧者一決而○猶豫	3.9/25/11	敵人○知我情	4.6/34/8	則一騎○能當步卒一人	6.5/44/23
是以疾雷○及掩耳	3.9/25/11	則止○來矣	4.6/34/8	○可○厚也 6.6/45/21,6.7/45/29	
迅電○及瞑目	3.9/25/11	則敵人○敢來	4.6/34/14	車少地易、與步○敵者	6.8/46/13
有所○言而守者	3.9/25/14	吾往者○止	4.6/34/14	前○能進、後○能解者	6.8/46/14
有所○見而視者	3.9/25/14	衆寡○相救	4.7/34/24	陳○堅固	6.8/46/20
○知戰攻之策	3.10/26/12	貴賤○相待	4.7/34/24	暮○能解	6.8/46/21
○可以語敵	3.10/26/12	○可以伏其兩旁	4.7/34/27	前後○屬	6.9/47/5
○能分移	3.10/26/12	戰則○勝	4.7/34/28	敵人行陳○固	6.9/47/10
○可以語奇	3.10/26/12	旬日○止	4.8/35/7,6.8/46/14	士卒○鬭	6.9/47/10
○通治亂	3.10/26/12	隘塞○守	4.8/35/8	凡以騎陷敵而○能破陳	6.9/47/27
○可以語變	3.10/26/12	士卒○戒	4.8/35/8	長驅○止	6.9/47/29
將○仁	3.10/26/15	誰何○絕	4.8/35/11	皆疾戰而○解	6.10/48/28
則三軍○親	3.10/26/15	佯北○止	4.8/35/15		
將○勇	3.10/26/15	吾欲戰則○可勝	4.9/35/23	**布 bù**	**2**
則三軍○銳	3.10/26/15	欲守則○可久	4.9/35/24		
將○智	3.10/26/15	敵人○能絕我糧道	4.9/35/27	史編○卜	1.1/1/5
將○明	3.10/26/15	又○能越我前後	4.9/35/28	○衣掩形	1.2/3/5
將○精微	3.10/26/16	以戰則○勝	4.9/35/30		
將○常戒	3.10/26/16	以守則○固	4.9/35/31	**步 bù**	**44**
將○彊力	3.10/26/16	地勢○利	4.9/36/1		
○得賢將者	3.10/26/19	有大城○可下	4.10/36/9	將必先下○	3.6/22/18
萬代○易	3.11/26/29	外○得輸 4.10/36/13,4.10/36/16		去九百○外	3.11/27/4
五管聲盡○應者	3.11/27/6	○入山林	4.10/36/20	其戰○兵也	3.13/28/24
士卒○齊	3.12/27/30	則敵○能害我	4.11/37/6	敗○騎	4.1/29/28
相語以○利	3.12/27/30	望其壘上多飛鳥而○驚		4.1/30/2,4.1/30/5,4.1/30/14	
妖言○止	3.12/27/30		4.12/37/23	4.1/30/16,4.1/30/18	
○畏法令	3.12/27/31	敵人卒去○遠	4.12/37/24	4.1/30/21,4.1/30/24	
○重其將	3.12/27/31	太疾、則前後○相次	4.12/37/24	敗○騎群寇	4.1/30/9
行陳○固 3.12/28/4,4.7/34/20		○相次、則行陳必亂	4.12/37/25	以○兵敗車騎	4.1/30/12
氣絕而○屬	3.12/28/4	○見便則止	5.1/38/3	去敵無過百○	4.6/34/14
城○可拔	3.12/28/8	其牛馬必○得食	5.2/38/12	百○一突門	5.2/38/19
城○可攻	3.12/28/8	勇者○得鬭	5.2/38/23	以車與○卒戰	6.5/44/16
過旬○雷○雨	3.12/28/11	輕者○及走	5.2/38/23	一車當幾○卒	6.5/44/16
○可攻而止	3.12/28/11	○可以守	5.3/39/1	幾○卒當一車	6.5/44/16
○得相過	3.13/28/27	吾內外○得相聞	5.3/39/4	以騎與○卒戰	6.5/44/16
敵人所○守	4.4/33/6	走○可止	5.4/39/16	一騎當幾○卒	6.5/44/17
○勇則死	4.4/33/9	○善者以亡	5.4/39/18	幾○卒當一騎	6.5/44/17
必○敢遠追長驅	4.4/33/10	吾陳○敢當	5.4/39/25	則一騎不能當○卒一人	6.5/44/23
後○得屬於前	4.5/33/18	則○能前	5.6/40/18	一車當○卒八十人	6.5/44/23
使三軍○稽留	4.5/33/18	敵○可得而詐	5.6/40/24	一騎當○卒八人	6.5/44/24
慮○先設	4.5/33/21	大軍○肯濟	5.6/40/29	一車當○卒四十人	6.5/44/27

一騎當〇卒四人	6.5/44/27		4.1/29/20
相去四十〇	6.5/45/4	〇士强弩矛戟爲翼	4.1/29/26
左右十〇	6.5/45/4	〇士、强弩爲伏兵	4.4/32/29
隊間六十〇	6.5/45/4	〇士、强弩	4.4/32/32,5.8/42/5
前後相去二十〇	6.5/45/5		6.10/48/21,6.10/48/28
	6.5/45/9	勇力、〇士	4.4/33/7
左右六〇	6.5/45/5	則有〇士、强弩	4.5/33/25
隊（間）〔間〕三十六		其練卒、〇士必出	4.10/36/21
〇	6.5/45/5	强弩、〇士衛吾左右	4.11/37/6
左右四〇	6.5/45/9	選吾〇士、强弩、車騎	
隊間五十〇	6.5/45/9	爲之左右	5.3/39/1
前後相去十〇	6.5/45/9	絕我〇士	5.3/39/4
左右二〇	6.5/45/9	伏我〇士强弩	5.4/39/22
隊間二十五〇	6.5/45/9	選我〇士强弩	5.4/39/28
縱橫相去百〇	6.5/45/10	有〇技兼人	6.3/43/29
〇貴知變動	6.8/46/5		
車少地易、與〇不敵者	6.8/46/13	**財** cái	**7**
〇兵〔與〕車騎戰奈何			
	6.10/48/18	地有〇	1.1/2/11
〇兵與車騎戰者	6.10/48/20	用〇	2.5/15/26
人操行馬進〇	6.10/48/27	必無（憂）〔愛〕〇	2.5/16/14
		智以啓〇	2.5/16/16
怖 bù	**4**	〇以啓衆	2.5/16/16
		主計會三軍營壁、糧食	
城人恐〇	4.10/36/14	、〇用出入	3.1/18/5
吾三軍恐〇	4.11/37/1	五日、使之以〇	3.3/20/3
	6.10/48/24		
心〇可擊	6.2/43/3	**殘** cán	**1**
部 bù	**3**	暴虐〇賊	2.1/12/20
分書爲三〇	3.8/24/7	**倉** cāng	**1**
天羅、虎落鎖連一〇	4.1/30/26		
各按其〇	5.1/38/5	冬實〇廪	3.13/28/25
才 cái	**2**	**藏** cáng	**6**
選〇考能	1.10/10/6	冬道〇	1.8/7/3
〇臣外相	2.3/14/20	盈則〇	1.8/7/3
		〇則復起	1.8/7/4
材 cái	**21**	仁聖〇	1.8/7/6
		不可不〇	2.2/13/10
主擇〇力	3.1/17/14	既以〇之	2.2/13/10
通〇三人	3.1/17/21		
將有五〇十過	3.2/18/11	**操** cāo	**10**
所謂五〇者	3.2/18/15		
〇士、强弩、矛戟爲翼	4.1/29/17	〇刀必割	1.7/6/12

〇刀不割	1.7/6/13
君親〇鉞	3.4/20/19
復〇斧	3.4/20/22
夏〔日〕不〇扇	3.6/22/15
人〇一分	3.8/24/7
〇器械	4.4/32/28
人〇炬火	5.3/39/7
以教〇兵起居、旌旗指	
麾之變法	6.4/44/6
人〇行馬進步	6.10/48/27

草 cǎo	**16**
〇管勝穀	2.1/12/20
深〇蓊翳者	3.10/25/26
春鑱〇棘	3.13/28/24
曠野〇中	4.1/30/21
芟〇木大鎌	4.1/31/16
必依〇木、丘墓、險阻	4.4/33/10
又無水〇之資	4.5/33/18
其銳士伏於深〇	4.6/34/10
遇深〇蓊穢	4.11/36/32
斬除〇木	5.1/38/1
無有〇木	5.5/40/5
又無〇木	5.6/40/18
伏於深〇	5.7/41/13
我無深〇	5.7/41/16
令過深〇	5.7/41/19
殷〇橫畝、犯歷深澤者	6.8/46/12

側 cè	**1**
太子發在〇	1.5/5/3

策 cè	**1**
不知戰攻之〇	3.10/26/12

測 cè	**3**
不可〇也	1.4/4/23,1.9/9/7
圖不〇之利	3.8/24/3

叉 chā	**2**
方胸鐵〇	4.1/31/15
方胸兩枝鐵〇	4.1/31/15

鍤 chā 1	不可〔以〕先○ 2.1/11/20	五車一○ 6.5/45/3,6.5/45/5
		五騎一○ 6.5/45/8
钁○斧鋸杵（臼）〔臼〕	**長 cháng** 58	○七尺五寸已上 6.6/45/19
3.13/28/22		6.7/45/27
	根深而木○ 1.1/1/26	深入○驅 6.9/47/15
察 chá 11	木○而實生之 1.1/1/26	○驅不止 6.9/47/29
	六守○ 1.6/6/5	○兵強弩居前 6.10/48/20
密○敵人之機而速乘其	夏道○ 1.8/7/3	
利 1.12/11/11	故能○生 2.2/13/13	**常 cháng** 13
上○ 2.3/15/6	各取所○ 3.1/16/24	
所謂上○天 2.3/15/8	○一尺 3.7/23/8	順其○ 1.7/6/23
下○地 2.3/15/8	○九寸 3.7/23/10	因其○而視之 1.8/7/8
故置將不可不○也 3.2/19/2	○八寸 3.7/23/12,4.1/30/11	極反其○ 1.8/7/11
明將○之 3.12/27/23	○七寸 3.7/23/14	〔夫〕天有○形 2.2/13/29
○其動靜 3.12/27/25	○六寸 3.7/23/16	民有○生 2.2/13/29
必○地之形勢 4.9/35/26	○五寸 3.7/23/18	以用爲○ 2.2/14/1
謹○前後 4.11/37/4	○四寸 3.7/23/20	而○有繁滋 2.3/15/3
當審○敵人十四變 6.2/42/29	○三寸 3.7/23/22	因以爲○ 3.9/25/3
不可不○也 6.3/43/31	彊弩○兵者 3.10/26/4	將不○戒 3.10/26/16
	○關遠候、暴疾謬遁者 3.10/26/5	道之○也 3.11/26/29
柴 chái 2	用日○久 3.12/28/9	斥候○戒 4.4/33/4
	官有○ 3.13/28/27	吾三軍○完堅 4.9/36/2
結虎落○營 4.1/31/8	○六尺 4.1/29/27,4.1/29/28	○去前後三里 5.4/39/22
拽○揚塵 4.6/34/13	柄○五尺以上 4.1/30/7	
	4.1/30/8,4.1/30/9,4.1/31/13	**敞 chǎng** 1
鋋 chán 2	刃○八寸 4.1/30/8	
	鉤芒○四寸 4.1/30/11	處高○者 3.10/26/9
方胸○矛 4.1/30/21	柄○六尺以上 4.1/30/11	
張○矛法 4.1/30/21	○六尺以上 4.1/30/18	**唱 chàng** 1
	○二丈以上 4.1/31/3	
讒 chán 1	4.1/31/4,4.1/31/8,4.1/31/10	爲之先○ 1.8/7/11
	○四丈以上 4.1/31/9,4.1/31/9	
○佞苟得以求官爵 1.9/8/18	4.1/31/12	**暢 chàng** 1
	柄○三尺以上 4.1/31/13	
昌 chāng 6	○五尺以上 4.1/31/14	夫誠○於天地 1.11/10/15
	柄○七尺以上 4.1/31/14	
以之佐○ 1.1/1/6	4.1/31/15,4.1/31/15	**超 chāo** 1
故義勝欲則○ 1.5/5/11	4.1/31/16	
則君○ 1.6/6/5	柄○六尺 4.1/31/16	○絕倫等 6.7/45/27
仁聖○ 1.8/7/6	○三尺以上 4.1/31/17	
得之者○ 3.10/25/23	柄○二尺以上 4.1/31/17	**車 chē** 105
兵彊國○ 3.10/26/19	必不敢遠追○驅 4.4/33/10	
	車騎深入○驅 4.10/36/22	乘田○ 1.1/1/12
倡 chāng 2	敵人深入○驅 5.2/38/9	所以止○禦騎也 3.10/26/1
	涉○路可擊 6.2/43/2	兵○折軸 3.12/28/5
臣有大作宮室池榭、遊	有奇表○劍、接武齊列	馬牛、○輿者 3.13/28/21
觀○樂者 1.9/7/23	者 6.3/43/13	其戰○騎也 3.13/28/24

一〇二十四人	4.1/29/17	一〇當幾步卒	6.5/44/16	以〇騎返擊我後	6.9/47/27
推之以八尺〇輪	4.1/29/17	幾步卒當一〇	6.5/44/16	步兵〔與〕〇騎戰奈何	
〇上立旗鼓	4.1/29/17	以〇與騎戰	6.5/44/17		6.10/48/18
以五尺〇輪	4.1/29/20	一〇當幾騎	6.5/44/17	步兵與〇騎戰者	6.10/48/20
絞〇連弩自副	4.1/29/21	幾騎當一〇	6.5/44/17	敵之〇騎雖衆而至	6.10/48/21
	4.1/29/23,4.1/30/26	〇者、軍之羽翼也	6.5/44/19	〇騎翼我兩旁	6.10/48/23
以鹿〇輪	4.1/29/23	故〇騎不敵戰	6.5/44/23	望敵〇騎將來	6.10/48/26
大扶胥衝〇三十六乘	4.1/30/1	一〇當步卒八十人	6.5/44/23	闌〇以爲壘	6.10/48/27
輞〇騎寇	4.1/30/1	八十人當一〇	6.5/44/24		
一名電〇	4.1/30/2	一〇當十騎	6.5/44/24	**徹 chè**	**1**
矛戟扶胥輕〇一百六十		十騎當一〇	6.5/44/24		
乘	4.1/30/4	一〇當步卒四十人	6.5/44/27	〇天下者	2.4/15/19
以步兵敗〇騎	4.1/30/12	四十人當一〇	6.5/44/27		
蓋重〇上板	4.1/31/12	一〇當六騎	6.5/44/28	**臣 chén**	**29**
〇一具	4.1/31/12	六騎當一〔卒〕〔〇〕	6.5/44/28		
用〇用馬	4.2/32/6	夫〇騎者、軍之武兵也	6.5/44/30	〇聞君子樂得其志	1.1/1/16
以武〇驍騎驚亂其軍而		〇騎之吏數、陳法奈何	6.5/45/1	今〇言至情不諱	1.1/1/28
疾擊之	4.3/32/14	置之吏數	6.5/45/3	君〇之禮如何	1.4/4/11
弱卒、〇騎居中	4.4/32/29	五〇一長	6.5/45/3,6.5/45/5	〇無富於君	1.6/6/4
弱卒〇騎	4.4/32/32	十〇一吏	6.5/45/3	〇有大作宮室池榭、遊	
〇騎要我前	4.4/33/4	五十〇一率	6.5/45/3	觀倡樂者	1.9/7/23
敵人〇騎	4.4/33/10	百〇一將	6.5/45/3	〇有結朋黨、蔽賢智、	
〇騎百里而越其前後	4.7/34/23	五〇爲列	6.5/45/4	（郭）〔障〕主明者	1.9/7/27
〇騎又無以越其前後	4.7/34/27	〇必循道	6.5/45/4	〇有輕爵位、賤有司、	
〇騎必遠	4.10/36/13	十〇爲聚	6.5/45/4	羞爲上犯難者	1.9/8/3
其〇騎銳士	4.10/36/16	二十〇爲屯	6.5/45/5	傷功〇之勞	1.9/8/3
〇騎遠要其前	4.10/36/21	選〇士奈何	6.6/45/17	〇不忠諫	1.9/9/1
〇騎深入長驅	4.10/36/22	選〇士之法	6.6/45/19	非吾〇也	1.9/9/1
〇騎銳士	4.11/37/1	名曰武〇之士	6.6/45/21	正群〇	1.9/9/2
戰〇居前	5.1/38/3	戰〇奈何	6.8/46/3	姦〇乃作	1.9/9/8
〇騎居外	5.2/38/19	〇貴知地形	6.8/46/5	忠〇死於無罪	1.10/10/1
選吾材士、强弩、〇騎		凡〇之死地有十	6.8/46/5	姦〇以虛譽取爵位	1.10/10/1
爲之左右	5.3/39/1	〇之死地也	6.8/46/10	廷無忠〇	2.3/14/10
武〇驍騎繞我左右	5.4/39/15	〇之竭地也	6.8/46/10	嚴其忠〇	2.3/14/17
武〇驍騎	5.4/39/22	〇之困地也	6.8/46/11	才〇外相	2.3/14/20
發我〇騎	5.4/39/22	〇之絕地也	6.8/46/11	人〇無不重貴與富	2.3/15/1
敵人與我〇騎相當	5.4/39/25	〇之勞地也	6.8/46/12	養其亂〇以迷之	2.3/15/5
〇騎堅陳而處	5.4/39/28	〇之逆地也	6.8/46/12	今某國不〇	3.4/20/17
〇騎銳兵	5.4/39/29	〇之拂地也	6.8/46/12	〇聞國不可從外治	3.4/21/1
絕以武〇	5.5/40/11	〇少地易、與步不敵者	6.8/46/13	〇既受命	3.4/21/2
乃分〇騎爲鳥雲之陳	5.5/40/12	〇之敗地也	6.8/46/13	〇不敢生還	3.4/21/2
〇騎分爲鳥雲之陳	5.6/41/1	〇之壞地也	6.8/46/13	願君亦垂一言之命於〇	3.4/21/2
〇騎衝其左右	5.6/41/2	〇之陷地也	6.8/46/14	君不許〇	3.4/21/3
〇騎擾亂其前後	5.7/41/20	此十者、〇之死地也	6.8/46/14	〇不敢將	3.4/21/3
是謂〇城	5.8/42/3	此八者、〇之勝地也	6.8/46/22	殺及當路貴重之〇	3.5/21/24
必有武〇驍騎	6.2/42/26	〇騎陷之	6.9/47/17	所以調和三軍、制一〇	
以〇與步卒戰	6.5/44/16	〇五而爲聚	6.9/47/21	下也	3.10/26/8

有王○失勢、欲復見功		各置衝○於山之表	5.5/40/12	故能○其大兵	6.4/44/10
者	6.3/43/19	乃分車騎爲鳥雲之○	5.5/40/12	三軍之衆○陳而相當	6.5/44/23
		車騎分爲鳥雲之○	5.6/41/1		
沈 chén	2	然後以軍騎分爲鳥雲之		**承** chéng	1
		○	5.6/41/4		
爲下唯○	1.4/4/13	令行○皆固	5.8/42/2	○意應事	2.3/14/31
○而無隱	1.4/4/13	大將設營而○	6.1/42/21		
		馳○選鋒	6.2/42/26	**城** chéng	41
辰 chén	1	名曰陷○之士	6.3/43/11		
		所以陷堅○、要彊敵、		攻○爭先登	3.6/22/8
日月星○斗杓	4.2/32/5	遮走北也	6.5/44/19	高○深池	3.6/22/24
		三軍之衆成○而相當	6.5/44/23	降○得邑之符	3.7/23/12
陳 chén	59	車騎之吏數、○法奈何	6.5/45/1	所以降○服邑也	3.10/26/5
		行○未定	6.8/46/19,6.9/47/5	凡攻○圍邑	3.12/28/7
○其政教	2.2/13/18	○不堅固	6.8/46/20		3.12/28/11,4.10/36/13
變生於兩○之間	3.9/24/16	敵人行○整齊堅固	6.9/47/7	○之氣色如死灰	3.12/28/7
夫兩○之間	3.10/25/26	敵人行○不固	6.9/47/10	○可屠	3.12/28/7
出甲○兵、縱卒亂行者		其行○必亂	6.9/47/21	○之氣出而北	3.12/28/7
	3.10/25/26	凡以騎陷敵而不能破○	6.9/47/27	○可克	3.12/28/7
當以勾○	3.11/27/6			○之氣出而西	3.12/28/7
相○以勇猛	3.12/27/27	**塵** chén	1	○必降	3.12/28/8
○勢已固	3.12/28/1			○之氣出而南	3.12/28/8
行○不固	3.12/28/4,4.7/34/20	拽柴揚○	4.6/34/13	○不可拔	3.12/28/8
陷堅○	4.1/29/18			○之氣出而東	3.12/28/8
	4.1/29/21,4.1/29/23	**稱** chēng	1	○不可攻	3.12/28/8
	4.1/29/28,4.1/30/2,4.1/30/4			○之氣出而復入	3.12/28/8
爲天○、地○、人○	4.2/32/3	僞○敵使者	3.10/26/6	○主逃北	3.12/28/9
此謂天○	4.2/32/5			○之氣出而覆我軍之上	3.12/28/9
此謂地○	4.2/32/6	**成** chéng	22	○之氣出高而無所止	3.12/28/9
此謂人○	4.2/32/6			○必有大輔	3.12/28/11
爲四武衝○	4.3/32/14	○而勿敗	1.3/3/22	其攻○器也	3.13/28/23
	4.4/33/11,4.11/37/12	則○之〔也〕	1.3/3/26	其攻○也	3.13/28/24
○畢徐行	4.4/32/29	大禮乃○	1.4/4/14	春秋治○郭	3.13/28/28
衝敵絕○	4.4/33/7	萬物○	1.8/7/3	攻○圍邑	4.5/33/24,6.1/42/19
○皆堅固	4.6/34/3	○之在於君	1.12/10/23	視○中	4.5/33/24
兩○相望	4.7/34/19	禮可○也	2.1/11/24	又知○邑丘墓地形之利	4.9/35/27
後○欲走	4.7/34/20	同情相○	2.1/11/29	我欲攻○圍邑	4.10/36/9
前○數顧	4.7/34/20	是以天無爲而○事	2.2/13/32	有大○不可下	4.10/36/9
跣我行○	4.7/34/31	乃○武事	2.3/15/8	○人恐怖	4.10/36/14
不相次、則行○必亂	4.12/37/25	然後可○	2.5/16/12	及其大○別堡	4.10/36/19
分爲衝○	5.1/38/1,5.6/40/32	必有股肱羽翼以○威神	3.1/16/22	薄我○下	5.2/38/9
必置衝○	5.1/38/4,5.8/42/5	行事○敗	3.1/17/10	而使寇薄我○下	5.2/38/15
吾○不敢當	5.4/39/25	其○與敗	3.10/25/23	去○四里而爲壘	5.2/38/18
車騎堅○而處	5.4/39/28	○敗之機	3.11/27/7	令我○上立旌旗	5.2/38/20
必爲鳥雲之○	5.5/40/9	教○	6.4/44/8,6.4/44/8	敵人以我爲守○	5.2/38/21
鳥雲之○	5.5/40/9		6.4/44/9,6.4/44/9,6.4/44/9	必薄我○下	5.2/38/21
士卒已○	5.5/40/12		6.4/44/10	是謂山○	5.5/40/11

○其兩旁	4.5/33/25
或○我內	4.10/36/17
分爲○陳	5.1/38/1、5.6/40/32
必置○陳	5.1/38/4、5.8/42/5
發吾伏兵以○其內	5.2/38/21
與敵人○軍相當	5.3/38/30
○其左右	5.4/39/23
各置○陳於山之表	5.5/40/12
車騎○其左右	5.6/41/2
必宜○陣	5.6/41/4
以武○爲前後	5.8/42/2
以武○絕之	5.8/42/3
以武○爲前	5.8/42/5
爲四武○陣	6.10/48/26

寵 chǒng　2

王者慎勿○	1.9/8/16
與其○人	2.5/16/5

疇 chóu　2

編之太祖史○	1.1/1/10
夏耨田○	3.13/28/24

出 chū　38

○入異言	1.9/8/10
○入若神	3.1/17/16
主計會三軍營壁、糧食	
、財用○入	3.1/18/5
兵○踰境	3.2/19/4
有勢虛形劣而外○無所	
不至、無所不遂者	3.3/19/16
皆由將○	3.4/21/5
○隘塞	3.6/22/18
○甲陳兵、縱卒亂行者	
	3.10/25/26
謹候敵人○入進退	3.12/27/25
城之氣○而北	3.12/28/7
城之氣○而西	3.12/28/7
城之氣○而南	3.12/28/8
城之氣○而東	3.12/28/8
城之氣○而復入	3.12/28/8
城之氣○而覆我軍之上	3.12/28/9
城之氣○高而無所止	3.12/28/9
若已○圍地	4.3/32/17

我欲必○	4.4/32/25
必○之道	4.4/32/27
可以必○	4.4/32/27
夜○	4.4/32/28、4.10/36/16
若從地○	4.4/33/1
已○者	4.4/33/9
先○者	4.4/33/10
深溝增壘而無○	4.6/34/6
日○挑戰	4.6/34/13
或○其左	4.6/34/14
或○其右	4.6/34/14
中人以爲先○者得其徑	
道	4.10/36/21
其練卒、材士必○	4.10/36/21
急○兵擊之	4.12/37/25
利以○戰	5.3/39/1
○我勇、銳、冒將之士	5.3/39/7
須其畢○	5.6/40/32
陷之險阻而難○者	6.8/46/11
入而無以○	6.9/47/31
所從○者遠	6.9/48/1

芻 chú　2

輸粟收○	3.13/28/28
牛馬無所○牧	5.6/40/19

除 chú　3

○民之害	2.5/16/8
善○患者	3.9/24/23
斬○草木	5.1/38/1

鉏 chú　2

結桌○鋙	4.1/31/12
則有飛橋、轉關、轆轤	
、○鋙	4.5/33/29

鋤 chú　1

○櫌之具	3.13/28/22

杵 chǔ　1

钁鍤斧鋸○（臼）〔臼〕	
	3.13/28/22

處 chǔ　33

知非而○	1.5/5/10
三寶各安其○	1.6/6/4
窮居靜○而誹時俗	1.9/8/15
唯有道者○之	2.4/15/20
○高敵者	3.10/26/9
安其○所	3.13/29/1
無人之○	4.4/32/27
隱伏而○	4.4/32/32、5.2/38/20
分兵三○	4.6/34/6
擊我便○	4.6/34/10
各慎其○	4.8/35/12
離其○所	4.8/35/16
謹視地形而○	4.10/36/19
按黑地而堅○	4.11/37/5
吾按黑地而○	4.11/37/6
便兵所○	5.1/38/1、5.5/40/12
5.6/40/32、5.6/41/4、5.8/42/6
車騎堅陳而○	5.4/39/28
凡三軍○山之高	5.5/40/8
○山之下	5.5/40/8
既以被山而○	5.5/40/8
○山之陽	5.5/40/9
○山之陰	5.5/40/10
○山之左	5.5/40/10、5.8/42/1
○山之右	5.5/40/10、5.8/42/1
三軍分爲數○	6.1/42/15
周環各復故○	6.5/45/10

儲 chǔ　1

其糧食○備也	3.13/28/25

畜 chù　1

故必使遂其六○	3.13/29/1

傳 chuán　1

以明○之子孫	1.5/5/4

椽 chuán　1

蔂梩○楹不斲	1.2/3/4

創 chuāng	1	乃〇而行	3.4/21/3	〇天下之困兵也	4.3/32/14
		卑其〇	5.7/41/23	如〇者	4.3/32/14
大兵無〇	2.1/11/27				4.7/34/23,4.7/34/30
		此 cǐ	73		4.10/36/19,4.12/37/25
瘡 chuāng	1				5.6/40/21,5.6/40/32
		兆比於〇	1.1/1/10	若〇者	4.4/33/6
以治金〇	3.1/18/3	〇愛民之道也	1.3/4/7		4.11/37/4,4.11/37/12
		〇三者	1.5/5/10	如〇者謂之突兵	5.2/38/12
吹 chuī	1	〇四者	1.5/5/11	如〇者謂之震寇	5.3/39/1
		人君〔慎〇六者以爲君		如〇者謂之敗兵	5.4/39/18
〇鳴筣	4.5/33/28	用〕	1.6/5/29	〇用兵之奇也	5.6/41/4
		守國如〇	1.8/7/12	〇軍之服習	6.3/43/31
炊 chuī	1	〇僞人也	1.9/8/12	〇其大數也	6.5/44/31
		〇姦人也	1.9/8/16	〇十者、車之死地也	6.8/46/14
〇者皆熟	3.6/22/20	若是則群邪（〇）〔比〕		〇八者、車之勝地也	6.8/46/22
		周而蔽賢	1.10/10/1	〇騎之十勝也	6.9/47/22
垂 chuí	2	〇不可往	1.12/11/1	〇騎之敗地也	6.9/47/27
		〇亡國之徵也	2.1/12/18	〇騎之圍地也	6.9/47/29
願君亦〇一言之命於臣	3.4/21/2	〇亡國之時也	2.1/12/21	〇騎之死地也	6.9/47/31
（固）〔銅〕爲〇	4.1/31/14	聖人守〇而萬物化	2.2/13/7	〇騎之沒地也	6.9/48/1
		〇聖人之德也	2.2/13/32	〇騎之竭地也	6.9/48/3
鎚 chuí	3	〇六者備	2.4/15/16	〇騎之艱地也	6.9/48/5
		〇士之外貌不與中情相		〇騎之困地也	6.9/48/8
方首鐵〇	4.1/30/8	應者也	3.3/19/19	〇騎之患地也	6.9/48/10
一名天〇	4.1/30/9	從〇〔以往〕	3.4/20/20	〇騎之陷地也	6.9/48/12
椓杙大〇	4.1/31/17	從〇〔以〕下	3.4/20/22	〇九者、騎之死地也	6.9/48/14
		如〇	3.4/20/24		
春 chūn	3		4.4/33/11,4.6/34/14	**次** cì	6
			4.10/36/26,5.4/39/23		
故〇道生	1.8/7/3		5.7/41/23,6.1/42/22	各歸其〇	1.1/2/6
〇鑱草棘	3.13/28/24	若〇	3.4/21/5,4.5/33/21	其〇化之	2.2/13/30
〇秋治城郭	3.13/28/28		4.11/37/6	〔士卒〕、軍皆定〇	3.6/22/20
		〔若〇〕	3.5/22/3	擾亂失〇	4.8/35/16
茨 cí	1	〇謂陰書	3.8/24/8	太疾、則前後不相〇	4.12/37/24
		〇其正聲也	3.11/26/28	不相〇、則行陳必亂	4.12/37/25
茅〇徧庭不剪	1.2/3/4	〇五行之符	3.11/27/7		
		〇五者、聲色之符也	3.11/27/16	**刺** cì	1
慈 cí	1	〇強徵也	3.12/27/27		
		〇弱徵也	3.12/27/31	〇舉非法	3.1/17/10
民、有孝〇者愛敬之	1.2/3/6	〇得神明之助	3.12/28/2		
		〇大敗之徵也	3.12/28/5	**聰** cōng	1
辭 cí	6	〇所以知可攻而攻	3.12/28/11		
		〇兵之大威也	4.1/29/12	耳貴〇	1.4/4/27
博聞辯〇	1.9/8/15	〇舉兵、軍用之大數也	4.1/31/20		
卑〇委聽	2.3/14/14	〇謂天陳	4.2/32/5	**從** cóng	19
以觀其〇	3.3/19/24	〇謂地陳	4.2/32/6		
二曰、窮之以〇	3.3/19/26	〇謂人陳	4.2/32/6	〇事乎無爲	1.2/3/6

椓杙○鎚	4.1/31/17	**代 dài** 2	**當 dāng** 44
此舉兵、軍用之○數也	4.1/31/20		令實○其名　1.10/10/6
武翼○櫓	4.4/32/31	亟爲置○　2.3/14/17	名○其實　1.10/10/7
前有○水、廣塹、深坑	4.4/33/3	萬○不易　3.11/26/29	殺及○路貴重之臣　3.5/21/24
○水、廣塹、深坑	4.4/33/6		○用書　3.8/24/6
遇深谿○谷險阻之水	4.5/33/17	**殆 dài** 1	○天地盈縮　3.9/25/3
流水○至	4.5/33/18		○之者破　3.9/25/12
凡三軍有○事	4.5/33/24	○非樂之也　1.1/1/16	偏持律管○耳　3.11/27/4
則有武衝、○櫓	4.5/33/25		○以白虎　3.11/27/5
濟○水	4.5/33/29	**怠 dài** 8	○以玄武　3.11/27/5
而天○寒甚暑	4.8/35/7		○以朱雀　3.11/27/6
吾三軍○恐	4.8/35/16,5.6/40/29	見善而○　1.5/5/10	○以勾陳　3.11/27/6
吾三軍過○陵、廣澤、		敬勝○則吉　1.5/5/11	○以青龍　3.11/27/6
平易之地	4.9/35/30	○勝敬則滅　1.5/5/12	與敵之軍相○　4.7/34/19
三軍○恐	4.9/35/31	無○其衆　1.7/6/11	與敵相○　4.7/34/31,4.8/35/7
有○城不可下	4.10/36/9	所以進罷○也　3.10/26/8	○先發遠候　4.9/36/1
三軍○亂	4.10/36/10	斥候懈○　4.8/35/8	○分軍爲三軍　4.10/36/19
及其○城別堡	4.10/36/19	以○爲敗　4.8/35/11	與敵人衝軍相○　5.3/38/30
即歸○邑	4.10/36/20	力盡氣○　4.8/35/13	○明號審令　5.3/39/7
其○兵按黑地而起	4.11/37/9		期約皆○　5.3/39/9
遇○林	5.1/37/31	**待 dài** 7	敵人與我車騎相○　5.4/39/25
其三軍○至	5.2/38/9		吾陳不敢○　5.4/39/25
吾士卒○恐	5.2/38/10	○物以正　1.4/4/18	○敵臨戰　5.6/41/4
其○軍未盡至	5.2/38/15	不○張軍　3.9/24/23	○審察敵人十四變　6.2/42/29
○軍不肯濟	5.6/40/29	貴賤不相○　4.7/34/24	一車○幾步卒　6.5/44/16
其○軍必濟水而來	5.6/41/1	設伏而○之　4.7/34/31	幾步卒○一車　6.5/44/16
凡用兵之○要	5.6/41/4	未盡至則設備而○之　5.2/38/18	一騎○幾步卒　6.5/44/17
必得○國（而）〔之〕		清道而○　6.1/42/21	幾步卒○一騎　6.5/44/17
與、鄰國之助	5.7/41/13	名曰○命之士　6.3/43/29	一車○幾騎　6.5/44/17
我無○國之與	5.7/41/16		幾騎○一車　6.5/44/17
事○國之君	5.7/41/23	**帶 dài** 1	則一騎不能○步卒一人　6.5/44/23
則得○國之與、鄰國之			三軍之衆成陳而相○　6.5/44/23
助矣	5.7/41/23	奇其冠○　1.9/8/15	一車○步卒八十人　6.5/44/23
險有○水	5.8/42/1		八十人○一車　6.5/44/24
○櫓爲衛	5.8/42/5	**戴 dài** 1	一騎○步卒八人　6.5/44/24
其○將先定戰地戰日	6.1/42/18		八人○一騎　6.5/44/24
○將設營而陳	6.1/42/21	百姓○其君如日月　1.2/3/9	一車○十騎　6.5/44/24
軍中有○勇敢死樂傷者	6.3/43/9		十騎○一車　6.5/44/24
○戰之法	6.4/44/10	**担 dǎn** 1	一車○步卒四十人　6.5/44/27
故能成其○兵	6.4/44/10		四十人○一車　6.5/44/27
此其○數也	6.5/44/31	勿逆而（○）〔拒〕　1.4/4/22	一騎○步卒四人　6.5/44/27
絕○澤	6.7/45/28		四人○一騎　6.5/44/27
亂○衆者	6.7/45/28	**啗 dàn** 1	一車○六騎　6.5/44/28
○澗深谷	6.9/48/3		六騎○一（卒）〔車〕　6.5/44/28
前有○阜	6.9/48/5	○之以利　2.5/16/10	

黨 dǎng 4	唯有○者處之 2.4/15/20	**得 dé** 46
	凡謀之○ 2.5/16/3	
臣有結朋○、蔽賢智、	凡攻之○ 2.5/16/8	將大○焉 1.1/1/5
（郭）〔障〕主明者 1.9/7/27	以應天○ 3.1/16/27	兆○公侯 1.1/1/5
則多○者進 1.10/9/26	通糧○ 3.1/17/12	○皋陶 1.1/1/10
少○者退 1.10/9/26	論將之○奈何 3.2/18/9	子樂〔○〕漁邪 1.1/1/14
徒○已具 2.3/15/3	存亡之○ 3.2/19/1	臣聞君子樂○其志 1.1/1/16
	立將之○奈何 3.4/20/15	小人樂○其事 1.1/1/16
刀 dāo 3	攻伐之○奈何 3.9/24/14	夫釣以求○也 1.1/1/21
	循陰陽之○而從其候 3.9/25/3	則○天下 1.1/2/10
操○必割 1.7/6/12	故知神明之○者 3.9/25/14	可○聞乎 1.2/2/26,1.5/5/8
操○不割 1.7/6/13	凡用兵之○ 3.10/25/21	機動而○失爭矣 1.8/7/8
○重八斤 4.1/31/16	所以絕糧○也 3.10/26/6	讒佞苟○以求官爵 1.9/8/18
	○之常也 3.11/26/29	○利而動 1.9/8/18
盜 dào 1	五行之○ 3.11/27/1	其失在君好用世俗之所
	是富國強兵之○也 3.13/29/1	譽而不○眞賢也 1.10/9/20
有溫良而爲○者 3.3/19/13	絕我糧○ 4.3/32/12	則○舉賢之道也 1.10/10/7
	無與敵人爭○ 4.3/32/19	不○已而用之 1.12/10/25
道 dào 71	斷我歸○ 4.4/32/24	不○其利 1.12/11/1
	必出之○ 4.4/32/27	〔○之〕而天下皆有分
能生利者、○也 1.1/2/14	爲軍開○ 4.4/32/28	肉之心 2.1/12/8
○之所在 1.1/2/14	塞我歸○ 4.4/33/4	萬物皆○ 2.2/13/5
此愛民之○也 1.3/4/7	絕○遮街 4.5/33/25	求而○之 2.2/13/10
今予欲師至○之言 1.5/5/4	敵人絕我糧○ 4.9/35/23	○情甚深 2.3/14/12
先聖之○ 1.5/5/8	6.9/48/8	以○其情 2.3/14/31
○之所止也 1.5/5/10	敵人不能絕我糧○ 4.9/35/27	既以○之 2.3/14/31
○之所起也 1.5/5/11	爲之置遺缺之○以利其	無使○志 2.5/16/5
仁聖之○ 1.8/6/29	心 4.10/36/20	降城○邑之符 3.7/23/12
故春○生 1.8/7/3	中人以爲先出者得其徑	○之者昌 3.10/25/23
夏○長 1.8/7/3	○ 4.10/36/21	○賢將者 3.10/26/19
秋○斂 1.8/7/3	絕其糧○ 4.10/36/22	不○賢將者 3.10/26/19
冬○藏 1.8/7/3	將必上知天○ 4.12/37/18	此○神明之助 3.12/28/2
至○其然也 1.8/7/6	（極）〔亟〕廣吾○ 5.1/38/2	不○相過 3.13/28/27
願聞其○ 1.9/7/21	衢○通谷 5.5/40/11	吾三軍未○畢濟 4.5/33/17
巫蠱左○ 1.9/8/23	求途之○ 5.6/40/27	後不○屬於前 4.5/33/18
夫王者之○ 1.9/9/5	迂其○ 5.7/41/19	動而○我事 4.6/34/10
則得舉賢之○也 1.10/10/7	亟廣吾○ 5.8/42/2	外不○輸 4.10/36/13,4.10/36/16
兵○如何 1.12/10/19	衢○谷口 5.8/42/3	中人以爲先出者○其徑
凡兵之○ 1.12/10/21	清○而待 6.1/42/21	道 4.10/36/21
一者、階於○ 1.12/10/23	練士之○奈何 6.3/43/7	○而勿戮 4.10/36/25
以觀天○ 2.1/11/20	欲令士卒練士教戰之○ 6.4/44/3	其牛馬必不○食 5.2/38/12
天○無殃 2.1/11/20	所以踵敗軍、絕糧○、	勇者不○鬭 5.2/38/23
人○無災 2.1/11/20	擊便寇也 6.5/44/21	吾內外不○相聞 5.3/39/4
行其○ 2.1/11/24	車必循○ 6.5/45/4	敵不可○而詐 5.6/40/24
○可致也 2.1/11/24	各返故○ 6.5/45/6	必○大國（而）〔之〕
故○在不可見 2.1/12/15	騎貴知別徑奇○ 6.8/46/5	與、鄰國之助 5.7/41/13
塞之以○ 2.3/15/1	○路潰陷 6.8/46/14	則○大國之與、鄰國之

助矣	5.7/41/23
十四變可○聞乎	6.2/42/31
地形未○可擊	6.2/43/1
無使○入	6.9/47/12

德 dé　　15

聖人之○	1.1/2/5,2.1/12/23
○也	1.1/2/12
○之所在	1.1/2/12
好○而歸利	1.1/2/14
旌別淑○	1.2/3/7
賢君之○也	1.2/3/12
神明之○	1.4/4/23
順者、任之以○	1.7/6/23
傷王之○	1.9/7/23
王其修○	2.1/11/20
此聖人之○也	2.2/13/32
天下○之	2.4/15/18
以觀其○	3.3/20/1
施之以厚○	4.10/36/26

登 dēng　　5

攻城爭先○	3.6/22/8
士爭先○	3.6/22/24
晝則○雲梯遠望	4.5/33/28
○高下望	4.12/37/18
○丘陵	6.7/45/28

簽 dēng　　1

蕢薜、○笠者	3.13/28/22

等 dēng　　7

祿○以權	1.1/1/21
死○以權	1.1/1/21
官○以權	1.1/1/21
其君賢、不肖不○乎	1.2/2/21
凡八○	3.7/23/6
眾寡彊弱相○	4.7/34/19
超絕倫○	6.7/45/27

敵 dí　　168

○國乃強	1.9/9/8

○不知我所備	1.12/11/7
○知我情	1.12/11/9
密察○人之機而速乘其	
利	1.12/11/11
○國內侵	2.3/14/20
以弱○心	3.1/17/29
觀○之意	3.1/17/31
勿以三軍為眾而輕○	3.4/20/23
疑志不可以應○	3.4/21/2
〔將〕臨○決戰	3.4/21/5
無○於前	3.4/21/6
而○降服	3.4/21/8
有大勝克○之符	3.7/23/8
卻○報遠之符	3.7/23/14
○雖聖智	3.7/23/25,3.8/24/8
資因○家之動	3.9/24/16
善勝○者	3.9/24/23
先見弱於○	3.9/25/1
野無衡○	3.9/25/14
偽稱○使者	3.10/26/6
與○同服者	3.10/26/6
所以勵眾勝○也	3.10/26/7
不可以語○	3.10/26/12
可以知○	3.11/26/29
往至○人之壘	3.11/27/4
○人驚動	3.11/27/15
吾欲未戰先知○人之強	
弱	3.12/27/21
謹候○人出入進退	3.12/27/25
相喜以破○	3.12/27/27
相恐以○強	3.12/27/30
敗強○	4.1/29/18
	4.1/29/21,4.1/29/24
可以縱擊橫、可以敗○	4.1/30/1
○人圍我	4.3/32/12
無與○人爭道	4.3/32/19
○人雖眾	4.3/32/19,5.1/38/4
	5.2/38/13,5.2/38/23
	5.4/39/29,5.5/40/13,5.6/41/2
	5.7/41/20
○人四合而圍我	4.4/32/24
○人既眾	4.4/32/24
審知○人空虛之地	4.4/32/27
○人若驚	4.4/32/31
審候○人追我	4.4/32/32
○人屯壘	4.4/33/3
○人所不守	4.4/33/6

衝○絕陳	4.4/33/7
○人車騎	4.4/33/10
吾與○人臨境相拒	4.6/34/3
無使○人知我意	4.6/34/7
○人不知我情	4.6/34/8
○人知我之情	4.6/34/10
去○無過百步	4.6/34/14
則○人不敢來	4.6/34/14
○人必敗	4.6/34/15
	4.7/34/25,4.8/35/19
	6.2/42/29,6.9/47/12
與○之軍相當	4.7/34/19
吾欲令○人將帥恐懼	4.7/34/20
○人遂走	4.7/34/21
○將必恐	4.7/34/24
○之地勢	4.7/34/27
○知我慮	4.7/34/27
與○相避	4.7/34/31
與○相當	4.7/34/31,4.8/35/7
○人必走	4.7/34/32,6.9/47/5
○人夜來	4.8/35/8,5.3/38/30
○人若來	4.8/35/12
○人知我隨之	4.8/35/15
與○相守	4.9/35/23
○人絕我糧道	4.9/35/23
	6.9/48/8
凡深入○人之地	4.9/35/26
○人不能絕我糧道	4.9/35/27
卒與○人相薄	4.9/35/30
○人翼我兩旁	4.9/35/31
去○二百里	4.9/36/1
審知○人所在	4.9/36/1
審知○人別軍所在	4.10/36/19
○人恐懼	4.10/36/20
○人之軍	4.10/36/22
○人因天燥疾風之利	4.11/37/1
○人若至	4.11/37/5,5.2/38/20
○人之來	4.11/37/5
則○不能害我	4.11/37/6
○人燔吾左右	4.11/37/9
何以知○壘之虛實	4.12/37/16
以觀○之變動	4.12/37/18
必知○詐而為偶人也	4.12/37/23
○人卒去不遠	4.12/37/24
與○分林相拒	5.1/37/31
無使○人知吾之情	5.1/38/2
	5.5/40/11

戰於易○	6.8/46/21	釣 diào	2	搖○四境	3.1/17/29
此八者、車之勝○也	6.8/46/22			資因敵家之○	3.9/24/16
○平而易	6.9/47/17	○有三權	1.1/1/21	○莫神於不意	3.9/24/29
此騎之敗○也	6.9/47/27	夫○以求得也	1.1/1/21	聖人徵於天地之○	3.9/25/3
此騎之圍○也	6.9/47/29			敵人驚○	3.11/27/15
頓於○穴	6.9/47/31	迭 dié	2	察其○靜	3.12/27/25
此騎之死○也	6.9/47/31			○而得我事	4.6/34/10
此騎之沒○也	6.9/48/1	中軍○前○後	4.3/32/19	往視其○靜	4.7/34/30
此騎之竭○也	6.9/48/3			以觀敵之變○	4.12/37/18
此騎之艱○也	6.9/48/5	諜 dié	1	三軍震○	5.3/38/31
此騎之困○也	6.9/48/8			步貴知變○	6.8/46/5
此騎之患○也	6.9/48/10	以爲間○	3.1/17/31	人馬數○	6.8/46/19
高下如平○	6.9/48/12				
此騎之陷○也	6.9/48/12	定 dìng	14	斗 dǒu	1
此九者、騎之死○也	6.9/48/14				
掘○匝後	6.10/48/27	爲下唯○	1.4/4/13	日月星辰○杓	4.2/32/5
		○、則地也	1.4/4/14		
弟 dì	2	柔節先○	1.4/4/18	鬭 dòu	11
		○名實	1.9/9/3		
如兄之愛○〔也〕	1.3/4/6	命之曰大○	2.2/13/19	全勝不○	2.1/11/27
子○欲與其將報仇者	6.3/43/21	姦節乃○	2.3/14/15	勇者爲之○	3.4/21/8
		○可否	3.1/17/4	勇○爲首	4.4/32/27
帝 dì	4	〔士卒〕、軍皆○次	3.6/22/20	三軍勇○	4.4/33/1
		天下安○	3.13/28/18	勇○則生	4.4/33/9
昔者○堯之王天下	1.2/2/28	未○而復返者	4.12/37/24	則吾三軍皆精銳勇○	4.4/33/11
○堯王天下之時	1.2/3/3	行列已○	5.5/40/12	勇者不得	5.2/38/23
黄○日	1.12/10/23	其大將先○戰地戰日	6.1/42/18	士卒無○志	5.3/39/5
黄○所以敗蚩尤氏	4.1/30/16	行陳未○	6.8/46/19,6.9/47/5	名曰死○之士	6.3/43/19
				士卒欲○	6.9/47/7
殿 diàn	1	冬 dōng	3	士卒不○	6.9/47/10
君避正○	3.4/20/17	○道藏	1.8/7/3	都 dū	1
		將○〔日〕不服裘	3.6/22/15		
電 diàn	6	○實倉廩	3.13/28/25	○無大於國	1.6/6/5
風馳○擊	3.1/17/14	東 dōng	2	督 dū	1
迅○不及瞑目	3.9/25/11				
飛兔○影自副	4.1/29/26	襲其○	1.12/11/7	按名○實	1.10/10/6
○影青莖赤羽	4.1/29/27	城之氣出而○	3.12/28/8		
一名○車	4.1/30/2			獨 dú	9
兵法謂之○擊	4.1/30/2	動 dòng	17		
				誘乎○見	1.1/2/5
雕 diāo	1	夫民○而爲機	1.8/7/8	存養天下鰥寡孤○	1.2/3/8
		機○而得失爭矣	1.8/7/8	一者、能○往○來	1.12/10/21
爲○文刻鏤、技巧華飾		得利而○	1.9/8/18	○聞○見	2.1/12/24
而傷農事	1.9/8/21	聖人將○	2.1/12/16	勿以○見而違衆	3.4/20/24
		〔○之則濁〕	2.2/13/24	能○專而不制者	3.9/24/19

其老弱○在	4.10/36/21	對 duì	2	鐸 duó	4

瀆 dú　　1

後有溝○、左有深水、
　右有峻阪者　　6.8/46/13

度 dù　　4

以法○禁邪僞　　1.2/3/7
深淵○之　　1.4/4/23
主○飲食、蓄積　　3.1/17/12
婦人織紝有尺○　　3.13/29/1

渡 dù　　5

所以越深水、○江河也　3.10/26/4
○溝壍　　4.1/31/3
○大水　　4.1/31/4
我欲踰○　　4.4/33/3
前行未○水　　5.7/41/20

短 duǎn　　2

軸旋○衝矛戟扶胥　4.1/30/16
○兵弱弩居後　　6.10/48/20

斷 duàn　　3

○我前後　　4.3/32/12
○我歸道　　4.4/32/24
○我銳兵　　5.3/39/4

隊 duì　　11

其○分也　　3.13/28/28
分爲三○　　4.8/35/18
三○俱至　　4.8/35/18
別○爲伏兵　　5.2/38/19
別將分○　　5.6/40/29
○間六十步　　6.5/45/4
○（問）〔間〕三十六
　步　　6.5/45/5
○間五十步　　6.5/45/9
○間二十五步　　6.5/45/9
令我騎十而爲○　　6.9/47/21
置牛馬○伍　　6.10/48/26

對 duì　　2

言語應○者　　1.1/1/27
○無立國　　3.9/25/15

鈍 dùn　　2

內精而外○　　1.12/11/4
名曰勵○之士　　6.3/43/23

遁 dùn　　2

所以逃○也　　3.10/25/26
長關遠候、暴疾謬○者　3.10/26/5

頓 dùn　　1

○於地穴　　6.9/47/31

多 duō　　14

○營宮室、臺榭以疲民力　1.3/4/3
則○黨者進　　1.10/9/26
〔雖○煞之〕　　3.5/22/1
其事煩○　　3.8/24/3
深溝高壘、〔積〕糧○
　者　　3.10/26/10
糧食甚○　　4.4/32/25
○其火鼓　　4.4/33/1
○積糧食　　4.6/34/7
○其旌旗　　4.7/34/23
望其壘上○飛鳥而不驚
　　4.12/37/23
林○險阻　　5.1/38/4
○積强弩　　5.2/38/19
有拔距伸鈎、彊梁○力
　、潰破金鼓、絕滅旌
　旗者　　6.3/43/15
○設旌旗　　6.9/47/22

奪 duó　　5

與而勿○　　1.3/3/22
則○之〔也〕　　1.3/4/3
無使人○汝威　　1.7/6/22
强宗侵○、陵侮貧弱者　1.9/8/5
一與一○　　3.10/26/8

鐸 duó　　4

金○之聲揚以清　　3.12/28/1
金○之聲下以濁　　3.12/28/5
振鼙○　　4.5/33/28
○無聲　　4.12/37/23

阨 è　　1

與敵人相遇於險○之中　5.8/41/30

堊 è　　1

宮垣屋室不○　　1.2/3/4

惡 è　　8

君其○之乎　　1.1/1/28
不○至情　　1.1/1/30
與人同憂同樂、同好同
　○者　　1.1/2/13
凡人○死而樂生　　1.1/2/13
掩善揚○　　1.9/8/10
○其衣服　　1.9/8/12
同○相助　　2.1/11/29
○死與咎　　2.3/15/1

恩 ēn　　1

○蓋天下　　2.4/15/15

而 ér　　293

文王勞○問之曰　　1.1/1/14
源深○水流　　1.1/1/26
水流○魚生之　　1.1/1/26
根深○木長　　1.1/1/26
木長○實生之　　1.1/1/26
君子情同○親合　　1.1/1/27
親合○事生之　　1.1/1/27
○樹斂焉　　1.1/2/6
樹斂何若○天下歸之　　1.1/2/8
凡人惡死○樂生　　1.1/2/13
好德○歸利　　1.1/2/14
則國危○民亂　　1.2/2/23
則國安○民治　　1.2/2/23
故萬民富樂○無飢寒之色　1.2/3/9

愛民○已	1.3/3/18	士不誠信〔○巧僞〕	1.9/9/1	有國○外	2.3/14/26
利○勿害	1.3/3/22	高居○遠望	1.9/9/5	○微輸重寶	2.3/15/1
成○勿敗	1.3/3/22	深視○審聽	1.9/9/5	○外爲乏	2.3/15/2
生○勿殺	1.3/3/22	故可怒○不怒	1.9/9/7	○常有繁滋	2.3/15/3
與○勿奪	1.3/3/22	可殺○不殺	1.9/9/8	有國○塞	2.3/15/3
樂○勿苦	1.3/3/22	○不獲其功	1.10/9/14	○與天下圖之	2.3/15/6
喜○勿怒	1.3/3/22	舉賢○不用	1.10/9/16	何如○可爲天下	2.4/15/12
無罪○罰	1.3/4/3	是有舉賢之名○無用賢		事○不疑	2.4/15/15
臨○無遠	1.4/4/13	之實也	1.10/9/16	○後攻其強、毀其大	2.5/16/8
沈○無隱	1.4/4/13	其失在君好用世俗之所		扶○納之	2.5/16/12
安徐○靜	1.4/4/18	譽○不得眞賢也	1.10/9/20	從○愛之	2.5/16/14
善與○不爭	1.4/4/18	若是則群邪（此）〔比〕		有勇○輕死者	3.2/18/18
勿妄○許	1.4/4/22	周○蔽賢	1.10/10/1	有急○心速者	3.2/18/18
勿逆○（担）〔拒〕	1.4/4/22	○各以官名舉人	1.10/10/6	有貪○好利者	3.2/18/18
見善○怠	1.5/5/10	○況於人乎	1.11/10/15	有仁○不忍人者	3.2/18/18
時至○疑	1.5/5/10	不得已○用之	1.12/10/25	有智○心怯者	3.2/18/19
知非○處	1.5/5/10	今商王知存○不知亡	1.12/10/27	有信○喜信人者	3.2/18/19
柔○靜	1.5/5/10	知樂○不知殃	1.12/10/27	有廉潔○不愛人者	3.2/18/19
恭○敬	1.5/5/10	外亂○內整	1.12/11/4	有智○心緩者	3.2/18/19
強○弱	1.5/5/11	示飢○實飽	1.12/11/4	有剛毅○自用者	3.2/18/19
忍○剛	1.5/5/11	內精○外鈍	1.12/11/4	有懦○喜任人者	3.2/18/20
富之○觀其無犯	1.6/5/26	密察敵人之機○速乘其		勇○輕死者	3.2/18/22
貴之○觀其無驕	1.6/5/26	利	1.12/11/11	急○心速者	3.2/18/22
付之○觀其無轉	1.6/5/26	故無甲兵○勝	2.1/12/1	貪○好利者	3.2/18/22
使之○觀其無隱	1.6/5/26	無衝機○攻	2.1/12/1	仁○不忍人者	3.2/18/22
危之○觀其無恐	1.6/5/27	無溝塹○守	2.1/12/1	智○心怯者	3.2/18/23
事之○觀其無窮	1.6/5/27	〔得之〕○天下皆有分		信○喜信人者	3.2/18/23
富之○不犯者、仁也	1.6/5/27	肉之心	2.1/12/8	廉潔○不愛人者	3.2/18/23
貴之○不驕者、義也	1.6/5/27	若同舟○濟	2.1/12/8	智○心緩者	3.2/18/24
付之○不轉者、忠也	1.6/5/28	大明發○萬物皆照	2.1/12/23	剛毅○自用者	3.2/18/24
使之○不隱者、信也	1.6/5/28	大義發○萬物皆利	2.1/12/23	懦○喜任人者	3.2/18/24
危之○不恐者、勇也	1.6/5/28	大兵發○萬物皆服	2.1/12/23	有嚴○不肖者	3.3/19/13
事之○不窮者、謀也	1.6/5/28	聖人守此○萬物化	2.2/13/7	有溫良○爲盜者	3.3/19/13
無掘壑○附丘	1.7/6/12	終○復始	2.2/13/7	有貌恭敬○心慢者	3.3/19/13
無舍本○治末	1.7/6/12	求○得之	2.2/13/10	有外廉謹○內無至誠者	3.3/19/14
○不終其正也	1.7/6/18	聚人○爲家	2.2/13/15	有精精○無情者	3.3/19/14
北面再拜○問之	1.8/6/31	聚家○爲國	2.2/13/15	有湛湛○無誠者	3.3/19/14
因其常○視之	1.8/7/8	聚國○爲天下	2.2/13/15	有好謀○不決者	3.3/19/14
夫民動○爲機	1.8/7/8	○天下靜矣	2.2/13/29	有如果敢○不能者	3.3/19/15
機動○得失爭矣	1.8/7/8	夫民化○從政	2.2/13/30	有悾悾○不信者	3.3/19/15
莫進○爭	1.8/7/11	是以天無爲○成事	2.2/13/32	有怳怳惚惚○反忠實者	3.3/19/15
莫退○讓	1.8/7/11	民無與○自富	2.2/13/32	有詭激○有功效者	3.3/19/15
○以重賞尊爵之	1.9/8/7	順命○合	2.3/14/14	有外勇○內怯者	3.3/19/16
窮居靜處○誹時俗	1.9/8/15	○薄其賂	2.3/14/17	有肅肅○反易人者	3.3/19/16
得利○動	1.9/8/18	親○信之	2.3/14/17	有嗃嗃○反靜愨者	3.3/19/16
爲雕文刻鏤、技巧華飾		○蓄積空虛	2.3/14/22	有勢虛形劣○外出無所	
○傷農事	1.9/8/21	謀○利之	2.3/14/25	不至、無所不遂者	3.3/19/16

召將○詔之曰	3.4/20/17
西面○立	3.4/20/19
北面○立	3.4/20/19
勿以三軍爲衆○輕敵	3.4/20/23
勿以受命爲重○必死	3.4/20/23
勿以身貴○賤人	3.4/20/23
勿以獨見○違衆	3.4/20/24
拜○報君曰	3.4/21/1
乃辭○行	3.4/21/3
○敵降服	3.4/21/8
何以爲禁止○令行	3.5/21/17
以罰審爲禁止○令行	3.5/21/19
故殺一人○三軍震者	3.5/21/21
〔煞一人○萬人慄者〕	3.5/21/21
〔煞一人○千萬人恐者〕	3.5/21/21
賞一人○萬人說者	3.5/21/22
〔夫煞一人○三軍不聞〕	3.5/21/25
〔煞一人○萬民不知〕	3.5/22/1
〔煞一人○千萬人不恐〕	3.5/22/1
〔封一人○三軍不悅〕	3.5/22/2
〔爵一人○萬人不勸〕	3.5/22/2
聞金聲○怒	3.6/22/9
聞鼓聲○喜	3.6/22/9
士非好死○樂傷也	3.6/22/26
○見〔其〕勞苦之明也	3.6/22/27
書皆一合○再離	3.8/24/6
三發○一知	3.8/24/7
三發○一知者	3.8/24/7
相參○不相知情也	3.8/24/7
倏〔然〕○往	3.9/24/19
忽〔然〕○來	3.9/24/19
能獨專○不制者	3.9/24/19
○後戰者也	3.9/25/1
故事半○功倍焉	3.9/25/1
循陰陽之道○從其候	3.9/25/3
未見形○戰	3.9/25/6
故智者從之○不釋	3.9/25/11
巧者一決○不猶豫	3.9/25/11
有所不言○守者	3.9/25/14
有所不見○視者	3.9/25/14
旌旗亂○相繞	3.12/28/4
氣絕○不屬	3.12/28/4
城之氣出○北	3.12/28/7
城之氣出○西	3.12/28/7

城之氣出○南	3.12/28/8
城之氣出○東	3.12/28/8
城之氣出○復入	3.12/28/8
城之氣出○覆我軍之上	3.12/28/9
城之氣出高○無所止	3.12/28/9
此所以知可攻○攻	3.12/28/11
不可攻○止	3.12/28/11
以武車驍騎驚亂其軍　疾擊之	4.3/32/14
敵人四合○圍我	4.4/32/24
勇力冒將之士疾擊○前	4.4/32/31
隱伏○處	4.4/32/32,5.2/38/20
令至火○止	4.4/33/11
○天暴雨	4.5/33/17
我欲往○襲之	4.6/34/4
深溝增壘○無出	4.6/34/6
動○得我事	4.6/34/10
鼓呼○往來	4.6/34/13
鼓譟○乘之	4.7/34/20
去寇十里○伏其兩旁	4.7/34/23
車騎百里○越其前後	4.7/34/23
鼓譟○俱起	4.7/34/24
設伏○待之	4.7/34/31
戰合○走	4.7/34/32
三里○還	4.7/34/32
○天大寒甚暑	4.8/35/7
○皆外向	4.8/35/12
誠○約之	4.8/35/12
至○必還	4.8/35/13
隨○擊之	4.8/35/13
○伏其銳士	4.8/35/15
過伏○還	4.8/35/15
隨○追之	4.8/35/18
疾擊○前	4.8/35/19
依山（林）〔陵〕險阻　、水泉林木○爲之固	4.9/35/26
則以武衛爲壘○前	4.9/36/1
恐其別軍卒至○擊我	4.10/36/10
謹視地形○處	4.10/36/19
圍○守之	4.10/36/22
得○勿戮	4.10/36/25
散亂○走	4.11/37/2
即燔吾前○廣延之	4.11/37/4
則引軍○卻	4.11/37/5
按黑地○堅處	4.11/37/5
吾按黑地○處	4.11/37/6
其大兵按黑地○起	4.11/37/9

望其壘上多飛鳥○不驚	4.12/37/23
必知敵詐○爲偶人也	4.12/37/23
未定○復返者	4.12/37/24
暴擊○前	5.2/38/12
或戰○侵掠我地	5.2/38/15
或止○收我牛馬	5.2/38/15
○使寇薄我城下	5.2/38/15
未盡至則設備○待之	5.2/38/18
去城四里○爲壘	5.2/38/18
皆列○張	5.2/38/18
使我輕卒合戰○佯走	5.2/38/20
皆散○走	5.3/39/5
車騎堅陳○處	5.4/39/28
既以被山○處	5.5/40/8
敵富○衆	5.6/40/17
我貧○寡	5.6/40/17
索便詐敵○亟去之	5.6/40/21
敵不可得○詐	5.6/40/24
吾三軍敗亂○走	5.6/40/24
其大軍必濟水○來	5.6/41/1
鳥散○雲合	5.6/41/5
必得大國（○）〔之〕　與、鄰國之助	5.7/41/13
吾左山○右水	5.8/41/30
敵右山○左水	5.8/41/30
並攻○前	5.8/42/6
大將設營○陳	6.1/42/21
清道○待	6.1/42/21
三軍之衆成陳○相當	6.5/44/23
及馳○乘之	6.6/45/19
三軍同名○異用也	6.8/46/5
往○無以還者	6.8/46/10
陷之險阻○難出者	6.8/46/11
前往○疑	6.8/46/20
後恐○怯	6.8/46/20
皆薄○起	6.8/46/21
遠行○暮舍	6.8/46/21
吾騎翼○勿去	6.9/47/7
或馳○往	6.9/47/7
或馳○來	6.9/47/7
白晝○昏	6.9/47/8
翼○擊之	6.9/47/10
地平○易	6.9/47/17
令我騎十○爲隊	6.9/47/21
百○爲屯	6.9/47/21
車五○爲聚	6.9/47/21

非 fēi	30
○龍○螭	1.1/1/5
○虎○羆	1.1/1/5
殆○樂之也	1.1/1/16
天下〔者〕、○一人之天下	1.1/2/10
知○而處	1.5/5/10
○吾民也	1.9/9/1
○吾士也	1.9/9/1
○吾臣也	1.9/9/1
○吾吏也	1.9/9/2
○吾相也	1.9/9/3
〔或以○賢爲賢〕	1.10/9/24
〔或以○智爲智〕	1.10/9/24
〔或以○忠爲忠〕	1.10/9/24
〔或以○信爲信〕	1.10/9/25
夫存者○存	1.12/10/27
樂者○樂	1.12/10/27
天下者、○一人之天下	2.1/12/5
	2.4/15/20
刺擧○法	3.1/17/10
○人所識	3.1/17/23
○有大明不見其際	3.3/19/19
士○好死而樂傷也	3.6/22/26
○良將也	3.9/24/26
○上聖也	3.9/24/26
○國師也	3.9/24/26
○國工也	3.9/24/27
○能戰於天上	3.10/25/23
○能戰於地下	3.10/25/23

飛 fēi	14
卑○歛翼	2.1/12/15
○麃電影自副	4.1/29/26
○麃赤莖白羽	4.1/29/26
○鉤	4.1/30/11
○橋一間	4.1/31/3
○江廣一丈五尺	4.1/31/4
以天浮張○江	4.1/31/5
勇力、○足、冒將之士	4.4/32/28
以○江、轉關與天潢以濟吾軍	4.4/33/6
則有雲梯、○樓	4.5/33/24
則有○橋、轉關、轆轤、鉏鋙	4.5/33/29

則有天潢、○江	4.5/33/29
則以雲梯○樓	4.11/37/4
望其壘上多○鳥而不驚	4.12/37/23

誹 fěi	1
窮居靜處而○時俗	1.9/8/15

分 fēn	24
將相○職	1.10/10/6
〔得之〕而天下皆有○肉之心	2.1/12/8
○封賢人以爲萬國	2.2/13/15
以○其威	2.3/14/10
○書爲三部	3.8/24/7
人操一○	3.8/24/7
四○五裂者	3.10/26/3
不能○移	3.10/26/12
六甲之○	3.11/27/2
其隊○也	3.13/28/28
○兵三處	4.6/34/6
○爲三隊	4.8/35/18
當○軍爲三軍	4.10/36/19
與敵○林相拒	5.1/37/31
○爲衝陳	5.1/38/1, 5.6/40/32
敵人○爲三四	5.2/38/15
乃○車騎爲鳥雲之陳	5.5/40/12
別將○隊	5.6/40/29
車騎○爲鳥雲之陳	5.6/41/1
然後以軍騎○爲鳥雲之陳	5.6/41/4
與我○險相拒	5.8/41/31
三軍○爲數處	6.1/42/15
必有○合之變	6.1/42/18

氛 fēn	1
上無○氣	4.12/37/23

紛 fēn	2
○○渺渺	2.1/12/18

枌 fén	1
方首鐵棓（梎○）〔矩胸〕	4.1/30/7

轒 fén	1
則有○轀、臨衝	4.5/33/24

憤 fèn	1
有貧窮○怒	6.3/43/25

奮 fèn	1
○威四人	3.1/17/14

風 fēng	10
候○氣	3.1/17/6
○馳電擊	3.1/17/14
是故○雨時節	3.4/21/10
大○甚雨者	3.10/26/6
無陰雲○雨	3.11/27/4
又有大○甚雨之利	3.12/28/1
逆大○甚雨之利	3.12/28/4
敵人因天燥疾○之利	4.11/37/1
燔吾上○	4.11/37/1
其疾如○	6.9/47/7

封 fēng	2
分○賢人以爲萬國	2.2/13/15
〔○一人而三軍不悅〕	3.5/22/2

鋒 fēng	1
馳陳選○	6.2/42/26

豐 fēng	2
緡隆餌○	1.1/2/1
五穀○熟	3.4/21/10

酆 fēng	1
文王在○	2.1/11/17

奉 fèng 3

吏、忠正○法者尊其位 1.2/3/6
其自○也甚薄 1.2/3/8
諸○使行符、稽留〔者〕 3.7/23/24

否 fǒu 1

定可○ 3.1/17/4

夫 fū 25

○釣以求得也 1.1/1/21
○魚食其餌 1.1/2/1
○將棄予 1.5/5/3
○民動而爲機 1.8/7/8
○六賊者 1.9/7/23
○王者之道 1.9/9/5
○誠暢於天地 1.11/10/15
○存者非存 1.12/10/27
○天地不自明 2.2/13/13
〔○〕天有常形 2.2/13/29
○民化而從政 2.2/13/30
○攻强 2.5/15/26
揆（○）〔天〕消變 3.1/16/32
○士外貌不與中情相應者十五 3.3/19/13
〔○煞一人而三軍不聞〕 3.5/21/25
○兵、聞則議 3.9/24/21
○先勝者 3.9/25/1
○將 3.9/25/14
○兩陳之間 3.10/25/26
○律管十二 3.11/26/28
丈○平壤 3.13/28/24
丈○治田有畝數 3.13/29/1
○攻守之具 4.1/29/12
○欲擊者 6.2/42/29
○車騎者、軍之武兵也 6.5/44/30

伏 fú 30

○其銳 1.12/11/5
弭耳俯○ 2.1/12/16
○鼓旗三人 3.1/17/16
主○鼓旗 3.1/17/16
詭○設奇、遠張誑誘者 3.10/26/2
材士、强弩爲○兵 4.4/32/29
隱○而處 4.4/32/32,5.2/38/20
○兵疾擊其後 4.4/32/32
其銳士○於深草 4.6/34/10
去寇十里而○其兩旁 4.7/34/23
不可以○其兩旁 4.7/34/27
設○而待之 4.7/34/31
○兵乃起 4.7/34/32
而○其銳士 4.8/35/15
過○而還 4.8/35/15
勿越其○ 4.8/35/18
堅○吾後 4.11/37/1
別隊爲○兵 5.2/38/19
發吾○兵以衝其內 5.2/38/21
○我材士强弩 5.4/39/22
○於左右 5.4/39/28
敵人過我○兵 5.4/39/28
設○兵於後 5.6/40/21
敵人知我○兵 5.6/40/29
發我○兵 5.6/40/32,5.6/41/2,5.7/41/20
○於深草 5.7/41/13
敵人○我兩旁 6.9/47/29

扶 fú 11

○而納之 2.5/16/12
武（衝）〔衛〕大○胥三十六乘 4.1/29/16
武翼大櫓、矛戟○胥七十二（具）〔乘〕 4.1/29/20
提翼小櫓○胥一百四十〔四〕（具）〔乘〕 4.1/29/23
大黃參連弩大○胥三十六乘 4.1/29/26
大○胥衝車三十六乘 4.1/30/1
矛戟○胥輕車一百六十乘 4.1/30/4
木螳蜋劍刃○胥 4.1/30/12
軸旋短衝矛戟○胥 4.1/30/16
虎落劍刃○胥 4.1/30/27
以武衝○胥 4.4/32/31

服 fú 15

乃○於君 1.1/2/2
天下和○ 1.7/6/23
惡其衣○ 1.9/8/12
偉其依○ 1.9/8/15
大兵發而萬物皆○ 2.1/12/23
而敵降○ 3.4/21/8
將冬〔日〕不○裘 3.6/22/15
將不身○禮 3.6/22/16
將不身○力 3.6/22/18
將不身○止欲 3.6/22/21
所以降城○邑也 3.10/26/5
與敵同○者 3.10/26/6
則天下和○ 4.10/36/26
此軍之○習 6.3/43/31
變易衣○ 6.9/47/8

拂 fú 1

車之○地也 6.8/46/12

枹 fú 1

聞○鼓之音者 3.11/27/15

浮 fú 3

天○鐵螳蜋 4.1/31/4
以天○張飛江 4.1/31/5
則有○海、絕江 4.5/33/29

符 fú 19

考○驗 3.1/17/6
詭○節 3.1/17/16
有陰○ 3.7/23/6
有大勝克敵之○ 3.7/23/8
破軍擒將之○ 3.7/23/10
降城得邑之○ 3.7/23/12
卻敵報遠之○ 3.7/23/14
警衆堅守之○ 3.7/23/16
請糧益兵之○ 3.7/23/18
敗軍亡將之○ 3.7/23/20
失利亡士之○ 3.7/23/22
諸奉使行○、稽留〔者〕 3.7/23/24
若○事聞泄 3.7/23/24
八○者 3.7/23/24
○不能明 3.8/24/4

不用○	3.8/24/6	父 fù	3	環絡自○	4.1/31/5
此五行之○	3.11/27/7				
此五者、聲色之○也	3.11/27/16	親其君如○母	1.2/3/9	富 fù	12
其約束○信也	3.13/28/27	馭民如○母之愛子	1.3/4/6		
		〔親其將如○母〕	3.6/22/8	故萬民○樂而無飢寒之色	1.2/3/9
虙 fú	2			○之而觀其無犯	1.6/5/26
		付 fù	2	○之而不犯者、仁也	1.6/5/27
飛○電影自副	4.1/29/26			臣無○於君	1.6/6/4
飛○赤莖白羽	4.1/29/26	○之而觀其無轉	1.6/5/26	是故人君必從事於○	1.7/6/17
		○之而不轉者、忠也	1.6/5/28	不○無以為仁	1.7/6/17
福 fú	1			相不能○國强兵、調和	
		附 fù	1	陰陽以安萬乘之主	1.9/9/2
禍○在君	1.2/2/23			民無與而自○	2.2/13/32
		無掘壈而○丘	1.7/6/12	人臣無不重貴與○	2.3/15/1
輻 fú	1			○貴甚足	2.3/15/2
		皁 fù	2	是○國强兵之道也	3.13/29/1
○湊並進	1.4/4/28			敵○而衆	5.6/40/17
		前有大○	6.9/48/5		
斧 fǔ	9	右有坑○	6.9/48/12	復 fù	10
執○必伐	1.7/6/12	負 fù	5	藏則○起	1.8/7/4
執○不伐	1.7/6/13			○疾擊其不意	1.12/11/11
將用○柯	1.7/6/15	可以知三軍之消息、勝		終而○始	2.2/13/7
以授○鉞	3.4/20/19	○之決乎	3.11/26/26	勿○明之	2.2/13/11
復操○	3.4/20/22	豫見勝○之徵	3.12/27/21	其君將○合之	2.3/14/18
專○鉞之威	3.4/21/2	勝○之徵	3.12/27/23	○操斧	3.4/20/22
钁鍤○鋸杵（臼）〔臼〕		其法無勝亦無○	4.11/37/12	城之氣出而○入	3.12/28/8
	3.13/28/22	能○重致遠者	6.3/43/29	未定而○返者	4.12/37/24
大柯○	4.1/30/8			有王臣失勢、欲○見功	
伐木大○	4.1/31/13	赴 fù	5	者	6.3/43/19
				周環各○故處	6.5/45/10
俯 fǔ	1	天下○之	1.1/2/13		
		野戰爭先○	3.6/22/8	腹 fù	1
弭耳○伏	2.1/12/16	士爭先○	3.6/22/24		
		○之若驚	3.9/25/12	○心一人	3.1/16/32
輔 fǔ	4	奔○可擊	6.2/43/1		
				賦 fù	4
○其淫樂	2.3/14/14	婦 fù	2		
將者、國之○	3.2/19/1			其○役也甚寡	1.2/3/9
城必有大○	3.12/28/11	○人織紝	3.13/28/23	薄○斂	1.3/4/1
以騎爲○	5.1/38/3	○人織紝有尺度	3.13/29/1	重○斂	1.3/4/3
				○斂如取己物	1.3/4/7
撫 fǔ	1	副 fù	5		
				縛 fù	1
○其左右	1.7/6/11	絞車連弩自○	4.1/29/21		
			4.1/29/23、4.1/30/26	能○束旌旗	6.6/45/20
		飛虙電影自○	4.1/29/26		

覆 fù	2
城之氣出而○我軍之上	3.12/28/9
煙○吾軍	4.11/37/9

蓋 gài	7
大○天下	2.4/15/14
信○天下	2.4/15/14
仁○天下	2.4/15/14
恩○天下	2.4/15/15
權○天下	2.4/15/15
〔天〕雨不張○〔幕〕	3.6/22/15
○重車上板	4.1/31/12

干 gān	1
其甲胄、○楯也	3.13/28/22

敢 gǎn	18
○不受天之詔命乎	1.1/2/16
○請釋其故	1.3/3/24
○問三寶	1.6/6/1
果○輕死以貪祿秩	1.9/8/18
未○先發	1.12/11/1
○問其目	3.2/18/13, 3.6/22/13
有如果○而不能者	3.3/19/15
臣不○生還	3.4/21/2
臣不○將	3.4/21/3
必不○遠道長驅	4.4/33/10
莫○先舉	4.6/34/3
則敵人不○來	4.6/34/14
未○先舉	4.7/34/20
必莫○至	4.10/36/22
吾陳不○當	5.4/39/25
軍中有大勇○死樂傷者	6.3/43/9
名曰○死之士	6.3/43/21

剛 gāng	4
忍而○	1.5/5/11
有○毅而自用者	3.2/18/19
○毅而自用者	3.2/18/24
虛無之情以制○彊	3.11/27/1

綱 gāng	1
以爲○紀	3.1/16/25

皋 gāo	1
得○陶	1.1/1/10

高 gāo	27
○山仰之	1.4/4/22
士有抗志○節以爲氣勢	1.9/8/1
虛論○議以爲容美	1.9/8/15
以○談虛論說於人主	1.9/8/18
○居而遠望	1.9/9/5
若天之○	1.9/9/7
○其壘	1.12/11/5
使○其氣	2.3/15/2
知士之○下	3.3/19/11
○城深池	3.6/22/24
處○敵者	3.10/26/9
深溝○壘、〔積〕糧多者	3.10/26/10
深溝○壘	3.12/28/1
城之氣出○而無所止	3.12/28/9
芒○四寸	4.1/30/18
○一尺五寸	4.1/30/21
○八尺	4.1/30/27, 4.1/30/27
登○下望	4.12/37/18
○置旌旗	5.1/38/2, 5.5/40/11
	5.8/42/3
遇○山盤石	5.5/40/5
凡三軍處山之○	5.5/40/8
有蹄○絕遠、輕足善走者	6.3/43/17
後有○山	6.9/48/5
○下如平地	6.9/48/12

縞 gāo	2
晝則以絳○	4.1/29/27
夜則以白○	4.1/29/27

告 gào	6
七曰、○之以難	3.3/20/7
○者皆誅之	3.7/23/24

士卒所○	3.12/27/25
明○吏士	4.4/33/9
明○戰日	6.1/42/19
將必先明○吏士	6.4/44/5

割 gē	2
操刀必○	1.7/6/12
操刀不○	1.7/6/13

革 gé	1
論兵○	3.1/17/14

各 gè	15
○歸其次	1.1/2/6
三寶○安處	1.6/6/4
而○以官名舉人	1.10/10/6
○設固備	1.12/11/1
○樂其所	2.2/13/18
○取所長	3.1/16/24
○以其勝攻之	3.11/26/29
○有科品	4.1/29/12
○愼其處	4.8/35/12
○按其部	5.1/38/5
○置衝陳於山之表	5.5/40/12
（○）〔吾〕欲以守則固	5.8/41/31
○會其所	6.1/42/19
○返故道	6.5/45/6
周環○復故處	6.5/45/10

根 gēn	1
○深而木長	1.1/1/26

更 gēng	7
○戰○息	5.1/38/4, 5.8/42/7
數○旌旗	6.9/47/8
○發○止	6.10/48/20

耕 gēng	1
害民○績之時	1.2/3/5

羹 gēng	1
藜藿之○	1.2/3/5

工 gōng	3
大農、大○	1.6/6/3
○一其鄉	1.6/6/3
非國○也	3.9/24/27

弓 gōng	1
○弩爲表	5.1/38/1

公 gōng	177
兆得○侯	1.1/1/5
卒見太○	1.1/1/12
太○曰	1.1/1/16,1.1/1/21
1.1/1/26,1.1/2/1,1.1/2/10	
1.2/2/23,1.2/2/28,1.2/3/3	
1.3/3/18,1.3/3/22,1.3/3/26	
1.4/4/13,1.4/4/18,1.4/4/22	
1.4/4/27,1.5/5/6,1.5/5/10	
1.6/5/18,1.6/5/22,1.6/5/26	
1.6/6/3,1.7/6/11,1.7/6/22	
1.8/6/29,1.8/7/1,1.9/7/18	
1.9/7/23,1.10/9/16,1.10/9/20	
1.10/9/24,1.10/10/6	
1.11/10/14,1.12/10/21	
1.12/11/4,1.12/11/11	
2.1/11/20,2.2/13/5,2.2/13/29	
2.3/14/7,2.4/15/14,2.5/15/26	
3.1/16/24,3.1/16/32	
3.2/18/11,3.2/18/15	
3.3/19/13,3.3/19/24	
3.4/20/17,3.5/21/19	
3.6/22/11,3.6/22/15,3.7/23/6	
3.8/24/6,3.9/24/16	
3.10/25/23,3.11/26/28	
3.11/27/11,3.11/27/15	
3.12/27/23,3.13/28/21	
4.1/29/12,4.1/29/16,4.2/32/5	
4.3/32/14,4.3/32/19	
4.4/32/27,4.4/33/6,4.5/33/21	
4.6/34/6,4.6/34/13,4.7/34/23	
4.7/34/30,4.8/35/11	

4.8/35/18,4.9/35/26,4.9/36/1	
4.10/36/13,4.10/36/19	
4.11/37/4,4.11/37/12	
4.12/37/18,4.12/37/23	
5.1/38/1,5.2/38/12,5.2/38/18	
5.3/39/1,5.3/39/7,5.4/39/18	
5.4/39/22,5.4/39/28,5.5/40/8	
5.6/40/21,5.6/40/27	
5.6/40/32,5.7/41/13	
5.7/41/19,5.8/42/1,6.1/42/18	
6.2/42/29,6.2/43/1,6.3/43/9	
6.4/44/5,6.5/44/19,6.5/45/3	
6.6/45/19,6.7/45/27,6.8/46/5	
6.8/46/10,6.8/46/19,6.9/47/1	
6.9/47/5,6.9/47/27	
6.10/48/20,6.10/48/26	
文王問太○曰	1.2/2/20
1.3/3/16,1.4/4/11,1.6/5/16	
1.7/6/9,1.8/6/27,1.9/7/16	
1.10/9/14,1.11/10/11	
2.2/13/3,2.3/14/5,2.4/15/12	
召太○望	1.5/5/3
武王問太○曰	1.12/10/19
2.5/15/24,3.1/16/22,3.2/18/9	
3.3/19/11,3.4/20/15	
3.5/21/17,3.6/22/8,3.7/23/3	
3.8/24/3,3.9/24/14	
3.10/25/21,3.11/26/26	
3.12/27/21,3.13/28/18	
4.1/29/10,4.2/32/3,4.3/32/12	
4.4/32/24,4.5/33/17,4.6/34/3	
4.7/34/19,4.8/35/7,4.9/35/23	
4.10/36/9,4.11/36/32	
4.12/37/16,5.1/37/31	
5.2/38/9,5.3/38/30,5.4/39/15	
5.5/40/5,5.6/40/17,5.7/41/11	
5.8/41/30,6.1/42/15	
6.2/42/26,6.3/43/7,6.4/44/3	
6.5/44/16,6.6/45/17	
6.7/45/25,6.8/46/3,6.9/46/29	
6.10/48/18	
召太○曰	2.1/11/17
○尚助予憂民	2.1/11/17
○言乃恊予懷	2.2/14/1

功 gōng	9
有○必賞	1.2/3/8
傷○臣之勞	1.9/8/3
而不獲其○	1.10/9/14
予欲立○	2.5/15/24
有詭激而有○效者	3.3/19/15
○立於內	3.4/21/10
〔是爲賞无○、貴无能	
也〕	3.5/22/3
故事半而○倍焉	3.9/25/1
有王臣失勢、欲復見○	
者	6.3/43/19

攻 gōng	34
無衝機而○	2.1/12/1
恐力不能○強	2.5/15/24
夫○強	2.5/15/26
○強以強	2.5/16/1
凡○之道	2.5/16/8
而後○其強、毀其大	2.5/16/8
使冒難○銳	3.1/17/27
○城爭先登	3.6/22/8
○伐之道奈何	3.9/24/14
不知戰○之策	3.10/26/12
各以其勝○之	3.11/26/29
凡○城圍邑	3.12/28/7
3.12/28/11,4.10/36/13	
城不可○	3.12/28/8
此所以知可○而○	3.12/28/11
不可○而止	3.12/28/11
戰○之具	3.13/28/18
戰○守禦之具	3.13/28/21
其○城器也	3.13/28/23
其○城也	3.13/28/24
○守之具	4.1/29/10
夫○守之具	4.1/29/12
修治○具	4.1/31/19
○城圍邑	4.5/33/24,6.1/42/19
○其無備	4.6/34/8
我欲○城圍邑	4.10/36/9
或○吾左	5.3/38/31
或○吾右	5.3/38/31
急○其後	5.3/39/2
急○我後	5.3/39/4
並○而前	5.8/42/6

肱 gōng	3
必有股〇羽翼以成威神	3.1/16/22
故將有股〇羽翼七十二	
人	3.1/16/27
股〇四人	3.1/17/19

宮 gōng	8
〇垣屋室不堊	1.2/3/4
儉〇室、臺榭	1.3/4/1
多營〇室、臺榭以疲民力	1.3/4/3
臣有大作〇室池榭、遊	
觀倡樂者	1.9/7/23
〇、商、角、徵、羽	3.11/26/28
〇也	3.11/27/6, 3.11/27/16
無壞人〇室	4.10/36/25

躬 gōng	1
朴其身〇	1.9/8/12

恭 gōng	2
〇而敬	1.5/5/10
有貌〇敬而心慢者	3.3/19/13

共 gòng	6
能與人〇之者、仁也	1.1/2/11
與天下〇其生	2.2/13/29
〔故上〕將與士卒〇寒	
暑	3.6/22/23
〔〇〕勞苦、飢飽	3.6/22/23
螳蜋武士〇載	4.1/30/1
螳蜋武士三人〇載	4.1/30/4

勾 gōu	1
當以〇陳	3.11/27/6

溝 gōu	12
無〇壍而守	2.1/12/1
修〇壍	3.1/17/19
深〇高壘、〔積〕糧多	
者	3.10/26/10

深〇高壘	3.12/28/1
修〇渠	3.13/28/28
渡〇壍	4.1/31/3
越〇壍	4.5/33/29
深〇增壘而無出	4.6/34/6
〇壘悉壞	4.8/35/8
越〇壍	6.7/45/28
後有〇瀆、左有深水、	
右有峻阪者	6.8/46/13
左有深〇	6.9/48/12

鉤 gōu	3
飛〇	4.1/30/11
〇芒長四寸	4.1/30/11
有拔距伸〇、彊梁多力	
、潰破金鼓、絕滅旌	
旗者	6.3/43/15

苟 gǒu	3
讒佞〇得以求官爵	1.9/8/18
〇能因之	2.3/14/8
〇能嚴之	2.3/14/18

彀 gòu	2
力能〇八石弩	6.6/45/20
能馳騎〇射	6.7/45/28

孤 gū	1
存養天下鰥寡〇獨	1.2/3/8

辜 gū	1
罪殺不〇	2.1/11/17

古 gǔ	4
〇之賢君	1.2/2/26
〇之聖人	2.2/13/15
〇之善戰者	3.10/25/23
〇者	3.11/27/1

谷 gǔ	5
谿〇險阻者	3.10/26/1
遇深谿大〇險阻之水	4.5/33/17
衢道通〇	5.5/40/11
衢道〇口	5.8/42/3
大澗深〇	6.9/48/3

股 gǔ	3
必有〇肱羽翼以成威神	3.1/16/22
故將有〇肱羽翼七十二	
人	3.1/16/27
〇肱四人	3.1/17/19

鼓 gǔ	23
伏〇旗三人	3.1/17/16
主伏〇旗	3.1/17/16
聞〇聲而喜	3.6/22/9
聞〇聲則喜	3.6/22/23
〇行喧囂者	3.10/26/5
聞枹〇之音者	3.11/27/15
聲〇之聲宛以鳴	3.12/28/2
聲〇之聲濕如沐	3.12/28/5
車上立旗〇	4.1/29/17
多其火〇	4.4/33/1
擊雷〇	4.5/33/28
擊轂〇	4.6/34/6, 5.2/38/20
〇呼而往來	4.6/34/13
〇譟而乘之	4.7/34/20
益其金〇	4.7/34/24
〇譟而俱起	4.7/34/24
聽其〇無音	4.12/37/23
金〇旌旗	5.2/38/18
二人同〇	5.3/39/7
〇音皆止	5.3/39/8
有拔距伸鉤、彊梁多力	
、潰破金〇、絕滅旌	
旗者	6.3/43/15
有金〇之節	6.4/44/5

穀 gǔ	4
則〇足	1.6/6/3
草管勝〇	2.1/12/20
致五〇	3.1/17/12

五〇豐熟	3.4/21/10	〇可怒而不怒	1.9/9/7	士卒前後相〇	6.8/46/20

蠱 gǔ 　1

巫〇左道　1.9/8/23

固 gù 　23

其寶〇大矣　1.8/7/8
各設〇備　1.12/11/1
所以爲〇也　3.10/26/9
陳勢已〇　3.12/28/1
行陳不〇　3.12/28/4,4.7/34/20
（〇）〔銅〕爲垂　4.1/31/14
險阻又〇　4.4/32/25
陳皆堅〇　4.6/34/3
凡三軍以戒爲〇　4.8/35/11
依山（林）〔陵〕險阻
　、水泉林木而爲之〇　4.9/35/26
則我軍堅〇　4.9/35/27
以守則不〇　4.9/35/31
吾欲以守則〇　5.1/37/31
　　5.2/38/10,5.5/40/6
以守則〇　5.3/38/31
（各）〔吾〕欲以守則
　〇　5.8/41/31
令行陳皆〇　5.8/42/2
陳不堅〇　6.8/46/20
敵人行陳整齊堅〇　6.9/47/7
敵人行陳不〇　6.9/47/10
敵人無險阻保〇　6.9/47/15

故 gù 　51

〇以餌取魚　1.1/2/2
不以役作之〇　1.2/3/5
〇萬民富樂而無飢寒之色　1.2/3/9
敢請釋其〇　1.3/3/24
〇善爲國者　1.3/4/6
〇義勝欲則昌　1.5/5/11
是〇人君必從事於富　1.7/6/17
〇春道生　1.8/7/3
〇天下治　1.8/7/6
〇發之以其陰　1.8/7/11
〇王人者有六賊七害　1.9/7/18
〇强勇輕戰　1.9/8/7
〇民不盡〔其〕力　1.9/9/1

〇聖王號兵爲凶器　1.12/10/25
〇無甲兵而勝　2.1/12/1
〇道在不可見　2.1/12/15
〇能長生　2.2/13/13
〇能名彰　2.2/13/13
〇與人爭　2.2/13/21
〇利天下者　2.4/15/18
〇將有股肱羽翼七十二
　人　3.1/16/27
〇兵者、國之大事　3.2/19/1
〇置將不可不察也　3.2/19/2
〇曰　3.2/19/4,3.9/25/6
　3.9/25/8,3.10/26/12
　3.10/26/15
是〇智者爲之謀　3.4/21/8
是〇風雨時節　3.4/21/10
〇殺一人而三軍震者　3.5/21/21
〔〇〕殺貴大　3.5/21/24
〔〇上〕將與士卒共寒
　暑　3.6/22/23
〇三軍之衆　3.6/22/23
〇至事不語　3.9/24/18
〇善戰者　3.9/24/23
〇爭勝於白刃之前者　3.9/24/26
〇事半而功倍焉　3.9/25/1
〇智者從之而不釋　3.9/25/11
〇知神明之道者　3.9/25/14
〇將者、人之司命　3.10/26/19
三軍無〇　3.12/28/1
〇用兵之具　3.13/28/30
〇必使遂其六畜　3.13/29/1
〇教吏士　6.4/44/8
〇能成其大兵　6.4/44/10
〇車騎不敵戰　6.5/44/23
各返〇道　6.5/45/6
周環各復〇處　6.5/45/10
〇拙將之所以見擒、明
　將之所以能避也　6.8/46/15

錮 gù 　1

欲〇其心　2.3/14/22

顧 gù 　2

前陳數〇　4.7/34/20

寡 guǎ 　9

存養天下鰥〇孤獨　1.2/3/8
其賦役也甚〇　1.2/3/9
科品衆〇　4.1/29/10
其卒必〇　4.4/33/6
衆〇彊弱相等　4.7/34/19
衆〇不相救　4.7/34/24
敵衆我〇　5.3/38/30
我貧而〇　5.6/40/17
彼〇可以擊我衆　6.9/48/1

怪 guài 　1

奇〇珍異不視　1.2/3/3

官 guān 　5

〇等以權　1.1/1/21
讒佞苟得以求〇爵　1.9/8/18
而各以〇名舉人　1.10/10/6
授〇位　3.1/17/3
〇有長　3.13/28/27

冠 guān 　1

奇其〇帶　1.9/8/15

關 guān 　5

長〇遠候、暴疾謬遁者　3.10/26/5
著轉〇轆轤八具　4.1/31/3
以飛江、轉〇與天潢以
　濟吾軍　4.4/33/6
則有飛橋、轉〇、轆轤
　、鉏鋙　4.5/33/29
謹守〇梁　4.9/35/27

鰥 guān 　1

存養天下〇寡孤獨　1.2/3/8

觀 guān 　22

可以〇大矣　1.1/1/22

富之而○其無犯	1.6/5/26	○八寸	4.1/30/18	耳○聰	1.4/4/27
貴之而○其無驕	1.6/5/26	○一丈五尺	4.1/30/27,4.1/30/27	心○智	1.4/4/27
付之而○其無轉	1.6/5/26		4.1/31/3	○之而觀其無驕	1.6/5/26
使之而○其無隱	1.6/5/26	飛江○一丈五尺	4.1/31/4	○之而不驕者、義也	1.6/5/27
危之而○其無恐	1.6/5/27	○四尺	4.1/31/12	凡用賞者○信	1.11/10/14
事之而○其無窮	1.6/5/27	刃○六寸	4.1/31/13	用罰者○必	1.11/10/14
臣有大作宮室池榭、遊		前有大水、○瀆、深坑	4.4/33/3	人臣無不重○與富	2.3/15/1
○倡樂者	1.9/7/23	大水、○瀆、深坑	4.4/33/6	富○甚足	2.3/15/2
以○天道	2.1/11/20	吾三軍過大陵、○澤、		聖人所○	3.3/19/19
吾○其野	2.1/12/20	平易之地	4.9/35/30	勿以身○而賤人	3.4/20/23
吾○其眾	2.1/12/20	即燔吾前而○延之	4.11/37/4	〔故〕殺○大	3.5/21/24
吾○其吏	2.1/12/20	（極）〔亟〕○吾道	5.1/38/2	賞○小	3.5/21/24
○敵之意	3.1/17/31	亟○吾道	5.8/42/2	殺及當路○重之臣	3.5/21/24
以○其辭	3.3/19/24	○深五尺	6.10/48/27	〔是爲賞无功、○无能	
以○其變	3.3/19/26			也〕	3.5/22/3
以○其誠	3.3/19/28			○賤不相待	4.7/34/24
以○其德	3.3/20/1	**龜** guī	1	步○知變動	6.8/46/5
以○其廉	3.3/20/3			車○知地形	6.8/46/5
以○其貞	3.3/20/5	鑽靈○	3.4/20/18	騎○知別徑奇道	6.8/46/5
以○其勇	3.3/20/7				
以○其態	3.3/20/9	**歸** guī	12	**郭** guō	1
以○敵之變動	4.12/37/18				
		各○其次	1.1/2/6	春秋治城○	3.13/28/28
管 guǎn	9	樹斂何若而天下○之	1.1/2/8		
		天下○之	1.1/2/12,1.1/2/13	**國** guó	57
草○勝穀	2.1/12/20		1.1/2/14		
夫律○十二	3.11/26/28	好德而○利	1.1/2/14	以家取○	1.1/2/3
偏持律○當耳	3.11/27/4	乃載與俱○	1.1/2/16	○可拔	1.1/2/3
有聲應○	3.11/27/5	斷我○道	4.4/32/24	以○取天下	1.1/2/3
角聲應○	3.11/27/5	塞我○道	4.4/33/4	則○危而民亂	1.2/2/23
徵聲應○	3.11/27/5	即○大邑	4.10/36/20	則○安而民治	1.2/2/23
商聲應○	3.11/27/6	還○屯所	5.8/42/6	願聞爲○之大務	1.3/3/16
羽聲應○	3.11/27/6	敵人暮欲○舍	6.9/47/12	故善爲○者	1.3/4/6
五○聲盡不應者	3.11/27/6			君○主民者	1.6/5/16
		鬼 guǐ	2	都無大於○	1.6/6/5
光 guāng	4			則○安	1.6/6/5
		與○神通	2.1/11/27	無借人○柄	1.7/6/11
其○必遠	1.1/2/5	依託○神	3.1/18/1	借人○柄	1.7/6/11
與天地同○	1.8/7/12			守○奈何	1.8/6/27
見火○者	3.11/27/15	**詭** guǐ	3	守○如此	1.8/7/12
爲○耀	4.1/29/27			相不能富○強兵、調和	
		○符節	3.1/17/16	陰陽以安萬乘之主	1.9/9/2
廣 guǎng	18	有○激而有功效者	3.3/19/15	敵○乃強	1.9/9/8
		○伏設奇、遠張誑誘者	3.10/26/2	則○不免於危亡	1.10/10/2
以○其志	2.3/14/14			無取於○者	2.1/12/11
○六寸	4.1/29/27,4.1/29/28	**貴** guì	19	取○者也	2.1/12/11
○二丈	4.1/30/12			無取○者	2.1/12/13
		目○明	1.4/4/27		

合 hé	28
君子情同而親○	1.1/1/27
親○而事生之	1.1/1/27
不施無以○親	1.7/6/17
○其親	1.7/6/22
○其親則喜	1.7/6/22
一○一離	1.12/11/4
順命而○	2.3/14/14
其君將復○之	2.3/14/18
白刃始○	3.6/22/24
主將欲○兵	3.8/24/3
書皆一○而再離	3.8/24/6
敵人四○而圍我	4.4/32/24
戰○	4.7/34/24
戰○而走	4.7/34/32
中外相○	4.10/36/10
使我輕卒○戰而佯走	5.2/38/20
敵人見我戰○	5.6/41/1
鳥散而雲○	5.6/41/5
將欲期會○戰	6.1/42/15
必有分○之變	6.1/42/18
并力○戰	6.1/42/22
○三軍之衆	6.4/44/3
○之十人	6.4/44/8
○之百人	6.4/44/8
○之千人	6.4/44/9
○之萬人	6.4/44/9
○之三軍之衆	6.4/44/9
○之百萬之衆	6.4/44/10

何 hé	111
○謂其有似也	1.1/1/19
○爲其然	1.1/1/30
樹斂○若而天下歸之	1.1/2/8
〔其〕所以然者、○也	1.2/2/20
其治如○	1.2/3/1
爲之奈○	1.3/3/16,1.11/10/11
	1.12/11/2,1.12/11/9
	2.5/15/24,3.3/19/11,3.6/22/9
	3.7/23/4,3.8/24/4,3.12/27/21
	4.3/32/12,4.3/32/17
	4.4/32/25,4.4/33/4,4.5/33/19
	4.6/34/4,4.7/34/28
	4.10/36/10,4.10/36/17
	4.11/37/2,4.11/37/9

	5.1/37/32,5.2/38/16
	5.3/38/31,5.3/39/5,5.4/39/16
	5.4/39/26,5.5/40/6,5.6/40/19
	5.6/40/24,5.6/40/29
	6.10/48/24
愛民奈○	1.3/3/20
君臣之禮如○	1.4/4/11
主位如○	1.4/4/16
主聽如○	1.4/4/20
主明如○	1.4/4/25
王○所問	1.5/5/6
○也	1.6/5/16,1.10/9/14
六守○也	1.6/5/20
慎擇六守者○	1.6/5/24
守土奈○	1.7/6/9
炎炎奈○	1.7/6/15
○謂仁義	1.7/6/20
守國奈○	1.8/6/27
○上○下	1.9/7/16
○取○去	1.9/7/16
○禁○止	1.9/7/16
○如	1.10/9/22
舉賢奈○	1.10/10/4
兵道如○	1.12/10/19
如○	2.1/11/17
聖人○守	2.2/13/3
○憂○嗇	2.2/13/5
○嗇○憂	2.2/13/5
○窮之有	2.2/13/7
靜之奈○	2.2/13/27
文伐之法奈○	2.3/14/5
○如而可爲天下	2.4/15/12
爲之奈○	3.1/16/22
	4.6/34/11,4.7/34/21,4.8/35/9
	4.8/35/16,4.9/35/24
	4.9/35/31,5.2/38/10
	5.7/41/11,5.7/41/17
	5.8/41/31,6.1/42/15
論將之道奈○	3.2/18/9
○以知之	3.3/19/22
	3.11/27/13,4.12/37/21
立將之道奈○	3.4/20/15
將○以爲威	3.5/21/17
○以爲明	3.5/21/17
〔○以爲審〕	3.5/21/17
○以爲禁止而令行	3.5/21/17
攻伐之道奈○	3.9/24/14

大要○如	3.10/25/21
奈○	4.2/32/3,6.4/44/3
主將○憂	4.5/33/30
誰○不絕	4.8/35/11
○以知敵壘之虛實	4.12/37/16
用之奈○	5.4/39/20
如○則可擊	6.2/42/26
練士之道奈○	6.3/43/7
車騎之吏數、陳法奈○	6.5/45/1
選車士奈○	6.6/45/17
選騎士奈○	6.7/45/25
戰車奈○	6.8/46/3
十死之地奈○	6.8/46/8
八勝之地奈○	6.8/46/17
戰騎奈○	6.9/46/29
十勝奈○	6.9/47/3
九敗奈○	6.9/47/25
步兵〔與〕車騎戰奈○	
	6.10/48/18

和 hé	6
敬其衆則○	1.7/6/22
天下○服	1.7/6/23
天下○之	1.8/7/11
相不能富國强兵、調○	
陰陽以安萬乘之主	1.9/9/2
所以調○三軍、制一臣	
下也	3.10/26/8
則天下○服	4.10/36/26

河 hé	2
將爲江○	1.7/6/15
所以越深水、渡江○也	3.10/26/4

涸 hé	1
水○山阻	3.1/17/8

闔 hé	1
開○人情	3.1/17/31

嗃 hè	2
有○○而反靜愨者	3.3/19/16

堅 hè 　　　　　1	然○能約天下　　2.4/15/14	敵人越我前○　　5.6/40/24
	然○能懷天下　　2.4/15/15	備其前○　　　　5.6/41/1
無掘○而附丘　1.7/6/12	然○能保天下　　2.4/15/15	然○以軍騎分爲鳥雲之
	然○能不失天下　2.4/15/15	陳　　　　　　5.6/41/4
黑 hēi 　　　　　4	然○可以爲天下政　2.4/15/16	○行未及舍　　　5.7/41/20
	而○攻其強、毀其大　2.5/16/8	車騎擾亂其前○　5.7/41/20
按○地而堅處　4.11/37/5	然○可成　　　　2.5/16/12	以武衝爲前○　　5.8/42/2
吾按○地而處　4.11/37/6	無君於○　　　　3.4/21/6	然○移檄書與諸將吏期　6.1/42/18
其大兵按○地而起　4.11/37/9	設備於已失之○者　3.9/24/26	校其先○　　　　6.1/42/21
圯下漸澤、○土黏埴者　6.8/46/11	而○戰者也　　　3.9/25/1	○期至者斬　　　6.1/42/21
	失利○時　　　　3.9/25/9	前○相去二十步　6.5/45/5
橫 héng 　　　　　5	所以搏前擒○也　3.10/26/6	6.5/45/9
	亦有前○、左右之利　4.2/32/5	前○相去十步　　6.5/45/9
可以縱擊○、可以敗敵　4.1/30/1	斷我前○　　　　4.3/32/12	前○、左右、上下周旋　6.6/45/20
可以○行　　　4.3/32/15	中軍迭前迭○　　4.3/32/19	射前○左右　　　6.6/45/20
縱○相去二里　6.5/45/6	居○　　　　　　4.4/32/29	前○、左右周旋進退　6.7/45/28
縱○相去百步　6.5/45/10	前○拒守　4.4/32/31,4.5/33/25	前易○險者　　　6.8/46/10
殷草○畝、犯歷深澤者　6.8/46/12	以屬其○　　　　4.4/32/32	○有溝瀆、左有深水、
	伏兵疾擊其○　　4.4/32/32	右有峻阪者　　6.8/46/13
衡 héng 　　　　　1	勇士擊我○　　　4.4/33/4	前不能進、○不能解者　6.8/46/14
	○不得屬於前　　4.5/33/18	敵之前○　　　　6.8/46/19
野無○敵　　　3.9/25/14	令我○軍　　　　4.6/34/7	士卒或前或○　　6.8/46/19
	○陳欲走　　　　4.7/34/20	士卒前○相顧　　6.8/46/20
侯 hóu 　　　　　16	車騎百里而越其前○　4.7/34/23	○恐而怯　　　　6.8/46/20
	車騎又無以越其前○　4.7/34/27	前○不屬　　　　6.9/47/5
兆得公○　　　1.1/1/5	或擊其前○　4.7/34/32,4.8/35/18	薄其前○　　　　6.9/47/10
外交諸○、不重其主者　1.9/8/1	或擊我○　　　　4.8/35/15	或掩其前○　　　6.9/47/19
引兵深入諸○之地　3.7/23/3	又越我前○　　　4.9/35/23	或絕其前○　　　6.9/47/22
3.8/24/3,4.4/32/24,4.5/33/17	又不能越我前○　4.9/35/28	以車騎返擊我○　6.9/47/27
4.7/34/19,4.8/35/7,4.9/35/23	越我前○　　　　4.9/35/31	又絕我○　　　　6.9/47/29
4.11/36/32,5.1/37/31	又置兩踵軍於○　4.9/36/2	○有高山　　　　6.9/48/5
5.3/38/30,5.4/39/15,5.5/40/5	前○相救　　　　4.9/36/2	短兵弱弩居○　　6.10/48/20
5.6/40/17,5.8/41/30	周吾軍前○左右　4.11/36/32	以備我○　　　　6.10/48/21
	堅伏吾○　　　　4.11/37/1	獵我前○　　　　6.10/48/23
厚 hòu 　　　　　8	謹察前○　　　　4.11/37/4	掘地匝○　　　　6.10/48/27
	又燔吾○　　　　4.11/37/5	推而前○　　　　6.10/48/27
廉潔愛人者○其祿　1.2/3/6	猶在吾○　　　　4.11/37/5	然○令我三軍　　6.10/48/28
○賂珠玉　　　2.3/14/14	又燔吾前○　4.11/37/6,4.11/37/9	
必○賂之　　　2.3/14/22	太疾、則前○不相次　4.12/37/24	**候 hòu** 　　　　　16
內積甚○　　　2.3/15/2	以備前○　　　　5.1/38/4	
施之以○德　　4.10/36/26	疾擊其○　　　　5.2/38/13	○風氣　　　　　3.1/17/6
○其幣　　　　5.7/41/23	5.6/40/32,5.6/41/2,6.9/47/12	主伺姦○變　　　3.1/17/31
不可不○也　6.6/45/21,6.7/45/29	或擊其○　　5.2/38/23,5.4/39/29	循陰陽之道而從其○　3.9/25/3
	急攻其○　　　　5.3/39/2	長關遠○、暴疾謬遁者　3.10/26/5
後 hòu 　　　　　89	急攻我○　　　　5.3/39/4	皆有外○　　　　3.11/27/11
	常去前○三里　　5.4/39/22	謹○敵人出入進退　3.12/27/25
然○能容天下　2.4/15/14	設伏兵於○　　　5.6/40/21	雞犬、其伺○也　3.13/28/23

審○敵人追我　　4.4/32/32
斥○常戒　　4.4/33/4
設雲火遠○　　4.4/33/10
發我遠○　　4.7/34/30
審○其來　　4.7/34/30
斥○懈怠　　4.8/35/8
當先發遠○　　4.9/36/1
謹○敵人　　5.2/38/18
騎者、軍之伺○也　　6.5/44/21

乎 hū　　17

兆致是○　　1.1/1/8
君其惡之○　　1.1/1/28
誘○獨見　　1.1/2/5
敢不受天之詔命○　　1.1/2/16
其君賢、不肖不等○　　1.2/2/21
其天時變化自然○　　1.2/2/21
可得聞○　　1.2/2/26,1.5/5/8
從事○無爲　　1.2/3/6
而況於人○　　1.11/10/15
莫過○一　　1.12/10/21
豈憂其流○　　1.12/10/28
可以知三軍之消息、勝
　　負之決○　　3.11/26/26
可無修○　　3.13/28/18
可無設○　　3.13/28/18
豈有法○　　4.1/29/10
十四變可得聞○　　6.2/42/31

呼 hū　　8

嗚○　1.1/2/5,1.5/5/3,2.1/11/17
　　2.2/13/21,2.2/13/24
大○驚之　　3.11/27/5
聞人嘯○之音者　　3.11/27/16
鼓○而往來　　4.6/34/13

忽 hū　　2

闇○往來　　3.1/17/16
○〔然〕而來　　3.9/24/19

惚 hū　　2

有悅悅○○而反忠實者　3.3/19/15

狐 hú　　1

莫過○疑　　3.9/25/8

虎 hǔ　　5

非○非羆　　1.1/1/5
當以白○　　3.11/27/5
天羅、○落鎖連一部　4.1/30/26
○落劍刃扶胥　　4.1/30/27
結○落柴營　　4.1/31/8

華 huá　　1

爲雕文刻鏤、技巧○飾
　　而傷農事　　1.9/8/21

化 huà　　10

其天時變○自然乎　　1.2/2/21
傷王之○　　1.9/7/25
則所不聞見者莫不陰○
　　矣　　1.11/10/14
莫知其○　　2.2/13/7
聖人守此而萬物○　　2.2/13/7
群曲○直　　2.2/13/18
其次○之　　2.2/13/30
夫民○而從政　　2.2/13/30
隨時變○　　3.1/16/25
變○無窮者也　　5.6/41/5

懷 huái　　2

公言乃協予○　　2.2/14/1
然後能○天下　　2.4/15/15

壞 huài　　3

溝壘悉○　　4.8/35/8
無○人宮室　　4.10/36/25
車之○地也　　6.8/46/13

懽 huān　　1

百姓○說　　3.4/21/10

環 huán　　9

以○利通索張之　　4.1/31/3
　　4.1/31/4
○絡自副　　4.1/31/5
○利鐵鎖　　4.1/31/8
○利大通索　　4.1/31/8
○利中通索　　4.1/31/9
○利小徽（縲）〔縲〕　4.1/31/9
委○鐵杙　　4.1/31/16
周○各復故處　　6.5/45/10

還 huán　　7

臣不敢生○　　3.4/21/2
三里而○　　4.7/34/32
至而必○　　4.8/35/13
過伏而○　　4.8/35/15
必○走　　4.11/37/6
○歸屯所　　5.8/42/6
往而無以○者　　6.8/46/10

緩 huǎn　　3

有智而心○者　　3.2/18/19
智而心○者　　3.2/18/24
三軍卒有○急　　3.7/23/3

幻 huàn　　1

○惑良民　　1.9/8/23

患 huàn　　4

免人之死、解人之難、
　　救人之○、濟人之急
　　者　　1.1/2/12
消○解結　　3.1/17/21
善除○者　　3.9/24/23
此騎之○地也　　6.9/48/10

皇 huáng　　1

三○之世　　3.11/27/1

黃 huáng	3
○帝曰	1.12/10/23
大○參連弩大扶胥三十	
六乘	4.1/29/26
○帝所以敗蚩尤氏	4.1/30/16

潢 huáng	4
謂之天○	4.1/31/5
以飛江、轉關與天○以	
濟吾軍	4.4/33/6
則有天○、飛江	4.5/33/29
以天○濟吾三軍	5.8/42/2

悅 huǎng	2
有○○惚惚而反忠實者	3.3/19/15

灰 huī	1
城之氣色如死○	3.12/28/7

麾 huī	1
以教操兵起居、旌旗指	
○之變法	6.4/44/6

徽 huī	1
環利小○（繯）〔繘〕	4.1/31/9

毀 huǐ	3
以世俗之所○者爲不肖	1.10/9/25
而後攻其强、○其大	2.5/16/8
必無○傷	4.9/36/3

彗 huì	2
日中必○	1.7/6/12
日中不○	1.7/6/12

晦 huì	1
必會於○	5.2/38/13

惠 huì	2
以下賢○民	2.1/11/20
○施於民	2.5/16/14

會 huì	6
○之以其陽	1.8/7/11
主計○三軍營壁、糧食	
、財用出入	3.1/18/5
必○於晦	5.2/38/13
令○日路	5.7/41/19
將欲期○合戰	6.1/42/15
各○其所	6.1/42/19

諱 huì	1
今臣言至情不○	1.1/1/28

薉 huì	1
翳（○）〔茂〕林木	6.9/48/3

穢 huì	2
山林茂○者	3.10/26/9
遇深草蓊○	4.11/36/32

昏 hūn	1
白晝而○	6.9/47/8

火 huǒ	12
軍不舉○	3.6/22/20
金、木、水、○、土	3.11/26/29
見○光者	3.11/27/15
多其○鼓	4.4/33/1
設雲○遠候	4.4/33/10
因以○爲記	4.4/33/10
令至○而止	4.4/33/11
夜則設雲○萬炬	4.5/33/28
見○起	4.11/37/4, 4.11/37/5
人操炬○	5.3/39/7
令之滅○	5.3/39/8

或 huò	47
○天○地	1.4/4/14
〔○以非賢爲賢〕	1.10/9/24
〔○以非智爲智〕	1.10/9/24
〔○以非忠爲忠〕	1.10/9/24
〔○以非信爲信〕	1.10/9/25
○利○害	3.7/23/3
○能守之	4.4/33/6
○出其左	4.6/34/14
○出其右	4.6/34/14
○襲其內	4.6/34/15
○擊其外	4.6/34/15, 5.2/38/21
○陷其兩旁	4.7/34/32, 4.8/35/18
○擊其前後	4.7/34/32, 4.8/35/18
○擊我前	4.8/35/15
○擊我後	4.8/35/15
○薄我壘	4.8/35/16
○衝我內	4.10/36/17
○擊我外	4.10/36/17
○戰而侵掠我地	5.2/38/15
○止而收我牛馬	5.2/38/15
○擊其前	5.2/38/23, 5.4/39/29
○擊其後	5.2/38/23, 5.4/39/29
○攻吾左	5.3/38/31
○攻吾右	5.3/38/31
○擊其表	5.3/39/2, 5.3/39/8
○擊其裏	5.3/39/2, 5.3/39/8
○屯其陰	5.5/40/9
○屯其陽	5.5/40/9
士卒○前○後	6.8/46/19
○左○右	6.8/46/20
○馳而往	6.9/47/7
○馳而來	6.9/47/7
○翼其兩旁	6.9/47/19
○掩其前後	6.9/47/19
○擊其兩旁	6.9/47/22
○絕其前後	6.9/47/22

貨 huò	1
則○足	1.6/6/4

惑 huò	10
幻○良民	1.9/8/23
衆口相○	2.1/12/18, 3.12/27/30

阻難狹路可〇	6.2/43/2
亂行可〇	6.2/43/3
心怖可〇	6.2/43/3
所以蹶敗軍、絕糧道、	
〇便寇也	6.5/44/21
〇其左右	6.9/47/5
翼而〇之	6.9/47/10
或〇其兩旁	6.9/47/22
以車騎返〇我後	6.9/47/27
彼弱可以〇我强	6.9/48/1
彼寡可以〇我衆	6.9/48/1

續 jī　　　　1

害民耕〇之時	1.2/3/5

難 jī　　　　1

〇犬、其伺候也	3.13/28/23

及 jí　　　　10

施〇三王	1.1/1/6
時〇將至	2.3/14/31
殺〇當路貴重之臣	3.5/21/24
賞〇牛豎、馬洗、廄養	
之徒	3.5/21/24
是以疾雷不〇掩耳	3.9/25/11
迅電不〇瞑目	3.9/25/11
〇其大城別堡	4.10/36/19
輕者不〇走	5.2/38/23
後行未〇舍	5.7/41/20
〇馳而乘之	6.6/45/19

即 jí　　　　13

王〇齋七日	1.8/6/31
〇有警急	4.9/36/2
〇歸大邑	4.10/36/20
〇燔吾前而廣延之	4.11/37/4
〇知其虛實	4.12/37/19
〇陷之	6.8/46/19,6.8/46/19
	6.8/46/20,6.8/46/20
	6.8/46/21,6.8/46/21
	6.8/46/21,6.8/46/22

急 jí　　　　10

免人之死、解人之難、	
救人之患、濟人之〇	
者	1.1/2/12
有〇而心速者	3.2/18/18
〇而心速者	3.2/18/22
三軍卒有緩〇	3.7/23/3
即有警〇	4.9/36/2
〇出兵擊之	4.12/37/25
〇攻其後	5.3/39/2
〇攻我後	5.3/39/4
〇備山之右	5.8/42/1
〇備山之左	5.8/42/1

亟 jí　　　　5

〇爲置代	2.3/14/17
必〇去之	3.12/28/11
（極）〔〇〕廣吾道	5.1/38/2
索便詐敵而〇去之	5.6/40/21
〇廣吾道	5.8/42/2

疾 jí　　　　35

文王寢〇	1.5/5/3
復〇擊其不意	1.12/11/11
〇若馳騖	3.4/21/8
是以〇雷不及掩耳	3.9/25/11
〇如流矢、〔擊〕如發	
機者	3.10/26/2
長關遠候、暴〇謬遁者	3.10/26/5
一徐一〇者	3.10/26/8
以武車驍騎驚亂其軍而	
〇擊之	4.3/32/14
左軍〇左	4.3/32/19
右軍〇右	4.3/32/19
勇力冒將之士〇擊而前	4.4/32/31
伏兵〇擊其後	4.4/32/32
三軍〇戰　4.6/34/15,4.7/34/32	
5.1/38/4,5.2/38/13,5.2/38/23	
5.3/39/9,5.5/40/13,5.6/41/1	
〇擊而前	4.8/35/19
敵人因天燥〇風之利	4.11/37/1
彼用其士卒太〇也	4.12/37/24
太〇、則前後不相次	4.12/37/24
〇擊其後	5.2/38/13

5.6/40/32,5.6/41/2,6.9/47/12	
〇擊其前	5.3/39/2
〇擊其軍	5.4/39/29
〇擊其左右	5.7/41/20
壯健捷〇	6.7/45/27
其〇如風	6.9/47/7
堅陣〇戰	6.10/48/21
皆〇戰而不解	6.10/48/28

集 jí　　　　2

則遠近奔〇	6.1/42/22
敵人新〇可擊	6.2/43/1

棘 jí　　　　1

春鑱草〇	3.13/28/24

楫 jí　　　　2

無舟〇之備	4.4/33/3
無舟〇者	5.8/42/1

極 jí　　　　11

事之〇也	1.1/1/27
不可〇也	1.4/4/23,1.9/9/7
正靜其〇	1.4/4/23
〇反其常	1.8/7/11
商王虐〇	2.1/11/17
好色無〇	2.1/12/18
是刑上〇也	3.5/21/24
刑上〇	3.5/21/25
爲其將（知）〔念〕	
〔其〕寒暑〔之〇〕	
、〔知其〕飢飽之審	3.6/22/26
（〇）〔亟〕廣吾道	5.1/38/2

蒺 jí　　　　7

耒耡者、其行馬、〇藜	
也	3.13/28/21
木〇藜	4.1/30/14
張鐵〇藜	4.1/30/18
鋪兩鏃〇藜	4.1/30/20
則有天羅、武落、行馬	
、〇藜	4.5/33/26

甲 jiǎ	6
故無○兵而勝	2.1/12/1
出○陳兵、縱卒亂行者	
	3.10/25/26
六○之分	3.11/27/2
其○冑、干櫓也	3.13/28/22
將○士萬人	4.1/29/16
○士萬人	4.1/31/19

駕 jià	1
○田馬	1.1/1/12

姦 jiān	5
此○人也	1.9/8/16
○臣乃作	1.9/9/8
○臣以虛譽取爵位	1.10/10/1
○節乃定	2.3/14/15
主伺○候變	3.1/17/31

兼 jiān	1
有材技○人	6.3/43/29

堅 jiān	18
警衆○守之符	3.7/23/16
其○守也	3.13/28/25
陷○陳	4.1/29/18
	4.1/29/21,4.1/29/23
	4.1/29/28,4.1/30/2,4.1/30/4
陳皆○固	4.6/34/3
則我軍○固	4.9/35/27
吾三軍常完○	4.9/36/2
○伏吾後	4.11/37/1
按黑地而○處	4.11/37/5
車騎○陳而處	5.4/39/28
所以陷○陳、要彊敵、	
遮走北也	6.5/44/19
陳不○固	6.8/46/20
敵人行陳整齊○固	6.9/47/7
○陣疾戰	6.10/48/21

間 jiān	12
聖人之在天地○也	1.8/7/8
以爲○謀	3.1/17/31
變生於兩陳之○	3.9/24/16
夫兩陳之○	3.10/25/26
芒○相去二寸	4.1/30/20
飛橋一○	4.1/31/3
林○木疎	5.1/38/3
隊○六十步	6.5/45/4
隊（問）〔○〕三十六	
步	6.5/45/5
隊○五十步	6.5/45/9
隊○二十五步	6.5/45/9
三軍戰於兩水之○	6.9/48/5

艱 jiān	1
此騎之○地也	6.9/48/5

剪 jiān	1
茅茨徧庭不○	1.2/3/4

儉 jiǎn	1
○宮室、臺榭	1.3/4/1

簡 jiǎn	2
○練兵器	3.1/17/10
欲○練英雄	3.3/19/11

見 jiàn	45
卒○太公	1.1/1/12
誘乎獨○	1.1/2/5
○其飢寒則爲之憂	1.3/4/6
○其勞苦則爲之悲	1.3/4/7
則無不○也	1.4/4/27
○善而怠	1.5/5/10
賞信罰必於耳目之所聞	
○	1.11/10/14
則所不聞○者莫不陰化	
矣	1.11/10/14
必○天殃	2.1/11/21
又○人災	2.1/11/21

必○其陽	2.1/11/21
又○其陰	2.1/11/21
必○其外	2.1/11/22
又○其內	2.1/11/22
必○其疎	2.1/11/22
又○其親	2.1/11/22
故道在不可○	2.1/12/15
獨聞獨○	2.1/12/24
聖人○其所始	2.2/13/25
徵已○	2.3/15/8
非有大明不○其際	3.3/19/19
○其虛	3.4/20/23
○其實	3.4/20/23
勿以獨○而違衆	3.4/20/24
而○〔其〕勞苦之明也	3.6/22/27
其狀不足○也	3.9/24/18
○則圖	3.9/24/21
先○弱於敵	3.9/25/1
未○形而戰	3.9/25/6
○勝則起	3.9/25/6
○利不失	3.9/25/9
有所不○而視者	3.9/25/14
○火光者	3.11/27/15
豫○勝負之徵	3.12/27/21
精神先○	3.12/27/23
○火起	4.11/37/4,4.11/37/5
○便則戰	5.1/38/3
不○便則止	5.1/38/3
敵人○我戰合	5.6/41/1
○可	6.2/42/26
變○則擊之	6.2/42/29
有王臣失勢、欲復○功	
者	6.3/43/19
故拙將之所以○擒、明	
將之所以能避也	6.8/46/15
四面○敵	6.9/47/17

健 jiàn	1
壯○捷疾	6.7/45/27

漸 jiàn	2
圯下○澤、黑土黏埴者	6.8/46/11
進退○洳	6.9/48/10

其○可虜　　　　　　　5.2/38/13
其○必走　5.2/38/24,5.4/39/29
其○必駭　　　　　　　5.3/39/2
○吏無守心　　　　　　5.3/39/5
出我勇、銳、冒○之士　5.3/39/7
其○可擒　5.5/40/13,6.9/47/19
別○分隊　　　　　　　5.6/40/29
以熒惑其○　　　　　　5.7/41/19
○欲期會合戰　　　　　6.1/42/15
其大○先定戰地戰日　　6.1/42/18
然後移檄書與諸○吏期　6.1/42/18
大○設營而陳　　　　　6.1/42/21
諸○吏至者　　　　　　6.1/42/21
○離士卒可擊　　　　　6.2/43/2
有死○之人　　　　　　6.3/43/21
子弟欲與其○報仇者　　6.3/43/21
○必先明告吏士　　　　6.4/44/5
百車一○　　　　　　　6.5/45/3
二百騎一○　　　　　　6.5/45/8
故拙○之所以見擒、明
　○之所以能避也　　6.8/46/15
○明於十害八勝　　　　6.8/46/22
敵○可虜　　　　　　　6.9/47/22
明○之所以遠避、闇○
　之所以陷敗也　　　6.9/48/14
望敵車騎○來　　　　　6.10/48/26

講 jiǎng　　　　　　　　1

主○論異同　　　　　　3.1/17/10

降 jiàng　　　　　　　　6

而敵○服　　　　　　　3.4/21/8
○城得邑之符　　　　　3.7/23/12
所以○城服邑也　　　　3.10/26/5
城必○　　　　　　　　3.12/28/8
其將必○　　　　　　　4.10/36/14
○者勿殺　　　　　　　4.10/36/25

絳 jiàng　　　　　　　　1

書則以○縞　　　　　　4.1/29/27

交 jiāo　　　　　　　　1

外○諸侯、不重其主者　1.9/8/1

驕 jiāo　　　　　　　　3

貴之而觀其無○　　　　1.6/5/26
貴之而不○者、義也　　1.6/5/27
彼將生○　　　　　　　2.3/14/7

絞 jiǎo　　　　　　　　3

○車連弩自副　　　　　4.1/29/21
　　　4.1/29/23,4.1/30/26

校 jiào　　　　　　　　2

○災異　　　　　　　　3.1/17/6
○其先後　　　　　　　6.1/42/21

教 jiào　　　　　　　　12

民有不事農桑、任氣遊
　俠、犯歷法禁、不從
　吏○者　　　　　　1.9/7/25
陳其政○　　　　　　2.2/13/18
○不素信　　　　　　4.5/33/21
欲令士卒練士○戰之道　6.4/44/3
以○操兵起居、旌旗指
　麾之變法　　　　6.4/44/6
故○吏士　　　　　　6.4/44/8
○成　　6.4/44/8,6.4/44/8
　6.4/44/9,6.4/44/9,6.4/44/9
　　　　　　　　　6.4/44/10

皆 jiē　　　　　　　　32

〔得之〕而天下○有分
　肉之心　　　　　　2.1/12/8
濟則○同其利　　　　2.1/12/8
敗則○同其害　　　　2.1/12/9
然則○有啓之　　　　2.1/12/9
大明發而萬物○照　　2.1/12/23
大義發而萬物○利　　2.1/12/23
大兵發而萬物○服　　2.1/12/23
萬物○得　　　　　　2.2/13/5
萬物○道　　　　　　2.2/13/5
八徵○備　　　　　　3.3/20/11
○由將出　　　　　　3.4/21/5
〔士卒〕、軍○定次　3.6/22/20
炊者○熟　　　　　　3.6/22/20

告者○誅之　　　　　　3.7/23/24
書○一合而再離　　　　3.8/24/6
○由神勢　　　　　　　3.10/25/23
○由五行　　　　　　　3.11/27/1
○有外候　　　　　　　3.11/27/11
○致其死　　　　　　　4.4/33/7
則吾三軍○精銳勇鬭　　4.4/33/11
陳○堅固　　　　　　　4.6/34/3
而○外向　　　　　　　4.8/35/12
○列而張　　　　　　　5.2/38/18
○散而走　　　　　　　5.3/39/5
鼓音○止　　　　　　　5.3/39/8
期約○當　　　　　　　5.3/39/9
吾三軍○震　　　　　　5.4/39/16
陰陽○備　　　　　　　5.5/40/9
令行陳○固　　　　　　5.8/42/2
○便習者　　　　　　　6.6/45/20
○薄而起　　　　　　　6.8/46/21
○疾戰而不解　　　　　6.10/48/28

接 jiē　　　　　　　　3

兵不○刃　　　　　　　3.4/21/8
白刃○　　　　　　　　4.1/30/20
有奇表長劍、○武齊列
　者　　　　　　　　6.3/43/13

階 jiē　　　　　　　　1

一者、○於道　　　　　1.12/10/23

街 jiē　　　　　　　　1

絕道遮○　　　　　　　4.5/33/25

捷 jié　　　　　　　　1

壯健○疾　　　　　　　6.7/45/27

結 jié　　　　　　　　4

臣有○朋黨、蔽賢智、
　（郭）〔障〕主明者　1.9/7/27
消患解○　　　　　　　3.1/17/21
○虎落柴營　　　　　　4.1/31/8
○枲鉏鋙　　　　　　　4.1/31/12

傑 jié	1
收其豪○	2.3/15/1

節 jié	9
平心正○	1.2/3/7
柔○先定	1.4/4/18
士有抗志高○以爲氣勢	1.9/8/1
凡文伐有十二○	2.3/14/7
姦○乃定	2.3/14/15
十二○備	2.3/15/8
詭符○	3.1/17/16
是故風雨時○	3.4/21/10
有金鼓之○	6.4/44/5

竭 jié	3
人可○	1.1/2/2
車之○地也	6.8/46/10
此騎之○地也	6.9/48/3

潔 jié	4
廉○愛人者厚其祿	1.2/3/6
吏不平○愛人	1.9/9/2
有廉○而不愛人者	3.2/18/19
廉○而不愛人者	3.2/18/23

解 jiě	5
免人之死、○人之難、 救人之患、濟人之急 者	1.1/2/12
消患○結	3.1/17/21
前不能進、後不能○者	6.8/46/14
暮不能○	6.8/46/21
皆疾戰而不○	6.10/48/28

戒 jiè	7
將不常○	3.10/26/16
斥候常○	4.4/33/4
士卒不○	4.8/35/8
凡三軍以○爲固	4.8/35/11
親我軍之警○	4.8/35/13
屯衛警○	4.10/36/13

不○可擊	6.2/43/2

借 jiè	6
〔君〕無以三寶○人	1.6/5/29
〔以三寶〕○人則君 〔將〕失其威	1.6/5/29
無○人國柄	1.7/6/11
○人國柄	1.7/6/11
無○人利器	1.7/6/18
○人利器	1.7/6/18

誡 jiè	1
○而約之	4.8/35/12

今 jīn	7
○吾漁	1.1/1/16
○臣言至情不諱	1.1/1/28
○予欲師至道之言	1.5/5/4
○商王知存而不知亡	1.12/10/27
○王已慮其源	1.12/10/28
○彼殷商	2.1/12/18
○某國不臣	3.4/20/17

斤 jīn	6
重十二○	4.1/30/7
重八○	4.1/30/8,4.1/30/8
	4.1/31/13
刀重八○	4.1/31/16
重五○	4.1/31/17

金 jīn	14
○銀珠玉不飾	1.2/3/3
以治○瘡	3.1/18/3
聞○聲而怒	3.6/22/9
聞○聲則怒〔矣〕	3.6/22/24
○、木、水、火、土	3.11/26/29
聞鐵矛戟之音者	3.11/27/15
○鐸之聲揚以清	3.12/28/1
○鐸之聲下以濁	3.12/28/5
益其○鼓	4.7/34/24
擊○無止	4.7/34/32
○鼓旌旗	5.2/38/18

○玉爲主	5.6/40/27
有拔距伸鈎、彊梁多力 、潰破○鼓、絕滅旌 旗者	6.3/43/15
有○鼓之節	6.4/44/5

錦 jǐn	1
○繡文綺不衣	1.2/3/3

謹 jǐn	9
有外廉○而內無至誠者	3.3/19/14
○候敵人出入進退	3.12/27/25
○守關梁	4.9/35/27
○視地形而處	4.10/36/19
○備勿失	4.10/36/20
○察前後	4.11/37/4
○勑三軍	5.1/38/2,5.5/40/11
○候敵人	5.2/38/18

近 jìn	6
王者慎勿○	1.9/8/12
遠○險易	3.1/17/8
吾將以○通遠	3.7/23/3
○之者亡	3.9/25/12
○者五十里	4.9/36/2
則遠○奔集	6.1/42/22

進 jìn	13
輻湊並○	1.4/4/28
莫○而爭	1.8/7/11
○退爲巧	1.9/8/10
則多黨者	1.10/9/26
○美女淫聲以惑之	2.3/15/5
則○	3.4/20/23
所以○罷怠也	3.10/26/8
謹候敵人出入○退	3.12/27/25
前後、左右周旋○退	6.7/45/28
前不能○、後不能解者	6.8/46/14
○退漸洳	6.9/48/10
○退誘敵	6.9/48/12
人操行馬○步	6.10/48/27

禁 jìn	7
以法度○邪僞	1.2/3/7
何○何止	1.9/7/16
○暴亂	1.9/7/18
民有不事農桑、任氣遊 　俠、犯歷法○、不從 　吏教者	1.9/7/25
王者必○之	1.9/8/21
何以爲○止而令行	3.5/21/17
以罰審爲○止而令行	3.5/21/19

盡 jìn	10
○力農桑者慰勉之	1.2/3/7
故民不○〔其〕力	1.9/9/1
則士衆必○死力	3.4/20/25
五管聲○不應者	3.11/27/6
○在於人事	3.13/28/21
○在於人事也	3.13/28/30
險塞○中	4.4/33/4
力○氣急	4.8/35/13
其大軍未○至	5.2/38/15
未○至則設備而待之	5.2/38/18

旌 jīng	20
○別淑德	1.2/3/7
○旗前指	3.12/28/1
○旗亂而相繞	3.12/28/4
其○旗也	3.13/28/24
立五色旗○	4.5/33/28
列○旗	4.6/34/6
多其○旗	4.7/34/23
遠我○旗	4.7/34/31
人執○旗	4.8/35/11
高置○旗　5.1/38/2, 5.5/40/11 	5.8/42/3
金鼓○旗	5.2/38/18
令我城上立○旗	5.2/38/20
有拔距伸鉤、彊梁多力 　、潰破金鼓、絕滅○ 　旗者	6.3/43/15
以教操兵起居、○旗指 　麾之變法	6.4/44/6
能縛束○旗	6.6/45/20
○旗擾亂	6.8/46/19

數更○旗	6.9/47/8
多設○旗	6.9/47/22

莖 jīng	2
飛鳧赤○白羽	4.1/29/26
電影青○赤羽	4.1/29/27

經 jīng	2
將語君天地之○	1.8/6/29
以爲天地○紀	1.8/7/4

精 jīng	9
內○而外鈍	1.12/11/4
有○○而無情者	3.3/19/14
所以破○微也	3.10/26/2
將不○微	3.10/26/16
○神先見	3.12/27/23
則吾三軍皆○銳勇鬭	4.4/33/11
其來整治○銳	5.4/39/25
○微爲寶	5.6/40/27

驚 jīng	12
赴之若○	3.9/25/12
困其○駭者	3.10/26/3
大呼○之	3.11/27/5
敵人○動	3.11/27/15
三軍數○	3.12/27/30
戎馬○奔	3.12/28/4
以武車驍騎○亂其軍而 　疾擊之	4.3/32/14
慎無○駭	4.4/32/29
敵人若○	4.4/32/31
其軍○駭	4.7/34/24
望其壘上多飛鳥而不○ 	4.12/37/23
三軍卒○	6.8/46/21

井 jǐng	1
是謂陷於天○	6.9/47/31

警 jǐng	5
○衆堅守之符	3.7/23/16
所以○守也	3.10/26/9
親我軍之○戒	4.8/35/13
即有○急	4.9/36/2
屯衛○戒	4.10/36/13

徑 jìng	5
狹路微○　4.1/30/18, 4.1/30/24
○四尺以上	4.1/31/5
中人以爲先出者得其 　道	4.10/36/21
騎貴知別○奇道	6.8/46/5

淨 jìng	1
以天清○	3.11/27/4

敬 jìng	9
民、有孝慈者愛○之	1.2/3/6
恭而○	1.5/5/10
○勝怠則吉	1.5/5/11
怠勝○則滅	1.5/5/12
○其衆	1.7/6/22
○其衆則和	1.7/6/22
○之無疑	1.7/6/23
有貌恭○而心慢者	3.3/19/13
○其將命	3.12/27/27

境 jìng	3
搖動四○	3.1/17/29
兵出踰○	3.2/19/4
吾與敵人臨○相拒	4.6/34/3

靜 jìng	11
安徐而○	1.4/4/18
正○其極	1.4/4/23
柔而○	1.5/5/10
窮居○處而誹時俗	1.9/8/15
聖人務○之	2.2/13/21
○之則清	2.2/13/24
○之奈何	2.2/13/27

而天下○矣	2.2/13/29	熒熒不○	1.7/6/15	**沮** jǔ	1
有嗃嗃而反○愍者	3.3/19/16	〔同〕病相○	2.1/11/29		
察其動○	3.12/27/25	眾寡不相○	4.7/34/24	汙下○澤	6.9/48/10
往視其動○	4.7/34/30	前後相○	4.9/36/2		

矩 jǔ　2

方首鐵棓（維肦）〔○
　胸〕　4.1/30/7
○內圓外　4.1/31/4

窘 jiǒng　1

可○也　3.2/18/23

就 jiù　3

知人心去○之機　3.1/17/6
將乃○舍　3.6/22/20
將乃○食　3.6/22/20

舉 jǔ　15

君務○賢　1.10/9/14
○賢而不用　1.10/9/16
是有○賢之名而無用賢
　之實也　1.10/9/16
○賢奈何　1.10/10/4
而各以官名○人　1.10/10/6
則得○賢之道也　1.10/10/7
凡○兵帥師　3.1/16/24
刺○非法　3.1/17/10
王者○兵　3.3/19/11,4.1/29/10
軍不○火　3.6/22/20
將亦不○　3.6/22/20
此○兵、軍用之大數也　4.1/31/20
莫敢先○　4.6/34/3
未敢先○　4.7/34/20

九 jiǔ　7

○曰　2.3/14/28
兵法○人　3.1/17/10
長○寸　3.7/23/10
去○百步外　3.11/27/4
騎有十勝○敗　6.9/47/1
○敗奈何　6.9/47/25
此○者、騎之死地也　6.9/48/14

廄 jiù　1

賞及牛豎、馬洗、○養
　之徒　3.5/21/24

居 jū　14

窮○靜處而誹時俗　1.9/8/15
高○而遠望　1.9/9/5
○之不撓　3.9/25/6
山林野○　4.1/31/8
○前平壘　4.4/32/28
○後　4.4/32/29
弱卒、車騎○中　4.4/32/29
戰車○前　5.1/38/3
車騎○外　5.2/38/19
吾○斥鹵之地　5.6/40/18
以教操兵起○、旌旗指
　麾之變法　6.4/44/6
敵○表裏　6.9/48/5
長兵強弩○前　6.10/48/20
短兵弱弩○後　6.10/48/20

久 jiǔ　6

可○也　3.2/18/22
所以持○也　3.10/26/10
用日長○　3.12/28/9
欲守則不可○　4.9/35/24
必○其日　4.10/36/22
欲○其日　5.6/40/18

拒 jù　12

勿逆而（担）〔○〕　1.4/4/22
○之則閉塞　1.4/4/22
三軍○守　4.1/30/11,4.1/30/26
壘門○守　4.1/30/26
前後○守　4.4/32/31,4.5/33/25
吾與敵人臨境相○　4.6/34/3
與我相○　4.10/36/9
與敵分林相○　5.1/37/31
與敵人臨水相○　5.6/40/17
與我分險相○　5.8/41/31

酒 jiǔ　1

八曰、醉之以○　3.3/20/9

俱 jū　6

乃載與○歸　1.1/2/16
三軍與之○治　3.10/26/19
與之○亂　3.10/26/19
鼓譟而○起　4.7/34/24
三隊○至　4.8/35/18
三軍○至　6.1/42/22

臼 jiù　1

鑕鍤斧鋸杵（臼）〔○〕
　3.13/28/22

臼 jú　1

鑕鍤斧鋸杵（○）〔臼〕
　3.13/28/22

咎 jiù　2

惡死與○　2.3/15/1
將無○殃　3.4/21/10

具 jù　25

徒黨已○　2.3/15/3
戰攻之○　3.13/28/18
戰攻守禦之○　3.13/28/21
鋤櫌之○　3.13/28/22

救 jiù　5

免人之死、解人之難、
　○人之患、濟人之急
　者　1.1/2/12

故用兵之○	3.13/28/30	車五而爲○	6.9/47/21	**桷** jué	1
攻守之○	4.1/29/10				
夫攻守之○	4.1/29/12	**鋸** jù	1	薆○椽楹不斲	1.2/3/4
武翼大櫓、矛戟扶胥七					
十二（○）〔乘〕	4.1/29/20	鑕鍤斧○杵（臼）〔臼〕		**絕** jué	29
提翼小櫓扶胥一百四十			3.13/28/22		
〔四〕（○）〔乘〕	4.1/29/23			逆者、○之以力	1.7/6/23
百二十○	4.1/30/12	**懼** jù	9	所以○糧道也	3.10/26/6
	4.1/30/14,4.1/30/16			氣○而不屬	3.12/28/4
	4.1/30/24,4.1/31/17	無恐○	3.9/25/8	○我糧道	4.3/32/12
千二百○	4.1/30/18,4.1/30/21	士卒恐○	3.12/28/4	○我糧食	4.4/32/24
萬二千○	4.1/30/20	吾欲令敵人將帥恐○	4.7/34/20	衝敵○陳	4.4/33/7
矛戟小櫓十二○	4.1/30/26	將帥恐○	4.7/34/28	○道遮街	4.5/33/25
〔五〕百二十○	4.1/30/27	敵人恐○	4.10/36/20	則有浮海、○江	4.5/33/29
五百二十○	4.1/30/27	致吾三軍恐○	5.2/38/16	誰何不○	4.8/35/11
著轉關轆轤八○	4.1/31/3	吾三軍恐○	5.5/40/6	敵人○我糧道	4.9/35/23
八○	4.1/31/4	三軍恐○	6.8/46/22		6.9/48/8
三十二○	4.1/31/5	敵人必○	6.9/47/10	敵人不能○我糧道	4.9/35/27
車一○	4.1/31/12			中人○糧 4.10/36/13,4.10/36/16	
修治攻○	4.1/31/19	**涓** juān	2	○其糧道	4.10/36/22
				士卒○糧	5.2/38/12
炬 jù	2	○○不塞	1.7/6/15	○我材士	5.3/39/4
				○以武車	5.5/40/11
夜則設雲火萬○	4.5/33/28	**倦** juàn	2	以武衝○之	5.8/42/3
人操○火	5.3/39/7			有拔距伸鉤、彊梁多力	
		因其勞○暮舍者	3.10/26/4	、潰破金鼓、○滅旌	
距 jù	1	人馬疲○休止	4.11/37/1	旗者	6.3/43/15
				有踰高○遠、輕足善走	
有拔○伸鉤、彊梁多力		**決** jué	5	者	6.3/43/17
、潰破金鼓、絕滅旌				所以蹙敗軍、○糧道、	
旗者	6.3/43/15	○嫌疑	3.1/17/3	擊便寇也	6.5/44/21
		有好謀而不○者	3.3/19/14	超○倫等	6.7/45/27
聚 jù	19	〔將〕臨敵○戰	3.4/21/5	○大澤	6.7/45/28
		巧者一○而不猶豫	3.9/25/11	越○陵阻、乘敵遠行者	6.8/46/10
其○必散	1.1/2/5	可以知三軍之消息、勝		車之○地也	6.8/46/11
一○一散	1.12/11/4	負之○乎	3.11/26/26	○其糧路	6.9/47/15
○人而爲家	2.2/13/15			或○其前後	6.9/47/22
○家而爲國	2.2/13/15	**角** jué	3	又○我後	6.9/47/29
○國而爲天下	2.2/13/15				
無燔人積○	4.10/36/25	宮、商、○、徵、羽	3.11/26/28	**爵** jué	6
○爲一卒	6.3/43/9,6.3/43/11	○聲應管	3.11/27/5		
	6.3/43/13,6.3/43/15	○也	3.11/27/15	臣有輕○位、賤有司、	
	6.3/43/17,6.3/43/19			羞爲上犯難者	1.9/8/3
	6.3/43/21,6.3/43/23	**掘** jué	2	而以重賞尊○之	1.9/8/7
	6.3/43/25,6.3/43/27			讒佞苟得以求官○	1.9/8/18
	6.3/43/29	無○塹而附丘	1.7/6/12	姦臣以虛譽取○位	1.10/10/1
十車爲○	6.5/45/4	○地匝後	6.10/48/27	〔○一人而萬人不勸〕	3.5/22/2

尊○重賞者	3.10/26/7	是故人○必從事於富	1.7/6/17	以給三○之用	3.7/23/4

譎 jué　2

主行奇○	3.1/17/23
主爲○詐	3.1/18/1

覺 jué　2

上下不○	2.1/12/21
莫○其意	2.5/16/12

钁 jué　2

○錘斧鋸杵（臼）〔臼〕	3.13/28/22
棨○	4.1/31/13

均 jūn　1

○置蕨蓁	6.10/48/27

君 jūn　40

臣聞○子樂得其志	1.1/1/16
○子情同而親合	1.1/1/27
○其惡之乎	1.1/1/28
乃服於○	1.1/2/2
其○賢、不肖不等乎	1.2/2/21
○不肖	1.2/2/23
○賢聖	1.2/2/23
禍福在○	1.2/2/23
古之賢○	1.2/2/26
上世〔之〕所謂賢○也	1.2/2/28
百姓戴其○如日月	1.2/3/9
親其○如父母	1.2/3/9
賢○之德也	1.2/3/12
○臣之禮如何	1.4/4/11
○國主民者	1.6/5/16
人○有六守、三寶	1.6/5/18
人○〔慎此六者以爲○用〕	1.6/5/29
〔○〕無以三寶借人	1.6/5/29
〔以三寶〕借人則○〔將〕失其威	1.6/5/29
臣無富於○	1.6/6/4
則○昌	1.6/6/5

（中欄　續）

是故人○必從事於富	1.7/6/17
將語○天地之經	1.8/6/29
○務舉賢	1.10/9/14
其失在○好用世俗之所譽而不得眞賢也	1.10/9/20
○以世俗之所譽者爲賢〔智〕	1.10/9/25
成之在於○	1.12/10/23
其○將復合之	2.3/14/18
○避正殿	3.4/20/17
○入廟門	3.4/20/19
○親操鉞	3.4/20/19
拜而報○曰	3.4/21/1
二心不可以事○	3.4/21/1
願○亦垂一言之命於臣	3.4/21/2
○不許臣	3.4/21/3
○許之	3.4/21/3
不聞○命	3.4/21/5
無○於後	3.4/21/6
事大國之○	5.7/41/23

軍 jūn　147

兩○相遇	1.12/11/1
主三○行止形勢	3.1/17/8
令三○不困乏	3.1/17/12
○中之情	3.1/17/25
激勵三○	3.1/17/27
主計會三○營壁、糧食、財用出入	3.1/18/5
必有破○殺將	3.2/19/4
一在將○	3.4/20/17
願將○帥師應之	3.4/20/18
將○制之	3.4/20/20, 3.4/20/22
勿以三○爲衆而輕敵	3.4/20/23
○不可從中御	3.4/21/1
○中之事	3.4/21/5
故殺一人而三○震者	3.5/21/21
〔夫煞一人而三○不聞〕	3.5/21/25
〔封一人而三○不悅〕	3.5/22/2
〔則三○不爲使〕	3.5/22/3
吾欲令三○之衆	3.6/22/8
〔士卒〕、○皆定次	3.6/22/20
○不舉火	3.6/22/20
故三○之衆	3.6/22/23
三○卒有緩急	3.7/23/3

（右欄　續）

以給三○之用	3.7/23/4
破○擒將之符	3.7/23/10
敗○亡將之符	3.7/23/20
不待張○	3.9/24/23
三○之災	3.9/25/8
所以破○擒將也	3.10/26/3
所以調和三○、制一臣下也	3.10/26/8
則三○不親	3.10/26/15
則三○不銳	3.10/26/15
則三○大疑	3.10/26/15
則三○大傾	3.10/26/16
則三○失其機	3.10/26/16
則三○失其備	3.10/26/16
則三○失其職	3.10/26/16
三○與之俱治	3.10/26/19
可以知三○之消息、勝負之決乎	3.11/26/26
凡三○說懌	3.12/27/27
三○數驚	3.12/27/30
三○齊整	3.12/28/1
三○無故	3.12/28/1
城之氣出而覆我○之上	3.12/28/9
○必病	3.12/28/9
三○器用	4.1/29/10
三○拒守	4.1/30/11, 4.1/30/26
此舉兵、○用之大數也	4.1/31/20
以武車驍騎驚亂其○而疾擊之	4.3/32/14
左○疾左	4.3/32/19
右○疾右	4.3/32/19
中○迭前迭後	4.3/32/19
爲○開道	4.4/32/28
三○勇鬬	4.4/33/1
限我○前	4.4/33/3
以飛江、轉關與天潢以濟吾○	4.4/33/6
令我踵○	4.4/33/9
則吾三○皆精銳勇鬬	4.4/33/11
吾三○未得畢濟	4.5/33/17
使三○不稽留	4.5/33/18
凡三○有大事	4.5/33/24
三○行止	4.5/33/25
三○用備	4.5/33/30
令（○）〔我〕前○	4.6/34/6
令我後○	4.6/34/7
令我前○	4.6/34/13

三〇疾戰	4.6/34/15,4.7/34/32
	5.1/38/4,5.2/38/13,5.2/38/23
	5.3/39/9,5.5/40/13,5.6/41/1
與敵之〇相當	4.7/34/19
其〇驚駭	4.7/34/24
三〇無備	4.8/35/8,5.6/40/21
凡三〇以戒爲固	4.8/35/11
親我〇之警戒	4.8/35/13
吾三〇大恐	4.8/35/16,5.6/40/29
則我〇堅固	4.9/35/27
吾三〇過大陵、廣澤、	
平易之地	4.9/35/30
三〇大恐	4.9/35/31
又置兩踵〇於後	4.9/36/2
吾三〇常完堅	4.9/36/2
其別〇守險	4.10/36/9
恐其別〇卒至而擊我	4.10/36/10
三〇大亂	4.10/36/10
三〇敗亂	4.10/36/17
當分〇爲三	4.10/36/19
審知敵人別〇所在	4.10/36/19
走其別〇	4.10/36/20
敵人之〇	4.10/36/22
周吾〇前後左右	4.11/36/32
三〇行數百里	4.11/36/32
吾三〇恐怖	4.11/37/1
	6.10/48/24
則引〇而卻	4.11/37/5
煙覆吾〇	4.11/37/9
使吾三〇	5.1/38/1
謹勑三〇	5.1/38/2,5.5/40/11
其三〇大至	5.2/38/9
令我遠邑別〇	5.2/38/12
其大〇未盡至	5.2/38/15
致吾三〇恐懼	5.2/38/16
與敵人衝〇相當	5.3/38/30
三〇震動	5.3/38/31
三〇擾亂	5.3/39/4
吾三〇皆震	5.4/39/16
疾擊其〇	5.4/39/29
吾三〇恐懼	5.5/40/6
凡三〇處山之高	5.5/40/8
三〇無所掠取	5.6/40/18
吾三〇敗亂而走	5.6/40/24
大〇不肯濟	5.6/40/29
其大〇必濟水而來	5.6/41/1
然後以〇騎分爲鳥雲之	

陳	5.6/41/4
以天潢濟吾三〇	5.8/42/2
左〇以左	5.8/42/6
右〇以右	5.8/42/6
中〇以中	5.8/42/6
三〇分爲數處	6.1/42/15
三〇之衆	6.1/42/18
三〇俱至	6.1/42/22
〇中有大勇敢死樂傷者	6.3/43/9
此〇之服習	6.3/43/31
合三〇之衆	6.4/44/3
凡領三〇	6.4/44/5
合之三〇之衆	6.4/44/9
車者、〇之羽翼也	6.5/44/19
騎者、〇之伺候也	6.5/44/21
所以踵敗〇、絕糧道、	
擊便寇也	6.5/44/21
三〇之衆成陳而相當	6.5/44/23
夫車騎者、〇之武兵也	6.5/44/30
三〇同名而異用也	6.8/46/5
三〇卒驚	6.8/46/21
三〇恐懼	6.8/46/22
其〇可克	6.9/47/8
三〇恐駭	6.9/47/12
三〇戰於兩水之間	6.9/48/5
然後令我三〇	6.10/48/28

峻 jùn　　1

後有溝瀆、左有深水、	
右有〇阪者	6.8/46/13

開 kāi　　2

〇闔人情	3.1/17/31
爲軍〇道	4.4/32/28

抗 kàng　　1

士有〇志高節以爲氣勢	1.9/8/1

考 kǎo　　2

選才〇能	1.10/10/6
〇符驗	3.1/17/6

柯 kē　　2

將用斧〇	1.7/6/15
大〇斧	4.1/30/8

苛 kē　　2

吏清不〇擾	1.3/4/2
吏濁〇擾	1.3/4/4

科 kē　　2

〇品衆寡	4.1/29/10
各有〇品	4.1/29/12

可 kě　　108

〇以觀大矣	1.1/1/22
魚〇殺	1.1/2/2
人〇竭	1.1/2/2
國〇拔	1.1/2/3
天下〇畢〔也〕	1.1/2/3
〇得聞乎	1.2/2/26,1.5/5/8
不〇極也	1.4/4/23,1.9/9/7
不〇測也	1.4/4/23,1.9/9/7
故〇怒而不怒	1.9/9/7
〇殺而不殺	1.9/9/8
彼不〇來	1.12/11/1
此不〇往	1.12/11/1
不〇〔以〕先倡	2.1/11/20
不〇〔以〕先謀	2.1/11/21
乃〇以謀	2.1/11/21
道〇致也	2.1/11/24
門〇入也	2.1/11/24
禮〇成也	2.1/11/24
強〇勝也	2.1/11/24
故道在不〇見	2.1/12/15
事在不〇聞	2.1/12/15
勝在不〇知	2.1/12/15
不〇不藏	2.2/13/10
不〇不行	2.2/13/10
國乃〇謀	2.3/14/18
何如而〇爲天下	2.4/15/12
然後〇以爲天下政	2.4/15/16
然後〇成	2.5/16/12
定〇否	3.1/17/4
勇則不〇犯	3.2/18/15

口 kǒu 4

衆○相惑 2.1/12/18,3.12/27/30
衢道谷○ 5.8/42/3
薄其壘○ 6.9/47/12

寇 kòu 13

輜車騎○ 4.1/30/1
○夜來前 4.1/30/4
敗步騎群○ 4.1/30/9
要窮○ 4.1/30/14,4.1/30/16
4.1/30/21,4.1/30/24
去○十里而伏其兩旁 4.7/34/23
窮○死戰 4.10/36/16
而使○薄我城下 5.2/38/15
如此者謂之震○ 5.3/39/1
名曰○兵之士 6.3/43/17
所以踵敗軍、絕糧道、擊便○也 6.5/44/21

苦 kǔ 6

樂而勿○ 1.3/3/22
則○之〔也〕 1.3/4/4
見其勞○則爲之悲 1.3/4/7
無以知士卒之勞○ 3.6/22/18
〔共〕勞○、飢飽 3.6/22/23
而見〔其〕勞○之明也 3.6/22/27

庫 kù 1

其廩○也 3.13/28/28

快 kuài 1

欲○其心者 6.3/43/25

狂 kuáng 1

用之若○ 3.9/25/12

誆 kuáng 2

可○也 3.2/18/23
詭伏設奇、遠張○誘者 3.10/26/2

況 kuàng 1

而○於人乎 1.11/10/15

曠 kuàng 1

○野草中 4.1/30/21

揆 kuí 1

○（夫）〔天〕消變 3.1/16/32

潰 kuì 2

有拔距伸鉤、彊梁多力、○破金鼓、絕滅旌旗者 6.3/43/15
道路○陷 6.8/46/14

困 kùn 6

令三軍不○乏 3.1/17/12
知則○ 3.9/24/21
○其驚駭者 3.10/26/3
此天下之○兵也 4.3/32/14
車之○地也 6.8/46/11
此騎之○地也 6.9/48/8

來 lài 26

賊人將○ 1.7/6/13
一者、能獨往獨○ 1.12/10/21
彼不可○ 1.12/11/1
闇忽往○ 3.1/17/16
主往○ 3.1/17/25
忽〔然〕而○ 3.9/24/19
所以默往○也 3.10/26/10
其○甚微 3.11/27/5
寇夜○前 4.1/30/4
突暝○前促戰 4.1/30/20
彼可以○ 4.6/34/3
彼亦可○ 4.6/34/4
則止不○矣 4.6/34/8
鼓呼而往○ 4.6/34/13
則敵人不敢○ 4.6/34/14
審候其○ 4.7/34/30
敵人夜○ 4.8/35/8,5.3/38/30
敵人若○ 4.8/35/12
敵人之○ 4.11/37/5
自○自去 4.12/37/16
則知其去○ 4.12/37/19
其○整治精銳 5.4/39/25
其大軍必濟水而○ 5.6/41/1
或馳而○ 6.9/47/7
望敵車騎將○ 6.10/48/26

勑 lài 2

謹○三軍 5.1/38/2,5.5/40/11

闌 lán 1

○車以爲壘 6.10/48/27

覽 lǎn 1

○四方之事 3.1/17/25

攬 lǎn 1

揔○計謀 3.1/16/32

蜋 láng 4

螳○武士共載 4.1/30/1
螳○武士三人共載 4.1/30/4
木螳○劍刃扶胥 4.1/30/12
天浮鐵螳○ 4.1/31/4

勞 láo 14

文王○而問之曰 1.1/1/14
見其○苦則爲之悲 1.3/4/7
傷功臣之○ 1.9/8/3
上○則刑繁 2.2/13/21
遺良犬馬以○之 2.3/15/5
可○也 3.2/18/23
無以知士卒之○苦 3.6/22/18
〔共〕○苦、飢飽 3.6/22/23
而見〔其〕○苦之明也 3.6/22/27
因其○倦暮舍者 3.10/26/4
以○其意 4.6/34/13
其將必○ 4.6/34/14
疲○可擊 6.2/43/2

車之○地也	6.8/46/12	何以知敵○之虛實	4.12/37/16	常去前後三○	5.4/39/22	
		望其○	4.12/37/18	縱橫相去二○	6.5/45/6	

老 lǎo 2

		望其○上多飛鳥而不驚		**理 lǐ**	3	
令我○弱	4.6/34/13		4.12/37/23			
其○弱獨在	4.10/36/21	去城四里而爲○	5.2/38/18	審知命○	3.1/16/27	
		薄其○口	6.9/47/12	○於未生	3.9/24/23	
		闌車以爲○	6.10/48/27	下知地○	4.12/37/18	

雷 léi 4

		離 lí	9	**裏 lǐ**	5	
是以疾○不及掩耳	3.9/25/11					
過旬不○不雨	3.12/28/11	一合一○	1.12/11/4	擊我表○	4.10/36/10	
擊○鼓	4.5/33/28	○親	2.5/15/24	載楯爲○	5.1/38/1	
其暴如○	6.9/47/8	○親以親	2.5/16/1	或擊其○	5.3/39/2,5.3/39/8	
		欲○其親	2.5/16/5	敵居表○	6.9/48/5	

縲 léi 1

		既○其親	2.5/16/12			
環利小徽（○）〔縲〕	4.1/31/9	書皆一合而再○	3.8/24/6	**禮 lǐ**	7	
		再○者	3.8/24/7			
		○其處所	4.8/35/16	君臣之○如何	1.4/4/11	
		將○士卒可擊	6.2/43/2	大○乃成	1.4/4/14	

耒 lěi 1

				立其○	2.1/11/24	
○粗者、其行馬、蒺藜		**藜 lí**	8	○可成也	2.1/11/24	
也	3.13/28/21			將有三〔○〕	3.6/22/11	
		○藿之羹	1.2/3/5	名曰○將	3.6/22/15	
		耒粗者、其行馬、蒺○		將不身服○	3.6/22/16	

累 lěi 2

		也	3.13/28/21			
○世不休	2.2/13/22	木蒺○	4.1/30/14	**力 lì**	20	
人民係○	5.2/38/10	張鐵蒺○	4.1/30/18			
		鋪兩鏃蒺○	4.1/30/20	盡○農桑者慰勉之	1.2/3/7	
		則有天羅、武落、行馬		多營宮室、臺榭以疲民○	1.3/4/3	

壘 lěi 23

		、蒺○	4.5/33/26	逆者、絕之以○	1.7/6/23	
高其○	1.12/11/5	令我士卒爲行馬、木蒺		故民不盡〔其〕○	1.9/9/1	
治壁○	3.1/17/19	○	6.10/48/26	恐○不能攻强	2.5/15/24	
深溝高○、〔積〕糧多		均置蒺○	6.10/48/27	主擇材○	3.1/17/14	
者	3.10/26/10			則士衆必盡死○	3.4/20/25	
往至敵人之○	3.11/27/4	**里 lǐ**	13	名曰○將	3.6/22/18	
深溝高○	3.12/28/1			將不身服○	3.6/22/18	
其營○、蔽櫓也	3.13/28/22	田○相伍	3.13/28/27	所以戰勇○也	3.10/26/2	
其壢○也	3.13/28/28	○有吏	3.13/28/27	將不彊○	3.10/26/16	
○門拒守	4.1/30/26	○有周垣	3.13/28/27	勇○、飛足、冒將之士	4.4/32/28	
居前平○	4.4/32/28	去寇十○而伏其兩旁	4.7/34/23	勇○冒將之士疾擊而前	4.4/32/31	
敵人屯○	4.4/33/3	車騎百○而越其前後	4.7/34/23	勇○、材士	4.4/33/7	
設營○	4.5/33/26	三○而還	4.7/34/32	○盡氣怠	4.8/35/13	
深溝增○而無出	4.6/34/6	去敵二百○	4.9/36/1	勇○、銳士	5.2/38/19	
溝○悉壞	4.8/35/8	遠者百○	4.9/36/2	并○合戰	6.1/42/22	
令我○上	4.8/35/11,5.2/38/19	近者五十○	4.9/36/2	有拔距伸鉤、彊梁多○	
或薄我○	4.8/35/16	三軍行數百○	4.11/36/32	、潰破金鼓、絕滅旌	
則以武衛爲○而前	4.9/36/1	去城四○而爲壘	5.2/38/18			

旗者	6.3/43/15	**利** lì	56	環○鐵鎖	4.1/31/8
名曰勇○之士	6.3/43/15	同天下之○者	1.1/2/10	環○大通索	4.1/31/8
○能彀八石弩	6.6/45/20	擅天下之○者	1.1/2/11	環○中通索	4.1/31/9
		好德而歸○	1.1/2/14	環○小微（縲）〔繩〕	4.1/31/9
立 lì	14	能生○者、道也	1.1/2/14	亦有前後、左右之○	4.2/32/5
		○而勿害	1.3/3/22	務求便○	4.9/35/26
○爲師	1.1/2/16	則○之〔也〕	1.3/3/26	又知城邑丘墓地形之○	4.9/35/27
○其禮	2.1/11/24	失○之期	1.7/6/13	地勢不○	4.9/36/1
予欲○功	2.5/15/24	無借人○器	1.7/6/18	爲之置遺缺之道以○其	
○將之道奈何	3.4/20/15	借人○器	1.7/6/18	心	4.10/36/20
西面而○	3.4/20/19	言無欲以求○	1.9/8/12	敵人因天燥疾風之○	4.11/37/1
北面而○	3.4/20/19	得○而動	1.9/8/18	○以出戰	5.3/39/1
功○於內	3.4/21/10	不得其○	1.12/11/1		
對無○國	3.9/25/15	密察敵人之機而速乘其		**笠** lì	1
車上○旗鼓	4.1/29/17	○	1.12/11/11		
○五色旗旄	4.5/33/28	與人同〔○〕	2.1/11/29	蓑薜、簦○者	3.13/28/22
令我城上○旌旗	5.2/38/20	大○不○	2.1/12/3		
○表轅門	6.1/42/21	○天下者	2.1/12/5	**慄** lì	1
○威於天下	6.4/44/10	濟則皆同其○	2.1/12/8		
○而爲屯	6.10/48/28	民○之	2.1/12/13	〔煞一人而萬人○者〕	3.5/21/21
		國○之	2.1/12/13		
吏 lì	21	天下○之	2.1/12/13	**屬** lì	1
		大義發而萬物皆○	2.1/12/23		
○、忠正奉法者尊其位	1.2/3/6	陰示以○	2.3/14/22	氣○青雲	3.4/21/8
○清不苛擾	1.3/4/2	謀而○之	2.3/14/25		
○濁苛擾	1.3/4/4	○之必信	2.3/14/25	**歷** lì	2
民有不事農桑、任氣遊		故○天下者	2.4/15/18		
俠、犯歷法禁、不從		玩之以○	2.5/16/3	民有不事農桑、任氣遊	
○教者	1.9/7/25	示之所○	2.5/16/5	俠、犯○法禁、不從	
○不平潔愛人	1.9/9/2	彼貪○甚喜	2.5/16/6	吏教者	1.9/7/25
非吾○也	1.9/9/2	啗之以○	2.5/16/10	殷草橫畝、犯○深澤者	6.8/46/12
吾觀其○	2.1/12/20	地○三人	3.1/17/8		
○遷士賞	3.4/21/10	○害消息	3.1/17/8	**曆** lì	1
里有○	3.13/28/27	不失地○	3.1/17/8		
明告○士	4.4/33/9	有貪而好○者	3.2/18/18	主司星○	3.1/17/6
將○無守心	5.3/39/5	貪而好○者	3.2/18/22		
然後移檄書與諸將○期	6.1/42/18	或○或害	3.7/23/3	**勵** lì	3
諸將○至者	6.1/42/21	失○亡士之符	3.7/23/22		
將必先明告○士	6.4/44/5	圖不測之○	3.8/24/3	激○三軍	3.1/17/27
故教○士	6.4/44/8	見○不失	3.9/25/9	所以○衆勝敵也	3.10/26/7
車騎之○數、陳法奈何	6.5/45/1	失○後時	3.9/25/9	名曰○鈍之士	6.3/43/23
置車之○數	6.5/45/3	相語以不○	3.12/27/30		
十車一○	6.5/45/3	又有大風甚雨之○	3.12/28/1	**礪** lì	1
置騎之○數	6.5/45/8	逆大風甚雨之○	3.12/28/4		
十騎一○	6.5/45/8, 6.5/45/10	以環○通索張之	4.1/31/3	砥○兵器	4.1/31/19
			4.1/31/4		

糲 lì	**1**	**良 liáng**	**4**	絕其○路	6.9/47/15
○粱之飯	1.2/3/5	幻惑○民	1.9/8/23	**兩 liǎng**	**24**
		遺○犬馬以勞之	2.3/15/5		
連 lián	**7**	有溫○而爲盜者	3.3/19/13	○葉不去	1.7/6/15
		非○將也	3.9/24/26	○軍相遇	1.12/11/1
絞車○弩自副	4.1/29/21			一人○心	2.3/14/10
	4.1/29/23,4.1/30/26	**梁 liáng**	**3**	兵不○勝	3.2/19/4
大黃參○弩大扶胥三十				亦不○敗	3.2/19/4
六乘	4.1/29/26	無有舟○之備	4.5/33/18	變生於○陳之間	3.9/24/16
參○織女	4.1/30/20	謹守關○	4.9/35/27	夫○陳之間	3.10/25/26
鐵械鎖參○	4.1/30/24	有拔距伸鉤、彊○多力		鋪○鏃蒺藜	4.1/30/20
天羅、虎落鎖○一部	4.1/30/26	、潰破金鼓、絕滅旌		方胸○枝鐵叉	4.1/31/15
		旗者	6.3/43/15	衝其○旁	4.5/33/25
廉 lián	**5**			○陳相望	4.7/34/19
		粱 liáng	**1**	去寇十里而伏其○旁	4.7/34/23
○潔愛人者厚其祿	1.2/3/6			不可以伏其○旁	4.7/34/27
有○潔而不愛人者	3.2/18/19	糲○之飯	1.2/3/5	或陷其○旁 4.7/34/32,4.8/35/18	
○潔而不愛人者	3.2/18/23			敵人翼我○旁	4.9/35/31
有外○謹而內無至誠者	3.3/19/14	**糧 liáng**	**24**	又置○踵軍於後	4.9/36/2
以觀其○	3.3/20/3			強弩○旁	5.6/40/32
		通○四人	3.1/17/12	翼其○旁	6.9/47/12
鎌 lián	**1**	通○道	3.1/17/12	或翼其○旁	6.9/47/19
		主計會三軍營壁、○食		或擊其○旁	6.9/47/22
芟草木大○	4.1/31/16	、財用出入	3.1/18/5	敵人伏我○旁	6.9/47/29
		請○益兵之符	3.7/23/18	三軍戰於○水之間	6.9/48/5
斂 liǎn	**6**	所以絕○道也	3.10/26/6	車騎翼我○旁	6.10/48/23
		深溝高壘、〔積〕○多			
而樹○焉	1.1/2/6	者	3.10/26/10	**遼 liáo**	**1**
樹○何若而天下歸之	1.1/2/8	牛馬、所以轉輸○用也			
薄賦○	1.3/4/1		3.13/28/23	相去○遠	3.8/24/4
重賦○	1.3/4/3	其○食儲備也	3.13/28/25		
賦○如取己物	1.3/4/7	絕我○道	4.3/32/12	**列 liè**	**7**
秋道○	1.8/7/3	絕我○食	4.4/32/24		
		○食甚多	4.4/32/25	○旌旗	4.6/34/6
歛 liǎn	**1**	燒吾○食	4.4/33/9	皆○而張	5.2/38/18
		多積○食	4.6/34/7	行○已定	5.5/40/12
卑飛○翼	2.1/12/15	敵人絕我○道	4.9/35/23	○其強弩	5.8/42/2
			6.9/48/8	有奇表長劍、接武齊○	
練 liàn	**5**	敵人不能絕我○道	4.9/35/27	者	6.3/43/13
		中人絕○ 4.10/36/13,4.10/36/16		五車爲○	6.5/45/4
簡○兵器	3.1/17/10	絕其○道	4.10/36/22	五騎爲○	6.5/45/8
欲簡○英雄	3.3/19/11	士卒絕○	5.2/38/12		
其○卒、材士必出	4.10/36/21	則○食少	5.6/40/18	**劣 liè**	**1**
○士之道奈何	6.3/43/7	士卒無○	5.6/40/21		
欲令士卒○士教戰之道	6.4/44/3	所以踵敗軍、絕○道、		有勢虛形○而外出無所	
		擊便寇也	6.5/44/21	不至、無所不遂者	3.3/19/16

裂 liè	1
四分五〇者	3.10/26/3

獵 liè	2
〇其左右	6.9/47/10
〇我前後	6.10/48/23

林 lín	14
隘塞山〇者	3.10/26/1
山〇茂穢者	3.10/26/9
山〇野居	4.1/31/8
依山（〇）〔陵〕險阻	
、水泉〇木而爲之固	4.9/35/26
不入山〇	4.10/36/20
遇大〇	5.1/37/31
與敵分〇相拒	5.1/37/31
是謂〇戰	5.1/38/2
〇戰之法	5.1/38/3
〇間木疎	5.1/38/3
〇多險阻	5.1/38/4
是謂〇戰之紀	5.1/38/5
翳（薆）〔茂〕〇木	6.9/48/3

鄰 lín	4
必得大國（而）〔之〕	
與、〇國之助	5.7/41/13
又無〇國之助	5.7/41/16
下〇國之士	5.7/41/23
則得大國之與、〇國之	
助矣	5.7/41/23

霖 lín	2
日夜〇雨	4.8/35/7,6.8/46/14

臨 lín	7
爲上唯〇	1.4/4/13
〇而無遠	1.4/4/13
〔將〕〇敵決戰	3.4/21/5
則有輴轀、〇衝	4.5/33/24
吾與敵人〇境相拒	4.6/34/3
與敵人〇水相拒	5.6/40/17

當敵〇戰	5.6/41/4

廩 lǐn	2
多實倉〇	3.13/28/25
其〇庫也	3.13/28/28

陵 líng	9
强宗侵奪、〇侮貧弱者	1.9/8/5
丘〇水泉	4.2/32/5
依山（林）〔〇〕險阻	
、水泉林木而爲之固	4.9/35/26
吾三軍過大〇、廣澤、	
平易之地	4.9/35/30
其山敵所能〇者	5.5/40/10
登丘〇	6.7/45/28
左險右易、上〇仰阪者	6.8/46/12
必依丘〇險阻	6.10/48/20
吾無丘〇	6.10/48/23

靈 líng	1
鑽〇龜	3.4/20/18

領 lǐng	1
凡〇三軍	6.4/44/5

令 lìng	35
〇實當其名	1.10/10/6
〇之輕業	2.3/14/22
〇三軍不困乏	3.1/17/12
謬號〇	3.1/17/16,3.10/26/6
何以爲禁止而〇行	3.5/21/17
以罰審爲禁止而〇行	3.5/21/19
吾欲〇三軍之衆	3.6/22/8
不畏法〇	3.12/27/31
〇我踵軍	4.4/33/9
〇至火而止	4.4/33/11
〇（軍）〔我〕前軍	4.6/34/6
〇我後軍	4.6/34/7
〇我前軍	4.6/34/13
〇我老弱	4.6/34/13
吾欲〇敵人將帥恐懼	4.7/34/20
〇我壘上	4.8/35/11,5.2/38/19

勿〇乏音	4.8/35/12
明號審〇	4.8/35/19
勿〇遺脫	4.10/36/21
〇其士民曰	4.10/36/26
〇我遠邑別軍	5.2/38/12
〇我城上立旌旗	5.2/38/20
當明號審〇	5.3/39/7
〇之滅火	5.3/39/8
法〇已行	5.5/40/12
〇過深草	5.7/41/19
〇會日路	5.7/41/19
〇行陳皆固	5.8/42/2
欲〇士卒練士教戰之道	6.4/44/3
申之以三〇	6.4/44/5
〇我騎十而爲隊	6.9/47/21
〇我士卒爲行馬、木蒺	
藜	6.10/48/26
然後〇我三軍	6.10/48/28

留 liú	3
稽〇其使	2.3/14/17
諸奉使行符、稽〇〔者〕	
	3.7/23/24
使三軍不稽〇	4.5/33/18

流 liú	9
源深而水〇	1.1/1/26
水〇而魚生之	1.1/1/26
豈憂其〇乎	1.12/10/28
民憂則〇亡	2.2/13/22
天下之人如〇水	2.2/13/24
疾如〇矢、〔擊〕如發	
機者	3.10/26/2
爲〇星	4.1/29/28
〇水大至	4.5/33/18
逆波上〇	4.5/33/29

六 liù	37
人君有〇守、三寶	1.6/5/18
〇守何也	1.6/5/20
〇曰謀	1.6/5/22
是謂〇守	1.6/5/22
愼擇〇守者何	1.6/5/24
人君〔愼此〇〕者以爲君	

用〕	1.6/5/29	**樓** lóu	2	以○車輪　　4.1/29/23

○守長	1.6/6/5
故王人者有○賊七害	1.9/7/18
夫○賊者	1.9/7/23
○日	1.9/8/5,1.9/8/21
	2.3/14/20
此○者備	2.4/15/16
○日、試之以色	3.3/20/5
長○寸	3.7/23/16
○甲之分	3.11/27/2
故必使遂其○畜	3.13/29/1
武（衝）〔衛〕大扶胥	
三十○乘	4.1/29/16
大黃參連弩大扶胥三十	
○乘	4.1/29/26
長○尺	4.1/29/27,4.1/29/28
廣○寸	4.1/29/27,4.1/29/28
大扶胥衝車三十○乘	4.1/30/1
矛戟扶胥輕車一百○十	
乘	4.1/30/4
柄長○尺以上	4.1/30/11
長○尺以上	4.1/30/18
○百枚	4.1/31/9
刃廣○寸	4.1/31/13
柄長○尺	4.1/31/16
強弩○千	4.1/31/19
一車當○騎	6.5/44/28
○騎當一（卒）〔車〕	6.5/44/28
隊間○十步	6.5/45/4
左右○步	6.5/45/5
隊（問）〔間〕三十○	
步	6.5/45/5
○十騎爲一輩	6.5/45/10

隆 lóng	1
緡○餌豐	1.1/2/1

龍 lóng	3
非○非螭	1.1/1/5
如○〔之〕首	1.9/9/5
當以青○	3.11/27/6

籠 lóng	1
名日命○	6.10/48/27

則有雲梯、飛○	4.5/33/24
則以雲梯飛○	4.11/37/4

漏 lòu	1
○刻有時	6.1/42/19

鏤 lòu	1
爲雕文刻○、技巧華飾	
而傷農事	1.9/8/21

轤 lú	2
著轉關轤○八具	4.1/31/3
則有飛橋、轉關、轤○	
、鉬鋙	4.5/33/29

鹵 lǔ	1
吾居斥○之地	5.6/40/18

虜 lǔ	4
爲敵所○	5.2/38/10
其將可○	5.2/38/13
有贅婿人○	6.3/43/23
敵將可○	6.9/47/22

櫓 lǔ	8
其營壘、蔽○也	3.13/28/22
武翼大○、矛戟扶胥七	
十二（具）〔乘〕	4.1/29/20
提翼小○扶胥一百四十	
〔四〕（具）〔乘〕	4.1/29/23
矛戟小○十二具	4.1/30/26
大○	4.1/31/16
武翼大○	4.4/32/31
則有武衝、大○	4.5/33/25
大○爲衛	5.8/42/5

鹿 lù	2
○裘禦寒	1.2/3/5

賂 lù	5
陰○左右	2.3/14/12
厚○珠玉	2.3/14/14
而薄其○	2.3/14/17
必厚○之	2.3/14/22
○以重寶	2.3/14/25

路 lù	12
殺及當○貴重之臣	3.5/21/24
狹○微徑	4.1/30/18,4.1/30/24
要隘○	4.6/34/10
要之隘○	5.7/41/13
又無隘○	5.7/41/16
遠其○	5.7/41/19
令會日○	5.7/41/19
涉長○可擊	6.2/43/2
阻難狹○可擊	6.2/43/2
道○潰陷	6.8/46/14
絕其糧○	6.9/47/15

祿 lù	5
○等以權	1.1/1/21
人食其○	1.1/2/2
以○取人	1.1/2/2
廉潔愛人者厚其○	1.2/3/6
果敢輕死以貪○秩	1.9/8/18

戮 lù	1
得而勿○	4.10/36/25

轆 lù	2
著轉關○轤八具	4.1/31/3
則有飛橋、轉關、○轤	
、鉬鋙	4.5/33/29

閭 lǘ	1
表其門○	1.2/3/7

律 lǜ	3
○音之聲	3.11/26/26
夫○管十二	3.11/26/28
偏持○管當耳	3.11/27/4

慮 lǜ	11
聖人之○	1.1/2/6
以天下之心○	1.4/4/28
民乃不○	1.6/6/4
在於○亡	1.12/10/27
在於○殃	1.12/10/27
今王已○其源	1.12/10/28
○未萌	3.1/17/3
無所疑○	3.1/17/27
諸有陰事大○	3.8/24/6
○不先設	4.5/33/21
敵知我○	4.7/34/27

亂 luàn	35
一治一○	1.2/2/20
則國危而民○	1.2/2/23
無○其鄉	1.6/6/4
無○其族	1.6/6/4
天下○	1.8/7/6
禁暴○	1.9/7/18
世○愈甚以至危亡者	1.10/9/14
是以世○愈甚	1.10/10/1
外○而內整	1.12/11/4
敗法○刑	2.1/12/20
養其○臣以迷之	2.3/15/5
智則不可○	3.2/18/15
出甲陳兵、縱卒○行者	
	3.10/25/26
不通治○	3.10/26/12
與之俱○	3.10/26/19
旌旗○而相繞	3.12/28/4
以武車驍騎驚○其軍而	
疾擊之	4.3/32/14
上下惑○	4.8/35/8
擾○失次	4.8/35/16
三軍大○	4.10/36/10
三軍敗○	4.10/36/17
散○而走	4.11/37/2
不相次、則行陳必○	4.12/37/25

其卒必○	5.3/39/2
三軍擾○	5.3/39/4
則敵人擾○	5.4/39/23
吾三軍敗○而走	5.6/40/24
車騎擾○其前後	5.7/41/20
○行可擊	6.2/43/3
○大眾者	6.7/45/28
旌旗擾○	6.8/46/19
敵人必○	6.9/47/17
士卒散○	6.9/47/19
其行陳必○	6.9/47/21
○敗而走	6.10/48/24

倫 lún	1
超絕○等	6.7/45/27

輪 lún	3
推之以八尺車○	4.1/29/17
以五尺車○	4.1/29/20
以鹿車○	4.1/29/23

論 lùn	7
虛○高議以爲容美	1.9/8/15
以高談虛○說於人主	1.9/8/18
○行能	3.1/17/3
主講○異同	3.1/17/10
○兵革	3.1/17/14
○議談語	3.1/17/21
○將之道奈何	3.2/18/9

羅 luó	3
張地○	4.1/30/20
天○、虎落鎖連一部	4.1/30/26
則有天○、武落、行馬	
、蒺藜	4.5/33/26

絡 luò	1
環○自副	4.1/31/5

落 luò	4
天羅、虎○鎖連一部	4.1/30/26

虎○劍刃扶胥	4.1/30/27
結虎○柴營	4.1/31/8
則有天羅、武○、行馬	
、蒺藜	4.5/33/26

略 lüè	2
無智○權謀	1.9/8/7
○其地	4.10/36/9

掠 lüè	3
侵○我地	5.2/38/9
或戰而侵○我地	5.2/38/15
三軍無所○取	5.6/40/18

馬 mǎ	24
駕田○	1.1/1/12
遺良犬○以勞之	2.3/15/5
民如牛○	2.5/16/14
賞及牛豎、○洗、廐養	
之徒	3.5/21/24
戎○驚奔	3.12/28/4
耒耜者、其行○、蒺藜	
也	3.13/28/21
○牛、車輿者	3.13/28/21
牛、○所以轉輸糧用也	
	3.13/28/23
一名行○	4.1/30/12
用車用○	4.2/32/6
則有天羅、武落、行○	
、蒺藜	4.5/33/26
人○疲倦休止	4.11/37/1
驅我牛○	5.2/38/9
其牛○必不得食	5.2/38/12
或止而收我牛○	5.2/38/15
門有行○	5.2/38/19
牛○無所芻牧	5.6/40/19
牛○無食	5.6/40/21
人○未食可擊	6.2/43/1
走能逐奔○	6.6/45/19
人○數動	6.8/46/19
令我士卒爲行○、木蒺	
藜	6.10/48/26
置牛○隊伍	6.10/48/26
人操行○進步	6.10/48/27

曼 màn	2
○○縣縣	1.1/2/5

慢 màn	1
有貌恭敬而心○者	3.3/19/13

芒 máng	3
鉤○長四寸	4.1/30/11
○高四寸	4.1/30/18
○間相去二寸	4.1/30/20

矛 máo	13
聞金鐵○戟之音者	3.11/27/15
其○戟也	3.13/28/22
材士、强弩、○戟爲翼	4.1/29/17
	4.1/29/20
武翼大櫓、○戟扶胥七	
十二（具）〔乘〕	4.1/29/20
材士强弩○戟爲翼	4.1/29/26
○戟扶胥輕車一百六十	
乘	4.1/30/4
軸旋短衝○戟扶胥	4.1/30/16
方胸鋋○	4.1/30/21
張鋋○法	4.1/30/21
○戟小櫓十二具	4.1/30/26
○楯二千	4.1/31/19
率吾○戟	5.1/38/3

茅 máo	2
坐○以漁	1.1/1/12
○茨徧庭不剪	1.2/3/4

冒 mào	1
名曰（○）〔冒〕刃之	
士	6.3/43/9

茂 mào	2
山林○穢者	3.10/26/9
翳（蔽）〔○〕林木	6.9/48/3

冒 mào	6
使○難攻銳	3.1/17/27
勇力、飛足、○將之士	4.4/32/28
勇力○將之士疾擊而前	4.4/32/31
出我勇、銳、○將之士	5.3/39/7
名曰（冒）〔○〕刃之	
士	6.3/43/9
○險阻	6.7/45/28

貌 mào	3
夫士外○不與中情相應	
者十五	3.3/19/13
有○恭敬而心慢者	3.3/19/13
此士之外○不與中情相	
應者也	3.3/19/19

枚 méi	18
千二百○	4.1/30/7,4.1/30/8
	4.1/30/9,4.1/30/11,4.1/31/8
六百○	4.1/31/9
二百○	4.1/31/9
萬二千○	4.1/31/10
三百○	4.1/31/13
	4.1/31/13,4.1/31/14
	4.1/31/15,4.1/31/15
	4.1/31/15,4.1/31/16
	4.1/31/16,4.1/31/17
設衛○	4.4/32/28

美 měi	3
虛論高議以爲容○	1.9/8/15
娛以○人	2.3/14/14
進○女淫聲以惑之	2.3/15/5

昧 mèi	2
嘿嘿○○	1.1/2/5

門 mén	9
表其○閭	1.2/3/7
從其○	2.1/11/24
○可入也	2.1/11/24

君入廟○	3.4/20/19
將入廟○	3.4/20/19
壘○拒守	4.1/30/26
百步一突○	5.2/38/19
○有行馬	5.2/38/19
立表轅○	6.1/42/21

萌 méng	1
慮未○	3.1/17/3

盟 méng	1
吾○誤失	4.9/35/30

甍 méng	1
○桷椽楹不斲	1.2/3/4

猛 měng	2
○獸將搏	2.1/12/16
相陳以勇○	3.12/27/27

迷 mí	4
養其亂臣以○之	2.3/15/5
士卒○惑	4.10/36/17,5.5/40/6
吾士卒○惑	5.6/40/24

弭 mǐ	1
○耳俯伏	2.1/12/16

麛 mǐ	1
有胥○免罪之人	6.3/43/27

祕 mì	1
主將○聞	3.7/23/24

密 mì	4
○其機	1.12/11/5
○察敵人之機而速乘其	
利	1.12/11/11

周○爲寶	2.5/16/3	、潰破金鼓、絕○旌		〔煞一人而萬○不知〕	3.5/22/1
相與○謀	4.10/36/16	旗者	6.3/43/15	令其士○曰	4.10/36/26
				人○係累	5.2/38/10
緜 mián	2	**民 mín**	43		
				緡 mín	4
曼曼○○	1.1/2/5	則國危而○亂	1.2/2/23		
		則國安而○治	1.2/2/23	○微餌明	1.1/2/1
免 miǎn	3	害○耕績之時	1.2/3/5	○調餌香	1.1/2/1
		○、有孝慈者愛敬之	1.2/3/6	○隆餌豐	1.1/2/1
○人之死、解人之難、		故萬○富樂而無飢寒之色	1.2/3/9	乃牽於○	1.1/2/2
救人之患、濟人之急		愛○而已	1.3/3/18		
者	1.1/2/12	愛○奈何	1.3/3/20	**名 míng**	37
則國不○於危亡	1.10/10/2	○不失〔其所〕務	1.3/3/26		
有胥靡○罪之人	6.3/43/27	○失其務	1.3/4/2	有○無實	1.9/8/10
		多營宮室、臺榭以疲○力	1.3/4/3	語無爲以求○	1.9/8/12
勉 miǎn	1	馭○如父母之愛子	1.3/4/6	定○實	1.9/9/3
		此愛○之道也	1.3/4/7	是有舉賢之○而無用賢	
盡力農桑者慰○之	1.2/3/7	君國主○者	1.6/5/16	之實也	1.10/9/16
		○乃不慮	1.6/6/4	而各以官○舉人	1.10/10/6
面 miàn	5	○機之情	1.8/6/29	按○督實	1.10/10/6
		天下有○	1.8/7/1	令實當其○	1.10/10/6
北○再拜而問之	1.8/6/31	則○安	1.8/7/8	○當其實	1.10/10/7
西○而立	3.4/20/19	夫○動而爲機	1.8/7/8	故能○彰	2.2/13/13
北○而立	3.4/20/19	○有不事農桑、任氣遊		尊之以○	2.3/14/28
四○受敵	5.5/40/5	俠、犯歷法禁、不從		主揚○譽	3.1/17/29
四○見敵	6.9/47/17	吏教者	1.9/7/25	○曰禮將	3.6/22/15
		幻惑良○	1.9/8/23	○曰力將	3.6/22/18
淼 miǎo	2	故○不盡〔其〕力	1.9/9/1	○曰〔上〕〔止〕欲將	3.6/22/21
		非吾○也	1.9/9/1	一○電車	4.1/30/2
紛紛○○	2.1/12/18	樂萬○	1.9/9/3	一○天楛	4.1/30/7
		公尙助予憂○	2.1/11/17	一○天鉞	4.1/30/8
妙 miào	2	以下賢惠○	2.1/11/20	一○天鎚	4.1/30/9
		無取於○者	2.1/12/11	一○行馬	4.1/30/12
微○之神	3.11/27/2	取○者也	2.1/12/11	一○天釭	4.1/31/5
微○之音	3.11/27/11	無取○者	2.1/12/13	○曰突戰	5.2/38/23
		○利之	2.1/12/13	○曰〔冐〕〔冒〕刃之	
廟 miào	3	順其○俗	2.2/13/18	士	6.3/43/9
		刑繁則○憂	2.2/13/21	○曰陷陳之士	6.3/43/11
之太○	3.4/20/18	○憂則流亡	2.2/13/22	○曰勇銳之士	6.3/43/13
君入○門	3.4/20/19	○有常生	2.2/13/29	○曰勇力之士	6.3/43/15
將入○門	3.4/20/19	夫○化而從政	2.2/13/30	○曰寇兵之士	6.3/43/17
		○無與而自富	2.2/13/32	○曰死鬬之士	6.3/43/19
滅 miè	3	除○之害	2.5/16/8	○曰敢死之士	6.3/43/21
		必使遠○	2.5/16/12	欲掩迹揚○者	6.3/43/23
怠勝敬則○	1.5/5/12	惠施於○	2.5/16/14	○曰勵鈍之士	6.3/43/23
令之○火	5.3/39/8	○如牛馬	2.5/16/14	○曰必死之士	6.3/43/25
有拔距伸鉤、彊梁多力		保全○命	3.1/16/32	○曰倖用之士	6.3/43/27

○曰待命之士	6.3/43/29	之所以陷敗也	6.9/48/14	**謬 miù**	3
○曰武車之士	6.6/45/21			○號令　　3.1/17/16,3.10/26/6	
○曰武騎之士	6.7/45/29	**冥 míng**	1	長關遠候、暴疾○遁者 3.10/26/5	
三軍同○而異用也	6.8/46/5				
○曰命籠	6.10/48/27	坳澤窈○者	3.10/26/1	**末 mò**	1
明 míng	38	**瞑 míng**	1	無舍本而治○	1.7/6/12
緢微餌○	1.1/2/1	突○來前促戰	4.1/30/20	**沒 mò**	1
神○之德	1.4/4/23				
主○如何	1.4/4/25	**鳴 míng**	2	此騎之○地也	6.9/48/1
目貴○	1.4/4/27				
則○不蔽矣	1.4/4/28	聲鼓之聲宛以○	3.12/28/2	**莫 mò**	22
以○傳之子孫	1.5/5/4	吹○笳	4.5/33/28		
因其○	1.7/6/23			○知所終	1.8/7/4
臣有結朋黨、蔽賢智、		**瞑 míng**	1	○知所始	1.8/7/4
（鄣）〔障〕主○者 1.9/7/27				○進而爭	1.8/7/11
○賞罰　1.9/9/3,3.1/17/3		迅電不及○目	3.9/25/11	○退而讓	1.8/7/11
通於神○	1.11/10/15			則所不聞見者○陰化	
大○發而萬物皆照	2.1/12/23	**命 mìng**	23	矣	1.11/10/14
勿復○之	2.2/13/11			○過乎一	1.12/10/21
夫天地不自○	2.2/13/13	敢不受天之詔○乎	1.1/2/16	○知其化	2.2/13/7
聖人不自○	2.2/13/13	○之曰大紀	2.2/13/15	○知其移	2.2/13/7
必先塞其○	2.5/16/8	○之曰大定	2.2/13/19	○覺其意	2.5/16/12
○耳目	3.1/17/16	○之曰大失	2.2/13/22	凡人○知	3.3/19/19
非有大○不見其際	3.3/19/19	順○而合	2.3/14/14	○之能識　3.7/23/25,3.8/24/8	
四曰、○白顯問	3.3/20/1	以將爲○	3.1/16/24	事○大於必克	3.9/24/29
何以爲○	3.5/21/17	○在通達	3.1/16/24	用○大於玄默	3.9/24/29
以賞小爲○	3.5/21/19	審知○理	3.1/16/27	動○神於不意	3.9/24/29
而見〔其〕勞苦之○也 3.6/22/27		保全民○	3.1/16/32	謀○善於不識	3.9/24/29
符不能○	3.8/24/4	○在於將〔也〕	3.2/19/1	○過狐疑	3.9/25/8
○也	3.9/25/14	將既受○	3.4/20/18	○我能禦	4.4/33/1
故知神○之道者	3.9/25/14	乃○太史卜	3.4/20/18	○我能止	4.4/33/11
清○無隱者	3.10/26/2	勿以受○爲重而必死	3.4/20/23	○不習用器械	4.5/33/24
將不○	3.10/26/15	將已受○	3.4/21/1	○敢先舉	4.6/34/3
○將察之	3.12/27/23	臣既受○	3.4/21/2	必○敢至	4.10/36/22
此得神○之助	3.12/28/2	願君亦垂一言之○於臣 3.4/21/2			
○告吏士	4.4/33/9	不聞君○	3.4/21/5	**寞 mò**	1
○號審令	4.8/35/19	所以勸用○也	3.10/26/7		
○哉	5.3/39/7	故將、人之司○	3.10/26/19	寂○無聞者	3.11/27/16
當○號審令	5.3/39/7	敬其將○	3.12/27/27		
○告戰日	6.1/42/19	以號相○	4.8/35/12	**嘿 mò**	2
將必先○告吏士	6.4/44/5	名曰待○之士	6.3/43/29		
故拙將之所以見擒、○		名曰○籠	6.10/48/27	○○昧昧	1.1/2/5
將之所以能避也 6.8/46/15					
將○於十害八勝	6.8/46/22				
○將之所以遠避、闇將					

默 mò	2	畝 mǔ	2	幕 mù	1
用莫大於玄〇	3.9/24/29	丈夫治田有〇數	3.13/29/1	〔天〕雨不張蓋〔〇〕	3.6/22/15
所以〇往來也	3.10/26/10	殷草橫〇、犯歷深澤者	6.8/46/12		

纆 mò	1	木 mù	15	墓 mù	2
環利小徽（纆）〔〇〕	4.1/31/9	根深而〇長	1.1/1/26	必依草木、丘〇、險阻	4.4/33/10
		〇長而實生之	1.1/1/26	又知城邑丘〇地形之利	4.9/35/27

謀 móu	26	金、〇、水、火、土	3.11/26/29	暮 mù	7
六曰〇	1.6/5/22	〇螳蜋劍刃扶胥	4.1/30/12	因其勞倦〇舍者	3.10/26/4
事之而不窮者、〇也	1.6/5/28	〇蒺藜	4.1/30/14	必以日之〇	5.7/41/13
無智略權〇	1.9/8/7	伐〇大斧	4.1/31/13	不適日〇	5.7/41/16
王者慎勿與〇	1.9/8/10	芟草〇大鎌	4.1/31/16	〇不能解	6.8/46/21
陰其〇	1.12/11/4	必依草〇、丘墓、險阻	4.4/33/10	遠行而〇舍	6.8/46/21
通我〇	1.12/11/9	依山（林）〔陵〕險阻		敵人〇欲歸舍	6.9/47/12
不可〔以〕先〇	2.1/11/21	、水泉林〇而爲之固	4.9/35/26	敵人〇返	6.9/47/21
乃可以〇	2.1/11/21	斬除草〇	5.1/38/1		
大〇不	2.1/12/3	林間〇踈	5.1/38/3	納 nà	3
國乃可〇	2.3/14/18	無有草〇	5.5/40/5		
因與之〇	2.3/14/25	又無草〇	5.6/40/18	陰〇智士	2.3/15/2
〇而利之	2.3/14/25	翳（薉）〔茂〕林〇	6.9/48/3	〇勇士	2.3/15/2
慎〇	2.5/15/26	令我士卒爲行馬、〇蒺		扶而〇之	2.5/16/12
凡〇之道	2.5/16/3	藜	6.10/48/26		
勿使知〇	2.5/16/12			乃 nǎi	30
主潛〇應卒	3.1/16/32	目 mù	10		
揔攬計〇	3.1/16/32			文王〇齋三日	1.1/1/12
〇士五人	3.1/17/3	〇貴明	1.4/4/27	〇牽於繒	1.1/2/2
有好〇而不決者	3.3/19/14	以天下之〇視	1.4/4/27	〇服於君	1.1/2/2
三曰、與之閒〇	3.3/19/28	賞信罰必於耳〇之所聞		〇天下之天下也	1.1/2/10
是故智者爲之〇	3.4/21/8	見	1.11/10/14		2.1/12/5
〇莫善於不識	3.9/24/29	請問其〇	3.1/16/30	〇載與俱歸	1.1/2/16
所以行奇〇也	3.10/26/5	明耳〇	3.1/17/16	大禮〇成	1.4/4/14
通我之〇	4.6/34/10	耳〇七人	3.1/17/25	民〇不慮	1.6/6/4
相與密〇	4.10/36/16	敢問其〇　3.2/18/13,3.6/22/13		姦臣〇作	1.9/9/8
		迅電不及瞑〇	3.9/25/11	大賊〇發	1.9/9/8
某 mǒu	1	耳〇相屬	3.12/27/30	敵國〇强	1.9/9/8
				〇可以謀	2.1/11/21
今〇國不臣	3.4/20/17	沐 mù	1	〇知其心	2.1/11/21
				〇知其意	2.1/11/22
母 mǔ	3	聲鼓之聲濕如〇	3.12/28/5	〇知其情	2.1/11/22
				公言〇協予懷	2.2/14/1
親其君如父〇	1.2/3/9	牧 mù	2	姦節〇定	2.3/14/15
馭民如父〇之愛子	1.3/4/6			國〇可謀	2.3/14/18
〔親其將如父〇〕	3.6/22/8	仁聖〇之	1.8/7/1	國〇大偷	2.3/14/29
		牛馬無所芻〇	5.6/40/19	〇微收之	2.3/14/31

○成武事	2.3/15/8
○伐之	2.3/15/8
遺疑○止	2.5/16/6
○命太史卜	3.4/20/18
○辭而行	3.4/21/3
將○就舍	3.6/22/20
將○就食	3.6/22/20
伏兵○起	4.7/34/32
○分車騎爲鳥雲之陳	5.5/40/12
必勝○已	5.8/42/7

奈 nài　　　　　　　　54

爲之○何	1.3/3/16,1.11/10/11
	1.12/11/2,1.12/11/9
	2.5/15/24,3.3/19/11,3.6/22/9
	3.7/23/4,3.8/24/4,3.12/27/21
	4.3/32/12,4.3/32/17
	4.4/32/25,4.4/33/4,4.5/33/19
	4.6/34/4,4.7/34/28
	4.10/36/10,4.10/36/17
	4.11/37/2,4.11/37/9
	5.1/37/32,5.2/38/16
	5.3/38/31,5.3/39/5,5.4/39/16
	5.4/39/26,5.5/40/6,5.6/40/19
	5.6/40/24,5.6/40/29
	6.10/48/24
愛民○何	1.3/3/20
守土○何	1.7/6/9
炎炎○何	1.7/6/15
守國○何	1.8/6/27
舉賢○何	1.10/10/4
靜之○何	2.2/13/27
文伐之法○何	2.3/14/5
論將之道○何	3.2/18/9
立將之道○何	3.4/20/15
攻伐之道○何	3.9/24/14
○何	4.2/32/3,6.4/44/3
用之○何	5.4/39/20
選車士○何	6.6/45/17
選騎士○何	6.7/45/25
戰車○何	6.8/46/3
十死之地○何	6.8/46/8
八勝之地○何	6.8/46/17
戰騎○何	6.9/46/29
十勝○何	6.9/47/3
九敗○何	6.9/47/25

步兵〔與〕車騎戰○何	
	6.10/48/18

奈 nài　　　　　　　　14

爲之○何	3.1/16/22
	4.6/34/11,4.7/34/21,4.8/35/9
	4.8/35/16,4.9/35/24
	4.9/35/31,5.2/38/10
	5.7/41/11,5.7/41/17
	5.8/41/31,6.1/42/15
練士之道○何	6.3/43/7
車騎之吏數、陳法○何	6.5/45/1

南 nán　　　　　　　　1

城之氣出而○	3.12/28/8

難 nán　　　　　　　　9

免人之死、解人之○、	
救人之患、濟人之急	
者	1.1/2/12
臣有輕爵位、賤有司、	
羞爲上犯○者	1.9/8/3
無○其身	2.3/14/28
主任重持○	3.1/17/19
使冒○攻銳	3.1/17/27
七曰、告之以○	3.3/20/7
凡國有○	3.4/20/17
阻○狹路可擊	6.2/43/2
陷之險阻而○出者	6.8/46/11

撓 náo　　　　　　　　1

居之不○	3.9/25/6

內 nèi　　　　　　　　17

外亂而○整	1.12/11/4
○精而外鈍	1.12/11/4
又見其○	2.1/11/22
身○情外	2.3/14/12
收其○	2.3/14/20
敵國○侵	2.3/14/20
○積甚厚	2.3/15/2
有外廉謹而○無至誠者	3.3/19/14

有外勇而○怯者	3.3/19/16
功立於○	3.4/21/10
矩○圓外	4.1/31/4
或襲其○	4.6/34/15
外○相望	4.8/35/11
阻其外	4.10/36/13
或衝我○	4.10/36/17
發吾伏兵以衝其○	5.2/38/21
吾○外不得相聞	5.3/39/4

能 néng　　　　　　　　54

唯仁人○受至諫	1.1/1/30
○與人共之者、仁也	1.1/2/11
○生利者、道也	1.1/2/14
相不○富國强兵、調和	
陰陽以安萬乘之主	1.9/9/2
選才考○	1.10/10/6
一者、○獨往獨來	1.12/10/21
故○長生	2.2/13/13
故○名彰	2.2/13/13
愚人不○正	2.2/13/21
苟○因之	2.3/14/8
必○去之	2.3/14/8
苟○嚴之	2.3/14/18
安○有國	2.3/15/3
然後○容天下	2.4/15/14
然後○約天下	2.4/15/14
然後○懷天下	2.4/15/15
然後○保天下	2.4/15/15
然後○不失天下	2.4/15/15
則天運不○移	2.4/15/16
時變不○遷	2.4/15/16
恐力不○攻强	2.5/15/24
因○受職	3.1/16/24
殊○異技	3.1/16/27
論行○	3.1/17/3
有如果敢而不○者	3.3/19/15
〔是爲賞无功、貴无○	
也〕	3.5/22/3
莫之○識	3.7/23/25,3.8/24/8
符不○明	3.8/24/4
○獨專而不制者	3.9/24/19
孰○禦之	3.9/25/12
非○戰於天上	3.10/25/23
非○戰於地下	3.10/25/23
不○分移	3.10/26/12

怒 nù	8	强弩兩○	5.6/40/32	品 pǐn	2
		前驅○馳	6.8/46/23		
喜而勿○	1.3/3/22	翼其兩○	6.9/47/12	科○衆寡	4.1/29/10
則○之〔也〕	1.3/4/4	或翼其兩○	6.9/47/19	各有科○	4.1/29/12
故可○而不○	1.9/9/7	或擊其兩○	6.9/47/22		
聞金聲而○	3.6/22/9	敵人伏我兩○	6.9/47/29	平 píng	9
聞金聲則○〔矣〕	3.6/22/24	車騎翼我兩○	6.10/48/23		
一喜一○	3.10/26/8			○心正節	1.2/3/7
有貧窮憤○	6.3/43/25	配 pèi	1	虛心○志	1.4/4/18
				吏不○潔愛人	1.9/9/2
女 nǔ	2	聖人○之	1.8/7/4	丈夫○壞	3.13/28/24
				○易地	4.1/30/12
進美○淫聲以惑之	2.3/15/5	朋 péng	1	居前○壘	4.4/32/28
參連織○	4.1/30/20			吾三軍過大陵、廣澤、	
		臣有結○黨、蔽賢智、		○易之地	4.9/35/30
懦 nuò	2	（鄣）〔障〕主明者	1.9/7/27	地○而易	6.9/47/17
				高下如○地	6.9/48/12
有○而喜任人者	3.2/18/20	疲 pí	3		
○而喜任人者	3.2/18/24			鏺 pō	1
		多營宮室、臺榭以○民力	1.3/4/3		
虐 nüè	2	人馬○倦休止	4.11/37/1	春○草棘	3.13/28/24
		○勞可擊	6.2/43/2		
商王○極	2.1/11/17			朴 pò	1
暴○殘賊	2.1/12/20	羆 pí	1		
				○其身躬	1.9/8/12
偶 ǒu	2	非虎非○	1.1/1/5		
				破 pò	9
應○賓客	3.1/17/21	鼙 pí	5		
必知敵詐而爲○人也	4.12/37/23			必有○軍殺將	3.2/19/4
		○鼓之聲宛以鳴	3.12/28/2	○軍擒將之符	3.7/23/10
杷 pá	1	○鼓之聲濕如沐	3.12/28/5	當之者○	3.9/25/12
		振○鐸	4.5/33/28	所以○精微也	3.10/26/2
方胸鐵○	4.1/31/14	擊○鼓　4.6/34/6,5.2/38/20		所以○軍擒將也	3.10/26/3
				所以擊圓○方也	3.10/26/3
盤 pán	1	闢 pì	1	相喜以○敵	3.12/27/27
				有拔距伸鉤、彊梁多力	
遇高山○石	5.5/40/5	○其田野	3.13/29/1	、潰○金鼓、絕滅旌	
				旗者	6.3/43/15
旁 páng	15	偏 piān	1	凡以騎陷敵而不能○陳	6.9/47/27
御其四○	1.7/6/11	○持律管當耳	3.11/27/4	鋪 pū	1
衝其兩○	4.5/33/25				
去寇十里而伏其兩○	4.7/34/23	貧 pín	3	○兩鏃萊藜	4.1/30/20
不可以伏其兩○	4.7/34/27				
或陷其兩○　4.7/34/32,4.8/35/18		强宗侵奪、陵侮○弱者	1.9/8/5	七 qī	16
敵人翼我兩○	4.9/35/31	我○而寡	5.6/40/17		
四○無邑	5.6/40/18	有○窮憤怒	6.3/43/25	王即齋○日	1.8/6/31

故王人者有六賊○害	1.9/7/18	○聚必散	1.1/2/5	敬○衆	1.7/6/22
○害者	1.9/8/7	○光必遠	1.1/2/5	合○親	1.7/6/22
○日	1.9/8/23, 2.3/14/22	各歸○次	1.1/2/6	敬○衆則和	1.7/6/22
故將有股肱羽翼○十二		〔○〕所以然者、何也	1.2/2/20	合○親則喜	1.7/6/22
人	3.1/16/27	○君賢、不肖不等乎	1.2/2/21	因○明	1.7/6/23
耳目○人	3.1/17/25	○天時變化自然乎	1.2/2/21	順○常	1.7/6/23
○日、告之以難	3.3/20/7	○治如何	1.2/3/1	至道○然也	1.8/7/6
長○寸	3.7/23/14	吏、忠正奉法者尊○位	1.2/3/6	○寶固大矣	1.8/7/8
武翼大櫓、矛戟扶胥○		廉潔愛人者厚○祿	1.2/3/6	因○常而視之	1.8/7/8
十二（具）〔乘〕	4.1/29/20	表○門閭	1.2/3/7	故發之以○陰	1.8/7/11
柄長○尺以上	4.1/31/14	○自奉也甚薄	1.2/3/8	會之以○陽	1.8/7/11
4.1/31/15, 4.1/31/15		○賦役也甚寡	1.2/3/9	極反○常	1.8/7/11
	4.1/31/16	百姓戴○君如日月	1.2/3/9	願聞○道	1.9/7/21
長○尺五寸已上	6.6/45/19	親○君如父母	1.2/3/9	外交諸侯、不重○主者	1.9/8/1
	6.7/45/27	敢請釋○故	1.3/3/24	朴○身躬	1.9/8/12
		民不失〔○所〕務	1.3/3/26	惡○衣服	1.9/8/12
		農不失〔○〕時	1.3/3/26	奇○冠帶	1.9/8/15
期 qī	8	民失○務	1.3/4/2	偉○依服	1.9/8/15
		農失○時	1.3/4/2	故民不盡〔○〕力	1.9/9/1
失利之○	1.7/6/13	見○飢寒則爲之憂	1.3/4/6	示○形	1.9/9/7
○不十日	3.2/19/4	見○勞苦則爲之悲	1.3/4/7	隱○情	1.9/9/7
審其○日	5.2/38/13	正靜○極	1.4/4/23	而不獲○功	1.10/9/14
○約皆當	5.3/39/9	○所止	1.5/5/8	○失安在	1.10/9/18
將欲○會合戰	6.1/42/15	○所起	1.5/5/8	○失在君好用世俗之所	
然後移檄書與諸將吏○	6.1/42/18	○所以失之者	1.6/5/16	譽而不得眞賢也	1.10/9/20
先○至者賞	6.1/42/21	富之而觀○無犯	1.6/5/26	令實當○名	1.10/10/6
後○至者斬	6.1/42/21	貴之而觀○無驕	1.6/5/26	名當○實	1.10/10/7
		付之而觀○無轉	1.6/5/26	今王已慮○源	1.12/10/28
欺 qī	2	使之而觀○無隱	1.6/5/26	豈憂○流乎	1.12/10/28
		危之而觀○無恐	1.6/5/27	不得○利	1.12/11/1
信則不○〔人〕	3.2/18/16	事之而觀○無窮	1.6/5/27	陰○謀	1.12/11/4
可○也	3.2/18/24	〔以三寶〕借人則君		密○機	1.12/11/5
		〔將〕失○威	1.6/5/29	高○壘	1.12/11/5
樓 qī	1	農一○鄉	1.6/6/3	伏○銳	1.12/11/5
		工一○鄉	1.6/6/3	欲○西	1.12/11/7
則爲敵所○	5.5/40/8	商一○鄉	1.6/6/4	襲○東	1.12/11/7
		三寶各安○處	1.6/6/4	密察敵人之機而速乘○	
其 qí	363	無亂○鄉	1.6/6/4	利	1.12/11/11
		無亂○族	1.6/6/4	復疾擊○不意	1.12/11/11
臣聞君子樂得○志	1.1/1/16	無跪○親	1.7/6/11	王○修德	2.1/11/20
小人樂得○事	1.1/1/16	無怠○衆	1.7/6/11	必見○陽	2.1/11/21
何謂○有似也	1.1/1/19	撫○左右	1.7/6/11	又見○陰	2.1/11/21
○情深	1.1/1/21	御○四旁	1.7/6/11	乃知○心	2.1/11/21
願聞○情	1.1/1/24	則失○權	1.7/6/12	必見○外	2.1/11/22
君○惡之乎	1.1/1/28	跪○親	1.7/6/17	又見○內	2.1/11/22
何爲○然	1.1/1/30	失○衆	1.7/6/17	乃知○意	2.1/11/22
夫魚食○餌	1.1/2/1	而不終○正也	1.7/6/18	必見○跡	2.1/11/22
人食○祿	1.1/2/2				

又見〇親	2.1/11/22	因〇所愛	2.5/16/5	察〇動靜	3.12/27/25
乃知〇情	2.1/11/22	與〇寵人	2.5/16/5	敬〇將命	3.12/27/27
行〇道	2.1/11/24	必先塞〇明	2.5/16/8	不重〇將	3.12/27/31
從〇門	2.1/11/24	而後攻〇強、毀〇大	2.5/16/8	耒耝者、〇行馬、蒺藜	
立〇禮	2.1/11/24	既離〇親	2.5/16/12	也	3.13/28/21
爭〇強	2.1/11/24	莫覺〇意	2.5/16/12	〇營壘、蔽櫓也	3.13/28/22
濟則皆同〇利	2.1/12/8	請問〇目	3.1/16/30	〇矛戟也	3.13/28/22
敗則皆同〇害	2.1/12/9	敢問〇目	3.2/18/13,3.6/22/13	〇甲冑、干楯也	3.13/28/22
吾觀〇野	2.1/12/20	非有大明不見〇際	3.3/19/19	〇攻城器也	3.13/28/23
吾觀〇衆	2.1/12/20	以觀〇辭	3.3/19/24	雉犬、〇伺候也	3.13/28/23
吾觀〇吏	2.1/12/20	以觀〇變	3.3/19/26	〇旌旗也	3.13/28/24
莫知〇化	2.2/13/7	以觀〇誠	3.3/19/28	〇攻城也	3.13/28/24
莫知〇移	2.2/13/7	以觀〇德	3.3/20/1	〇戰車騎也	3.13/28/24
陳〇政教	2.2/13/18	以觀〇廉	3.3/20/3	〇戰步兵也	3.13/28/24
順〇民俗	2.2/13/18	以觀〇貞	3.3/20/5	〇糧食儲備也	3.13/28/25
各樂〇所	2.2/13/18	以觀〇勇	3.3/20/7	〇堅守也	3.13/28/25
人愛〇上	2.2/13/18	以觀〇態	3.3/20/9	〇約束符信也	3.13/28/27
上下不安〇生	2.2/13/22	持〔〇〕首	3.4/20/19	〇將帥也	3.13/28/27
聖人見〇所始	2.2/13/25	授將〇柄	3.4/20/20	〇隊分也	3.13/28/28
則知〇所終〔矣〕	2.2/13/25	授將〇刃	3.4/20/22	〇廩庫也	3.13/28/28
與天下共〇生	2.2/13/29	見〇虛	3.4/20/23	〇輜壘也	3.13/28/28
〇次化之	2.2/13/30	見〇實	3.4/20/23	故必使遂〇六畜	3.13/29/1
因〇所喜	2.3/14/7	〔〇將不重〕	3.5/22/2	闢〇田野	3.13/29/1
以順〇志	2.3/14/7	〔親〇將如父母〕	3.6/22/8	安〇處所	3.13/29/1
親〇所愛	2.3/14/10	爲〇將（知）〔念〕		以投〇衆	4.1/30/11
以分〇威	2.3/14/10	〔〇〕寒暑〔之極〕		以武車驍騎驚亂〇軍而	
〇中必衰	2.3/14/10	、〔知〕飢飽之審	3.6/22/26	疾擊之	4.3/32/14
輔〇淫樂	2.3/14/14	而見〔〇〕勞苦之明也	3.6/22/27	〇將可走	4.3/32/19
以廣〇志	2.3/14/14	〇事煩多	3.8/24/3	5.1/38/4,5.6/41/2,5.7/41/20	
嚴〇忠臣	2.3/14/17	〇言不足聽也	3.9/24/18	以屬〇後	4.4/32/32
而薄〇賂	2.3/14/17	〇狀不足見也	3.9/24/18	伏兵疾擊〇後	4.4/32/32
稽留〇使	2.3/14/17	孰知〇紀	3.9/25/3	多〇火鼓	4.4/33/1
勿聽〇事	2.3/14/17	循陰陽之道而從〇候	3.9/25/3	〇卒必寡	4.4/33/6
〇君將復合之	2.3/14/18	反受〇殃	3.9/25/9	皆致〇死	4.4/33/7
收〇內	2.3/14/20	〇成與敗	3.10/25/23	衝〇兩旁	4.5/33/25
閒〇外	2.3/14/20	所以匿〇形也	3.10/26/1	潛襲〇中	4.6/34/7
欲錮〇心	2.3/14/22	因〇驚駭者	3.10/26/3	擊〇不意	4.6/34/7
收〇左右忠愛	2.3/14/22	因〇勞倦暮舍者	3.10/26/4	攻〇無備	4.6/34/8
〇地大敗	2.3/14/26	則三軍失〇機	3.10/26/16	〇銳士伏於深草	4.6/34/10
無難〇身	2.3/14/28	則三軍失〇備	3.10/26/16	以勞〇意	4.6/34/13
致〇大尊	2.3/14/28	則三軍失〇職	3.10/26/16	或出〇左	4.6/34/14
以得〇情	2.3/14/31	〇要有五音	3.11/26/28	或出〇右	4.6/34/14
收〇豪傑	2.3/15/1	此〇正聲也	3.11/26/28	〇將必勞	4.6/34/14
使圖〇計	2.3/15/2	各以〇勝攻之	3.11/26/29	〇卒必駭	4.6/34/14
使高〇氣	2.3/15/2	〇法	3.11/27/4	或襲〇內	4.6/34/15
養〇亂臣以迷之	2.3/15/5	〇來甚微	3.11/27/5	或擊〇外 4.6/34/15,5.2/38/21	
欲離〇親	2.5/16/5	〇敗在人	3.12/27/23	去寇十里而伏〇兩旁	4.7/34/23

車騎百里而越○前後	4.7/34/23	選○銳士	5.2/38/13	此○大數也	6.5/44/31
多○旌旗	4.7/34/23	疾擊○後	5.2/38/13	○勝地有八	6.8/46/6
益○金鼓	4.7/34/24		5.6/40/32,5.6/41/2,6.9/47/12	陷○前騎	6.9/47/5
○軍驚駭	4.7/34/24	審○期日	5.2/38/13	擊○左右	6.9/47/5
不可以伏○兩旁	4.7/34/27	○將可虜	5.2/38/13	○疾如風	6.9/47/7
車騎又無以越○前後	4.7/34/27	○大軍未盡至	5.2/38/15	○暴如雷	6.9/47/8
先施○備	4.7/34/27	發吾伏兵以衝○內	5.2/38/21	○軍可克	6.9/47/8
往視○動靜	4.7/34/30	或擊○前	5.2/38/23,5.4/39/29	薄○前後	6.9/47/10
審候○來	4.7/34/30	或擊○後	5.2/38/23,5.4/39/29	獵○左右	6.9/47/10
必奔○前	4.7/34/31	○將必走	5.2/38/24,5.4/39/29	翼○兩旁	6.9/47/12
或陷○兩旁	4.7/34/32,4.8/35/18	疾擊○前	5.3/39/2	薄○壘口	6.9/47/12
或擊○前後	4.7/34/32,4.8/35/18	急攻○後	5.3/39/2	絕○糧路	6.9/47/15
各慎○處	4.8/35/12	或擊○表	5.3/39/2,5.3/39/8	或翼○兩旁	6.9/47/19
而伏○銳士	4.8/35/15	或擊○裏	5.3/39/2,5.3/39/8	或掩○前後	6.9/47/19
離○處所	4.8/35/16	○卒必亂	5.3/39/2	○兵甚眾	6.9/47/21
勿越○伏	4.8/35/18	○將必駭	5.3/39/2	○行陳必亂	6.9/47/21
略○地	4.10/36/9	衝○左右	5.4/39/23	或擊○兩旁	6.9/47/22
○別軍守險	4.10/36/9	○來整治精銳	5.4/39/25	或絕○前後	6.9/47/22
恐○別軍卒至而擊我	4.10/36/10	積弩射○左右	5.4/39/28		
阻○外內	4.10/36/13	疾擊○軍	5.4/39/29	**奇** qí	12
○將必降	4.10/36/14	○上亭亭	5.5/40/5		
○車騎銳士	4.10/36/16	或屯○陰	5.5/40/9	○怪珍異不視	1.2/3/3
及○大城別堡	4.10/36/19	或屯○陽	5.5/40/9	○其冠帶	1.9/8/15
為之置遺缺之道以利○		○山敵所能陵者	5.5/40/10	主行○譎	3.1/17/23
心	4.10/36/20	兵備○表	5.5/40/11	○正發於無窮之源	3.9/24/16
走○別軍	4.10/36/20	○將可擒	5.5/40/13,6.9/47/19	詭伏設○、遠張誑誘者	3.10/26/2
車騎遠要○前	4.10/36/21	欲久○日	5.6/40/18	○伎者	3.10/26/4
中人以為先出者得○徑		須○畢出	5.6/40/32	所以行○謀也	3.10/26/5
道	4.10/36/21	射○左右	5.6/41/1	不可以語○	3.10/26/12
○練卒、材士必出	4.10/36/21	備○前後	5.6/41/1	○正已設	5.5/40/12
○老弱獨在	4.10/36/21	○大軍必濟水而來	5.6/41/1	此用兵之○也	5.6/41/4
絕○糧道	4.10/36/22	車騎衝○左右	5.6/41/2	有○表長劍、接武齊列	
必久○日	4.10/36/22	以熒惑○將	5.7/41/19	者	6.3/43/13
令○士民曰	4.10/36/26	迂○道	5.7/41/19	騎貴知別徑○道	6.8/46/5
○大兵按黑地而起	4.11/37/9	遠○路	5.7/41/19		
○法無勝亦無負	4.11/37/12	疾擊○左右	5.7/41/20	**旗** qí	23
望○壘	4.12/37/18	車騎擾亂○前後	5.7/41/20		
即知○虛實	4.12/37/19	厚○幣	5.7/41/23	伏鼓○三人	3.1/17/16
望○士卒	4.12/37/19	卑○辭	5.7/41/23	主伏鼓○	3.1/17/16
則知○去來	4.12/37/19	列○強弩	5.8/42/2	旌○前指	3.12/28/1
聽○鼓無音	4.12/37/23	○大將先定戰地戰日	6.1/42/18	旌○亂而相繞	3.12/28/4
望○壘上多飛鳥而不驚		各會○所	6.1/42/19	其旌○也	3.13/28/24
	4.12/37/23	校○先後	6.1/42/21	車上立○鼓	4.1/29/17
彼用○士卒太疾也	4.12/37/24	子弟欲與○將報仇者	6.3/43/21	將士人持玄○	4.4/32/28
各按○部	5.1/38/5	欲快○心者	6.3/43/25	立五色○旌	4.5/33/28
○三軍大至	5.2/38/9	欲逃○恥者	6.3/43/27	列旌○	4.6/34/6
○牛馬必不得食	5.2/38/12	故能成○大兵	6.4/44/10	多其旌○	4.7/34/23

遠我旍〇	4.7/34/31
人執旍〇	4.8/35/11
高置旍〇	5.1/38/2, 5.5/40/11
	5.8/42/3
金鼓旍〇	5.2/38/18
令我城上立旍〇	5.2/38/20
有拔距伸鉤、彊梁多力	
、潰破金鼓、絕滅旍	
〇者	6.3/43/15
以教操兵起居、旍〇指	
麾之變法	6.4/44/6
能縛束旍〇	6.6/45/20
旍〇擾亂	6.8/46/19
數更旍〇	6.9/47/8
多設旍〇	6.9/47/22

齊 qí　　　　　　　　5

士卒不〇	3.12/27/30
三軍〇整	3.12/28/1
有奇表長劍、接武〇列	
者	6.3/43/13
所以整〇士衆者也	6.4/44/5
敵人行陳整〇堅固	6.9/47/7

騎 qí　　　　　　　　101

所以止車禦〇也	3.10/26/1
夜半遣輕〇	3.11/27/4
其戰車〇也	3.13/28/24
敗步〇	4.1/29/28
	4.1/30/2, 4.1/30/5, 4.1/30/14
	4.1/30/16, 4.1/30/18
	4.1/30/21, 4.1/30/24
輻車〇寇	4.1/30/1
敗步〇群寇	4.1/30/9
以步兵敗車〇	4.1/30/12
以武車驍〇驚亂其軍而	
疾擊之	4.3/32/14
弱卒、車〇居中	4.4/32/29
弱卒車〇	4.4/32/32
車〇要我前	4.4/33/4
敵人車〇	4.4/33/10
車〇百里而越其前後	4.7/34/23
車〇又無以越其前後	4.7/34/27
車〇必遠	4.10/36/13
其車〇銳士	4.10/36/16

車〇遠要其前	4.10/36/21
車〇深入長驅	4.10/36/22
車〇銳士	4.11/37/1
以〇爲輔	5.1/38/3
車〇居外	5.2/38/19
選吾材士、強弩、車〇	
爲之左右	5.3/39/1
武車驍〇繞我左右	5.4/39/15
武車驍〇	5.4/39/22
發我車〇	5.4/39/22
敵人與我車〇相當	5.4/39/25
車〇堅陳而處	5.4/39/28
車〇銳兵	5.4/39/29
乃分車〇爲鳥雲之陳	5.5/40/12
車〇分爲鳥雲之陳	5.6/41/1
車〇衝其左右	5.6/41/2
然後以軍〇分爲鳥雲之	
陳	5.6/41/4
車〇擾亂其前後	5.7/41/20
必有武車驍〇	6.2/42/26
以〇與步卒戰	6.5/44/16
一〇當幾步卒	6.5/44/17
幾步卒當一〇	6.5/44/17
以車與〇戰	6.5/44/17
一車當幾〇	6.5/44/17
幾〇當一車	6.5/44/17
〇者、軍之伺候也	6.5/44/21
故車〇不敵戰	6.5/44/23
則一〇不能當步卒一人	6.5/44/23
一〇當步卒八人	6.5/44/24
八人當一〇	6.5/44/24
一車當十〇	6.5/44/24
十〇當一車	6.5/44/24
一〇當步卒四人	6.5/44/27
四人當一〇	6.5/44/27
一車當六〇	6.5/44/28
六〇當一（卒）〔車〕	6.5/44/28
夫車〇者、軍之武兵也	6.5/44/30
十〇敗百人	6.5/44/30
百〇走千人	6.5/44/30
車之吏數、陳法奈何	6.5/45/1
置之吏數	6.5/45/8
五〇一長	6.5/45/8
十〇一吏	6.5/45/8, 6.5/45/10
百〇一率	6.5/45/8
二百〇一將	6.5/45/8
五〇爲列	6.5/45/8

三十〇爲一屯	6.5/45/10
六十〇爲一輩	6.5/45/10
選〇士奈何	6.7/45/25
選〇士之法	6.7/45/27
能馳〇轂射	6.7/45/28
名曰武〇之士	6.7/45/29
〇貴知別徑奇道	6.8/46/5
千乘萬〇	6.8/46/22
戰〇奈何	6.9/46/29
〇有十勝九敗	6.9/47/1
陷其前〇	6.9/47/5
吾〇翼而勿去	6.9/47/7
車〇陷之	6.9/47/17
令我〇十而爲隊	6.9/47/21
此〇之十勝也	6.9/47/22
凡以〇陷敵而不能破陳	6.9/47/27
以車〇返擊我後	6.9/47/27
此〇之敗地也	6.9/47/27
此〇之圍地也	6.9/47/29
此〇之死地也	6.9/47/31
此〇之沒地也	6.9/48/1
此〇之竭地也	6.9/48/3
此〇之艱地也	6.9/48/5
此〇之困地也	6.9/48/8
此〇之患地也	6.9/48/10
此〇之陷地也	6.9/48/12
此九者、〇之死地也	6.9/48/14
步兵〔與〕車〇戰奈何	
	6.10/48/18
步兵與車〇戰者	6.10/48/20
敵之車〇雖衆而至	6.10/48/21
車〇翼我兩旁	6.10/48/23
望敵車〇將來	6.10/48/26

起 qǐ　　　　　　　　12

其所〇	1.5/5/8
道之所〇也	1.5/5/11
藏則復〇	1.8/7/4
爭心必〇	2.5/16/3
見勝則〇	3.9/25/6
鼓譟而俱〇	4.7/34/24
伏兵乃〇	4.7/34/32
見火〇	4.11/37/4, 4.11/37/5
其大兵按黑地而〇	4.11/37/9
以教操兵〇居、旍旗指	
麾之變法	6.4/44/6

疾擊其○	5.3/39/2
敵人遠遞我○	5.3/39/4
常去○後三里	5.4/39/22
則不能○	5.6/40/18
敵人越我○後	5.6/40/24
備其○後	5.6/41/1
○行未渡水	5.7/41/20
車騎擾亂其○後	5.7/41/20
以武衝爲○後	5.8/42/2
以武衝爲○	5.8/42/5
並攻而○	5.8/42/6
○後相去二十步	6.5/45/5
	6.5/45/9
○後相去十步	6.5/45/9
○後、左右、上下周旋	6.6/45/20
射○後左右	6.6/45/20
○後、左右周旋進退	6.7/45/28
○易後險者	6.8/46/10
○不能進、後不能解者	6.8/46/14
敵之○後	6.8/46/19
士卒或○或後	6.8/46/19
士卒○後相顧	6.8/46/20
○往而疑	6.8/46/20
○驅旁馳	6.8/46/23
○後不屬	6.9/47/5
陷其○騎	6.9/47/5
薄其○後	6.9/47/10
或掩其○後	6.9/47/19
或絕其○後	6.9/47/22
○有大阜	6.9/48/5
長兵強弩居○	6.10/48/20
獵我○後	6.10/48/23
推而○後	6.10/48/27

潛 qián　2

主○謀應卒	3.1/16/32
○襲其中	4.6/34/7

遣 qiǎn　1

夜半○輕騎	3.11/27/4

塹 qiàn　1

越溝○	6.7/45/28

塹 qiàn　7

無溝○而守	2.1/12/1
修溝○	3.1/17/19
其○壘也	3.13/28/28
渡溝○	4.1/31/3
前有大水、廣○、深坑	4.4/33/3
大水、廣○、深坑	4.4/33/6
越溝○	4.5/33/29

強 qiáng　45

○而弱	1.5/5/11
○宗侵奪、陵侮貧弱者	1.9/8/5
故○勇輕戰	1.9/8/7
相不能富國○兵、調和	
陰陽以安萬乘之主	1.9/9/2
敵國乃○	1.9/9/8
爭其○	2.1/11/24
○可勝也	2.1/11/24
恐力不能攻○	2.5/15/24
夫攻○	2.5/15/26
必養之使○	2.5/15/26
太○必折	2.5/15/26
攻○以○	2.5/16/1
而後攻其○、毀其大	2.5/16/8
吾欲未戰先知敵人之○	
弱	3.12/27/21
此○徵也	3.12/27/27
相恐以敵○	3.12/27/30
是富國○兵之道也	3.13/29/1
材士、○弩、矛戟爲翼	4.1/29/17
	4.1/29/20
敗○敵	4.1/29/18
	4.1/29/21,4.1/29/24
材士○弩矛戟爲翼	4.1/29/26
○弩六千	4.1/31/19
材士、○弩爲伏兵	4.4/32/29
材士、○弩	4.4/32/32,5.8/42/5
	6.10/48/21,6.10/48/28
則有材士、○弩	4.5/33/25
○弩、材士衛吾左右	4.11/37/6
○弩翼吾左右	4.11/37/12
多積○弩	5.2/38/19
敵○我弱	5.3/38/30,5.4/39/25
選吾材士、○弩、車騎	
爲之左右	5.3/39/1

伏我材士○弩	5.4/39/22
選我材士○弩	5.4/39/28
○弩兩旁	5.6/40/32
列其○弩	5.8/42/2
馳○敵	6.7/45/28
雜以○弩	6.9/47/22
彼弱可以擊我○	6.9/48/1
長兵○弩居前	6.10/48/20

彊 qiáng　10

○弩長兵者	3.10/26/4
將不○力	3.10/26/16
兵○國昌	3.10/26/19
虛無之情以制剛○	3.11/27/1
衆寡○弱相等	4.7/34/19
以弱擊○	5.7/41/11
以弱擊○者	5.7/41/13
有銳氣壯勇○暴者	6.3/43/11
有拔距伸鉤、○梁多力	
、潰破金鼓、絕滅旌	
旗者	6.3/43/15
所以陷堅陳、要○敵、	
遮走北也	6.5/44/19

橋 qiáo　2

飛○一間	4.1/31/3
則有飛○、轉關、轆轤	
、鉬鋙	4.5/33/29

巧 qiǎo　5

進退爲○	1.9/8/10
爲雕文刻鏤、技○華飾	
而傷農事	1.9/8/21
士不誠信〔而○僞〕	1.9/9/1
○者一決而不猶豫	3.9/25/11
○手三百人	4.1/31/19

且 qiě　3

○事之至者	3.9/24/18
甚衆○武	5.4/39/15
既衆○武	6.10/48/23

怯 qiè	**4**	**寑 qǐn**	**1**	君子○同而親合	1.1/1/27	
				○之飾也	1.1/1/27	
有智而心○者	3.2/18/19	文王○疾	1.5/5/3	言至○者	1.1/1/27	
智而心○者	3.2/18/23			今臣言至○不諱	1.1/1/28	
有外勇而內○者	3.3/19/16	**青 qīng**	**3**	不惡至○	1.1/1/30	
後恐而○	6.8/46/20			民機之○	1.8/6/29	
		氣屬○雲	3.4/21/8	隱其○	1.9/9/7	
侵 qīn	**4**	當以○龍	3.11/27/6	敵知我○	1.12/11/9	
		電影○莖赤羽	4.1/29/27	乃知其○	2.1/11/22	
强宗○奪、陵侮貧弱者	1.9/8/5			同○相成	2.1/11/29	
敵國內○	2.3/14/20	**清 qīng**	**6**	得○甚深	2.3/14/12	
○掠我地	5.2/38/9			身內○外	2.3/14/12	
或戰而○掠我地	5.2/38/15	吏○不苛擾	1.3/4/2	以得其○	2.3/14/31	
		靜之則○	2.2/13/24	軍中之○	3.1/17/25	
親 qīn	**22**	○明無隱者	3.10/26/2	開闔人○	3.1/17/31	
		以天○淨	3.11/27/4	夫士外貌不與中○相應		
君子情同而○合	1.1/1/27	金鐸之聲揚以○	3.12/28/1	者十五	3.3/19/13	
○合而事生之	1.1/1/27	○道而待	6.1/42/21	有精精而無○者	3.3/19/14	
○其君如父母	1.2/3/9			此士之外貌不與中○相		
無跣其○	1.7/6/11	**傾 qīng**	**1**	應者也	3.3/19/19	
不施無以合○	1.7/6/17			相參而不相知○也	3.8/24/7	
跣其○	1.7/6/17	則三軍大○	3.10/26/16	虛無之○以制剛彊	3.11/27/1	
合其○	1.7/6/22			敵人不知我○	4.6/34/8	
合其○則喜	1.7/6/22	**輕 qīng**	**12**	敵人知我之○	4.6/34/10	
又見其○	2.1/11/22			無使敵人知吾之○	5.1/38/2	
○其所愛	2.3/14/10	臣有○爵位、賤有司、			5.5/40/11	
○而信之	2.3/14/17	羞爲上犯難者	1.9/8/3			
是謂重○	2.3/14/25	故强勇○戰	1.9/8/7	**請 qǐng**	**3**	
重○之積	2.3/14/25	果敢○死以貪祿秩	1.9/8/18			
離○	2.5/15/24	令之○業	2.3/14/22	敢○釋其故	1.3/3/24	
離○以○	2.5/16/1	有勇而○死者	3.2/18/18	○問其目	3.1/16/30	
欲離其○	2.5/16/5	勇而○死者	3.2/18/22	○糧益兵之符	3.7/23/18	
既離其○	2.5/16/12	勿以三軍爲衆而○敵	3.4/20/23			
君○操鉞	3.4/20/19	夜半遣○騎	3.11/27/4	**窮 qióng**	**16**	
〔○其將如父母〕	3.6/22/8	矛戟扶胥○車一百六十				
則三軍不○	3.10/26/15	乘	4.1/30/4	事之而觀其無○	1.6/5/27	
○我軍之警戒	4.8/35/13	使我○卒合戰而佯走	5.2/38/20	事之而不○者、謀也	1.6/5/28	
		○者不及走	5.2/38/23	○居靜處而誹時俗	1.9/8/15	
擒 qín	**6**	有踰高絕遠、○足善走		何○之有	2.2/13/7	
		者	6.3/43/17	○天下者	2.4/15/19	
破軍○將之符	3.7/23/10			行無○之變	3.1/17/23,3.8/24/3	
所以破軍○將也	3.10/26/3	**情 qíng**	**29**	二曰、○之之辭	3.3/19/26	
所以搏前○後也	3.10/26/6			奇正發於無○之源	3.9/24/16	
其將可○	5.5/40/13,6.9/47/19	其○深	1.1/1/21	要○寇	4.1/30/14,4.1/30/16	
故拙將之所以見○、明		願聞其○	1.1/1/24		4.1/30/21,4.1/30/24	
將之所以能避也	6.8/46/15	○也	1.1/1/26,1.1/1/26	○寇死戰	4.10/36/16	
			1.1/1/27	變化無○者也	5.6/41/5	

有貧○憤怒	6.3/43/25	曲 qū	2	無○天下者	2.1/12/13
				各○所長	3.1/16/24
丘 qiū	7	邪○勝直	2.1/12/20	○於人事	3.13/28/30
		群○化直	2.2/13/18	三軍無所掠○	5.6/40/18
無掘壑而附○	1.7/6/12			○年四十已下	6.6/45/19
○陵水泉	4.2/32/5	**趨 qū**	1		6.7/45/27
必依草木、○墓、險阻	4.4/33/10				
又知城邑○墓地形之利	4.9/35/27	同好相○	2.1/11/29	**去 qù**	26
登○陵	6.7/45/28				
必依○陵險阻	6.10/48/20	**驅 qū**	7	兩葉不○	1.7/6/15
吾無○陵	6.10/48/23			何取何○	1.9/7/16
		必不敢遠追長○	4.4/33/10	○詐僞	1.9/7/18
秋 qiū	3	車騎深入長○	4.10/36/22	必能○之	2.3/14/8
		敵人深入長○	5.2/38/9	知人心○就之機	3.1/17/6
○道斂	1.8/7/3	○我牛馬	5.2/38/9	相○遼遠	3.8/24/4
○刈禾薪	3.13/28/25	前○旁馳	6.8/46/23	○九百步外	3.11/27/4
春○治城郭	3.13/28/28	深入長○	6.9/47/15	必亟○之	3.12/28/11
		長○不止	6.9/47/29	○地二尺五寸	4.1/30/14
仇 qiú	2			芒間相○二寸	4.1/30/20
		渠 qú	1	○敵無過百步	4.6/34/14
天下○之	2.4/15/19			○寇十里而伏其兩旁	4.7/34/23
子弟欲與其將報○者	6.3/43/21	修溝○	3.13/28/28	○敵二百里	4.9/36/1
				自來自○	4.12/37/16
囚 qiú	1	**衢 qú**	2	則知其○來	4.12/37/19
				敵人卒○不遠	4.12/37/24
則爲敵所○	5.5/40/8	○道通谷	5.5/40/11	○城四里而爲壘	5.2/38/18
		○道谷口	5.8/42/3	常○前後三里	5.4/39/22
求 qiú	8			索便詐敵而亟○之	5.6/40/21
		取 qǔ	23	相○四十步	6.5/45/4
夫釣以○得也	1.1/1/21			前後相○二十步	6.5/45/5
語無爲以○名	1.9/8/12	故以餌○魚	1.1/2/2		6.5/45/9
言無欲以○利	1.9/8/12	以祿○人	1.1/2/2	縱橫相○二里	6.5/45/6
讒佞苟得以○官爵	1.9/8/18	以家○國	1.1/2/3	前後相○十步	6.5/45/9
展轉○之	2.2/13/10	以國○天下	1.1/2/3	縱橫相○百步	6.5/45/10
○而得之	2.2/13/10	賦斂如○己物	1.3/4/7	吾騎翼而勿○	6.9/47/7
務○便利	4.9/35/26	何○何去	1.9/7/16		
○途之道	5.6/40/27	○誠信	1.9/7/18	**全 quán**	2
		姦臣以虛譽○爵位	1.10/10/1		
裘 qiú	2	○天下者	2.1/12/8	○勝不鬪	2.1/11/27
		無○於民者	2.1/12/11	保○民命	3.1/16/32
鹿○禦寒	1.2/3/5	○民者也	2.1/12/11		
將多〔日〕不服○	3.6/22/15	無○於國者	2.1/12/11	**泉 quán**	2
		○國者也	2.1/12/11		
逑 qiú	1	無○於天下者	2.1/12/11	丘陵水○	4.2/32/5
		○天下者也	2.1/12/11	依山（林）〔陵〕險阻	
萬物皆○	2.2/13/5	無○民者	2.1/12/13	、水○林木而爲之固	4.9/35/26
		無○國者	2.1/12/13		

痊 quán	1
以○萬病	3.1/18/3

權 quán	9
釣有三○	1.1/1/21
祿等以○	1.1/1/21
死等以○	1.1/1/21
官等以○	1.1/1/21
則失其○	1.7/6/12
傷王之○	1.9/7/27
無智略○謀	1.9/8/7
○蓋天下	2.4/15/15
○士三人	3.1/17/23

犬 quǎn	2
遺良○馬以勞之	2.3/15/5
難○、其伺候也	3.13/28/23

勸 quàn	4
賞所以存○	1.11/10/11
吾欲賞一以○百	1.11/10/11
〔爵一人而萬人不○〕	3.5/22/2
所以○用命也	3.10/26/7

缺 quē	2
太張必○	2.5/15/26
為之置遺○之道以利其　心	4.10/36/20

卻 què	2
○敵報遠之符	3.7/23/14
則引軍而○	4.11/37/5

雀 què	1
當以朱○	3.11/27/6

愨 què	1
有嗃嗃而反靜○者	3.3/19/16

群 qún	5
正○臣	1.9/9/2
若是則○邪（此）〔比〕　周而蔽賢	1.10/10/1
○曲化直	2.2/13/18
敗步騎○寇	4.1/30/9
十而為○	6.9/47/22

然 rán	19
何為其○	1.1/1/30
〔其〕所以○者、何也	1.2/2/20
其天時變化自○乎	1.2/2/21
至道其○也	1.8/7/6
○則皆有啓之	2.1/12/9
○後能容天下	2.4/15/14
○後能約天下	2.4/15/14
○後能懷天下	2.4/15/15
○後能保天下	2.4/15/15
○後能不失天下	2.4/15/15
○後可以為天下政	2.4/15/16
○後可成	2.5/16/12
勿以辯說為必○	3.4/20/24
倏〔○〕而往	3.9/24/19
忽〔○〕而來	3.9/24/19
天地自○	3.11/27/1
○後以軍騎分為鳥雲之　陳	5.6/41/4
○後移檄書與諸將吏期	6.1/42/18
○後令我三軍	6.10/48/28

壤 rǎng	1
丈夫平○	3.13/28/24

讓 ràng	1
莫退而○	1.8/7/11

繞 rǎo	2
旌旗亂而相○	3.12/28/4
武車驍騎○我左右	5.4/39/15

擾 rǎo	7
吏清不苛○	1.3/4/2
吏濁苛○	1.3/4/4
○亂失次	4.8/35/16
三軍○亂	5.3/39/4
則敵人○亂	5.4/39/23
車騎○亂其前後	5.7/41/20
旌旗○亂	6.8/46/19

人 rén	276
小○樂得其事	1.1/1/16
唯仁○能受至諫	1.1/1/30
○食其祿	1.1/2/2
以祿取○	1.1/2/2
○可竭	1.1/2/2
聖○之德	1.1/2/5,2.1/12/23
聖○之慮	1.1/2/6
天下〔者〕、非一○之　天下	1.1/2/10
能與○共之者、仁也	1.1/2/11
免○之死、解○之難、　救○之患、濟○之急　者	1.1/2/12
與○同憂同樂、同好同　惡者	1.1/2/13
凡○惡死而樂生	1.1/2/13
廉潔愛○者厚其祿	1.2/3/6
欲使主尊○安	1.3/3/16
○君有六守、三寶	1.6/5/18
○君〔慎此六者以為君　用〕	1.6/5/29
〔君〕無以三寶借○	1.6/5/29
〔以三寶〕借○則君　〔將〕失其威	1.6/5/29
無借○國柄	1.7/6/11
借○國柄	1.7/6/11
賊○將來	1.7/6/13
是故○君必從事於富	1.7/6/17
無借○利器	1.7/6/18
借○利器	1.7/6/18
則為○所害	1.7/6/18
無使○奪汝威	1.7/6/22
聖○配之	1.8/7/4
聖○之在天地間也	1.8/7/8
王○者	1.9/7/16,1.9/7/18

故王〇者有六賊七害	1.9/7/18	通材三〇	3.1/17/21	其敗在〇	3.12/27/23
傷庶〇之業	1.9/8/5	權士三〇	3.1/17/23	謹候敵〇出入進退	3.12/27/25
此僞〇也	1.9/8/12	非〇所識	3.1/17/23	盡在於〇事	3.13/28/21
此姦〇也	1.9/8/16	耳目七〇	3.1/17/25	婦〇織紝	3.13/28/23
以高談虛論說於〇主	1.9/8/18	爪牙五〇	3.1/17/27	盡在於〇事也	3.13/28/30
吏不平潔愛〇	1.9/9/2	羽翼四〇	3.1/17/29	取於〇事	3.13/28/30
而各以官名舉〇	1.10/10/6	遊士八〇	3.1/17/31	婦〇織紝有尺度	3.13/29/1
而況於〇乎	1.11/10/15	開闔〇情	3.1/17/31	將甲士萬〇	4.1/29/16
密察敵〇之機而速乘其		術士二〇	3.1/18/1	一車二十四〇	4.1/29/17
利	1.12/11/11	方士二〇	3.1/18/3	螳蜋武士三〇共載	4.1/30/4
〇道無災	2.1/11/20	法筭二〇	3.1/18/5	甲士萬〇	4.1/31/19
又見〇災	2.1/11/21	仁則愛〇	3.2/18/15	巧手三百〇	4.1/31/19
與〇同〔利〕	2.1/11/29	信則不欺〔〇〕	3.2/18/16	爲天陳、地陳、〇陳	4.2/32/3
天下者、非一〇之天下	2.1/12/5	有仁而不忍〇者	3.2/18/18	此謂〇陳	4.2/32/6
	2.4/15/20	有信而喜信〇者	3.2/18/19	敵〇圍我	4.3/32/12
聖〇將動	2.1/12/16	有廉潔而不愛〇者	3.2/18/19	無與敵〇爭道	4.3/32/19
聖〇何守	2.2/13/3	有懦而喜任〇者	3.2/18/20	敵〇雖衆	4.3/32/19,5.1/38/4
聖〇守此而萬物化	2.2/13/7	仁而不忍〇者	3.2/18/22		5.2/38/13,5.2/38/23
聖〇不自明	2.2/13/13	信而喜信〇者	3.2/18/23		5.4/39/29,5.5/40/13,5.6/41/2
古之聖〇	2.2/13/15	廉潔而不愛〇者	3.2/18/23		5.7/41/20
聚〇而爲家	2.2/13/15	懦而喜任〇者	3.2/18/24	敵〇四合而圍我	4.4/32/24
分封賢〇以爲萬國	2.2/13/15	有蕭蕭而反易〇者	3.3/19/16	敵〇既衆	4.4/32/24
〇愛其上	2.2/13/18	聖〇所貴	3.3/19/19	審知敵〇空虛之地	4.4/32/27
聖〇務靜之	2.2/13/21	凡〇莫知	3.3/19/19	無〇之處	4.4/32/27
賢〇務正之	2.2/13/21	勿以身貴而賤〇	3.4/20/23	將士〇持玄旗	4.4/32/28
愚〇不能正	2.2/13/21	故殺一〇而三軍震者	3.5/21/21	敵〇若驚	4.4/32/31
故與〇爭	2.2/13/21	〔煞一〇而萬〇慄者〕	3.5/21/21	審候敵〇追我	4.4/32/32
天下之〇如流水	2.2/13/24	〔煞一〇而千萬〇恐者〕		敵〇屯壘	4.4/33/3
聖〇見其所始	2.2/13/25		3.5/21/21	敵〇所不守	4.4/33/6
此聖〇之德也	2.2/13/32	賞一〇而萬〇說者	3.5/21/22	敵〇車騎	4.4/33/10
一〇兩心	2.3/14/10	〔夫煞一〇而三軍不聞〕		吾與敵〇臨境相拒	4.6/34/3
娛以美〇	2.3/14/14		3.5/21/25	無使敵〇知我意	4.6/34/7
微飾聖〇	2.3/14/28	〔煞一〇而萬民不知〕	3.5/22/1	敵〇不知我情	4.6/34/8
〇臣無不重貴與富	2.3/15/1	〔煞一〇而千萬〇不恐〕		敵〇知我之情	4.6/34/10
與其寵〇	2.5/16/5		3.5/22/1	則敵〇不敢來	4.6/34/14
故將有股肱羽翼七十二		〔封一〇而三軍不悅〕	3.5/22/2	敵〇必敗	4.6/34/15
〇	3.1/16/27	〔爵一〇而萬〇不勸〕	3.5/22/2		4.7/34/25,4.8/35/19
腹心一〇	3.1/16/32	〔賞一〇萬〇不欣〕	3.5/22/2		6.2/42/29,6.9/47/12
謀士五〇	3.1/17/3	言三〇	3.8/24/7	吾欲令敵〇將帥恐懼	4.7/34/20
天文三〇	3.1/17/6	〇操一分	3.8/24/7	敵〇遂走	4.7/34/21
知〇心去就之機	3.1/17/6	聖〇徵於天地之動	3.9/25/3	敵〇必走	4.7/34/32,6.9/47/5
地利三〇	3.1/17/8	故將者、〇之司命	3.10/26/19	敵〇夜來	4.8/35/8,5.3/38/30
兵法九〇	3.1/17/10	往至敵〇之壘	3.11/27/4	〇執旌旗	4.8/35/11
通糧四〇	3.1/17/12	敵〇驚動	3.11/27/15	三千〇爲一屯	4.8/35/12
奮威四〇	3.1/17/14	聞〇嘯呼之音者	3.11/27/16	敵〇若來	4.8/35/12
伏鼓旗三〇	3.1/17/16	吾欲未戰先知敵〇之强		敵〇知我隨之	4.8/35/15
股肱四〇	3.1/17/19	弱	3.12/27/21	敵〇絕我糧道	4.9/35/23

任 rèn	5
順者、○之以德	1.7/6/23
民有不事農桑、○氣遊	
俠、犯歷法禁、不從	
吏教者	1.9/7/25
主○重持難	3.1/17/19
有懦而喜○人者	3.2/18/20
懦而喜○人者	3.2/18/24

日 rì	27
文王乃齋三○	1.1/1/12
百姓戴其君如○月	1.2/3/9
○中必彗	1.7/6/12
○中不彗	1.7/6/12
王即齋七○	1.8/6/31
推時○	3.1/17/6
期不十○	3.2/19/4
齋三○	3.4/20/18
卜吉○	3.4/20/19
將多〔○〕不服裘	3.6/22/15
夏〔○〕不操扇	3.6/22/15
用○長久	3.12/28/9
○月星辰斗杓	4.2/32/5
○出挑戰	4.6/34/13
先戰五○	4.7/34/30
○夜霖雨	4.8/35/7,6.8/46/14
旬○不止	4.8/35/7,6.8/46/14
必久其○	4.10/36/22
審其期○	5.2/38/13
欲久其○	5.6/40/18
必以○之暮	5.7/41/13
不適○暮	5.7/41/16
令會○路	5.7/41/19
其大將先定戰地戰○	6.1/42/18
明告戰○	6.1/42/19

戎 róng	1
○馬驚奔	3.12/28/4

容 róng	3
虛論高議以爲○美	1.9/8/15
變於形○	2.2/13/18
然後能○天下	2.4/15/14

榮 róng	2
萬物○	1.8/7/3
先爲之○	2.3/14/28

柔 róu	2
○節先定	1.4/4/18
○而靜	1.5/5/10

肉 ròu	1
〔得之〕而天下皆有分	
○之心	2.1/12/8

如 rú	50
其治○何	1.2/3/1
百姓戴其君○日月	1.2/3/9
親其君○父母	1.2/3/9
馭民○父母之愛子	1.3/4/6
○兄之愛弟〔也〕	1.3/4/6
賞罰○加於身	1.3/4/7
賦斂○取己物	1.3/4/7
君臣之禮○何	1.4/4/11
主位○何	1.4/4/16
主聽○何	1.4/4/20
主明○何	1.4/4/25
守國○此	1.8/7/12
○龍〔之〕首	1.9/9/5
何○	1.10/9/22
兵道○何	1.12/10/19
○何	2.1/11/17
天下之人○流水	2.2/13/24
○與同生	2.3/14/31
何○而可爲天下	2.4/15/12
民○牛馬	2.5/16/14
備數○法	3.1/16/27
有○果敢而不能者	3.3/19/15
○此	3.4/20/24
	4.4/33/11,4.6/34/14
	4.10/36/26,5.4/39/23
	5.7/41/23,6.1/42/22
〔親其將○父母〕	3.6/22/8
大要何○	3.10/25/21
疾○流矢、〔擊〕○發	
機者	3.10/26/2

聲鼓之聲濕○沐	3.12/28/5
城之氣色○死灰	3.12/28/7
○此者	4.3/32/14
	4.7/34/23,4.7/34/30
	4.10/36/19,4.12/37/25
	5.6/40/21,5.6/40/32
○是	4.9/35/27
○此者謂之突兵	5.2/38/12
○此者謂之震寇	5.3/39/1
○此者謂之敗兵	5.4/39/18
○何則可擊	6.2/42/26
其疾○風	6.9/47/7
其暴○雷	6.9/47/8
高下○平地	6.9/48/12

汝 rǔ	3
天遺○師	1.1/1/6
將以屬○	1.5/5/3
無使人奪○威	1.7/6/22

入 rù	31
出○異言	1.9/8/10
門可○也	2.1/11/24
出○若神	3.1/17/16
主計會三軍營壘、糧食	
、財用出○	3.1/18/5
君○廟門	3.4/20/19
將○廟門	3.4/20/19
引兵深○諸侯之地	3.7/23/3
	3.8/24/3,4.4/32/24,4.5/33/17
	4.7/34/19,4.8/35/7,4.9/35/23
	4.11/36/32,5.1/37/31
	5.3/38/30,5.4/39/15,5.5/40/5
	5.6/40/17,5.8/41/30
謹候敵人出○進退	3.12/27/25
城之氣出而復○	3.12/28/8
凡深○敵人之地	4.9/35/26
戰勝深○	4.10/36/9
不○山林	4.10/36/20
車騎深○長驅	4.10/36/22
敵人深○長驅	5.2/38/9
無使得○	6.9/47/12
深○長驅	6.9/47/15
○而無以出	6.9/47/31
所從○者隘	6.9/48/1

洳 rù	1
進退漸○	6.9/48/10

銳 ruì	18
伏其○	1.12/11/5
使冒難攻○	3.1/17/27
則三軍不○	3.10/26/15
則吾三軍皆精○勇闘	4.4/33/11
發我○士	4.6/34/7,4.8/35/13
其○士伏於深草	4.6/34/10
而伏其○士	4.8/35/15
其車騎○士	4.10/36/16
車騎○士	4.11/37/1
選其○士	5.2/38/13
勇力、○士	5.2/38/19
斷我○兵	5.3/39/4
出我勇、○、冒將之士	5.3/39/7
其來整治精○	5.4/39/25
車騎○兵	5.4/39/29
有○氣壯勇彊暴者	6.3/43/11
名曰勇○之士	6.3/43/13

若 ruò	27
樹斂何○而天下歸之	1.1/2/8
○天之高	1.9/9/7
○淵之深	1.9/9/7
○是則群邪（此）〔比〕	
周而蔽賢	1.10/10/1
士寂○無聲	1.12/11/7
○逐野獸	2.1/12/8
○同舟而濟	2.1/12/8
○天喪之	2.3/14/32
出入○神	3.1/17/16
○此	3.4/21/5,4.5/33/21
	4.11/37/6
疾○馳騖	3.4/21/8
〔○此〕	3.5/22/3
○符事聞泄	3.7/23/24
赴之○驚	3.9/25/12
用之○狂	3.9/25/12
○已出圍地	4.3/32/17
敵人○驚	4.4/32/31
○從地出	4.4/33/1
○從天下	4.4/33/1

○此者	4.4/33/6
	4.11/37/4,4.11/37/12
敵人○來	4.8/35/12
敵人○至	4.11/37/5,5.2/38/20

弱 ruò	18
强而○	1.5/5/11
强宗侵奪、陵侮貧○者	1.9/8/5
以○敵心	3.1/17/29
先見○於敵	3.9/25/1
兵○國亡	3.10/26/20
吾欲未戰先知敵人之强	
○	3.12/27/21
此○徵也	3.12/27/31
○卒、車騎居中	4.4/32/29
○卒車騎	4.4/32/32
令我老○	4.6/34/13
衆寡彊○相等	4.7/34/19
其老○獨在	4.10/36/21
敵强我○	5.3/38/30,5.4/39/25
以○擊彊	5.7/41/11
以○擊彊者	5.7/41/13
彼○可以擊我强	6.9/48/1
短兵○弩居後	6.10/48/20

三 sān	144
施及○王	1.1/1/6
文王乃齋○日	1.1/1/12
釣有○權	1.1/1/21
此○者	1.5/5/10
人君有六守、○寶	1.6/5/18
○曰忠	1.6/5/22
〔君〕無以○寶借人	1.6/5/29
〔以○寶〕借人則君	
〔將〕失其威	1.6/5/29
敢問○寶	1.6/6/1
謂之○寶	1.6/6/3
○寶各安其處	1.6/6/4
○寶完	1.6/6/5
○曰	1.9/7/27,1.9/8/12
	2.3/14/12
有○疑	2.5/15/24
天文○人	3.1/17/6
地利○人	3.1/17/8
主○軍行止形勢	3.1/17/8

令○軍不困乏	3.1/17/12
伏鼓旗○人	3.1/17/16
通材○人	3.1/17/21
權士○人	3.1/17/23
激勵○軍	3.1/17/27
主計會○軍營壁、糧食	
、財用出入	3.1/18/5
○曰、與之閒謀	3.3/19/28
齋○日	3.4/20/18
勿以○軍爲衆而輕敵	3.4/20/23
故殺一人而○軍震者	3.5/21/21
〔夫煞一人而○軍不聞〕	
	3.5/21/25
〔封一人而○軍不悅〕	3.5/22/2
〔則○軍不爲使〕	3.5/22/3
吾欲令○軍之衆	3.6/22/8
將有○〔禮〕	3.6/22/11
故○軍之衆	3.6/22/23
○軍卒有緩急	3.7/23/3
以給○軍之用	3.7/23/4
長○寸	3.7/23/22
○發而一知	3.8/24/7
分書爲○部	3.8/24/7
○發而一知者	3.8/24/7
言○人	3.8/24/7
○軍之災	3.9/25/8
所以調和○軍、制一臣	
下也	3.10/26/8
則○軍不親	3.10/26/15
則○軍不銳	3.10/26/15
則○軍大疑	3.10/26/15
則○軍大傾	3.10/26/16
則○軍失其機	3.10/26/16
則○軍失其備	3.10/26/16
則○軍失其職	3.10/26/16
○軍與之俱治	3.10/26/19
可以知○軍之消息、勝	
負之決乎	3.11/26/26
○皇之世	3.11/27/1
凡○軍說懌	3.12/27/27
○軍數驚	3.12/27/30
○軍齊整	3.12/28/1
○軍無故	3.12/28/1
○軍器用	4.1/29/10
武（衝）〔衝〕大扶胥	
○十六乘	4.1/29/16
大黃參連弩大扶胥○十	

降者勿〇	4.10/36/25	芟 shān	1	商 shāng	8
煞 shā	8	〇草木大鎌	4.1/31/16	大〇	1.6/6/3
				〇一其鄉	1.6/6/4
〔〇一人而萬人慄者〕	3.5/21/21	扇 shàn	1	今〇王知存而不知亡	1.12/10/27
〔〇之〕	3.5/21/21,3.5/21/22			〇王虐極	2.1/11/17
〔〇一人而千萬人恐者〕		夏〔日〕不操〇	3.6/22/15	今彼殷〇	2.1/12/18
	3.5/21/21			宮、〇、角、徵、羽	3.11/26/28
〔夫〇一人而三軍不聞〕		善 shàn	40	〇聲應管	3.11/27/6
	3.5/21/25			〇也	3.11/27/16
〔〇一人而萬民不知〕	3.5/22/1	故〇爲國者	1.3/4/6		
〔〇一人而千萬人不恐〕		〇與而不爭	1.4/4/18	傷 shāng	12
	3.5/22/1	見〇而怠	1.5/5/10		
〔雖多〇之〕	3.5/22/1	掩〇揚惡	1.9/8/10	〇王之德	1.9/7/23
		〇哉	1.9/9/10,3.2/19/7	〇王之化	1.9/7/25
山 shān	29		3.4/21/13,3.7/23/27	〇王之權	1.9/7/27
			3.8/24/10,3.9/25/17	〇王之威	1.9/8/1
高〇仰之	1.4/4/22		3.10/26/22,3.11/27/9	〇功臣之勞	1.9/8/3
水涸〇阻	3.1/17/8		3.12/28/14,3.13/29/4	〇庶人之業	1.9/8/5
隘塞〇林者	3.10/26/1		4.2/32/8,4.4/33/13,4.7/35/3	爲雕文刻鏤、技巧華飾	
〇林茂穢者	3.10/26/9		4.9/36/5,4.10/36/28	而〇農事	1.9/8/21
〇林野居	4.1/31/8		5.2/38/26,5.3/39/11,5.4/40/1	士非好死而樂〇也	3.6/22/26
依〇（林）〔陵〕險阻			5.6/41/7,5.7/41/26,5.8/42/9	士卒必〇	4.7/34/20
、水泉林木而爲之固	4.9/35/26		6.4/44/12,6.5/45/13	我士卒心〇	4.7/34/28
不入〇林	4.10/36/20		6.8/46/25,6.10/48/30	必無毀〇	4.9/36/3
遇高〇盤石	5.5/40/5	故〇戰者	3.9/24/23	軍中有大勇敢死樂〇者	6.3/43/9
凡三軍處〇之高	5.5/40/8	〇除患者	3.9/24/23		
處〇之下	5.5/40/8	〇勝敵者	3.9/24/23	賞 shǎng	22
既以被〇而處	5.5/40/8	謀莫〇於不識	3.9/24/29		
處〇之陽	5.5/40/9	〇戰者	3.9/25/6	有功必〇	1.2/3/8
備之之陰	5.5/40/9	〇者	3.9/25/8	〇罰如加於身	1.3/4/7
處〇之陰	5.5/40/10	古之〇戰者	3.10/25/23	而以重〇尊爵之	1.9/8/7
備之之陽	5.5/40/10	〇爲國者	3.13/28/30	明〇罰	1.9/9/3,3.1/17/3
處〇之左	5.5/40/10,5.8/42/1	〇者以勝	5.4/39/18	〇所以存勸	1.11/10/11
備〇之右	5.5/40/10	不〇者以亡	5.4/39/18	吾欲〇一以勸百	1.11/10/11
處〇之右	5.5/40/10,5.8/42/1	有踰高絕遠、輕足〇走		凡用〇者貴信	1.11/10/14
備〇之左	5.5/40/10	者	6.3/43/17	〇信罰必於耳目之所聞	
其〇敵所能陵者	5.5/40/10			見	1.11/10/14
是謂〇城	5.5/40/11	擅 shàn	1	吏遷士〇	3.4/21/10
各置衝陳於〇之表	5.5/40/12			以〇小爲明	3.5/21/19
吾左〇而右水	5.8/41/30	〇天下之利者	1.1/2/11	〇一人而萬人說者	3.5/21/22
敵右〇而左水	5.8/41/30			〇之	3.5/21/22
急備〇之右	5.8/42/1	贍 shàn	1	〇貴小	3.5/21/24
急備〇之左	5.8/42/1			〇及牛豎、馬洗、廄養	
後有高〇	6.9/48/5	振〇禍亡之家	1.2/3/8	之徒	3.5/21/24
				是〇下通也	3.5/21/25
				〇下通	3.5/21/25

許之則○守	1.4/4/22	非國○也	3.9/24/26	當審察敵人○四變	6.2/42/29
其所以○之者	1.6/5/16	凡帥○將衆	4.5/33/21	○四變可得聞乎	6.2/42/31
〔以三寶〕借人則君		凡帥○之法	4.9/36/1	合之○人	6.4/44/8
〔將〕其威	1.6/5/29			○人學戰	6.4/44/8
則○其權	1.7/6/12	**濕 shī**	**1**	一車當步卒八○人	6.5/44/23
是謂○時	1.7/6/13			八○人當一車	6.5/44/24
○利之期	1.7/6/13	聲鼓之聲○如沐	3.12/28/5	一車當○騎	6.5/44/24
○其衆	1.7/6/17			○騎當一車	6.5/44/24
機動而得○爭矣	1.8/7/8	**十 shí**	**72**	一車當步卒四○人	6.5/44/27
其○安在	1.10/9/18			四○人當一車	6.5/44/27
其○在君好用世俗之所		凡文伐有○二節	2.3/14/7	○乘敗千人	6.5/44/30
譽而不得眞賢也	1.10/9/20	○曰	2.3/14/31	○騎敗百人	6.5/44/30
命之曰大○	2.2/13/22	○一曰	2.3/15/1	○車一吏	6.5/45/3
然後能不○天下	2.4/15/15	○二曰	2.3/15/5	五○車一率	6.5/45/3
不○地利	3.1/17/8	○二節備	2.3/15/8	相去四○步	6.5/45/4
〔是○衆之紀也〕	3.5/22/3	故將有股肱羽翼七○二		左右○步	6.5/45/4
○利亡士之符	3.7/23/22	人	3.1/16/27	隊間六○步	6.5/45/4
設備於已○之後者	3.9/24/26	將有五材○過	3.2/18/11	○車爲聚	6.5/45/4
見利不○	3.9/25/9	所謂○過者	3.2/18/18	二○車爲屯	6.5/45/5
○利後時	3.9/25/9	期不○日	3.2/19/4	前後相去二○步	6.5/45/5
○之者亡	3.10/25/24	夫士外貌不與中情相應			6.5/45/9
則三軍○其機	3.10/26/16	者○五	3.3/19/13	隊（問）〔間〕三○六	
則三軍○其備	3.10/26/16	所以一擊○也	3.10/26/3	步	6.5/45/5
則三軍○其職	3.10/26/16	所以○擊百也	3.10/26/4	○騎一吏	6.5/45/8, 6.5/45/10
擾亂○次	4.8/35/16	夫律管○二	3.11/26/28	隊間五○步	6.5/45/9
吾盟誤○	4.9/35/30	武（衝）〔衛〕大扶胥		前後相去○步	6.5/45/9
謹備勿○	4.10/36/20	三○六乘	4.1/29/16	隊間二○五步	6.5/45/9
有王臣○勢、欲復見功		一車二○四人	4.1/29/17	三○騎爲一屯	6.5/45/10
者	6.3/43/19	武翼大櫓、矛戟扶胥七		六○騎爲一輩	6.5/45/10
		○二（具）〔乘〕	4.1/29/20	取年四○已下	6.6/45/19
施 shī	**6**	提翼小櫓扶胥一百四○			6.7/45/27
		〔四〕（具）〔乘〕	4.1/29/23	凡車之死地有○	6.8/46/5
○及三王	1.1/1/6	大黃參連弩大扶胥三○		○死之地奈何	6.8/46/8
不○無以合親	1.7/6/17	六乘	4.1/29/26	此○者、車之死地也	6.8/46/14
政之所○	2.2/13/7	大扶胥衝車三○六乘	4.1/30/1	將明於○害八勝	6.8/46/22
惠○於民	2.5/16/14	矛戟扶胥輕車一百六○		騎有○勝九敗	6.9/47/1
先○其備	4.7/34/27	乘	4.1/30/4	○勝奈何	6.9/47/3
○之以厚德	4.10/36/26	重○二斤	4.1/30/7	令我騎○而爲隊	6.9/47/21
		百二○具	4.1/30/12	○而爲群	6.9/47/22
師 shī	**10**		4.1/30/14, 4.1/30/16	此騎之○勝也	6.9/47/22
			4.1/30/24, 4.1/31/17		
天遺汝○	1.1/1/6	矛戟小櫓○二具	4.1/30/26	**石 shí**	**3**
立爲○	1.1/2/16	〔五〕百二○具	4.1/30/27		
今予欲○至道之言	1.5/5/4	五百二○具	4.1/30/27	矢○繁下	3.6/22/24
王者帥○	3.1/16/22, 6.1/42/15	三○二具	4.1/31/5	遇高山盤○	5.5/40/5
凡舉兵帥○	3.1/16/24	去寇○里而伏其兩旁	4.7/34/23	力能彀八○弩	6.6/45/20
願將軍帥○應之	3.4/20/18	近者五○里	4.9/36/2		

食 shí	20
小魚○之	1.1/2/1
中魚○之	1.1/2/1
大魚○之	1.1/2/1
夫魚○其餌	1.1/2/1
人○其祿	1.1/2/2
數餧○之	2.5/16/14
主度飲○、蓄積	3.1/17/12
主計會三軍營壁、糧○	
、財用出入	3.1/18/5
士未○勿○	3.4/20/24
將乃就○	3.6/22/20
其糧○儲備也	3.13/28/25
絕我糧○	4.4/32/24
糧○甚多	4.4/32/25
燒吾糧○	4.4/33/9
多積糧○	4.6/34/7
其牛馬必不得○	5.2/38/12
則糧○少	5.6/40/18
牛馬無○	5.6/40/21
人馬未○可擊	6.2/43/1

拾 shí	1
主○遺補過	3.1/17/21

時 shí	24
天有○	1.1/2/11
其天○變化自然乎	1.2/2/21
不在天○	1.2/2/23
帝堯王天下之○	1.2/3/3
害民耕績之○	1.2/3/5
農不失〔其〕○	1.3/3/26
農失其○	1.3/4/2
○至而疑	1.5/5/10
是謂失○	1.7/6/13
四○所生	1.8/6/29
天生四○	1.8/7/1
窮居靜處而誹○俗	1.9/8/15
此亡國之○也	2.1/12/21
○之所在	2.2/13/7
○及將至	2.3/14/31
○與大勢以誘之	2.3/15/5
○變不能遷	2.4/15/16
隨○變化	3.1/16/25

推○日	3.1/17/6
是故風雨○節	3.4/21/10
遇○不疑	3.9/25/9
失利後○	3.9/25/9
漏刻有○	6.1/42/19
天○不順可擊	6.2/43/1

實 shí	13
木長而○生之	1.1/1/26
有名無○	1.9/8/10
定名○	1.9/9/3
是有舉賢之名而無用賢	
之○也	1.10/9/16
按名督○	1.10/10/6
令○當其名	1.10/10/6
名當其○	1.10/10/7
示飢而○飽	1.12/11/4
有恍恍惚惚而反忠○者	3.3/19/15
見其○	3.4/20/23
多○倉廩	3.13/28/25
何以知敵壘之虛○	4.12/37/16
即知其虛○	4.12/37/19

識 shí	4
非人所○	3.1/17/23
莫之能○	3.7/23/25，3.8/24/8
謀莫善於不○	3.9/24/29

史 shí	4
○編布卜	1.1/1/5
○編曰	1.1/1/10
編之太祖○疇	1.1/1/10
乃命太○卜	3.4/20/18

矢 shí	2
○石繁下	3.6/22/24
疾如流○、〔摯〕如發	
機者	3.10/26/2

使 shǐ	30
欲○主尊人安	1.3/3/16
○之而觀其無隱	1.6/5/26

○之而不隱者、信也	1.6/5/28
無○人奪汝威	1.7/6/22
王者慎勿○爲將	1.9/8/7
王者慎勿○	1.9/8/19
稽留其○	2.3/14/17
○圖其計	2.3/15/2
○高其氣	2.3/15/2
必養之○強	2.5/15/26
益之○張	2.5/15/26
無○得志	2.5/16/5
必○遠民	2.5/16/12
勿○知謀	2.5/16/12
○冒難攻銳	3.1/17/27
五曰、○之以財	3.3/20/3
〔則三軍不爲○〕	3.5/22/3
諸奉○行符、稽留〔者〕	
	3.7/23/24
僞稱敵○者	3.10/26/6
故必○遂其六畜	3.13/29/1
○三軍不稽留	4.5/33/18
無○敵人知我意	4.6/34/7
○吾三軍	5.1/38/1
無○敵人知吾之情	5.1/38/2
	5.5/40/11
而○寇薄我城下	5.2/38/15
○我輕卒合戰而佯走	5.2/38/20
必因敵○	5.6/40/27
○一人學戰	6.4/44/8
無○得入	6.9/47/12

始 shǐ	5
莫知所○	1.8/7/4
終而復○	2.2/13/7
聖人見其所○	2.2/13/25
白刃○合	3.6/22/24
敵人○至	6.9/47/5

士 shì	111
○有抗志高節以爲氣勢	1.9/8/1
○不誠信〔而巧僞〕	1.9/9/1
非吾○也	1.9/9/1
○寂若無聲	1.12/11/7
陰納智○	2.3/15/2
納勇○	2.3/15/2
謀○五人	3.1/17/3

○之而觀其無窮	1.6/5/27	**是** shì	26	聽言○變	3.1/17/25
○之而不窮者、謀也	1.6/5/28			有所不見而○者	3.9/25/14
是故人君必從○於富	1.7/6/17	兆致○乎	1.1/1/8	○城中	4.5/33/24
民有不○農桑、任氣遊		○謂六守	1.6/5/22	往○其動靜	4.7/34/30
俠、犯歷法禁、不從		○謂失時	1.7/6/13	謹○地形而處	4.10/36/19
吏教者	1.9/7/25	○故人君必從事於富	1.7/6/17		
不圖大○	1.9/8/18	○謂仁義之紀	1.7/6/22	**勢** shì	13
爲雕文刻鏤、技巧華飾		○有擧賢之名而無用賢			
而傷農○	1.9/8/21	之實也	1.10/9/16	士有抗志高節以爲氣○	1.9/8/1
○在不可聞	2.1/12/15	若○則群邪（此）〔比〕		兵○不行	1.9/9/8
是以天無爲而成○	2.2/13/32	周而蔽賢	1.10/10/1	顯之在於○	1.12/10/23
必有好○	2.3/14/7	○以世亂愈甚	1.10/10/1	示以大○	2.3/14/28
勿聽其○	2.3/14/17	○以天無爲而成事	2.2/13/32	時與大○以誘之	2.3/15/5
遺以誠○	2.3/14/17	○謂重親	2.3/14/25	主三軍行止形○	3.1/17/8
承意應○	2.3/14/31	○謂塞之	2.3/15/3	有○虛形劣而外出無所	
乃成武○	2.3/15/8	○故智者爲之謀	3.4/21/8	不至、無所不遂者	3.3/19/16
○而不疑	2.4/15/15	○故風雨時節	3.4/21/10	皆由神○	3.10/25/23
設之以○	2.5/16/3	○刑上極也	3.5/21/24	陳○已固	3.12/28/1
萬○畢矣	3.1/16/27	○賞下通也	3.5/21/25	敵之地○	4.7/34/27
行○成敗	3.1/17/10	○將威之所行也	3.5/21/25	必察地之形○	4.9/35/26
覽四方之○	3.1/17/25	〔○爲賞无功、貴无能		地○不利	4.9/36/1
可○也	3.2/18/24	也〕	3.5/22/3	有王臣失○、欲復見功	
故兵者、國之大○	3.2/19/1	〔○失衆之紀也〕	3.5/22/3	者	6.3/43/19
二心不可以○君	3.4/21/1	○以疾雷不及掩耳	3.9/25/11		
軍中之○	3.4/21/5	○富國强兵之道也	3.13/29/1	**試** shì	1
若符○聞泄	3.7/23/24	如○	4.9/35/27		
其○煩多	3.8/24/3	○謂林戰	5.1/38/2	六曰、○之以色	3.3/20/5
諸有陰○大慮	3.8/24/6	○謂林戰之紀	5.1/38/5		
故至○不語	3.9/24/18	○謂山城	5.5/40/11	**飾** shì	4
且○之至者	3.9/24/18	○謂車城	5.8/42/3		
○莫大於必克	3.9/24/29	○謂陷於天井	6.9/47/31	情之○也	1.1/1/27
故○半而功倍焉	3.9/25/1			金銀珠玉不○	1.2/3/3
國家無○	3.13/28/18			爲雕文刻鏤、技巧華○	
盡在於人○	3.13/28/21	**室** shì	5	而傷農事	1.9/8/21
盡在於人○也	3.13/28/30			微○聖人	2.3/14/28
取於人○	3.13/28/30	宮垣屋○不堊	1.2/3/4		
凡三軍有大○	4.5/33/24	儉宮○、臺榭	1.3/4/1	**誓** shì	2
動而得我○	4.6/34/10	多營宮○、臺榭以疲民力	1.3/4/3		
中知人○	4.12/37/18	臣有大作宮○池榭、遊		陰爲約○	4.10/36/16
○大國之君	5.7/41/23	觀倡樂者	1.9/7/23	約○賞罰	6.1/42/15
		無壞人宮○	4.10/36/25		
恃 shì	1			**適** shì	1
		視 shì	9		
天下○之	2.4/15/19			不○日暮	5.7/41/16
		奇怪珍異不○	1.2/3/3		
		以天下之目○	1.4/4/27		
		因其常而○之	1.8/7/8		
		深○而審聽	1.9/9/5		

釋 shì	2
敢請○其故	1.3/3/24
故智者從之而不○	3.9/25/11

收 shōu	6
○其內	2.3/14/20
○其左右忠愛	2.3/14/22
乃微○之	2.3/14/31
○其豪傑	2.3/15/1
輸粟○芻	3.13/28/28
或止而○我牛馬	5.2/38/15

手 shǒu	1
巧○三百人	4.1/31/19

守 shǒu	46
許之則失○	1.4/4/22
人君有六○、三寶	1.6/5/18
六○何也	1.6/5/20
是謂六○	1.6/5/22
慎擇六○者何	1.6/5/24
六○長	1.6/6/5
○土奈何	1.7/6/9
○國奈何	1.8/6/27
○國如此	1.8/7/12
無溝壍而○	2.1/12/1
聖人何○	2.2/13/3
聖人○此而萬物化	2.2/13/7
不○一術	3.1/16/24
以備○禦	3.1/17/19
警衆堅○之符	3.7/23/16
有所不言而○者	3.9/25/14
所以警○也	3.10/26/9
○禦之備	3.13/28/18
戰攻○禦之具	3.13/28/21
其堅○也	3.13/28/25
攻○之具	4.1/29/10
夫攻○之具	4.1/29/12
三軍拒○	4.1/30/11,4.1/30/26
壘門拒○	4.1/30/26
前後拒○	4.4/32/31,4.5/33/25
敵人所不○	4.4/33/6
或能○之	4.4/33/6

完爲○備	4.6/34/7,5.2/38/20
隘塞不○	4.8/35/8
與敵相○	4.9/35/23
欲○則不可久	4.9/35/24
謹○關梁	4.9/35/27
以○則不固	4.9/35/31
其別軍○險	4.10/36/9
圍而○之	4.10/36/22
吾欲以○則固	5.1/37/31
	5.2/38/10,5.5/40/6
敵人以我爲○城	5.2/38/21
以○則固	5.3/38/31
不可以○	5.3/39/1
將吏無○心	5.3/39/5
（各）〔吾〕欲以○則固	5.8/41/31

首 shǒu	7
如龍〔之〕○	1.9/9/5
持〔其〕○	3.4/20/19
以銅爲○	4.1/29/27
以鐵爲○	4.1/29/27
方○鐵棓（維盼）〔矩胸〕	4.1/30/7
方○鐵鎚	4.1/30/8
勇鬭爲○	4.4/32/27

受 shòu	9
唯仁人能○至諫	1.1/1/30
敢不○天之詔命乎	1.1/2/16
因能○職	3.1/16/24
將既○命	3.4/20/18
勿以○命爲重而必死	3.4/20/23
將已○命	3.4/21/1
臣既○命	3.4/21/2
反○其殃	3.9/25/9
四面○敵	5.5/40/5

授 shòu	4
○官位	3.1/17/3
以○斧鉞	3.4/20/19
○將其柄	3.4/20/20
○將其刃	3.4/20/22

獸 shòu	2
若逐野○	2.1/12/8
猛○將搏	2.1/12/16

書 shū	7
當用○	3.8/24/6
主以○遺將	3.8/24/6
將以○問主	3.8/24/6
○皆一合而再離	3.8/24/6
分○爲三部	3.8/24/7
此謂陰○	3.8/24/8
然後移檄○與諸將吏期	6.1/42/18

殊 shū	2
○能異技	3.1/16/27
設○異	3.1/17/23

倏 shū	1
○〔然〕而往	3.9/24/19

淑 shū	1
旌別○德	1.2/3/7

踈 shū	5
無○其親	1.7/6/11
○其親	1.7/6/17
必見其○	2.1/11/22
因以○之	2.5/16/5
○我行陳	4.7/34/31

跣 shū	1
林間木○	5.1/38/3

輸 shū	5
而微○重寶	2.3/15/1
牛馬、所以轉○糧用也	3.13/28/23
○粟收芻	3.13/28/28
外不得○	4.10/36/13,4.10/36/16

孰 shú	**2**	**豎 shù**	**1**	五十車一〇	6.5/45/3	
				百騎一〇	6.5/45/8	
〇知其紀	3.9/25/3	賞及牛〇、馬洗、廄養				
〇能禦之	3.9/25/12	之徒	3.5/21/24	**誰 shuí**	**1**	
熟 shú	**2**	**數 shù**	**15**	〇何不絕	4.8/35/11	
五穀豐〇	3.4/21/10	〇餧食之	2.5/16/14	**水 shuǐ**	**28**	
炊者皆〇	3.6/22/20	備〇如法	3.1/16/27			
		三軍〇驚	3.12/27/30	源深而〇流	1.1/1/26	
暑 shǔ	**5**	丈夫治田有畝〇	3.13/29/1	〇流而魚生之	1.1/1/26	
		凡用兵之大〇	4.1/29/16	天下之人如流〇	2.2/13/24	
寒〇必同	3.4/20/24	此舉兵、軍用之大〇也	4.1/31/20	〇涸山阻	3.1/17/8	
無以知士卒之寒〇	3.6/22/16	前陳〇顧	4.7/34/20	所以越深〇、渡江河也	3.10/26/4	
〔故上〕將與士卒共寒		三軍行〇百里	4.11/36/32	所以踰〇戰也	3.10/26/5	
〇	3.6/22/23	三軍分爲〇處	6.1/42/15	金、木、〇、火、土	3.11/26/29	
爲其將（知）〔念〕		此其大〇也	6.5/44/31	渡大〇	4.1/31/4	
〔其〕寒〇〔之極〕		車騎之吏〇、陳法柰何	6.5/45/1	丘陵〇泉	4.2/32/5	
、〔知其〕飢飽之審	3.6/22/26	置車之吏〇	6.5/45/3	前有大〇、廣塹、深坑	4.4/33/3	
而天大寒甚〇	4.8/35/7	置騎之吏〇	6.5/45/8	大〇、廣塹、深坑	4.4/33/6	
		人馬〇動	6.8/46/19	遇深谿大谷險阻之〇	4.5/33/17	
屬 shǔ	**6**	〇更旌旗	6.9/47/8	流〇大至	4.5/33/18	
				又無〇草之資	4.5/33/18	
將以〇汝	1.5/5/3	**樹 shù**	**3**	濟大〇	4.5/33/29	
耳目相〇	3.12/27/30			依山（林）〔陵〕險阻		
氣絕而不〇	3.12/28/4	而〇斂焉	1.1/2/6	、〇泉林木而爲之固	4.9/35/26	
以〇其後	4.4/32/32	〇斂何若而天下歸之	1.1/2/8	與敵人臨〇相拒	5.6/40/17	
後不得〇於前	4.5/33/18	冢〇社叢勿伐	4.10/36/25	踰〇擊之	5.6/40/17	
前後不〇	6.9/47/5			以踰於〇	5.6/40/29	
		衰 shuāi	**1**	其大軍必濟〇而來	5.6/41/1	
束 shù	**2**			前行未渡〇	5.7/41/20	
		其中必〇	2.3/14/10	吾左山而右〇	5.8/41/30	
其約〇符信也	3.13/28/27			敵右山而左〇	5.8/41/30	
能縛〇旌旗	6.6/45/20	**帥 shuài**	**9**	險有大〇	5.8/42/1	
				濟〇可擊	6.2/43/2	
庶 shù	**1**	王者〇師　　3.1/16/22, 6.1/42/15		後有溝瀆、左有深〇、		
		凡舉兵〇師	3.1/16/24	右有峻阪者	6.8/46/13	
傷〇人之業	1.9/8/5	願將軍〇師應之	3.4/20/18	左右有〇	6.9/48/5	
		其將〇也	3.13/28/27	三軍戰於兩〇之間	6.9/48/5	
術 shù	**4**	凡〇師將衆	4.5/33/21			
		吾欲令敵人將〇恐懼	4.7/34/20	**楯 shǔn**	**4**	
兵勝之〇	1.12/11/11	將〇恐懼	4.7/34/28			
不守一〇	3.1/16/24	凡〇師之法	4.9/36/1	其甲冑、干〇也	3.13/28/22	
〇士二人	3.1/18/1			戟〇二千	4.1/31/19	
不泄中外相知之〇	3.7/23/25	**率 shuài**	**3**	矛〇二千	4.1/31/19	
				戟〇爲裏	5.1/38/1	
		〇吾矛戟	5.1/38/3			

順 shùn	6
○其常	1.7/6/23
○者、任之以德	1.7/6/23
○其民俗	2.2/13/18
以○其志	2.3/14/7
○命而合	2.3/14/14
天時不○可擊	6.2/43/1

說 shuō	5
以高談虛論○於人主	1.9/8/18
勿以辯○爲必然	3.4/20/24
百姓懼○	3.4/21/10
賞一人而萬人○者	3.5/21/22
凡三軍○懌	3.12/27/27

司 sī	3
臣有輕爵位、賤有○、	
羞爲上犯難者	1.9/8/3
主○星曆	3.1/17/6
故將者、人之○命	3.10/26/19

死 sǐ	28
○等以權	1.1/1/21
免人之○、解人之難、	
救人之患、濟人之急	
者	1.1/2/12
凡人惡○而樂生	1.1/2/13
果敢輕○以貪祿秩	1.9/8/18
忠臣○於無罪	1.10/10/1
惡○與咎	2.3/15/1
有勇而輕○者	3.2/18/18
勇而輕○者	3.2/18/22
勿以受命爲重而必○	3.4/20/23
則士衆必盡○力	3.4/20/25
士非好○而樂傷也	3.6/22/26
物有○生	3.9/25/4
城之氣色如○灰	3.12/28/7
皆致其○	4.4/33/7
不勇則○	4.4/33/9
必於○地	4.7/34/31
窮寇○戰	4.10/36/16
軍中有大勇敢○樂傷者	6.3/43/9
名曰○闘之士	6.3/43/19
有○將之人	6.3/43/21
名曰敢○之士	6.3/43/21
名曰必○之士	6.3/43/25
凡車之○地有十	6.8/46/5
十○之地奈何	6.8/46/8
車之○地也	6.8/46/10
此十者、車之○地也	6.8/46/14
此騎之○地也	6.9/47/31
此九者、騎之○地也	6.9/48/14

四 sì	48
此○者	1.5/5/11
○曰信	1.6/5/22
御其○旁	1.7/6/11
○時所生	1.8/6/29
天生○時	1.8/7/1
○曰	1.9/8/1, 1.9/8/15
	2.3/14/14
通糧○人	3.1/17/12
奮威○人	3.1/17/14
股肱○人	3.1/17/19
覽○方之事	3.1/17/25
羽翼○人	3.1/17/29
搖動○境	3.1/17/29
○曰、明白顯問	3.3/20/1
長○寸	3.7/23/20
○分五裂者	3.10/26/3
一車二十○人	4.1/29/17
提翼小櫓扶胥一百○十	
〔○〕(具)〔乘〕	4.1/29/23
鉤芒長○寸	4.1/30/11
芒高○寸	4.1/30/18
徑○尺以上	4.1/31/5
大○寸	4.1/31/8
長○丈以上	4.1/31/9, 4.1/31/9
	4.1/31/12
廣○尺	4.1/31/12
爲○武衝陳	4.3/32/14
	4.4/33/11, 4.11/37/12
敵人○合而圍我	4.4/32/24
敵人分爲三○	5.2/38/15
去城○里而爲壘	5.2/38/18
○面受敵	5.5/40/5
○旁無邑	5.6/40/18
當審察敵人十○變	6.2/42/29
十○變可得聞乎	6.2/42/31
一車當步卒○十人	6.5/44/27
○十人當一車	6.5/44/27
一騎當步卒○人	6.5/44/27
○人當一騎	6.5/44/27
相去○十步	6.5/45/4
左右○步	6.5/45/9
取年○十已下	6.6/45/19
	6.7/45/27
○面見敵	6.9/47/17
爲○武衝陣	6.10/48/26

伺 sì	3
主○姦候變	3.1/17/31
雞犬、其○候也	3.13/28/23
騎者、軍之○候也	6.5/44/21

似 sì	2
甚有○也	1.1/1/16
何謂其有○也	1.1/1/19

耜 sì	1
耒○者、其行馬、蒺藜	
也	3.13/28/21

俗 sú	6
窮居靜處而誹時○	1.9/8/15
其失在君好用世之所	
譽而不得真賢也	1.10/9/20
〔好聽世之所譽者〕	1.10/9/24
君以世之所譽者爲賢	
〔智〕	1.10/9/25
以世之所毀者爲不肖	1.10/9/25
順其民○	2.2/13/18

夙 sù	1
○夜念之不忘	2.2/14/1

素 sù	1
教不○信	4.5/33/21

速 sù　　　　　　　　3

密察敵人之機而○乘其
　利　　　　　　　1.12/11/11
有急而心○者　　　3.2/18/18
急而心○者　　　　3.2/18/22

粟 sù　　　　　　　　1

輸○收芻　　　　　3.13/28/28

肅 sù　　　　　　　　2

有○○而反易人者　3.3/19/16

筭 suàn　　　　　　　1

法○二人　　　　　3.1/18/5

雖 suī　　　　　　　14

〔○多煞之〕　　　3.5/22/1
敵○聖智　　3.7/23/25,3.8/24/8
○眾必敗　　　　　3.9/25/6
敵人○眾　　4.3/32/19,5.1/38/4
　　　5.2/38/13,5.2/38/23
　　　5.4/39/29,5.5/40/13,5.6/41/2
　　　　　　　　　5.7/41/20
敵○圍周　　　　　6.8/46/22
敵之車騎○眾而至　6.10/48/21

隨 suí　　　　　　　　4

○時變化　　　　　3.1/16/25
○而擊之　　　　　4.8/35/13
敵人知我○之　　　4.8/35/15
○而追之　　　　　4.8/35/18

遂 suì　　　　　　　　3

有勢虛形劣而外出無所
　不至、無所不○者　3.3/19/16
故必使○其六畜　　3.13/29/1
敵人○走　　　　　4.7/34/21

孫 sūn　　　　　　　　1

以明傳之子○　　　1.5/5/4

簑 suō　　　　　　　　1

○薛、簦笠者　　　3.13/28/22

縮 suō　　　　　　　　1

當天地盈○　　　　3.9/25/3

所 suǒ　　　　　　　118

仁之○在　　　　　1.1/2/11
德之○在　　　　　1.1/2/12
義之○在　　　　　1.1/2/13
道之○在　　　　　1.1/2/14
〔其〕○以然者、何也　1.2/2/20
上世〔之〕○謂賢君也　1.2/2/28
○憎者　　　　　　1.2/3/8
○愛者　　　　　　1.2/3/8
民不失〔其〕○務　1.3/3/26
王何○問　　　　　1.5/5/6
其○止　　　　　　1.5/5/8
其○起　　　　　　1.5/5/8
道之○止也　　　　1.5/5/10
道之○起也　　　　1.5/5/11
其○以失之者　　　1.6/5/16
不慎○與也　　　　1.6/5/18
則為人○害　　　　1.7/6/18
四時○生　　　　　1.8/6/29
莫知○終　　　　　1.8/7/4
莫知○始　　　　　1.8/7/4
其失在君好用世俗之○
　譽而不得真賢也　1.10/9/20
〔好聽世俗之○譽者〕1.10/9/24
君以世俗之○譽者為賢
　〔智〕　　　　　1.10/9/25
以世俗之○毀者為不肖1.10/9/25
賞○以存勸　　　　1.11/10/11
罰○以示懲　　　　1.11/10/11
賞信罰必於耳目之○聞
　見　　　　　　　1.11/10/14
則○不聞見者莫不陰化
　矣　　　　　　　1.11/10/14
敵不知我○備　　　1.12/11/7

政之○施　　　　　2.2/13/7
時之○在　　　　　2.2/13/7
各樂其○　　　　　2.2/13/18
聖人見其○始　　　2.2/13/25
則知其○終〔矣〕　2.2/13/25
因其○喜　　　　　2.3/14/7
親其○愛　　　　　2.3/14/10
○謂上察天　　　　2.3/15/8
因其○愛　　　　　2.5/16/5
與之○欲　　　　　2.5/16/5
示之○利　　　　　2.5/16/5
各取○長　　　　　3.1/16/24
不知○由　　　　　3.1/17/14
非人○識　　　　　3.1/17/23
無○疑慮　　　　　3.1/17/27
○謂五材者　　　　3.2/18/15
○謂十過者　　　　3.2/18/18
先王之○重也　　　3.2/19/1
有勢虛形劣而外出無○
　不至、無○不遂者　3.3/19/16
天下○賤　　　　　3.3/19/19
聖人○貴　　　　　3.3/19/19
是將威之○行也　　3.5/21/25
○以陰通言語　　　3.7/23/25
有○不言而守者　　3.9/25/14
有○不見而視者　　3.9/25/14
○以為變也　　　　3.10/25/26
○以逃遁也　　　　3.10/25/26
○以止車禦騎也　　3.10/26/1
○以少擊眾也　　　3.10/26/1
○以匿其形也　　　3.10/26/1
○以戰勇力也　　　3.10/26/2
○以破精微也　　　3.10/26/2
○以破軍擒將也　　3.10/26/3
○以擊圓破方也　　3.10/26/3
○以一擊十也　　　3.10/26/3
○以十擊百也　　　3.10/26/4
○以越深水、渡江河也 3.10/26/4
○以踰水戰也　　　3.10/26/5
○以降城服邑也　　3.10/26/5
○以行奇謀也　　　3.10/26/5
○以搏前擒後也　　3.10/26/6
○以絕糧道也　　　3.10/26/6
○以備走北也　　　3.10/26/7
○以勵眾勝敵也　　3.10/26/7
○以勸用命也　　　3.10/26/7
○以進罷怠也　　　3.10/26/8

○以調和三軍、制一臣		環利大通○	4.1/31/8		4.7/34/30,4.8/35/11
下也	3.10/26/8	環利中通○	4.1/31/9		4.8/35/18,4.9/35/26,4.9/36/1
○以警守也	3.10/26/9	○便詐敵而亟去之	5.6/40/21		4.10/36/13,4.10/36/19
○以爲固也	3.10/26/9				4.11/37/4,4.11/37/12
○以默往來也	3.10/26/10	**鎖 suǒ**	**3**		4.12/37/18,4.12/37/23
○以持久也	3.10/26/10				5.1/38/1,5.2/38/12,5.2/38/18
士卒○告	3.12/27/25	鐵械○參連	4.1/30/24		5.3/39/1,5.3/39/7,5.4/39/18
城之氣出高而無○止	3.12/28/9	天羅、虎落○連一部	4.1/30/26		5.4/39/22,5.4/39/28,5.5/40/8
此○以知可攻而攻	3.12/28/11	環利鐵○	4.1/31/8		5.6/40/21,5.6/40/27
牛馬、○以轉輸糧用也					5.6/40/32,5.7/41/13
	3.13/28/23	**臺 tái**	**2**		5.7/41/19,5.8/42/1,6.1/42/18
安其處○	3.13/29/1				6.2/42/29,6.2/43/1,6.3/43/9
黃帝○以敗蚩尤氏	4.1/30/16	儉宮室、○榭	1.3/4/1		6.4/44/5,6.5/44/19,6.5/45/3
敵人○不守	4.4/33/6	多營宮室、○榭以疲民力	1.3/4/3		6.6/45/19,6.7/45/27,6.8/46/5
從我○指	4.4/33/7				6.8/46/10,6.8/46/19,6.9/47/1
離其處○	4.8/35/16	**太 tài**	**183**		6.9/47/5,6.9/47/27
審知敵人○在	4.9/36/1				6.10/48/20,6.10/48/26
審知敵人別軍○在	4.10/36/19	編之○祖史疇	1.1/1/10	文王問○公曰	1.2/2/20
便兵○處	5.1/38/1,5.5/40/12	卒見○公	1.1/1/12		1.3/3/16,1.4/4/11,1.6/5/16
5.6/40/32,5.6/41/4,5.8/42/6		○公曰	1.1/1/16,1.1/1/21		1.7/6/9,1.8/6/27,1.9/7/16
以便戰○	5.1/38/2,5.8/42/2	1.1/1/26,1.1/2/1,1.1/2/10			1.10/9/14,1.11/10/11
爲敵○虜	5.2/38/10	1.2/2/23,1.2/2/28,1.2/3/3			2.2/13/3,2.3/14/5,2.4/15/12
必知敵人○在	5.3/39/8	1.3/3/18,1.3/3/22,1.3/3/26		召○公望	1.5/5/3
則爲敵○樓	5.5/40/8	1.4/4/13,1.4/4/18,1.4/4/22		○子發在側	1.5/5/3
則爲敵○囚	5.5/40/8	1.4/4/27,1.5/5/6,1.5/5/10		武王問○公曰	1.12/10/19
其山敵○能陵者	5.5/40/10	1.6/5/18,1.6/5/22,1.6/5/26		2.5/15/24,3.1/16/22,3.2/18/9	
三軍無○掠取	5.6/40/18	1.6/6/3,1.7/6/11,1.7/6/22		3.3/19/11,3.4/20/15	
牛馬無○芻牧	5.6/40/19	1.8/6/29,1.8/7/1,1.9/7/18		3.5/21/17,3.6/22/8,3.7/23/3	
○謂鳥雲者	5.6/41/5	1.9/7/23,1.10/9/16,1.10/9/20		3.8/24/3,3.9/24/14	
還歸屯○	5.8/42/6	1.10/9/24,1.10/10/6		3.10/25/21,3.11/26/26	
各會其○	6.1/42/19	1.11/10/14,1.12/10/21		3.12/27/21,3.13/28/18	
○以整齊士衆者也	6.4/44/5	1.12/11/4,1.12/11/11		4.1/29/10,4.2/32/3,4.3/32/12	
○以陷堅陳、要彊敵、		2.1/11/20,2.2/13/5,2.2/13/29		4.4/32/24,4.5/33/17,4.6/34/3	
遮走北也	6.5/44/19	2.3/14/7,2.4/15/14,2.5/15/26		4.7/34/19,4.8/35/7,4.9/35/23	
○以踵敗軍、絕糧道、		3.1/16/24,3.1/16/32		4.10/36/9,4.11/36/32	
擊便寇也	6.5/44/21	3.2/18/11,3.2/18/15		4.12/37/16,5.1/37/31	
故拙將之○以見擒、明		3.3/19/13,3.3/19/24		5.2/38/9,5.3/38/30,5.4/39/15	
將之○以能避也	6.8/46/15	3.4/20/17,3.5/21/19		5.5/40/5,5.6/40/17,5.7/41/11	
○從入者隘	6.9/48/1	3.6/22/11,3.6/22/15,3.7/23/6		5.8/41/30,6.1/42/15	
○從出者遠	6.9/48/1	3.8/24/6,3.9/24/16		6.2/42/26,6.3/43/7,6.4/44/3	
明將之○以遠避、闇將		3.10/25/23,3.11/26/28		6.5/44/16,6.6/45/17	
之○以陷敗也	6.9/48/14	3.11/27/11,3.11/27/15		6.7/45/25,6.8/46/3,6.9/46/29	
		3.12/27/23,3.13/28/21		6.10/48/18	
索 suǒ	**5**	4.1/29/12,4.1/29/16,4.2/32/5		召○公曰	2.1/11/17
		4.3/32/14,4.3/32/19		○上因之	2.2/13/29
以環利通○張之	4.1/31/3	4.4/32/27,4.4/33/6,4.5/33/21		○强必折	2.5/15/26
	4.1/31/4	4.6/34/6,4.6/34/13,4.7/34/23		○張必缺	2.5/15/26

乃命○史卜	3.4/20/18
之○廟	3.4/20/18
彼用其士卒○疾也	4.12/37/24
○疾、則前後不相次	4.12/37/24

態 tài　1

以觀其○	3.3/20/9

貪 tān　4

果敢輕死以○祿秩	1.9/8/18
彼○利甚喜	2.5/16/6
有○而好利者	3.2/18/18
○而好利者	3.2/18/22

談 tán　2

以高○虛論說於人主	1.9/8/18
論議○語	3.1/17/21

螳 táng　4

○蜋武士共載	4.1/30/1
○蜋武士三人共載	4.1/30/4
木○蜋劍刃扶胥	4.1/30/12
天浮鐵○蜋	4.1/31/4

逃 táo　3

所以○遁也	3.10/25/26
城主○北	3.12/28/9
欲○其恥者	6.3/43/27

陶 táo　1

得皋○	1.1/1/10

梯 tī　3

則有雲○飛樓	4.5/33/24
晝則登雲○遠望	4.5/33/28
則以雲○飛樓	4.11/37/4

提 tí　1

○翼小櫓扶胥一百四十	
〔四〕（具）〔乘〕	4.1/29/23

天 tiān　139

○遺汝師	1.1/1/6
以國取○下	1.1/2/3
○下可畢〔也〕	1.1/2/3
樹斂何若而○下歸之	1.1/2/8
○下〔者〕、非一人之○下	1.1/2/10
乃○下之○下也	1.1/2/10
	2.1/12/5
同○下之利者	1.1/2/10
則得○下	1.1/2/10
擅○下之利者	1.1/2/11
則失○下	1.1/2/11
○有時	1.1/2/11
○下歸之	1.1/2/12,1.1/2/13
	1.1/2/14
○下赴之	1.1/2/13
敢不受○之詔命乎	1.1/2/16
○下熙熙	1.2/2/20
其○時變化自然乎	1.2/2/21
不在○時	1.2/2/23
昔者帝堯之王○下	1.2/2/28
帝堯王○下之時	1.2/3/3
存養○下鰥寡孤獨	1.2/3/8
周、則○也	1.4/4/14
或○或地	1.4/4/14
以○下之目視	1.4/4/27
以○下之耳聽	1.4/4/27
以○下之心慮	1.4/4/28
○下和服	1.7/6/23
將語君○地之經	1.8/6/29
○生四時	1.8/7/1
○下有民	1.8/7/1
以爲○地經紀	1.8/7/4
故○下治	1.8/7/6
○下亂	1.8/7/6
聖人之在○地間也	1.8/7/8
○下和之	1.8/7/11
與○地同光	1.8/7/12
若○之高	1.9/9/7
夫誠暢於○地	1.11/10/15
以觀○道	2.1/11/20
○道無殃	2.1/11/20
必見○殃	2.1/11/21
利○下者	2.1/12/5
○下啓之	2.1/12/5,2.4/15/18
害○下者	2.1/12/5,2.4/15/18
○下閉之	2.1/12/5,2.4/15/18
○下者、非一人之○下	2.1/12/5
	2.4/15/20
取○下者	2.1/12/8
〔得之〕而○下皆有分肉之心	2.1/12/8
無取於○下者	2.1/12/11
取○下者也	2.1/12/11
無取○下者	2.1/12/13
○下利之	2.1/12/13
夫○地不自明	2.2/13/13
聚國而爲○下	2.2/13/15
○下之人如流水	2.2/13/24
〔夫〕○有常形	2.2/13/29
與○下共其生	2.2/13/29
而○下靜矣	2.2/13/29
是以○無爲而成事	2.2/13/32
若○喪之	2.3/14/32
而與○下圖之	2.3/15/6
所謂上察○	2.3/15/8
何如而可爲○下	2.4/15/12
大蓋○下	2.4/15/14
然後能容○下	2.4/15/14
信蓋○下	2.4/15/14
然後能約○下	2.4/15/14
仁蓋○下	2.4/15/14
然後能懷○下	2.4/15/15
恩蓋○下	2.4/15/15
然後能保○下	2.4/15/15
權蓋○下	2.4/15/15
然後能不失○下	2.4/15/15
則○運不能移	2.4/15/16
然後可以爲○下政	2.4/15/16
故利○下者	2.4/15/18
生○下者	2.4/15/18
○下德之	2.4/15/18
殺○下者	2.4/15/18
○下賊之	2.4/15/19
徹○下者	2.4/15/19
○下通之	2.4/15/19
窮○下者	2.4/15/19
○下仇之	2.4/15/19
安○下者	2.4/15/19
○下恃之	2.4/15/19

危○下者	2.4/15/20
○下災之	2.4/15/20
以王○下	2.5/16/16
以應○道	3.1/16/27
揆（夫）〔○〕消變	3.1/16/32
○文三人	3.1/17/6
○下所賤	3.3/19/19
上至○者	3.4/20/20
則無○於上	3.4/21/5
〔○〕雨不張蓋〔幕〕	3.6/22/15
聖人徵於○地之動	3.9/25/3
當○地盈縮	3.9/25/3
因○地之形	3.9/25/4
非能戰於○上	3.10/25/23
○地自然	3.11/27/1
以○清淨	3.11/27/4
○下安定	3.13/28/18
一名○棓	4.1/30/7
一名○釱	4.1/30/8
一名○鎚	4.1/30/9
○羅、虎落鎖連一部	4.1/30/26
○浮鐵螳蜋	4.1/31/4
以○浮張飛江	4.1/31/5
謂之○潢	4.1/31/5
一名○舡	4.1/31/5
○雨	4.1/31/12
爲○陳、地陳、人陳	4.2/32/3
此謂○陳	4.2/32/5
此○下之困兵也	4.3/32/14
若從○下	4.4/33/1
以飛江、轉關與○潢以	
濟吾軍	4.4/33/6
而○暴雨	4.5/33/17
則有○羅、武落、行馬	
、蒺藜	4.5/33/26
則有○潢、飛江	4.5/33/29
而○大寒甚暑	4.8/35/7
則○下和服	4.10/36/26
敵人因○燥疾風之利	4.11/37/1
將必上知○道	4.12/37/18
以○潢濟吾三軍	5.8/42/2
○時不順可擊	6.2/43/1
立威於○下	6.4/44/10
是謂陷於○井	6.9/47/31

田 tián	9
文王將○	1.1/1/5
○於渭陽	1.1/1/5, 1.1/1/12
乘○車	1.1/1/12
駕○馬	1.1/1/12
夏耨○疇	3.13/28/24
○里相伍	3.13/28/27
闢其○野	3.13/29/1
丈夫治○有畝數	3.13/29/1

挑 tiāo	1
日出○戰	4.6/34/13

調 tiáo	3
緡○餌香	1.1/2/1
相不能富國强兵、○和	
陰陽以安萬乘之主	1.9/9/2
所以○和三軍、制一臣	
下也	3.10/26/8

鐵 tiě	13
聞金○矛戟之音者	3.11/27/15
以○爲首	4.1/29/27
方首○棓（維肦）〔矩	
胸〕	4.1/30/7
方首○鎚	4.1/30/8
張○蒺藜	4.1/30/18
○械鎖參連	4.1/30/24
天浮○螳蜋	4.1/31/4
環利○鎖	4.1/31/8
以○杙張之	4.1/31/12
方胸○杷	4.1/31/14
方胸○叉	4.1/31/15
方胸兩枝○叉	4.1/31/15
委環○杙	4.1/31/16

聽 tīng	11
淫泆之樂不○	1.2/3/4
主○如何	1.4/4/20
以天下之耳○	1.4/4/27
深視而審○	1.9/9/5
〔好○世俗之所譽者〕	1.10/9/24

卑辭委○	2.3/14/14
勿○其事	2.3/14/17
○言視變	3.1/17/25
其言不足○也	3.9/24/18
則○之	3.11/27/15
○其鼓無音	4.12/37/23

廷 tíng	1
○無忠臣	2.3/14/10

亭 tíng	2
其上○○	5.5/40/5

庭 tíng	1
茅茨徧○不剪	1.2/3/4

霆 tíng	1
兵法謂之○擊	4.1/30/4

通 tōng	21
○於神明	1.11/10/15
○我謀	1.12/11/9
與鬼神○	2.1/11/27
萬國不○	2.2/13/18
天下○之	2.4/15/19
命在○達	3.1/16/24
○糧四人	3.1/17/12
○糧道	3.1/17/12
○材三人	3.1/17/21
是賞下○也	3.5/21/25
賞下○	3.5/21/25
吾將以近○遠	3.7/23/3
所以陰○言語	3.7/23/25
言語不○	3.8/24/4
不○治亂	3.10/26/12
以環利○索張之	4.1/31/3
	4.1/31/4
環利大○索	4.1/31/8
環利中○索	4.1/31/9
○我之謀	4.6/34/10
衢道○谷	5.5/40/11

同 tóng	23	**徒 tú**	2	進○誘敵	6.9/48/12

同 tóng　23

君子情○而親合	1.1/1/27
○天下之利者	1.1/2/10
與人○憂○樂、好○惡者	1.1/2/13
與天地○光	1.8/7/12
與人○〔利〕	2.1/11/29
〔○〕病相救	2.1/11/29
○情相成	2.1/11/29
○惡相助	2.1/11/29
○好相趨	2.1/11/29
若○舟而濟	2.1/12/8
濟則皆○其利	2.1/12/8
敗則皆○其害	2.1/12/9
如與○生	2.3/14/31
主講論異○	3.1/17/10
寒暑必○	3.4/20/24
智與衆○	3.9/24/26
技與衆○	3.9/24/27
與敵○服者	3.10/26/6
二人○鼓	5.3/39/7
三軍○名而異用也	6.8/46/5

銅 tóng　3

以○爲首	4.1/29/27
○築	4.1/31/14
（固）〔○〕爲垂	4.1/31/14

偷 tōu　1

國乃大○	2.3/14/29

投 tóu　1

以○其衆	4.1/30/11

突 tū　4

○暝來前促戰	4.1/30/20
如此者謂之○兵	5.2/38/12
百步一○門	5.2/38/19
名曰○戰	5.2/38/23

徒 tú　2

○黨已具	2.3/15/3
賞及牛豎、馬洗、廄養之○	3.5/21/24

途 tú　1

求○之道	5.6/40/27

屠 tú　1

城可○	3.12/28/7

塗 tú　1

犯泥○	3.6/22/18

圖 tú　6

不○大事	1.9/8/18
使○其計	2.3/15/2
而與天下之	2.3/15/6
主（圖）〔○〕安危	3.1/17/3
○不測之利	3.8/24/3
見則○	3.9/24/21

土 tǔ　3

守○奈何	1.7/6/9
金、木、水、火、○	3.11/26/29
圯下漸澤、黑○黏埴者	6.8/46/11

推 tuī　3

○時日	3.1/17/6
○之以八尺車輪	4.1/29/17
○而前後	6.10/48/27

退 tuì　7

莫○而讓	1.8/7/11
進○爲巧	1.9/8/10
少黨者○	1.10/9/26
謹候敵人出入進○	3.12/27/25
前後、左右周旋進○	6.7/45/28
進○漸洳	6.9/48/10

託 tuō　1

依○鬼神	3.1/18/1

脫 tuō　1

勿令遺○	4.10/36/21

外 wài　34

○交諸侯、不重其主者	1.9/8/1
儌倖於○	1.9/8/7
○亂而內整	1.12/11/4
內精而○鈍	1.12/11/4
必見其○	2.1/11/22
身內情○	2.3/14/12
閒其○	2.3/14/20
才臣○相	2.3/14/20
有國而○	2.3/14/26
而○爲乏	2.3/15/2
夫士○貌不與中情相應者十五	3.3/19/13
有○廉謹而內無至誠者	3.3/19/14
有○勇而內怯者	3.3/19/16
有勢虛形劣而○出無所不至、無所不遂者	3.3/19/16
此士之○貌不與中情相應者也	3.3/19/19
臣聞國不可從○治	3.4/21/1
戰勝於○	3.4/21/10
從中應○	3.7/23/4
不泄中○相知之術	3.7/23/25
去九百步○	3.11/27/4
皆有○候	3.11/27/11
矩內圓○	4.1/31/4
或擊其○	4.6/34/15, 5.2/38/21
○內相望	4.8/35/11
而皆○向	4.8/35/12
中○相合	4.10/36/10
阻其○內	4.10/36/13
○不得輸	4.10/36/13, 4.10/36/16
或擊我○	4.10/36/17
車騎居○	5.2/38/19
吾內○不得相聞	5.3/39/4
中○相應	5.3/39/8

今商○知存而不知亡　1.12/10/27
今○已慮其源　1.12/10/28
武○曰　1.12/11/1
　1.12/11/9,3.1/16/30
3.2/18/13,3.2/19/7,3.3/19/22
3.4/21/13,3.6/22/13
3.7/23/27,3.8/24/10
3.9/25/17,3.10/26/22
3.11/27/9,3.11/27/13
3.12/28/14,3.13/29/4
4.1/29/14,4.1/31/22,4.2/32/8
4.3/32/17,4.4/33/3,4.4/33/13
4.6/34/10,4.7/34/27,4.7/35/3
4.8/35/15,4.9/35/30,4.9/36/5
4.10/36/16,4.10/36/28
4.11/37/9,4.12/37/21
5.2/38/15,5.2/38/26,5.3/39/4
5.3/39/11,5.4/39/20
5.4/39/25,5.4/40/1,5.6/40/24
5.6/40/29,5.6/41/7,5.7/41/16
5.7/41/26,5.8/42/9,6.2/42/31
6.4/44/12,6.5/45/1,6.5/45/13
6.8/46/8,6.8/46/17,6.8/46/25
6.9/47/3,6.9/47/25
6.10/48/23,6.10/48/30
文○在鄷　2.1/11/17
商○虐極　2.1/11/17
○其修德　2.1/11/20
以○天下　2.5/16/16
○者帥師　3.1/16/22,6.1/42/15
先○之所重也　3.2/19/1
○者舉兵　3.3/19/11,4.1/29/10
○之問也　3.11/26/28
4.1/29/12,4.7/34/30,5.3/39/7
不可以爲○者之兵也　4.5/33/21
有○臣失勢、欲復見功
　者　6.3/43/19

往 wǎng　18

一者、能獨○獨來　1.12/10/21
此不可○　1.12/11/1
闇忽○來　3.1/17/16
主○來　3.1/17/25
從此〔以○〕　3.4/20/20
候〔然〕而○　3.9/24/19
所以默○來也　3.10/26/10

○至敵人之壘　3.11/27/4
我可以○　4.6/34/3
我欲○而襲之　4.6/34/4
鼓呼而○來　4.6/34/13
吾○者不止　4.6/34/14
○視其動靜　4.7/34/30
○而無以還者　6.8/46/10
前○而疑　6.8/46/20
或馳而○　6.9/47/7
○而無以返　6.9/47/31,6.9/48/8

妄 wàng　2

勿○而許　1.4/4/22
○張詐誘　5.7/41/19

忘 wàng　1

夙夜念之不○　2.2/14/1

望 wàng　11

召太公○　1.5/5/3
高居而遠○　1.9/9/5
書則登雲梯遠○　4.5/33/28
兩陳相○　4.7/34/19
外內相○　4.8/35/11
遠○左右　4.11/37/4
登高下○　4.12/37/18
○其壘　4.12/37/18
○其士卒　4.12/37/19
○其壘上多飛鳥而不驚
　　4.12/37/23
○敵車騎將來　6.10/48/26

危 wēi　10

則國○而民亂　1.2/2/23
○之而觀其無恐　1.6/5/27
○之而不恐者、勇也　1.6/5/28
世亂愈甚以至○亡者　1.10/9/14
則國不免於○亡　1.10/10/2
社稷必○　2.3/14/10
○天下者　2.4/15/20
主（昌）〔圖〕安○　3.1/17/3
社稷安○　3.4/20/17
辨則○　3.9/24/21

威 wēi　14

〔以三寶〕借人則君
　〔將〕失其○　1.6/5/29
無使人奪汝○　1.7/6/22
傷王之○　1.9/8/1
以分其○　2.3/14/10
必有股肱羽翼以成○神　3.1/16/22
奮○四人　3.1/17/14
主揚○武　3.1/17/27
專斧鉞之○　3.4/21/2
將何以爲○　3.5/21/17
將以誅大爲○　3.5/21/19
是將○之所行也　3.5/21/25
相賢以○武　3.12/27/27
此兵之大○也　4.1/29/12
立○於天下　6.4/44/10

微 wēi　19

繻○餌明　1.1/2/1
○哉　1.1/2/5,2.1/11/27
2.1/11/27,2.1/12/15
2.1/12/15,4.7/34/30
○飾聖人　2.3/14/28
乃○收之　2.3/14/31
而○輸重寶　2.3/15/1
所以破精○也　3.10/26/2
將不精○　3.10/26/16
○妙之神　3.11/27/2
其來甚○　3.11/27/5
○妙之音　3.11/27/11
狹路○徑　4.1/30/18,4.1/30/24
○號相知　5.3/39/8
精○爲寶　5.6/40/27

爲 wéi　198

○禹占　1.1/1/10
何○其然　1.1/1/30
立○師　1.1/2/16
從事乎無○　1.2/3/6
願聞○國之大務　1.3/3/16
○之奈何　1.3/3/16,1.11/10/11
1.12/11/2,1.12/11/9
2.5/15/24,3.3/19/11,3.6/22/9
3.7/23/4,3.8/24/4,3.12/27/21

	4.3/32/12,4.3/32/17	以用〇常	2.2/14/1	〇光耀	4.1/29/27
4.4/32/25,4.4/33/4,4.5/33/19		亟〇置代	2.3/14/17	〇流星	4.1/29/28
	4.6/34/4,4.7/34/28	必〇我用	2.3/14/25	（固）〔銅〕〇垂	4.1/31/14
	4.10/36/10,4.10/36/17	先〇之榮	2.3/14/28	〇天陳、地陳、人陳	4.2/32/3
	4.11/37/2,4.11/37/9	而外〇乏	2.3/15/2	〇四武衝陳	4.3/32/14
	5.1/37/32,5.2/38/16	何如而可〇天下	2.4/15/12		4.4/33/11,4.11/37/12
5.3/38/31,5.3/39/5,5.4/39/16		然後可以〇天下政	2.4/15/16	欲因以〇勝	4.3/32/17
5.4/39/26,5.5/40/6,5.6/40/19		周密〇寶	2.5/16/3	器械〇寶	4.4/32/27
	5.6/40/24,5.6/40/29	〇之奈何	3.1/16/22	勇鬬〇首	4.4/32/27
	6.10/48/24	4.6/34/11,4.7/34/21,4.8/35/9		〇軍開道	4.4/32/28
故善〇國者	1.3/4/6	4.8/35/16,4.9/35/24		材士、強弩〇伏兵	4.4/32/29
見其飢寒則〇之憂	1.3/4/6	4.9/35/31,5.2/38/10		因以火〇記	4.4/33/10
見其勞苦則〇之悲	1.3/4/7	5.7/41/11,5.7/41/17		不可以〇王者之兵也	4.5/33/21
〇上唯臨	1.4/4/13	5.8/41/31,6.1/42/15		完〇守備	4.6/34/7,5.2/38/20
〇下唯沈	1.4/4/13	以將〇命	3.1/16/24	凡三軍以戒〇固	4.8/35/11
〇上唯周	1.4/4/13	以〇綱紀	3.1/16/25	以怠〇敗	4.8/35/11
〇下唯定	1.4/4/13	以〇間諜	3.1/17/31	三千人〇一屯	4.8/35/12
人君〔慎此六者以〇君		主〇謫詐	3.1/18/1	分〇三隊	4.8/35/18
用〕	1.6/5/29	有溫良而〇盜者	3.3/19/13	依山（林）〔陵〕險阻	
將〇江河	1.7/6/15	勿以三軍〇衆而輕敵	3.4/20/23	、水泉林木而〇之固	4.9/35/26
不富無以〇仁	1.7/6/17	勿以受命〇重而必死	3.4/20/23	則以武衛〇壘而前	4.9/36/1
則〇人所害	1.7/6/18	勿以辯說〇必然	3.4/20/24	陰〇約誓	4.10/36/16
以〇天地經紀	1.8/7/4	是故智者〇之謀	3.4/21/8	當分軍〇三軍	4.10/36/19
夫民動而〇機	1.8/7/8	勇者〇之鬬	3.4/21/8	〇之置遺缺之道以利其	
〇之先唱	1.8/7/11	將何以〇威	3.5/21/17	心	4.10/36/20
士有抗志高節以〇氣勢	1.9/8/1	何以〇明	3.5/21/17	中人以〇先出者得其徑	
臣有輕爵位、賤有司、		〔何以〇審〕	3.5/21/17	道	4.10/36/21
羞〇上犯難者	1.9/8/3	何以〇禁止而令行	3.5/21/17	必知敵詐而〇偶人也	4.12/37/23
王者慎勿使〇將	1.9/8/7	將以誅大〇威	3.5/21/19	分〇衝陳	5.1/38/1,5.6/40/32
進退〇巧	1.9/8/10	以賞小〇明	3.5/21/19	弓弩〇表	5.1/38/1
語無〇以求名	1.9/8/12	以罰審〇禁止而令行	3.5/21/19	戟楯〇裏	5.1/38/1
虛論高議以〇容美	1.9/8/15	〔是〇賞无功、貴无能		相與〇伍	5.1/38/3
〇雕文刻鏤、技巧華飾		也〕	3.5/22/3	以騎〇輔	5.1/38/3
而傷農事	1.9/8/21	〔則三軍不〇使〕	3.5/22/3	〇敵所虜	5.2/38/10
〔或以非賢〇賢〕	1.10/9/24	〇其將（知）〔念〕		敵人分〇三四	5.2/38/15
〔或以非智〇智〕	1.10/9/24	〔其〕寒暑〔之極〕		去城四里而〇壘	5.2/38/18
〔或以非忠〇忠〕	1.10/9/24	、〔知其〕飢飽之審	3.6/22/26	別隊〇伏兵	5.2/38/19
〔或以非信〇信〕	1.10/9/25	分書〇三部	3.8/24/7	敵人以我〇守城	5.2/38/21
君以世俗之所譽者〇賢		因以〇常	3.9/25/3	選吾材士、強弩、車騎	
〔智〕	1.10/9/25	所以〇變也	3.10/25/26	〇之左右	5.3/39/1
以世俗之所毀者〇不肖	1.10/9/25	所以〇固也	3.10/26/9	〇之左右	5.4/39/22
故聖王號兵〇凶器	1.12/10/25	善〇國者	3.13/28/30	則〇敵所棲	5.5/40/8
聚人而〇家	2.2/13/15	材士、強弩、矛戟〇翼	4.1/29/17	則〇敵所囚	5.5/40/8
聚家而〇國	2.2/13/15		4.1/29/20	必〇鳥雲之陳	5.5/40/9
聚國而〇天下	2.2/13/15	材士強弩矛戟〇翼	4.1/29/26	乃分車騎〇鳥雲之陳	5.5/40/12
分封賢人以〇萬國	2.2/13/15	以銅〇首	4.1/29/27	金玉〇主	5.6/40/27
是以天無〇而成事	2.2/13/32	以鐵〇首	4.1/29/27	精微〇寶	5.6/40/27

車騎分○鳥雲之陳 5.6/41/1
然後以軍騎分○鳥雲之陳 5.6/41/4
以武衝○前後 5.8/42/2
以武衝○前 5.8/42/5
大櫓○衛 5.8/42/5
三千人○屯 5.8/42/5
三軍分○數處 6.1/42/15
聚○一卒 6.3/43/9,6.3/43/11
6.3/43/13,6.3/43/15
6.3/43/17,6.3/43/19
6.3/43/21,6.3/43/23
6.3/43/25,6.3/43/27
6.3/43/29
五車○列 6.5/45/4
十車○聚 6.5/45/4
二十車○屯 6.5/45/5
五騎○列 6.5/45/8
三十騎○一屯 6.5/45/10
六十騎○一輩 6.5/45/10
令我騎十而○隊 6.9/47/21
百而○屯 6.9/47/21
車五而○聚 6.9/47/21
十而○群 6.9/47/22
令我士卒○行馬、木蒺藜 6.10/48/26
○四武衝陣 6.10/48/26
闌車以○壘 6.10/48/27
立而○屯 6.10/48/28

唯 wéi 6

○仁人能受至諫 1.1/1/30
爲上○臨 1.4/4/13
爲下○沈 1.4/4/13
爲上○周 1.4/4/13
爲下○定 1.4/4/13
○有道者處之 2.4/15/20

圍 wéi 12

凡攻城○邑 3.12/28/7
3.12/28/11,4.10/36/13
敵人○我 4.3/32/12
若已出○地 4.3/32/17
敵人四合而○我 4.4/32/24
攻城○邑 4.5/33/24,6.1/42/19
我欲攻城○邑 4.10/36/9
○而守之 4.10/36/22
敵雖○周 6.8/46/22
此騎之○地也 6.9/47/29

違 wéi 1

勿以獨見而○衆 3.4/20/24

維 wéi 1

方首鐵棓（○肦）〔矩胸〕 4.1/30/7

委 wěi 2

卑辭○聽 2.3/14/14
○環鐵杙 4.1/31/16

偉 wěi 1

○其依服 1.9/8/15

僞 wěi 6

以法度禁邪○ 1.2/3/7
去詐○ 1.9/7/18
此○人也 1.9/8/12
○方異伎 1.9/8/23
士不誠信〔而巧○〕 1.9/9/1
○稱敵使者 3.10/26/6

未 wèi 18

○敢先發 1.12/11/1
慮○萌 3.1/17/3
士○坐勿坐 3.4/20/24
士○食勿食 3.4/20/24
理於○生 3.9/24/23
○見形而戰 3.9/25/6
吾欲○戰先知敵人之强弱 3.12/27/21
吾三軍○得畢濟 4.5/33/17
○敢先舉 4.7/34/20
○定而復返者 4.12/37/24
其大軍○盡至 5.2/38/15
○盡至則設備而待之 5.2/38/18
前行○渡水 5.7/41/20
後行○及舍 5.7/41/20
人馬○食可擊 6.2/43/1
地形○得可擊 6.2/43/1
行陳○定 6.8/46/19,6.9/47/5

位 wèi 5

吏、忠正奉法者尊其○ 1.2/3/6
主○如何 1.4/4/16
臣有輕爵○、賤有司、羞爲上犯難者 1.9/8/3
姦臣以虛譽取爵○ 1.10/10/1
授官○ 3.1/17/3

味 wèi 1

養之以○ 2.5/16/10

畏 wèi 2

士卒○法 3.12/27/27
不○法令 3.12/27/31

渭 wèi 2

田於○陽 1.1/1/5,1.1/1/12

慰 wèi 1

盡力農桑者○勉之 1.2/3/7

謂 wèi 29

何○其有似也 1.1/1/19
上世〔之〕所○賢君也 1.2/2/28
是○六守 1.6/5/22
○之三寶 1.6/6/3
是○失時 1.7/6/13
何○仁義 1.7/6/20
是○仁義之紀 1.7/6/22
是○重親 2.3/14/25
是○塞之 2.3/15/3
所○上察天 2.3/15/8
所○五材者 3.2/18/15
所○十過者 3.2/18/18
此○陰書 3.8/24/8

兵法○之震駭	4.1/29/17	1.9/7/21,1.9/9/10,1.10/9/18	若符事○泄　3.7/23/24
兵法○之電擊	4.1/30/2	1.10/9/22,1.10/10/4	主將祕○　3.7/23/24
兵法○之霆擊	4.1/30/4	2.2/13/27,2.2/14/1	夫兵、○則議　3.9/24/21
○之天潢	4.1/31/5	○王乃齋三日　1.1/1/12	○枹鼓之音者　3.11/27/15
此○天陳	4.2/32/5	○王勞而問之曰　1.1/1/14	○金鐵矛戟之音者　3.11/27/15
此○地陳	4.2/32/6	○王再拜曰　1.1/2/16	○人嘯呼之音者　3.11/27/16
此○人陳	4.2/32/6	○王問太公曰　1.2/2/20	寂寞無○者　3.11/27/16
是○林戰	5.1/38/2	1.3/3/16,1.4/4/11,1.6/5/16	願○之　4.1/29/14
是○林戰之紀	5.1/38/5	1.7/6/9,1.8/6/27,1.9/7/16	吾內外不得相○　5.3/39/4
如此者○之突兵	5.2/38/12	1.10/9/14,1.11/10/11	十四變可得○乎　6.2/42/31
如此者○之震寇	5.3/39/1	2.2/13/3,2.3/14/5,2.4/15/12	
如此者○之敗兵	5.4/39/18	錦繡○綺不衣　1.2/3/3	**問 wèn**　72
是○山城	5.5/40/11	○王寢疾　1.5/5/3	
所○鳥雲者	5.6/41/5	〔○〕王曰　1.7/6/20	文王勞而○之曰　1.1/1/14
是○車城	5.8/42/3	爲雕○刻鏤、技巧華飾	文王○太公曰　1.2/2/20
是○陷於天井	6.9/47/31	而傷農事　1.9/8/21	1.3/3/16,1.4/4/11,1.6/5/16
		○王在酆　2.1/11/17	1.7/6/9,1.8/6/27,1.9/7/16
衛 wèi　5		○伐之法奈何　2.3/14/5	1.10/9/14,1.11/10/11
		凡○伐有十二節　2.3/14/7	2.2/13/3,2.3/14/5,2.4/15/12
武（衝）〔○〕大扶胥		天○三人　3.1/17/6	王何所○　1.5/5/6
三十六乘	4.1/29/16	一○一武　3.10/26/8	敢○三寶　1.6/6/1
則以武○爲壘而前	4.9/36/1	無有○字　3.11/27/1	北面再拜而○之　1.8/6/31
屯○警戒	4.10/36/13	用○用武　4.2/32/6	武王○太公曰　1.12/10/19
強弩、材士○吾左右	4.11/37/6		2.5/15/24,3.1/16/22,3.2/18/9
大櫓爲○	5.8/42/5	**聞 wén**　29	3.3/19/11,3.4/20/15
			3.5/21/17,3.6/22/8,3.7/23/3
餧 wèi　1		臣○君子樂得其志　1.1/1/16	3.8/24/3,3.9/24/14
		願○其情　1.1/1/24	3.10/25/21,3.11/26/26
數○食之	2.5/16/14	可得○乎　1.2/2/26,1.5/5/8	3.12/27/21,3.13/28/18
		願○爲國之大務　1.3/3/16	4.1/29/10,4.2/32/3,4.3/32/12
溫 wēn　1		則無不○也　1.4/4/28	4.4/32/24,4.5/33/17,4.6/34/3
		願○其道　1.9/7/21	4.7/34/19,4.8/35/7,4.9/35/23
有○良而爲盜者	3.3/19/13	博○辯辭　1.9/8/15	4.10/36/9,4.11/36/32
		賞信罰必於耳目之所○	4.12/37/16,5.1/37/31
轀 wēn　1		見　1.11/10/14	5.2/38/9,5.3/38/30,5.4/39/15
		則所不○見者莫不陰化	5.5/40/5,5.6/40/17,5.7/41/11
則有轀○、臨衝	4.5/33/24	矣　1.11/10/14	5.8/41/30,6.1/42/15
		事在不可○　2.1/12/15	6.2/42/26,6.3/43/7,6.4/44/3
文 wén　51		獨○獨見　2.1/12/24	6.5/44/16,6.6/45/17
		臣○國不可從外治　3.4/21/1	6.7/45/25,6.8/46/3,6.9/46/29
○王將田	1.1/1/5	不○君命　3.4/21/5	6.10/48/18
○王曰　1.1/1/8,1.1/1/19		〔夫煞一人而三軍不○〕	請○其目　3.1/16/30
1.1/1/24,1.1/1/30,1.1/2/8		3.5/21/25	敢○其目　3.2/18/13,3.6/22/13
1.2/2/26,1.2/3/1,1.2/3/12		○金聲而怒　3.6/22/9	一曰、○之以言　3.3/19/24
1.3/3/20,1.3/3/24,1.4/4/16		○鼓聲而喜　3.6/22/9	四曰、明白顯○　3.3/20/1
1.4/4/20,1.4/4/25,1.5/5/8		○鼓聲則喜　3.6/22/23	將以書○主　3.8/24/6
1.6/5/20,1.6/5/24,1.6/6/1		○金聲則怒〔矣〕　3.6/22/24	王之○也　3.11/26/28

4.1/29/12,4.7/34/30,5.3/39/7	發○兵	4.7/34/23	敵人逐○	5.4/39/22	
隊（○）〔間〕三十六	敵知○慮	4.7/34/27	發○車騎	5.4/39/22	
步　　　　　　　6.5/45/5	○士卒心傷	4.7/34/28	敵人與○車騎相當	5.4/39/25	
	發○遠候	4.7/34/30	敵眾○少	5.4/39/25	
蓊 wěng　　　　　　2	遠○旌旗	4.7/34/31	選○材士強弩	5.4/39/28	
	疏○行陳	4.7/34/31	敵人過○伏兵	5.4/39/28	
深草○蓊者　　3.10/25/26	令○壘上　4.8/35/11,5.2/38/19	○貧而寡	5.6/40/17	
遇深草○穢　　4.11/36/32	親○軍之警戒	4.8/35/13	敵人越○前後	5.6/40/24	
	敵人知○隨之	4.8/35/15	敵人知○伏兵	5.6/40/29	
我 wǒ　　　　　　114	或擊○前	4.8/35/15	發○伏兵　5.6/40/32,5.6/41/2	
	或擊○後	4.8/35/15		5.7/41/20	
○欲襲之　　　　1.12/11/1	或薄○壘	4.8/35/16	敵人見○戰合	5.6/41/1	
敵不知○所備　　1.12/11/7	敵人絕○糧道	4.9/35/23	○無深草	5.7/41/16	
敵知○情　　　　1.12/11/9		6.9/48/8	○無大國之與	5.7/41/16	
通○謀　　　　　1.12/11/9	又越○前後	4.9/35/23	與○分險相拒	5.8/41/31	
必爲○用　　　　2.3/14/25	則○軍堅固	4.9/35/27	令○騎十而爲隊	6.9/47/21	
城之氣出而覆○軍之上 3.12/28/9	敵人不能絕○糧道	4.9/35/27	以車騎返擊○後	6.9/47/27	
敵人圍○　　　　4.3/32/12	又不能越○前後	4.9/35/28	敵人伏○兩旁	6.9/47/29	
斷○前後　　　　4.3/32/12	敵人翼○兩旁	4.9/35/31	又絕○後	6.9/47/29	
絕○糧道　　　　4.3/32/12	越○前後	4.9/35/31	彼弱可以擊○強	6.9/48/1	
敵人四合而圍○　4.4/32/24	與○相拒	4.10/36/9	彼寡可以擊○眾	6.9/48/1	
斷○歸道　　　　4.4/32/24	○欲攻城圍邑	4.10/36/9	以備○後	6.10/48/21	
絕○糧食　　　　4.4/32/24	恐其別軍卒至而擊○ 4.10/36/10	車騎翼○兩旁	6.10/48/23	
○欲必出　　　　4.4/32/25	擊○表裏	4.10/36/10	獵○前後	6.10/48/23	
審候敵人追○　　4.4/32/32	或衝○內	4.10/36/17	令○士卒爲行馬、木蒺	
莫○能禦　　　　4.4/33/1	或擊○外	4.10/36/17	藜　　　　　6.10/48/26	
○欲踰渡　　　　4.4/33/3	則敵不能害○	4.11/37/6	備○左右	6.10/48/28	
限○軍前　　　　4.4/33/3	侵掠○地	5.2/38/9	然後令○三軍	6.10/48/28	
塞○歸道　　　　4.4/33/4	驅○牛馬	5.2/38/9		
車騎要○前　　　4.4/33/4	薄○城下	5.2/38/9	**汙 wū**　　　　　　1	
勇士擊○後　　　4.4/33/4	令○遠邑別軍	5.2/38/12		
從○所指　　　　4.4/33/7	或戰而侵掠○地	5.2/38/15	○下沮澤	6.9/48/10	
令○踵軍　　　　4.4/33/9	或止而收○牛馬	5.2/38/15		
莫○能止　　　　4.4/33/11	而使寇薄○城下	5.2/38/15	**巫 wū**　　　　　　1	
○可以往　　　　4.6/34/3	使○輕卒合戰而佯走 5.2/38/20		
○欲往而襲之　　4.6/34/4	令○城上立旌旗	5.2/38/20	○蠱左道	1.9/8/23	
令（軍）〔○〕前軍 4.6/34/6	敵人以○爲守城	5.2/38/21		
令○後軍　　　　4.6/34/7	必薄○城下	5.2/38/21	**屋 wū**　　　　　　1	
無使敵人知○意　4.6/34/7	敵眾○寡	5.3/38/30		
發○銳士　4.6/34/7,4.8/35/13	敵強○弱　5.3/38/30,5.4/39/25	宮垣○室不堊	1.2/3/4	
敵人不知○情　　4.6/34/8	敵人遠遮○前	5.3/39/4		
敵人知○之情　　4.6/34/10	急攻○後	5.3/39/4	**嗚 wū**　　　　　　5	
通○之謀　　　　4.6/34/10	斷○銳兵	5.3/39/4		
動而得○事　　　4.6/34/10	絕○材士	5.3/39/4	○呼 1.1/2/5,1.5/5/3,2.1/11/17	
擊○便處　　　　4.6/34/10	出○勇、銳、冒將之士 5.3/39/7	2.2/13/21,2.2/13/24	
令○前軍　　　　4.6/34/13	武車驍騎繞○左右	5.4/39/15		
令○老弱　　　　4.6/34/13	伏○材士強弩	5.4/39/22		

无 wú	2
〔是爲賞○功、貴○能	
也〕	3.5/22/3

吾 wú	74
今○漁	1.1/1/16
非○民也	1.9/9/1
非○士也	1.9/9/1
非○臣也	1.9/9/1
非○吏也	1.9/9/2
非○相也	1.9/9/3
○欲賞一以勸百	1.11/10/11
○觀其野	2.1/12/20
○觀其衆	2.1/12/20
○觀其吏	2.1/12/20
○欲令三軍之衆	3.6/22/8
○將以近通遠	3.7/23/3
○欲未戰先知敵人之強	
弱	3.12/27/21
以飛江、轉關與天潢以	
濟○軍	4.4/33/6
先燔○輜重	4.4/33/9
燒○糧食	4.4/33/9
則○三軍皆精銳勇鬭	4.4/33/11
○三軍未得畢濟	4.5/33/17
○欲畢濟	4.5/33/18
○與敵人臨境相拒	4.6/34/3
○往者不止	4.6/34/14
○欲令敵人將帥恐懼	4.7/34/20
○三軍大恐	4.8/35/16, 5.6/40/29
○欲戰則不可勝	4.9/35/23
○三軍過大陵、廣澤、	
平易之地	4.9/35/30
○盟誤失	4.9/35/30
○三軍常完堅	4.9/36/2
周○軍前後左右	4.11/36/32
燔○上風	4.11/37/1
堅伏○後	4.11/37/1
○三軍恐怖	4.11/37/1
	6.10/48/24
即燔○前而廣延之	4.11/37/4
又燔○後	4.11/37/5
猶在○後	4.11/37/5
○按黑地而處	4.11/37/6
強弩、材士衛○左右	4.11/37/6

又燔○前後	4.11/37/6, 4.11/37/9
敵人燔○左右	4.11/37/9
煙覆○軍	4.11/37/9
強弩翼○左右	4.11/37/12
○欲以守則固	5.1/37/31
	5.2/38/10, 5.5/40/6
使○三軍	5.1/38/1
（極）〔亟〕廣○道	5.1/38/2
無使敵人知○之情	5.1/38/2
	5.5/40/11
率○矛戟	5.1/38/3
○士卒大恐	5.2/38/10
致○三軍恐懼	5.2/38/16
發○伏兵以衝其內	5.2/38/21
或攻○左	5.3/38/31
或攻○右	5.3/38/31
○欲以戰則勝	5.3/38/31
選○材士、強弩、車騎	
爲之左右	5.3/39/1
○內外不得相聞	5.3/39/4
○三軍皆震	5.4/39/16
○走者自止	5.4/39/23
○陳不敢當	5.4/39/25
○三軍恐懼	5.5/40/6
○居斥鹵之地	5.6/40/18
○士卒迷惑	5.6/40/24
○三軍敗亂而走	5.6/40/24
○欲以少擊衆	5.7/41/11
○左山而右水	5.8/41/30
（各）〔○〕欲以守則	
固	5.8/41/31
以天潢濟○三軍	5.8/42/2
亟廣○道	5.8/42/2
翼○左右	5.8/42/5
○騎翼而勿去	6.9/47/7
○無丘陵	6.10/48/23

無 wú	139
從事乎○爲	1.2/3/6
故萬民富樂而○飢寒之色	1.2/3/9
○罪而罰	1.3/4/3
臨而○遠	1.4/4/13
沈而○隱	1.4/4/13
則○不見也	1.4/4/27
則○不聞也	1.4/4/28
則○不知也	1.4/4/28

富之而觀其○犯	1.6/5/26
貴之而觀其○驕	1.6/5/26
付之而觀其○轉	1.6/5/26
使之而觀其○隱	1.6/5/26
危之而觀其○恐	1.6/5/27
事之而觀其○窮	1.6/5/27
〔君〕○以三寶借人	1.6/5/29
○亂其鄉	1.6/6/4
○亂其族	1.6/6/4
臣○富於君	1.6/6/4
都○大於國	1.6/6/5
○跣其親	1.7/6/11
○怠其衆	1.7/6/11
○借人國柄	1.7/6/11
○掘壑而附丘	1.7/6/12
○舍本而治末	1.7/6/12
不富○以爲仁	1.7/6/17
不施○以合親	1.7/6/17
○借人利器	1.7/6/18
○使人奪汝威	1.7/6/22
敬之○疑	1.7/6/23
○智略權謀	1.9/8/7
有名○實	1.9/8/10
語○爲以求名	1.9/8/12
言○欲以求利	1.9/8/12
是是有舉賢之名而○用賢	
之實也	1.10/9/16
忠臣死於○罪	1.10/10/1
士寂若○聲	1.12/11/7
天道○殃	2.1/11/20
人道○災	2.1/11/20
大兵○創	2.1/11/27
故○甲兵而勝	2.1/12/1
○衝機而攻	2.1/12/1
○溝壍而守	2.1/12/1
○有閉之也	2.1/12/9
○取於民者	2.1/12/11
○取於國者	2.1/12/11
○取於天下者	2.1/12/11
○取民者	2.1/12/13
○取國者	2.1/12/13
○取天下者	2.1/12/13
好色○極	2.1/12/18
是以天○爲而成事	2.2/13/32
民○與而自富	2.2/13/32
廷○忠臣	2.3/14/10
○難其身	2.3/14/28

人臣○不重貴與富	2.3/15/1	
○使得志	2.5/16/5	
必○（憂）〔愛〕財	2.5/16/14	
行○窮之變	3.1/17/23,3.8/24/3	
○所疑慮	3.1/17/27	
忠則○二心	3.2/18/16	
有外廉謹而內○至誠者	3.3/19/14	
有精精而○情者	3.3/19/14	
有湛湛而○誠者	3.3/19/14	
有勢虛形劣而外出○所		
不至、○所不遂者	3.3/19/16	
○有二心	3.4/21/5	
則○天於上	3.4/21/5	
○地於下	3.4/21/6	
○敵於前	3.4/21/6	
○君於後	3.4/21/6	
將○咎殃	3.4/21/10	
○以知士卒之寒暑	3.6/22/16	
○以知士卒之勞苦	3.6/22/18	
○以知士卒之飢飽	3.6/22/21	
奇正發於○窮之源	3.9/24/16	
勝於○形	3.9/24/23	
上戰○與戰〔矣〕	3.9/24/23	
○恐懼	3.9/25/8	
○猶豫	3.9/25/8	
野○衡敵	3.9/25/14	
對○立國	3.9/25/15	
清明○隱者	3.10/26/2	
虛○之情以制剛彊	3.11/27/1	
○有文字	3.11/27/1	
○陰雲風雨	3.11/27/4	
寂寞○聞者	3.11/27/16	
三軍○故	3.12/28/1	
城之氣出高而○所止	3.12/28/9	
國家○事	3.13/28/18	
可○修乎	3.13/28/18	
可○設乎	3.13/28/18	
○與敵人爭道	4.3/32/19	
○人之處	4.4/32/27	
慎○驚駭	4.4/32/29	
○舟楫之備	4.4/33/3	
○有舟梁之備	4.5/33/18	
又○水草之資	4.5/33/18	
深溝增壘而○出	4.6/34/6	
○使敵人知我意	4.6/34/7	
攻其○備	4.6/34/8	
去敵○過百步	4.6/34/14	

車騎又○以越其前後	4.7/34/27	
擊金○止	4.7/34/32	
三軍○備	4.8/35/8,5.6/40/21	
必○毀傷	4.9/36/3	
○燔人積聚	4.10/36/25	
○壞人宮室	4.10/36/25	
其法○勝亦○負	4.11/37/12	
聽其鼓○音	4.12/37/23	
鐸○聲	4.12/37/23	
上○氛氣	4.12/37/23	
○使敵人知吾之情	5.1/38/2	
	5.5/40/11	
士卒○鬬志	5.3/39/5	
將吏○守心	5.3/39/5	
○有草木	5.5/40/5	
四旁○邑	5.6/40/18	
又○草木	5.6/40/18	
三軍○所掠取	5.6/40/18	
牛馬○所芻牧	5.6/40/19	
牛馬○食	5.6/40/21	
士卒○糧	5.6/40/21	
變化○窮者也	5.6/41/5	
我○深草	5.7/41/16	
又○隘路	5.7/41/16	
我○大國之與	5.7/41/16	
又○鄰國之助	5.7/41/16	
○舟楫者	5.8/42/1	
往而○以還者	6.8/46/10	
○使得入	6.9/47/12	
敵人○險阻保固	6.9/47/15	
往而○以返	6.9/47/31,6.9/48/8	
入而○以出	6.9/47/31	
吾○丘陵	6.10/48/23	
又○險阻	6.10/48/23	

五 wǔ   51

○曰勇	1.6/5/22	
○曰	1.9/8/3,1.9/8/18	
	2.3/14/17	
謀士○人	3.1/17/3	
致○穀	3.1/17/12	
爪牙○人	3.1/17/27	
將有○材十過	3.2/18/11	
所謂○材者	3.2/18/15	
夫士外貌不與中情相應		
者十○	3.3/19/13	

○曰、使之以財	3.3/20/3	
○穀豐熟	3.4/21/10	
長○寸	3.7/23/18	
四分○裂者	3.10/26/3	
其要有○音	3.11/26/28	
○行之神	3.11/26/29	
皆由○行	3.11/27/1	
○行之道	3.11/27/1	
○管聲盡不應者	3.11/27/6	
此○行之符	3.11/27/7	
此○者、聲色之符也	3.11/27/16	
以○尺車輪	4.1/29/20	
柄長○尺以上	4.1/30/7	
	4.1/30/8,4.1/30/9,4.1/31/13	
去地二尺○寸	4.1/30/14	
高一尺○寸	4.1/30/21	
廣一丈○尺	4.1/30/27,4.1/30/27	
	4.1/31/3	
〔○〕百二十具	4.1/30/27	
○百二十具	4.1/30/27	
飛江廣一丈○尺	4.1/31/4	
長○尺以上	4.1/31/14	
重○斤	4.1/31/17	
立○色旗旜	4.5/33/28	
先戰○日	4.7/34/30	
近者○十里	4.9/36/2	
○車一長	6.5/45/3,6.5/45/5	
○十車一秉	6.5/45/3	
○車爲列	6.5/45/4	
○騎一長	6.5/45/8	
○騎爲列	6.5/45/8	
隊間○十步	6.5/45/9	
隊間二十○步	6.5/45/9	
長七尺○寸已上	6.6/45/19	
	6.7/45/27	
車○而爲聚	6.9/47/21	
廣深○尺	6.10/48/27	

伍 wǔ   3

田里相○	3.13/28/27	
相與爲○	5.1/38/3	
置牛馬隊○	6.10/48/26	

武 wǔ   134

○王問太公曰	1.12/10/19	

君○舉賢	1.10/9/14	此軍之服○	6.3/43/31	**俠** xiá		1
聖人○靜之	2.2/13/21	皆便○者	6.6/45/20			
賢人○正之	2.2/13/21			民有不事農桑、任氣遊		
○求便利	4.9/35/26	**檄** xí		1	○、犯歷法禁、不從	
				吏教者		1.9/7/25
誤 wù		然後移○書與諸將吏期	6.1/42/18			
	1			**狹** xiá		3
吾盟○失	4.9/35/30	**襲** xí		6			
				○路微徑	4.1/30/18, 4.1/30/24	
鶩 wù		我欲○之	1.12/11/1	阻難○路可擊		6.2/43/2
	1	○其東	1.12/11/7			
疾若馳○	3.4/21/8	可○也	3.2/18/24	**下** xià		118
		我欲往而○之	4.6/34/4			
西 xī		潛○其中	4.6/34/7	以國取天○		1.1/2/3
	3	或○其內	4.6/34/15	天○可畢〔也〕		1.1/2/3
欲其○	1.12/11/7			樹斂何若而天○歸之		1.1/2/8
○面而立	3.4/20/19	**洗** xǐ		天○〔者〕、非一人之		
城之氣出而○	3.12/28/7		1	天○		1.1/2/10
		賞及牛豎、馬○、廐養		乃天○之天○也		1.1/2/10
昔 xī		之徒	3.5/21/24			2.1/12/5
	1			同天○之利者		1.1/2/10
○者帝堯之王天下	1.2/2/28	**槀** xǐ		則得天○		1.1/2/10
			1	擅天○之利者		1.1/2/11
息 xī		結○鉏鋙	4.1/31/12	則失天○		1.1/2/11
	4			天○歸之	1.1/2/12, 1.1/2/13	
利害消○	3.1/17/8	**喜** xǐ				1.1/2/14
可以知三軍之消○、勝			13	天○赴之		1.1/2/13
負之決乎	3.11/26/26	○而勿怒	1.3/3/22	天○熙熙		1.2/2/20
更戰更○	5.1/38/4, 5.8/42/7	則之〔也〕	1.3/4/2	昔者帝堯之王天○		1.2/2/28
		合其親則○	1.7/6/22	帝堯王天○之時		1.2/3/3
悉 xī		因其所○	2.3/14/7	存養天○鰥寡孤獨		1.2/3/8
	1	彼貪利甚○	2.5/16/6	爲○唯沈		1.4/4/13
溝壘○壞	4.8/35/8	有信而○信人者	3.2/18/19	爲○唯定		1.4/4/13
		有懦而○任人者	3.2/18/20	以天○之目視		1.4/4/27
熙 xī		信而○信人者	3.2/18/23	以天○之耳聽		1.4/4/27
	2	懦而○任人者	3.2/18/24	以天○之心慮		1.4/4/28
天下○○	1.2/2/20	聞鼓聲而○	3.6/22/9	天○和服		1.7/6/23
		聞鼓聲則○	3.6/22/23	天○有民		1.8/7/1
谿 xī		一○一怒	3.10/26/8	故天○治		1.8/7/6
	2	相○以破敵	3.12/27/27	天○亂		1.8/7/6
○谷險阻者	3.10/26/1			天○和之		1.8/7/11
遇深○大谷險阻之水	4.5/33/17	**係** xì		何上何○		1.9/7/16
			1	○不肖		1.9/7/18
習 xí		人民○累	5.2/38/10	以○賢惠民		2.1/11/20
	4			利天○者		2.1/12/5
士卒不○	4.5/33/21			天○啓之	2.1/12/5, 2.4/15/18	
莫不○用器械	4.5/33/24			害天○者	2.1/12/5, 2.4/15/18	

天○閉之	2.1/12/5,2.4/15/18	從此〔以〕○	3.4/20/22	未敢○發	1.12/11/1
天○者、非一人之天○	2.1/12/5	無地於○	3.4/21/6	不可〔以〕○倡	2.1/11/20
	2.4/15/20	是賞○通也	3.5/21/25	不可〔以〕○謀	2.1/11/21
取天○者	2.1/12/8	賞○通	3.5/21/25	○爲之榮	2.3/14/28
〔得之〕而天○皆有分		將必先○步	3.6/22/18	必○塞其明	2.5/16/8
肉之心	2.1/12/8	矢石繁○	3.6/22/24	○王之所重也	3.2/19/1
無取於天○者	2.1/12/11	非能戰於地○	3.10/25/23	攻城爭○登	3.6/22/8
取天○者也	2.1/12/11	所以調和三軍、制一臣		野戰爭○赴	3.6/22/8
無取天○者	2.1/12/13	○也	3.10/26/8	將必○下步	3.6/22/18
天○利之	2.1/12/13	金鐸之聲○以濁	3.12/28/5	士爭○登	3.6/22/24
上○不覺	2.1/12/21	天○安定	3.13/28/18	士爭○赴	3.6/22/24
聚國而爲天○	2.2/13/15	此天○之困兵也	4.3/32/14	夫○勝者	3.9/25/1
上○不安其生	2.2/13/22	若從天○	4.4/33/1	○見弱於敵	3.9/25/1
天○之人如流水	2.2/13/24	上○惡亂	4.8/35/8	吾欲未戰○知敵人之强	
與天○共其生	2.2/13/29	有大城不可○	4.10/36/9	弱	3.12/27/21
而天○靜矣	2.2/13/29	上○恐駭	4.10/36/10	精神○見	3.12/27/23
○之必信	2.3/14/31	則天○和服	4.10/36/26	○燔吾輜重	4.4/33/9
而與天○圖之	2.3/15/6	○知地理	4.12/37/18	○出者	4.4/33/10
○察地	2.3/15/8	登高○望	4.12/37/18	慮不○設	4.5/33/21
何如而可爲天○	2.4/15/12	薄我城○	5.2/38/9	莫敢○擧	4.6/34/3
大蓋天○	2.4/15/14	而使寇薄我城○	5.2/38/15	未敢○擧	4.7/34/20
然後能容天○	2.4/15/14	必薄我城○	5.2/38/21	○施其備	4.7/34/27
信蓋天○	2.4/15/14	處山之○	5.5/40/8	○戰五日	4.7/34/30
然後能約天○	2.4/15/14	○鄰國之士	5.7/41/23	當○發遠候	4.9/36/1
仁蓋天○	2.4/15/14	立威於天○	6.4/44/10	中人以爲○出者得其徑	
然後能懷天○	2.4/15/15	取年四十已○	6.6/45/19	道	4.10/36/21
恩蓋天○	2.4/15/15		6.7/45/27	其大將○定戰地戰日	6.1/42/18
然後能保天○	2.4/15/15	前後、左右、上○周旋	6.6/45/20	校其○後	6.1/42/21
權蓋天○	2.4/15/15	圯○漸澤、黑土黏埴者	6.8/46/11	○期至者賞	6.1/42/21
然後能不失天○	2.4/15/15	汙○沮澤	6.9/48/10	將必○明告吏士	6.4/44/5
然後可以爲天○政	2.4/15/16	高○如平地	6.9/48/12		
故利天○者	2.4/15/18			**鮮** xiān	1
生天○者	2.4/15/18	**夏** xià	3		
天○德之	2.4/15/18			國○不亡	2.3/14/20
殺天○者	2.4/15/18	○道長	1.8/7/3		
天○賊之	2.4/15/19	○〔日〕不操扇	3.6/22/15	**閒** xián	2
徹天○者	2.4/15/19	○耨田疇	3.13/28/24		
天○通之	2.4/15/19			○其外	2.3/14/20
窮天○者	2.4/15/19	**暇** xià	1	三曰、與之○謀	3.3/19/28
天○仇之	2.4/15/19				
安天○者	2.4/15/19	不○可擊	6.2/43/2	**嫌** xián	1
天○恃之	2.4/15/19				
危天○者	2.4/15/20	**先** xiān	31	決○疑	3.1/17/3
天○災之	2.4/15/20				
以王天○	2.5/16/16	柔節○定	1.4/4/18	**銜** xián	1
知士之高○	3.3/19/11	○聖之道	1.5/5/8		
天○所賤	3.3/19/19	爲之○唱	1.8/7/11	設○枚	4.4/32/28

○與密謀	4.10/36/16	消 xiāo	4	嘯 xiào	1
太疾、則前後不○次	4.12/37/24	揆（夫）〔天〕○變	3.1/16/32	聞人○呼之音者	3.11/27/16
不○次、則行陳必亂	4.12/37/25	利害○息	3.1/17/8		
與敵分林○拒	5.1/37/31	○患解結	3.1/17/21	邪 xié	4
○與爲伍	5.1/38/3	可以知三軍之○息、勝		子樂〔得〕漁○	1.1/1/14
與敵人衝軍○當	5.3/38/30	負之決乎	3.11/26/26	以法度禁○僞	1.2/3/7
吾內外不得○聞	5.3/39/4			若是則群○（此）〔比〕	
微號○知	5.3/39/8	嚣 xiāo	1	周而蔽賢	1.10/10/1
中外○應	5.3/39/8			○曲勝直	2.1/12/20
敵人與我車騎○當	5.4/39/25	鼓行喧○者	3.10/26/5		
與敵人臨水○拒	5.6/40/17			恊 xié	1
與敵人○遇於險阨之中	5.8/41/30	驍 xiāo	4		
與我分險○拒	5.8/41/31			公言乃○予懷	2.2/14/1
三軍之衆成陳而○當	6.5/44/23	以武車○騎驚亂其軍而			
○去四十步	6.5/45/4	疾擊之	4.3/32/14	泄 xiè	2
前後○去二十步	6.5/45/5	武車○騎繞我左右	5.4/39/15		
	6.5/45/9	武車○騎	5.4/39/22	若符事聞○	3.7/23/24
縱橫○去二里	6.5/45/6	必有武車○騎	6.2/42/26	不○中外相知之術	3.7/23/25
前後○去十步	6.5/45/9				
縱橫○去百步	6.5/45/10	小 xiǎo	7	械 xiè	5
士卒前後○顧	6.8/46/20				
		○人樂得其事	1.1/1/16	鐵○鎖參連	4.1/30/24
香 xiāng	1	○魚食之	1.1/2/1	器○爲寶	4.4/32/27
		以賞○爲明	3.5/21/19	操器○	4.4/32/28
緡調餌○	1.1/2/1	賞貴○	3.5/21/24	器○不備	4.5/33/21
		提翼○櫓扶胥一百四十		莫不習用器○	4.5/33/24
舡 xiāng	1	〔四〕（具）〔乘〕	4.1/29/23		
		矛戟○櫓十二具	4.1/30/26	榭 xiè	3
一名天○	4.1/31/5	環利○徽（縲）〔纆〕	4.1/31/9		
				儉宮室、臺○	1.3/4/1
鄉 xiāng	4	孝 xiào	1	多營宮室、臺○以疲民力	1.3/4/3
				臣有大作宮室池○、遊	
農一其○	1.6/6/3	民、有○慈者愛敬之	1.2/3/6	觀倡樂者	1.9/7/23
工一其○	1.6/6/3				
商一其○	1.6/6/4	肖 xiào	6	懈 xiè	1
無亂其○	1.6/6/4				
		其君賢、不○不等乎	1.2/2/21	斥候○怠	4.8/35/8
祥 xiáng	2	君不○	1.2/2/23		
		下不○	1.9/7/18	心 xīn	30
不○之言	1.9/8/23	以世俗之所毀者爲不○	1.10/9/25		
言語袄○	3.12/27/25	有嚴而不○者	3.3/19/13	削○約志	1.2/3/6
		則賢、不○別矣	3.3/20/11	平○正節	1.2/3/7
向 xiàng	2			虛○平志	1.4/4/18
		效 xiào	1	○貴智	1.4/4/27
一○一背	4.2/32/5			以天下之○慮	1.4/4/28
而皆外○	4.8/35/12	有詭激而有功○者	3.3/19/15		

乃知其〇	2.1/11/21	凡用賞者貴〇	1.11/10/14	是將威之所〇也	3.5/21/25
〔得之〕而天下皆有分		賞〇罰必於耳目之所聞		諸奉使〇符、稽留〔者〕	
肉之〇	2.1/12/8	見	1.11/10/14		3.7/23/24
一人兩〇	2.3/14/10	親而〇之	2.3/14/17	出甲陳兵、縱卒亂〇者	
欲錮其〇	2.3/14/22	利之必〇	2.3/14/25		3.10/25/26
爭〇必起	2.5/16/3	從之必〇	2.3/14/28	鼓〇喧囂者	3.10/26/5
〇以啓智	2.5/16/16	下之必〇	2.3/14/31	所以〇奇謀也	3.10/26/5
腹〇一人	3.1/16/32	〇蓋天下	2.4/15/14	五〇之神	3.11/26/29
知人〇去就之機	3.1/17/6	勇、智、仁、〇、忠也	3.2/18/15	皆由五〇	3.11/27/1
以弱敵〇	3.1/17/29	〇則不欺〔人〕	3.2/18/16	五〇之道	3.11/27/1
以惑衆〇	3.1/18/1	有〇而喜〇人者	3.2/18/19	此五〇之符	3.11/27/7
忠則無二〇	3.2/18/16	〇而喜〇人者	3.2/18/23	〇陳不固　3.12/28/4,4.7/34/20	
有急而〇速者	3.2/18/18	有悾悾而不〇者	3.3/19/15	耒粗者、其〇馬、蒺藜	
有智而〇怯者	3.2/18/19	其約束符〇也	3.13/28/27	也	3.13/28/21
有智而〇緩者	3.2/18/19	教不素〇	4.5/33/21	一名〇馬	4.1/30/12
急而〇速者	3.2/18/22			可以橫〇	4.3/32/15
智而〇怯者	3.2/18/23			陳畢徐〇	4.4/32/29
智而〇緩者	3.2/18/24	**星** xīng	3	三軍〇止	4.5/33/25
有貌恭敬而〇慢者	3.3/19/13			則有天羅、武落、〇馬	
二〇不可以事君	3.4/21/1	主司〇曆	3.1/17/6	、蒺藜	4.5/33/26
無有二〇	3.4/21/5	爲流〇	4.1/29/28	跣我〇陳	4.7/34/31
我士卒〇傷	4.7/34/28	日月〇辰斗杓	4.2/32/5	三軍〇數百里	4.11/36/32
爲之置遺缺之道以利其				不相次、則〇陳必亂	4.12/37/25
〇	4.10/36/20			門有〇馬	5.2/38/19
將吏無守〇	5.3/39/5	**刑** xíng	7	〇列已定	5.5/40/12
〇怖可擊	6.2/43/3			法令已〇	5.5/40/12
欲快其〇者	6.3/43/25	省〇罰	1.3/4/1	前〇未渡水	5.7/41/20
		敗法亂〇	2.1/12/20	後〇未及舍	5.7/41/20
		上勞則〇繁	2.2/13/21	令〇陳皆固	5.8/42/2
欣 xīn	1	〇繁則民憂	2.2/13/21	亂〇可擊	6.2/43/3
		是〇上極也	3.5/21/24	越絕險阻、乘敵遠〇者	6.8/46/10
〔賞一人萬人不〇〕	3.5/22/2	〇上極	3.5/21/25	〇陳未定　6.8/46/19,6.9/47/5	
		嚴〇〔重〕罰者	3.10/26/8	遠〇而暮舍	6.8/46/21
				敵人〇陳整齊堅固	6.9/47/7
新 xīn	1	**行** xíng	50	敵人〇陳不固	6.9/47/10
				其〇陳必亂	6.9/47/21
敵人〇集可擊	6.2/43/1	兵勢不〇	1.9/9/8	令我士卒爲〇馬、木蒺	
		〇其道	2.1/11/24	藜	6.10/48/26
		不可不〇	2.2/13/10	人操〇馬進步	6.10/48/27
薪 xīn	1	既以〇之	2.2/13/10		
		啓之則〇	2.2/13/24		
秋刈禾〇	3.13/28/25	論〇能	3.1/17/3	**形** xíng	15
		主三軍〇止形勢	3.1/17/8		
		〇事成敗	3.1/17/10	布衣掩〇	1.2/3/5
信 xìn	22	主〇奇譎	3.1/17/23	示其〇	1.9/9/7
		〇無窮之變　3.1/17/23,3.8/24/3		變於〇容	2.2/13/18
四曰〇	1.6/5/22	乃辭而〇	3.4/21/3	〔夫〕天有常〇	2.2/13/29
使之而不隱者、〇也	1.6/5/28	何以爲禁止而令〇	3.5/21/17	主三軍行止〇勢	3.1/17/8
取誠〇	1.9/7/18	以罰審爲禁止而令〇	3.5/21/19		
士不誠〇〔而巧僞〕	1.9/9/1				
〔或以非〇爲〇〕	1.10/9/25				

有勢虛〇劣而外出無所	**休** xiū　2	姦臣以〇譽取爵位　1.10/10/1
不至、無所不遂者　3.3/19/16		而蓄積空〇　2.3/14/22
勝於無〇　3.9/24/23	累世不〇　2.2/13/22	有勢〇形劣而外出無所
因天地之〇　3.9/25/4	人馬疲倦〇止　4.11/37/1	不至、無所不遂者　3.3/19/16
未見〇而戰　3.9/25/6		見其〇　3.4/20/23
所以匿其〇也　3.10/26/1	**修** xiū　5	〇無之情以制剛彊　3.11/27/1
必察地之〇勢　4.9/35/26		審知敵人空〇之地　4.4/32/27
又知城邑丘墓地〇之利　4.9/35/27	王其〇德　2.1/11/20	何以知敵壘之〇實　4.12/37/16
謹視地〇而處　4.10/36/19	〇溝漸　3.1/17/19	即知其〇實　4.12/37/19
地〇未得可擊　6.2/43/1	可無〇乎　3.13/28/18	
車貴知地〇　6.8/46/5	〇溝渠　3.13/28/28	**須** xū　1
	〇治攻具　4.1/31/19	
省 xǐng　1		〇其畢出　5.6/40/32
	羞 xiū　1	
〇刑罰　1.3/4/1		**徐** xú　4
	臣有輕爵位、賤有司、	
姓 xìng　2	〇為上犯難者　1.9/8/3	安〇而靜　1.4/4/18
		一〇一疾者　3.10/26/8
百〇戴其君如日月　1.2/3/9	**繡** xiù　1	〇用之則敗　4.3/32/14
百〇懽說　3.4/21/10		陳畢〇行　4.4/32/29
	錦〇文綺不衣　1.2/3/3	
倖 xìng　2		**許** xǔ　4
	胥 xū　11	
僥〇於外　1.9/8/7		勿妄而〇　1.4/4/22
名曰〇用之士　6.3/43/27	武（衝）〔衛〕大扶〇	〇之則失守　1.4/4/22
	三十六乘　4.1/29/16	君不〇臣　3.4/21/3
凶 xiōng　1	武翼大櫓、矛戟扶〇七	君〇之　3.4/21/3
	十二（具）〔乘〕　4.1/29/20	
故聖王號兵為〇器　1.12/10/25	提翼小櫓扶〇一百四十	**婿** xù　1
	〔四〕（具）〔乘〕　4.1/29/23	
兄 xiōng　1	大黃參連弩大扶〇三十	有贅〇人虜　6.3/43/23
	六乘　4.1/29/26	
如〇之愛弟〔也〕　1.3/4/6	大扶〇衝車三十六乘　4.1/30/1	**蓄** xù　2
	矛戟扶〇輕車一百六十	
胸 xiōng　5	乘　4.1/30/4	而〇積空虛　2.3/14/22
	木螳蜋劍刃扶〇　4.1/30/12	主度飲食、〇積　3.1/17/12
方首鐵棓（維朌）〔矩	軸旋短衝矛戟扶〇　4.1/30/16	
〇〕　4.1/30/7	虎落劍刃扶〇　4.1/30/27	**喧** xuān　1
方〇鋌矛　4.1/30/21	以武衝扶〇　4.4/32/31	
方〇鐵杷　4.1/31/14	有〇麋免罪之人　6.3/43/27	鼓行〇囂者　3.10/26/5
方〇鐵叉　4.1/31/15		
方〇兩枝鐵叉　4.1/31/15	**虛** xū　12	**玄** xuán　3
雄 xióng　1	一盈一〇　1.2/2/20	用莫大於〇默　3.9/24/29
	〇心平志　1.4/4/18	當以〇武　3.11/27/5
欲簡練英〇　3.3/19/11	〇論高議以為容美　1.9/8/15	將士人持〇旗　4.4/32/28
	以高談〇論說於人主　1.9/8/18	

旋 xuán	3	**尋 xún**	1	**祆**○不止	3.12/27/30

軸○短衝矛戟扶胥	4.1/30/16
前後、左右、上下周○	6.6/45/20
前後、左右周○進退	6.7/45/28

滋 xuán 1

而常有繁○ 2.3/15/3

選 xuǎn 9

○才考能	1.10/10/6
○其銳士	5.2/38/13
○吾材士、強弩、車騎	
爲之左右	5.3/39/1
○我材士強弩	5.4/39/28
馳陳○鋒	6.2/42/26
○車士奈何	6.6/45/17
○車士之法	6.6/45/19
○騎士奈何	6.7/45/25
○騎士之法	6.7/45/27

削 xuē 1

○心約志 1.2/3/6

薛 xuē 1

蓑○、簦笠者 3.13/28/22

穴 xué 1

頓於地○ 6.9/47/31

學 xué 5

使一人○戰	6.4/44/8
十人○戰	6.4/44/8
百人○戰	6.4/44/8
千人○戰	6.4/44/9
萬人○戰	6.4/44/9

旬 xún 3

| 過○不雷不雨 | 3.12/28/11 |
| ○日不止 | 4.8/35/7,6.8/46/14 |

尋 xún 1

萬物○ 1.8/7/3

循 xún 2

| ○陰陽之道而從其候 | 3.9/25/3 |
| 車必○道 | 6.5/45/4 |

迅 xùn 1

○電不及瞑目 3.9/25/11

牙 yá 1

爪○五人 3.1/17/27

焉 yān 3

將大得○	1.1/1/5
而樹斂○	1.1/2/6
故事半而功倍○	3.9/25/1

煙 yān 1

○覆吾軍 4.11/37/9

言 yán 19

○語應對者	1.1/1/27
○至情者	1.1/1/27
今臣○至情不諱	1.1/1/28
今予欲師至道之○	1.5/5/4
出入異○	1.9/8/10
○無欲以求利	1.9/8/12
不祥之○	1.9/8/23
公○乃愜予懷	2.2/14/1
聽○視變	3.1/17/25
一曰、問之以○	3.3/19/24
願君亦垂一○之命於臣	3.4/21/2
所以陰通○語	3.7/23/25
○語不通	3.8/24/4
○三人	3.8/24/7
用兵不○	3.9/24/18
其○不足聽也	3.9/24/18
有所不○而守者	3.9/25/14
○祆祥	3.12/27/25

延 yán 1

即燔吾前而廣○之 4.11/37/4

炎 yán 2

○○奈何 1.7/6/15

嚴 yán 4

○其忠臣	2.3/14/17
苟能○之	2.3/14/18
有○而不肯者	3.3/19/13
○刑〔重〕罰者	3.10/26/8

掩 yǎn 5

布衣○形	1.2/3/5
○善揚惡	1.9/8/10
是以疾雷不及○耳	3.9/25/11
欲○迹揚名者	6.3/43/23
或○其前後	6.9/47/19

驗 yàn 1

考符○ 3.1/17/6

殃 yāng 6

知樂而不知○	1.12/10/27
在於慮○	1.12/10/27
天道無○	2.1/11/20
必見天○	2.1/11/21
將無咎○	3.4/21/10
反受其○	3.9/25/9

佯 yáng 3

○北不止	4.8/35/15
使我輕卒合戰而○走	5.2/38/20
敵人○走	6.9/47/27

陽 yáng 10

田於渭○ 1.1/1/5,1.1/1/12

會之以其○	1.8/7/11
相不能富國强兵、調和	
陰○以安萬乘之主	1.9/9/2
必見其○	2.1/11/21
循陰○之道而從其候	3.9/25/3
陰○皆備	5.5/40/9
或屯其○	5.5/40/9
處山之○	5.5/40/9
備山之○	5.5/40/10

揚 yáng　6

掩善○惡	1.9/8/10
主○威武	3.1/17/27
主○名譽	3.1/17/29
金鐸之聲○以清	3.12/28/1
拽柴○塵	4.6/34/13
欲掩迹○名者	6.3/43/23

仰 yǎng　2

高山○之	1.4/4/22
左險右易、上陵○阪者	6.8/46/12

養 yǎng　5

存○天下鰥寡孤獨	1.2/3/8
○其亂臣以迷之	2.3/15/5
必○之使强	2.5/15/26
○之以味	2.5/16/10
賞及牛豎、馬洗、廐○	
之徒	3.5/21/24

要 yāo　13

大○何如	3.10/25/21
其○有五音	3.11/26/28
○窮寇	4.1/30/14,4.1/30/16
	4.1/30/21,4.1/30/24
車騎○我前	4.4/33/4
○隘路	4.6/34/10
車騎遠○其前	4.10/36/21
凡用兵之大○	5.6/41/4
○之隘路	5.7/41/13
凡用兵之○	6.2/42/26
所以陷堅陳、○彊敵、	
遯走北也	6.5/44/19

袄 yāo　2

言語○祥	3.12/27/25
○言不止	3.12/27/30

堯 yáo　2

昔者帝○之王天下	1.2/2/28
帝○王天下之時	1.2/3/3

搖 yáo　1

○動四境	3.1/17/29

僥 yáo　1

○倖於外	1.9/8/7

窈 yǎo　1

坳澤○冥者	3.10/26/1

藥 yào　1

主百○	3.1/18/3

耀 yào　1

爲光○	4.1/29/27

也 yě　220

甚有似○	1.1/1/16
殆非樂之○	1.1/1/16
何謂其有似○	1.1/1/19
夫釣以求得○	1.1/1/21
情○	1.1/1/26,1.1/1/26
	1.1/1/27
情之飾○	1.1/1/27
事之極○	1.1/1/27
天下可畢〔○〕	1.1/2/3
乃天下之天下○	1.1/2/10
	2.1/12/5
能與人共之者、仁○	1.1/2/11
德○	1.1/2/12
義○	1.1/2/13
能生利者、道○	1.1/2/14
〔其〕所以然者、何○	1.2/2/20
上世〔之〕所謂賢君○	1.2/2/28
其自奉○甚薄	1.2/3/8
其賦役○甚寡	1.2/3/9
賢君之德○	1.2/3/12
則利之〔○〕	1.3/3/26
則成之〔○〕	1.3/3/26
則生之〔○〕	1.3/4/1
則與之〔○〕	1.3/4/1
則樂之〔○〕	1.3/4/1
則喜之〔○〕	1.3/4/2
則害之〔○〕	1.3/4/2
則敗之〔○〕	1.3/4/2
則殺之〔○〕	1.3/4/3
則奪之〔○〕	1.3/4/3
則苦之〔○〕	1.3/4/4
則怒之〔○〕	1.3/4/4
如兄之愛弟〔○〕	1.3/4/6
此愛民之道○	1.3/4/7
周、則天○	1.4/4/14
定、則地○	1.4/4/14
不可極○	1.4/4/23,1.9/9/7
不可測○	1.4/4/23,1.9/9/7
則無不見○	1.4/4/27
則無不聞○	1.4/4/28
則無不知○	1.4/4/28
道之所止○	1.5/5/10
道之所起○	1.5/5/11
何○	1.6/5/16,1.10/9/14
不慎所與○	1.6/5/18
六守何○	1.6/5/20
富之而不犯者、仁○	1.6/5/27
貴之而不驕者、義○	1.6/5/27
付之而不轉者、忠○	1.6/5/28
使之而不隱者、信○	1.6/5/28
危之而不恐者、勇○	1.6/5/28
事之而不窮者、謀○	1.6/5/28
而不終其正○	1.7/6/18
至道其然○	1.8/7/6
聖人之在天地間○	1.8/7/8
此僞人○	1.9/8/12
此姦人○	1.9/8/16
非吾民○	1.9/9/1
非吾士○	1.9/9/1
非吾臣○	1.9/9/1
非吾吏○	1.9/9/2
非吾相○	1.9/9/3

是有舉賢之名而無用賢		非國工○	3.9/24/27
之實○	1.10/9/16	而後戰者○	3.9/25/1
其失在君好用世俗之所		神○	3.9/25/14
譽而不得眞賢○	1.10/9/20	明○	3.9/25/14
則得舉賢之道○	1.10/10/7	所以爲變○	3.10/25/26
道可致○	2.1/11/24	所以逃遁○	3.10/25/26
門可入○	2.1/11/24	所以止車禦騎○	3.10/26/1
禮可成○	2.1/11/24	所以少擊衆○	3.10/26/1
强可勝○	2.1/11/24	所以匿其形○	3.10/26/1
無有閉之○	2.1/12/9	所以戰勇力○	3.10/26/2
取民者○	2.1/12/11	所以破精微○	3.10/26/2
取國者○	2.1/12/11	所以破軍擒將○	3.10/26/3
取天下者○	2.1/12/11	所以擊圓破方○	3.10/26/3
此亡國之徵○	2.1/12/18	所以一擊十○	3.10/26/3
此亡國之時○	2.1/12/21	所以十擊百○	3.10/26/4
此聖人之德○	2.2/13/32	所以越深水、渡江河○	3.10/26/4
勇、智、仁、信、忠○	3.2/18/15	所以踰水戰○	3.10/26/5
可暴○	3.2/18/22	所以降城服邑○	3.10/26/5
可久○	3.2/18/22	所以行奇謀○	3.10/26/5
可遺○	3.2/18/22	所以搏前擒後○	3.10/26/6
可勞○	3.2/18/23	所以絕糧道○	3.10/26/6
可窘○	3.2/18/23	所以備走北○	3.10/26/7
可誑○	3.2/18/23	所以勵衆勝敵○	3.10/26/7
可侮○	3.2/18/24	所以勸用命○	3.10/26/7
可襲○	3.2/18/24	所以進罷怠○	3.10/26/8
可事○	3.2/18/24	所以調和三軍、制一臣	
可欺○	3.2/18/24	下○	3.10/26/8
命在於將〔○〕	3.2/19/1	所以警守○	3.10/26/9
先王之所重○	3.2/19/1	所以爲固○	3.10/26/9
故置將不可不察○	3.2/19/2	所以默往來○	3.10/26/10
此士之外貌不與中情相		所以持久○	3.10/26/10
應者○	3.3/19/19	王之問○	3.11/26/28
是刑上極○	3.5/21/24	4.1/29/12, 4.7/34/30, 5.3/39/7	
是賞下通○	3.5/21/25	此其正聲○	3.11/26/28
是將威之所行○	3.5/21/25	道之常○	3.11/26/29
〔是爲賞无功、貴无能		宮○	3.11/27/6, 3.11/27/16
○〕	3.5/22/3	角○	3.11/27/15
〔是失衆之紀○〕	3.5/22/3	徵○	3.11/27/15
士非好死而樂傷○	3.6/22/26	商○	3.11/27/16
而見〔其〕勞苦之明○	3.6/22/27	羽○	3.11/27/16
相參而不相知情○	3.8/24/7	此五者、聲色之符○	3.11/27/16
其言不足聽○	3.9/24/18	此强徵○	3.12/27/27
其狀不足見○	3.9/24/18	此弱徵○	3.12/27/31
兵○	3.9/24/19	大勝之徵○	3.12/28/2
非良將○	3.9/24/26	此大敗之徵○	3.12/28/5
非上聖○	3.9/24/26	耒粗者、其行馬、蒺藜	
非國師○	3.9/24/26	○	3.13/28/21

其營壘、蔽櫓○	3.13/28/22
其矛戟○	3.13/28/22
其甲胄、干楯○	3.13/28/22
其攻城器○	3.13/28/23
牛馬、所以轉輸糧用○	
	3.13/28/23
雞犬、其伺候○	3.13/28/23
其旌旗○	3.13/28/24
其攻城○	3.13/28/24
其戰車騎○	3.13/28/24
其戰步兵○	3.13/28/24
其糧食儲備○	3.13/28/25
其堅守○	3.13/28/25
其約束符信○	3.13/28/27
其將帥○	3.13/28/27
其隊分○	3.13/28/28
其廩庫○	3.13/28/28
其澠壘○	3.13/28/28
盡在於人事○	3.13/28/30
是富國强兵之道○	3.13/29/1
此兵之大威○	4.1/29/12
此舉兵、軍用之大數○	4.1/31/20
此天下之困兵○	4.3/32/14
不可以爲王者之兵○	4.5/33/21
必知敵詐而爲偶人○	4.12/37/23
彼用其士卒太疾○	4.12/37/24
此用兵之奇○	5.6/41/4
變化無窮者○	5.6/41/5
不可不察○	6.3/43/31
所以整齊士衆者○	6.4/44/5
車者、軍之羽翼○	6.5/44/19
所以陷堅陳、要彊敵、	
遮走北○	6.5/44/19
騎者、軍之伺候○	6.5/44/21
所以踵敗軍、絕糧道、	
擊便寇○	6.5/44/21
夫車騎者、軍之武兵○	6.5/44/30
此其大數○	6.5/44/31
不可不厚○	6.6/45/21, 6.7/45/29
三軍同名而異用○	6.8/46/5
車之死地○	6.8/46/10
車之竭地○	6.8/46/10
車之困地○	6.8/46/11
車之絕地○	6.8/46/11
車之勞地○	6.8/46/12
車之逆地○	6.8/46/12
車之拂地○	6.8/46/12

○騎當幾步卒	6.5/44/17
幾步卒當○騎	6.5/44/17
○車當幾騎	6.5/44/17
幾騎當○車	6.5/44/17
則○騎不能當步卒○人	6.5/44/23
○車當步卒八十人	6.5/44/23
八十人當○車	6.5/44/24
○騎當步卒八人	6.5/44/24
八人當○騎	6.5/44/24
○車當十騎	6.5/44/24
十騎當○車	6.5/44/24
○車當步卒四十人	6.5/44/27
四十人當○車	6.5/44/27
○騎當步卒四人	6.5/44/27
四人當○騎	6.5/44/27
○車當六騎	6.5/44/28
六騎當○（卒）〔車〕	6.5/44/28
五車○長	6.5/45/3, 6.5/45/5
十車○吏	6.5/45/3
五十車○率	6.5/45/3
百車○將	6.5/45/3
五騎○長	6.5/45/8
十騎○吏	6.5/45/8, 6.5/45/10
百騎○率	6.5/45/8
二百騎○將	6.5/45/8
三十騎爲○屯	6.5/45/10
六十騎爲○輩	6.5/45/10

衣 yī　　　　　　　4

錦繡文綺不○	1.2/3/3
布○掩形	1.2/3/5
惡其○服	1.9/8/12
變易○服	6.9/47/8

依 yī　　　　　　　5

偉其○服	1.9/8/15
○託鬼神	3.1/18/1
必○草木、丘墓、險阻	4.4/33/10
○山（林）〔陵〕險阻	
、水泉林木而爲之固	4.9/35/26
必○丘陵險阻	6.10/48/20

坭 yí　　　　　　　1

○下漸澤、黑土黏埴者	6.8/46/11

宜 yí　　　　　　　1

必○衝陣	5.6/41/4

移 yí　　　　　　　4

莫知其○	2.2/13/7
則天運不能○	2.4/15/16
不能分○	3.10/26/12
然後○檄書與諸將吏期	6.1/42/18

疑 yí　　　　　　　12

時至而○	1.5/5/10
敬之無○	1.7/6/23
事而不○	2.4/15/15
有三○	2.5/15/24
遺○乃止	2.5/16/6
決嫌○	3.1/17/3
無所○慮	3.1/17/27
○志不可以應敵	3.4/21/2
莫過狐○	3.9/25/8
遇時不○	3.9/25/9
則三軍大○	3.10/26/15
前往而○	6.8/46/20

遺 yí　　　　　　　9

天○汝師	1.1/1/6
○以誠事	2.3/14/17
○良犬馬以勞之	2.3/15/5
○疑乃止	2.5/16/6
主拾○補過	3.1/17/21
可○也	3.2/18/22
主以書○將	3.8/24/6
爲之置○缺之道以利其	
心	4.10/36/20
勿令○脫	4.10/36/21

已 yǐ　　　　　　　22

愛民而○	1.3/3/18
不得○而用之	1.12/10/25
今王○慮其源	1.12/10/28
徒黨○具	2.3/15/3
徵○見	2.3/15/8
將○受命	3.4/21/1

以 yǐ　　　　　　　329

設備於○失之後者	3.9/24/26
陳勢○固	3.12/28/1
若○出圍地	4.3/32/17
○出者	4.4/33/9
行列○定	5.5/40/12
士卒○陳	5.5/40/12
法令○行	5.5/40/12
奇正○設	5.5/40/12
敵人○至	5.7/41/16
○濟者	5.8/42/2
○戰者	5.8/42/6
必勝乃○	5.8/42/7
取年四十○下	6.6/45/19
	6.7/45/27
長七尺五寸○上	6.6/45/19
	6.7/45/27

○之佐昌	1.1/1/6
坐茅○漁	1.1/1/12
祿等○權	1.1/1/21
死等○權	1.1/1/21
官等○權	1.1/1/21
夫釣○求得也	1.1/1/21
可○觀大矣	1.1/1/22
故○餌取魚	1.1/2/2
○祿取人	1.1/2/2
○家取國	1.1/2/3
○國取天下	1.1/2/3
〔其〕所○然者、何也	1.2/2/20
不○役作之故	1.2/3/5
○法度禁邪僞	1.2/3/7
多營宮室、臺榭○疲民力	1.3/4/3
待物○正	1.4/4/18
○天下之目視	1.4/4/27
○天下之耳聽	1.4/4/27
○天下之心慮	1.4/4/28
將○屬汝	1.5/5/3
○明傳之子孫	1.5/5/4
其所○失之者	1.6/5/16
人君〔愼此六者○爲君	
用〕	1.6/5/29
〔君〕無○三寶借人	1.6/5/29
〔○三寶〕借人則君	
〔將〕失其威	1.6/5/29
不富無○爲仁	1.7/6/17

不施無○合親	1.7/6/17
順者、任之○德	1.7/6/23
逆者、絕之○力	1.7/6/23
○爲天地經紀	1.8/7/4
故發之○其陰	1.8/7/11
會之○其陽	1.8/7/11
士有抗志高節○爲氣勢	1.9/8/1
而○重賞尊爵之	1.9/8/7
語無爲○求名	1.9/8/12
言無欲○求利	1.9/8/12
虛論高議○爲容美	1.9/8/15
讒佞苟得○求官爵	1.9/8/18
果敢輕死○貪祿秩	1.9/8/18
○高談虛論說於人主	1.9/8/18
相不能富國强兵、調和陰陽○安萬乘之主	1.9/9/2
世亂愈甚○至危亡者	1.10/9/14
〔或○非賢爲賢〕	1.10/9/24
〔或○非智爲智〕	1.10/9/24
〔或○非忠爲忠〕	1.10/9/24
〔或○非信爲信〕	1.10/9/25
君○世俗之所譽者爲賢〔智〕	1.10/9/25
○世俗之所毀者爲不肖	1.10/9/25
姦臣○虛譽取爵位	1.10/10/1
是○世亂愈甚	1.10/10/1
而各○官名舉人	1.10/10/6
賞所○存勸	1.11/10/11
罰所○示懲	1.11/10/11
吾欲賞一○勸百	1.11/10/11
罰一○懲衆	1.11/10/11
○下賢惠民	2.1/11/20
○觀天道	2.1/11/20
不可〔○〕先倡	2.1/11/20
不可〔○〕先謀	2.1/11/21
乃可○謀	2.1/11/21
既○藏之	2.2/13/10
既○行之	2.2/13/10
分封賢人○爲萬國	2.2/13/15
是○天無爲而成事	2.2/13/32
○用爲常	2.2/14/1
○順其志	2.3/14/7
○分其威	2.3/14/10
○廣其志	2.3/14/14
娛○美人	2.3/14/14
遺○誠事	2.3/14/17
陰示○利	2.3/14/22
賂○重寶	2.3/14/25
尊之○名	2.3/14/28
示○大勢	2.3/14/28
○得其情	2.3/14/31
既○得之	2.3/14/31
塞之○道	2.3/15/1
養其亂臣○迷之	2.3/15/5
進美女淫聲○惑之	2.3/15/5
遺良犬馬○勞之	2.3/15/5
時與大勢○誘之	2.3/15/5
然後可○爲天下政	2.4/15/16
攻强○强	2.5/16/1
離親○親	2.5/16/1
散衆○衆	2.5/16/1
設之○事	2.5/16/3
玩之○利	2.5/16/3
因○疏之	2.5/16/5
淫之○色	2.5/16/10
啗之○利	2.5/16/10
養之○味	2.5/16/10
娛之○樂	2.5/16/10
心○啓智	2.5/16/16
智○啓財	2.5/16/16
財○啓衆	2.5/16/16
衆○啓賢	2.5/16/16
○王天下	2.5/16/16
必有股肱羽翼○成威神	3.1/16/22
○將爲命	3.1/16/24
○爲綱紀	3.1/16/25
○應天道	3.1/16/27
○備守禦	3.1/17/19
○弱敵心	3.1/17/29
○爲間諜	3.1/17/31
○惑衆心	3.1/18/1
○治金瘡	3.1/18/3
○痊萬病	3.1/18/3
何○知之	3.3/19/22, 3.11/27/13,4.12/37/21
一曰、問之○言	3.3/19/24
○觀其辭	3.3/19/24
二曰、窮之○辭	3.3/19/26
○觀其變	3.3/19/26
○觀其誠	3.3/19/28
○觀其德	3.3/20/1
五曰、使之○財	3.3/20/3
○觀其廉	3.3/20/3
六曰、試之○色	3.3/20/5
○觀其貞	3.3/20/5
七曰、告之○難	3.3/20/7
○觀其勇	3.3/20/7
八曰、醉之○酒	3.3/20/9
○觀其態	3.3/20/9
○授斧鉞	3.4/20/19
從此〔○往〕	3.4/20/20
從此〔○〕下	3.4/20/22
勿○三軍爲衆而輕敵	3.4/20/23
勿○受命爲重而必死	3.4/20/23
勿○身貴而賤人	3.4/20/23
勿○獨見而違衆	3.4/20/24
勿○辯說爲必然	3.4/20/24
二心不可○事君	3.4/21/1
疑志不可○應敵	3.4/21/2
將何○爲威	3.5/21/17
何○爲明	3.5/21/17
〔何○爲審〕	3.5/21/17
何○爲禁止而令行	3.5/21/17
將○誅大爲威	3.5/21/19
○賞小爲明	3.5/21/19
○罰審爲禁止而令行	3.5/21/19
無○知士卒之寒暑	3.6/22/16
無○知士卒之勞苦	3.6/22/18
無○知士卒之飢飽	3.6/22/21
吾將○近通遠	3.7/23/3
○給三軍之用	3.7/23/4
所○陰通言語	3.7/23/25
主○書遺將	3.8/24/6
將○書問主	3.8/24/6
因○爲常	3.9/25/3
是○疾雷不及掩耳	3.9/25/11
所○爲變也	3.10/25/26
所○逃遁也	3.10/25/26
所○止車禦騎也	3.10/26/1
所○少擊衆也	3.10/26/1
所○匿其形也	3.10/26/1
所○戰勇力也	3.10/26/2
所○破精微也	3.10/26/2
所○破軍擒將也	3.10/26/3
所○擊圓破方也	3.10/26/3
所○一擊十也	3.10/26/3
所○十擊百也	3.10/26/4
所○越深水、渡江河也	3.10/26/4
所○踰水戰也	3.10/26/5
所○降城服邑也	3.10/26/5
所○行奇謀也	3.10/26/5

所○搏前擒後也	3.10/26/6	
所○絕糧道也	3.10/26/6	
所○備走北也	3.10/26/7	
戰必○義者	3.10/26/7	
所○勵衆勝敵也	3.10/26/7	
所○勸用命也	3.10/26/7	
所○進罷怠也	3.10/26/8	
所○調和三軍、制一臣		
下也	3.10/26/8	
所○警守也	3.10/26/9	
所○爲固也	3.10/26/9	
所○默往來也	3.10/26/10	
所○持久也	3.10/26/10	
不可○語敵	3.10/26/12	
不可○語奇	3.10/26/12	
不可○語變	3.10/26/12	
可○知三軍之消息、勝		
負之決乎	3.11/26/26	
可○知敵	3.11/26/29	
各○其勝攻之	3.11/26/29	
虛無之情○制剛彊	3.11/27/1	
○天清淨	3.11/27/4	
當○白虎	3.11/27/5	
當○玄武	3.11/27/5	
當○朱雀	3.11/27/6	
當○勾陳	3.11/27/6	
當○青龍	3.11/27/6	
相喜○破敵	3.12/27/27	
相陳○勇猛	3.12/27/27	
相賢○威武	3.12/27/27	
相恐○敵強	3.12/27/30	
相語○不利	3.12/27/30	
金鐸之聲揚○清	3.12/28/1	
鼙鼓之聲宛○鳴	3.12/28/2	
金鐸之聲下○濁	3.12/28/5	
此所○知可攻而攻	3.12/28/11	
牛馬、所○轉輸糧用也		
	3.13/28/23	
推之○八尺車輪	4.1/29/17	
○五尺車輪	4.1/29/20	
○鹿車輪	4.1/29/23	
○銅爲首	4.1/29/27	
○鐵爲首	4.1/29/27	
晝則○絳縞	4.1/29/27	
夜則○白縞	4.1/29/27	
可○縱擊橫、可○敗敵	4.1/30/1	
柄長五尺○上	4.1/30/7	

柄長六尺○上	4.1/30/8,4.1/30/9,4.1/31/13	
	4.1/30/11	
○投其衆	4.1/30/11	
○步兵敗車騎	4.1/30/12	
黃帝所○敗蚩尤氏	4.1/30/16	
長六尺○上	4.1/30/18	
長二丈○上	4.1/31/3	
	4.1/31/4,4.1/31/8,4.1/31/10	
○環利通索張之	4.1/31/3	
	4.1/31/4	
徑四尺○上	4.1/31/5	
○天浮張飛江	4.1/31/5	
長四丈○上	4.1/31/9,4.1/31/9	
	4.1/31/12	
○鐵杙張之	4.1/31/12	
柄長三尺○上	4.1/31/13	
長五尺○上	4.1/31/14	
柄長七尺○上	4.1/31/14	
	4.1/31/15,4.1/31/15	
	4.1/31/16	
長三尺○上	4.1/31/17	
柄長二尺○上	4.1/31/17	
○武車驍騎驚亂其軍而		
疾擊之	4.3/32/14	
可○橫行	4.3/32/15	
欲因○爲勝	4.3/32/17	
可○必出	4.4/32/27	
○武衝扶胥	4.4/32/31	
○備左右	4.4/32/31	
○屬其後	4.4/32/32	
○飛江、轉關與天潢○		
濟吾軍	4.4/33/6	
因○火爲記	4.4/33/10	
不可○爲王者之兵也	4.5/33/21	
彼可○來	4.6/34/3	
我可○往	4.6/34/3	
○勞其意	4.6/34/13	
不可○伏其兩旁	4.7/34/27	
車騎又無○越其前後	4.7/34/27	
凡三軍○戒爲固	4.8/35/11	
○怠爲敗	4.8/35/11	
○號相命	4.8/35/12	
○戰則不勝	4.9/35/30	
○守則不固	4.9/35/31	
則○武衝爲壘而前	4.9/36/1	
爲之置遺缺之道○利其		
心	4.10/36/20	

中人○爲先出者得其徑		
道	4.10/36/21	
示之○仁義	4.10/36/25	
施之○厚德	4.10/36/26	
則○雲梯飛樓	4.11/37/4	
何○知敵壘之虛實	4.12/37/16	
○觀敵之變動	4.12/37/18	
○少擊衆	4.12/37/25	
吾欲○守則固	5.1/37/31	
	5.2/38/10,5.5/40/6	
○戰則勝	5.1/37/31	
	5.2/38/10,5.5/40/6,5.8/41/31	
○便戰所	5.1/38/2,5.8/42/2	
○騎爲輔	5.1/38/3	
○備前後	5.1/38/4	
敵人○我爲守城	5.2/38/21	
發吾伏兵○衝其內	5.2/38/21	
吾欲○戰則勝	5.3/38/31	
○守則固	5.3/38/31	
利○出戰	5.3/39/1	
不可○守	5.3/39/1	
善者○勝	5.4/39/18	
不善者○亡	5.4/39/18	
既○被山而處	5.5/40/8	
絕○武車	5.5/40/11	
○踰於水	5.6/40/29	
然後○軍騎分爲鳥雲之		
陳	5.6/41/4	
吾欲○少擊衆	5.7/41/11	
○弱擊彊	5.7/41/11	
○少擊衆者	5.7/41/13	
必○日之暮	5.7/41/13	
○弱擊彊者	5.7/41/13	
○熒惑其將	5.7/41/19	
（各）〔吾〕欲○守則		
固	5.8/41/31	
○天潢濟吾三軍	5.8/42/2	
○武衝爲前後	5.8/42/2	
○武衝絕之	5.8/42/3	
○武衝爲前	5.8/42/5	
左軍○左	5.8/42/6	
右軍○右	5.8/42/6	
中軍○中	5.8/42/6	
所○整齊士衆者也	6.4/44/5	
申之○三令	6.4/44/5	
○教操兵起居、旌旗指		
麾之變法	6.4/44/6	

擊其不〇	4.6/34/7	鷾 yì	1	則所不聞見者莫不〇化	
以勞其〇	4.6/34/13			矣	1.11/10/14
		深草蔚〇者	3.10/25/26	〇其謀	1.12/11/4
毅 yì	2			又見其〇	2.1/11/21
		因 yīn	18	〇賂左右	2.3/14/12
有剛〇而自用者	3.2/18/19			〇示以利	2.3/14/22
剛〇而自用者	3.2/18/24	〇其明	1.7/6/23	〇示大尊	2.3/15/1
		〇其常而視之	1.8/7/8	〇納智士	2.3/15/2
懝 yì	1	太上〇之	2.2/13/29	有〇符	3.7/23/6
		〇其所喜	2.3/14/7	所以〇通言語	3.7/23/25
凡三軍說〇	3.12/27/27	苟能〇之	2.3/14/8	諸有〇事大慮	3.8/24/6
		〇與之謀	2.3/14/25	此謂〇書	3.8/24/8
翼 yì	19	〇之	2.5/15/26	循〇陽之道而從其候	3.9/25/3
		〇其所愛	2.5/16/5	無〇雲風雨	3.11/27/4
卑飛斂〇	2.1/12/15	〇以踈之	2.5/16/5	〇為約誓	4.10/36/16
必有股肱羽〇以成威神	3.1/16/22	〇能受職	3.1/16/24	〇陽皆備	5.5/40/9
故將有股肱羽〇七十二		資〇敵家之動	3.9/24/16	或屯其〇	5.5/40/9
人	3.1/16/27	〇以為常	3.9/25/3	備山之〇	5.5/40/9
羽〇四人	3.1/17/29	〇天地之形	3.9/25/4	處山之〇	5.5/40/10
材士、強弩、矛戟為〇	4.1/29/17	〇其勞倦暮舍者	3.10/26/4		
	4.1/29/20	欲〇以為勝	4.3/32/17	**淫** yín	4
武〇大櫓、矛戟扶胥七		〇以火為記	4.4/33/10		
十二（具）〔乘〕	4.1/29/20	敵人〇天燥疾風之利	4.11/37/1	〇泆之樂不聽	1.2/3/4
提〇小櫓扶胥一百四十		必〇敵使	5.6/40/27	輔其〇樂	2.3/14/14
〔四〕（具）〔乘〕	4.1/29/23			進美女〇聲以惑之	2.3/15/5
材士強弩矛戟為〇	4.1/29/26	**音** yīn	9	〇之以色	2.5/16/10
武〇大櫓	4.4/32/31				
敵人〇我兩旁	4.9/35/31	律〇之聲	3.11/26/26	**銀** yín	1
強弩〇吾左右	4.11/37/12	其要有五〇	3.11/26/28		
〇吾左右	5.8/42/5	微妙之〇	3.11/27/11	金〇珠玉不飾	1.2/3/3
車者、軍之羽〇也	6.5/44/19	聞枹鼓之〇者	3.11/27/15		
吾騎〇而勿去	6.9/47/7	聞金鐵矛戟之〇者	3.11/27/15	**引** yǐn	15
〇而擊之	6.9/47/10	聞人囂呼之〇者	3.11/27/16		
〇其兩旁	6.9/47/12	勿令乏	4.8/35/12	〇兵深入諸侯之地	3.7/23/3
或〇其兩旁	6.9/47/19	聽其鼓無〇	4.12/37/23	3.8/24/3,4.4/32/24,4.5/33/17	
車騎〇我兩旁	6.10/48/23	鼓〇皆止	5.3/39/8	4.7/34/19,4.8/35/7,4.9/35/23	
				4.11/36/32,5.1/37/31	
黳 yì	1	**殷** yīn	2	5.3/38/30,5.4/39/15,5.5/40/5	
				5.6/40/17,5.8/41/30	
〇（蘙）〔茂〕林木	6.9/48/3	今彼〇商	2.1/12/18	則〇軍而卻	4.11/37/5
		〇草橫畝、犯歷深澤者	6.8/46/12		
議 yì	3			**飲** yǐn	1
		陰 yīn	20		
虛論高〇以為容美	1.9/8/15			主度〇食、蓄積	3.1/17/12
論〇談語	3.1/17/21	故發之以其〇	1.8/7/11		
夫兵、聞則〇	3.9/24/21	相不能富國強兵、調和			
		〇陽以安萬乘之主	1.9/9/2		

隱 yǐn	7
沈而無○	1.4/4/13
使之而觀其無○	1.6/5/26
使之而不○者、信也	1.6/5/28
○其情	1.9/9/7
清明無○者	3.10/26/2
○伏而處	4.4/32/32,5.2/38/20

英 yīng	1
欲簡練○雄	3.3/19/11

應 yīng	17
言語○對者	1.1/1/27
承意○事	2.3/14/31
以○天道	3.1/16/27
主潛謀○卒	3.1/16/32
○偶賓客	3.1/17/21
夫士外貌不與中情相○	
者十五	3.3/19/13
此士之外貌不與中情相	
○者也	3.3/19/19
願將軍帥師○之	3.4/20/18
疑志不可以○敵	3.4/21/2
從中○外	3.7/23/4
有聲○管	3.11/27/5
角聲○管	3.11/27/5
徵聲○管	3.11/27/5
商聲○管	3.11/27/6
羽聲○管	3.11/27/6
五管聲盡不○者	3.11/27/6
中外相○	5.3/39/8

鷹 yīng	1
○爪	4.1/31/14

盈 yíng	4
一○一虛	1.2/2/20
萬物○	1.8/7/3
○則藏	1.8/7/3
當天地○縮	3.9/25/3

楹 yíng	1
蘙檜椽○不斲	1.2/3/4

熒 yíng	3
○○不救	1.7/6/15
以○惑其將	5.7/41/19

營 yíng	6
多○宮室、臺榭以疲民力	1.3/4/3
主計會三軍○壁、糧食	
、財用出入	3.1/18/5
其○壘、蔽櫓也	3.13/28/22
結虎落柴○	4.1/31/8
設○壘	4.5/33/26
大將設○而陳	6.1/42/21

影 yǐng	2
飛鳧電○自副	4.1/29/26
電○青莖赤羽	4.1/29/27

勇 yǒng	32
五曰○	1.6/5/22
危之而不恐者、○也	1.6/5/28
故強○輕戰	1.9/8/7
大○不○	2.1/12/3
納○士	2.3/15/2
○、智、仁、信、忠也	3.2/18/15
○則不可犯	3.2/18/15
有○而輕死者	3.2/18/18
○而輕死者	3.2/18/22
有外○而內怯者	3.3/19/16
以觀其○	3.3/20/7
○者爲之鬭	3.4/21/8
所以戰○力也	3.10/26/2
將不○	3.10/26/15
相陳以○猛	3.12/27/27
○鬭爲首	4.4/32/27
○力、飛足、冒將之士	4.4/32/28
○力冒將之士疾擊而前	4.4/32/31
三軍○鬭	4.4/33/1
○士擊我後	4.4/33/4
○力、材士	4.4/33/7

○鬭則生	4.4/33/9
不○則死	4.4/33/9
則吾三軍皆精銳○鬭	4.4/33/11
○力、銳士	5.2/38/19
○者不得鬭	5.2/38/23
出我○、銳、冒將之士	5.3/39/7
軍中有大○敢死樂傷者	6.3/43/9
有銳氣壯○彊暴者	6.3/43/11
名曰○銳之士	6.3/43/13
名曰○力之士	6.3/43/15

用 yòng	49
人君〔慎此六者以爲君	
○〕	1.6/5/29
將○斧柯	1.7/6/15
舉賢而不○	1.10/9/16
是有舉賢之名而無○賢	
之實也	1.10/9/16
其失在君好○世俗之所	
譽而不得眞賢也	1.10/9/20
凡○賞者貴信	1.11/10/14
○罰者貴必	1.11/10/14
○之在於機	1.12/10/23
不得已而○之	1.12/10/25
以○爲常	2.2/14/1
必爲我○	2.3/14/25
○財	2.5/15/26
主計會三軍營壁、糧食	
、財○出入	3.1/18/5
有剛毅而自○者	3.2/18/19
剛毅而自○者	3.2/18/24
以給三軍之○	3.7/23/4
當○書	3.8/24/6
不○符	3.8/24/6
○兵不言	3.9/24/18
兵之○者	3.9/24/18
○莫大於玄默	3.9/24/29
○兵之害	3.9/25/8
○之若狂	3.9/25/12
凡○兵之道	3.10/25/21
所以勸○命也	3.10/26/7
○日長久	3.12/28/9
牛馬、所以轉輸糧○也	
	3.13/28/23
故○兵之具	3.13/28/30
三軍器○	4.1/29/10

凡〇兵之大數	4.1/29/16
法〇	4.1/29/16
此舉兵、軍〇之大數也	4.1/31/20
凡〇兵	4.2/32/3
〇車〇馬	4.2/32/6
〇文〇武	4.2/32/6
暴〇之則勝	4.3/32/14
徐〇之則敗	4.3/32/14
莫不習〇器械	4.5/33/24
三軍〇備	4.5/33/30
彼〇其士卒太疾也	4.12/37/24
〇之奈何	5.4/39/20
凡〇兵之大要	5.6/41/4
此〇兵之奇也	5.6/41/4
凡〇兵之法	6.1/42/18
凡〇兵之要	6.2/42/26
名曰倖〇之士	6.3/43/27
三軍同名而異〇也	6.8/46/5

憂 yōu　10

與人同〇同樂、同好同	
惡者	1.1/2/13
見其飢寒則爲之〇	1.3/4/6
豈〇其流乎	1.12/10/28
公尚助予〇民	2.1/11/17
何〇何嗇	2.2/13/5
何嗇何〇	2.2/13/5
刑繁則民〇	2.2/13/21
民〇則流亡	2.2/13/22
必無（〇）〔愛〕財	2.5/16/14
主將何〇	4.5/33/30

優 yōu　1

〇之游之	2.2/13/10

穮 yōu　1

鋤〇之具	3.13/28/22

尤 yóu　1

黃帝所以敗蚩〇氏	4.1/30/16

由 yóu　4

不知所〇	3.1/17/14
皆〇將出	3.4/21/5
皆〇神勢	3.10/25/23
皆〇五行	3.11/27/1

猶 yóu　4

無〇豫	3.9/25/8
〇豫最大	3.9/25/8
巧者一決而不〇豫	3.9/25/11
〇在吾後	4.11/37/5

游 yóu　1

優之〇之	2.2/13/10

遊 yóu　3

臣有大作宮室池榭、〇	
觀倡樂者	1.9/7/23
民有不事農桑、任氣〇	
俠、犯歷法禁、不從	
吏教者	1.9/7/25
〇士八人	3.1/17/31

有 yǒu　134

甚〇似也	1.1/1/16
何謂其〇似也	1.1/1/19
釣〇三權	1.1/1/21
天〇時	1.1/2/11
地〇財	1.1/2/11
民、〇孝慈者愛敬之	1.2/3/6
〇功必賞	1.2/3/8
〇罪必罰	1.2/3/8
人君〇六守、三寶	1.6/5/18
天下〇民	1.8/7/1
故王人者〇六賊七害	1.9/7/18
臣〇大作宮室池榭、遊	
觀倡樂者	1.9/7/23
民〇不事農桑、任氣遊	
俠、犯歷法禁、不從	
吏教者	1.9/7/25
臣〇結朋黨、蔽賢智、	
（鄣）〔障〕主明者	1.9/7/27

士〇抗志高節以爲氣勢	1.9/8/1
臣〇輕爵位、賤〇司、	
羞爲上犯難者	1.9/8/3
〇名無實	1.9/8/10
是〇舉賢之名而無用賢	
之實也	1.10/9/16
〔得之〕而天下皆〇分	
肉之心	2.1/12/8
然則皆〇啓之	2.1/12/9
無〇閉之也	2.1/12/9
必〇愚色	2.1/12/16
何窮之〇	2.2/13/7
〔夫〕天〇常形	2.2/13/29
民〇常生	2.2/13/29
凡文伐〇十二節	2.3/14/7
必〇好事	2.3/14/7
〇國而外	2.3/14/26
而常〇繁滋	2.3/15/3
〇國而塞	2.3/15/3
安能〇國	2.3/15/3
唯〇道者處之	2.4/15/20
〇三疑	2.5/15/24
賢之〇啓	2.5/16/16
必〇股肱羽翼以成威神	3.1/16/22
故將〇股肱羽翼七十二	
人	3.1/16/27
將〇五材十過	3.2/18/11
〇勇而輕死者	3.2/18/18
〇急而心速者	3.2/18/18
〇貪而好利者	3.2/18/18
〇仁而不忍人者	3.2/18/18
〇智而心怯者	3.2/18/19
〇信而喜信人者	3.2/18/19
〇廉潔而不愛人者	3.2/18/19
〇智而心緩者	3.2/18/19
〇剛毅而自用者	3.2/18/19
〇懦而喜任人者	3.2/18/20
不〇亡國	3.2/19/4
必〇破軍殺將	3.2/19/4
〇嚴而不肯者	3.3/19/13
〇溫良而爲盜者	3.3/19/13
〇貌恭敬而心慢者	3.3/19/13
〇外廉謹而內無至誠者	3.3/19/14
〇精精而無情者	3.3/19/14
〇湛湛而無誠者	3.3/19/14
〇好謀而不決者	3.3/19/14
〇如果敢而不能者	3.3/19/15

○恅恅而不信者	3.3/19/15	即○驚急	4.9/36/2	○知城邑丘墓地形之利	4.9/35/27
○怳怳惚惚而反忠實者	3.3/19/15	○大城不可下	4.10/36/9	○不能越我前後	4.9/35/28
○詭激而○功效者	3.3/19/15	門○行馬	5.2/38/19	○置兩踵軍於後	4.9/36/2
○外勇而內怯者	3.3/19/16	無○草木	5.5/40/5	○燔吾後	4.11/37/5
○肅肅而反易人者	3.3/19/16	險○大水	5.8/42/1	○燔吾前後	4.11/37/6,4.11/37/9
○嗃嗃而反靜愨者	3.3/19/16	必○分合之變	6.1/42/18	○無草木	5.6/40/18
○勢虛形劣而外出無所		漏刻○時	6.1/42/19	○無隘路	5.7/41/16
不至、無所不遂者	3.3/19/16	必○武車驍騎	6.2/42/26	○無鄰國之助	5.7/41/16
非○大明不見其際	3.3/19/19	軍中○大勇敢死樂傷者	6.3/43/9	○絕我後	6.9/47/29
知之○八徵	3.3/19/24	○銳氣壯勇彊暴者	6.3/43/11	○無險阻	6.10/48/23
凡國○難	3.4/20/17	○奇表長劍、接武齊列			
無○二心	3.4/21/5	者	6.3/43/13	**右** yòu	48
將○三〔禮〕	3.6/22/11	○拔距伸鉤、彊梁多力			
三軍卒○緩急	3.7/23/3	、潰破金鼓、絕滅旌		撫其左○	1.7/6/11
○陰符	3.7/23/6	旗者	6.3/43/15	陰賂左○	2.3/14/12
○大勝克敵之符	3.7/23/8	○踰高絕遠、輕足善走		收其左○忠愛	2.3/14/22
諸○陰事大慮	3.8/24/6	者	6.3/43/17	一左一○	4.2/32/5
物○死生	3.9/25/4	○王臣失勢、欲復見功		亦有前後、左○之利	4.2/32/5
○所不言而守者	3.9/25/14	者	6.3/43/19	○軍疾○	4.3/32/19
○所不見而視者	3.9/25/14	○死將之人	6.3/43/21	以備左○	4.4/32/31
其要○五音	3.11/26/28	○贅婿人虜	6.3/43/23	或出其○	4.6/34/14
無○文字	3.11/27/1	○貧窮憤怒	6.3/43/25	周吾軍前後左○	4.11/36/32
○聲應管	3.11/27/5	○胥靡免罪之人	6.3/43/27	遠望左○	4.11/37/4
皆○外候	3.11/27/11	○材技兼人	6.3/43/29	強弩、材士衛吾左○	4.11/37/6
又○大風甚雨之利	3.12/28/1	○金鼓之節	6.4/44/5	敵人燔吾左○	4.11/37/9
城必○大輔	3.12/28/11	凡車之死地○十	6.8/46/5	強弩翼吾左○	4.11/37/12
里○吏	3.13/28/27	其勝地○八	6.8/46/6	或攻吾○	5.3/38/31
官○長	3.13/28/27	後○溝瀆、左○深水、		選吾材士、強弩、車騎	
里○周垣	3.13/28/27	右○峻阪者	6.8/46/13	爲之左○	5.3/39/1
丈夫治田○畝數	3.13/29/1	騎○十勝九敗	6.9/47/1	武車驍騎繞我左○	5.4/39/15
婦人織紝○尺度	3.13/29/1	左右○水	6.9/48/5	爲之左○	5.4/39/22
豈○法乎	4.1/29/10	前○大阜	6.9/48/5	衝其左○	5.4/39/23
各○科品	4.1/29/12	後○高山	6.9/48/5	伏於左○	5.4/39/28
亦○前後、左右之利	4.2/32/5	左○深溝	6.9/48/12	積弩射其左○	5.4/39/28
前○大水、廣塹、深坑	4.4/33/3	右○坑阜	6.9/48/12	備山之左○	5.5/40/10
無○舟梁之備	4.5/33/18			處山之○	5.5/40/10,5.8/42/1
凡三軍○大事	4.5/33/24	**又** yòu	20	射其左○	5.6/41/1
則○轒轀、臨衝	4.5/33/24			車騎衝其左○	5.6/41/2
則○雲梯、飛樓	4.5/33/24	○見人災	2.1/11/21	疾擊其左○	5.7/41/20
則○武衝、大櫓	4.5/33/25	○見其陰	2.1/11/21	吾左山而○水	5.8/41/30
則○材士、強弩	4.5/33/25	○見其內	2.1/11/22	敵○山而左水	5.8/41/30
則○天羅、武落、行馬		○見其親	2.1/11/22	急備山之○	5.8/42/1
、蒺藜	4.5/33/26	○有大風甚雨之利	3.12/28/1	翼吾左○	5.8/42/5
則○飛橋、轉關、轆轤		險阻○固	4.4/32/25	○軍以○	5.8/42/6
、鉏鋙	4.5/33/29	○無水草之資	4.5/33/18	左○十步	6.5/45/4
則○天潢、飛江	4.5/33/29	車騎○無以越其前後	4.7/34/27	左○六步	6.5/45/5
則○浮海、絕江	4.5/33/29	○越我前後	4.9/35/23	左○四步	6.5/45/9

左〇二步	6.5/45/9	用之在〇機	1.12/10/23	戰〇易地	6.8/46/21
前後、左〇、上下周旋	6.6/45/20	顯之在〇勢	1.12/10/23	將明〇十害八勝	6.8/46/22
射前後左〇	6.6/45/20	成之在〇君	1.12/10/23	是謂陷〇天井	6.9/47/31
前後、左〇周旋進退	6.7/45/28	在〇慮亡	1.12/10/27	頓〇地穴	6.9/47/31
左險〇易、上陵仰阪者	6.8/46/12	在〇慮殃	1.12/10/27	三軍戰〇兩水之間	6.9/48/5
後有溝瀆、左有深水、		無取〇民者	2.1/12/11		
〇有峻阪者	6.8/46/13	無取〇國者	2.1/12/11	**娛** yú	2
或左或〇	6.8/46/20	無取〇天下者	2.1/12/11		
擊其左〇	6.9/47/5	變〇形容	2.2/13/18	〇以美人	2.3/14/14
獵其左〇	6.9/47/10	惠施〇民	2.5/16/14	〇之以樂	2.5/16/10
左〇有水	6.9/48/5	命在〇將〔也〕	3.2/19/1		
〇有坑阜	6.9/48/12	願君亦垂一言之命〇臣	3.4/21/2	**魚** yú	7
備我左〇	6.10/48/28	則無天〇上	3.4/21/5		
		無地〇下	3.4/21/6	水流而〇生之	1.1/1/26
誘 yòu	5	無敵〇前	3.4/21/6	小〇食之	1.1/2/1
		無君〇後	3.4/21/6	中〇食之	1.1/2/1
〇乎獨見	1.1/2/5	戰勝〇外	3.4/21/10	大〇食之	1.1/2/1
時與大勢以〇之	2.3/15/5	功立〇內	3.4/21/10	夫〇食其餌	1.1/2/1
詭伏設奇、遠張誑〇者	3.10/26/2	變生〇兩陳之間	3.9/24/16	故以餌取〇	1.1/2/2
妄張詐〇	5.7/41/19	奇正發〇無窮之源	3.9/24/16	〇可殺	1.1/2/2
進退〇敵	6.9/48/12	理〇未生	3.9/24/23		
		勝〇無形	3.9/24/23	**愚** yú	2
迂 yū	1	故爭勝〇白刃之前者	3.9/24/26		
		設備〇已失之後者	3.9/24/26	必有〇色	2.1/12/16
〇其道	5.7/41/19	事莫大〇必克	3.9/24/29	〇人不能正	2.2/13/21
		用莫大〇玄默	3.9/24/29		
於 yú	71	動莫神〇不意	3.9/24/29	**漁** yú	3
		謀莫善〇不識	3.9/24/29		
田〇渭陽	1.1/1/5,1.1/1/12	先見弱〇敵	3.9/25/1	坐茅以〇	1.1/1/12
兆比〇此	1.1/1/10	聖人徵〇天地之動	3.9/25/3	子樂〔得〕〇邪	1.1/1/14
乃牽〇緡	1.1/2/2	非能戰〇天上	3.10/25/23	今吾〇	1.1/1/16
乃服〇君	1.1/2/2	非能戰〇地下	3.10/25/23		
賞罰如加〇身	1.3/4/7	盡在〇人事	3.13/28/21	**踰** yú	7
臣無富〇君	1.6/6/4	盡在〇人事也	3.13/28/30		
都無大〇國	1.6/6/5	取〇人事	3.13/28/30	兵出〇境	3.2/19/4
是故人君必從事〇富	1.7/6/17	後不得屬〇前	4.5/33/18	所以〇水戰也	3.10/26/5
僥倖〇外	1.9/8/7	其銳士伏〇深草	4.6/34/10	我欲〇渡	4.4/33/3
以高談虛論說〇人主	1.9/8/18	必〇死地	4.7/34/31	〇水擊之	5.6/40/17
忠臣死〇無罪	1.10/10/1	又置兩踵軍〇後	4.9/36/2	以〇於水	5.6/40/29
則國不免〇危亡	1.10/10/2	必會〇晦	5.2/38/13	有〇高絕遠、輕足善走	
賞信罰必〇耳目之所聞		伏〇左右	5.4/39/28	者	6.3/43/17
見	1.11/10/14	各置衝陳〇山之表	5.5/40/12	追北〇險	6.9/47/29
夫誠暢〇天地	1.11/10/15	設伏兵〇後	5.6/40/21		
通〇神明	1.11/10/15	以踰〇水	5.6/40/29	**輿** yú	1
而況〇人乎	1.11/10/15	伏〇深草	5.7/41/13		
一者、階〇道	1.12/10/23	與敵人相遇〇險阨之中	5.8/41/30	馬牛、車〇者	3.13/28/21
幾〇神	1.12/10/23	立威〇天下	6.4/44/10		

予 yǔ	5
夫將棄○	1.5/5/3
今○欲師至道之言	1.5/5/4
公尚助○憂民	2.1/11/17
公言乃協○懷	2.2/14/1
○欲立功	2.5/15/24

羽 yǔ	9
必有股肱○翼以成威神	3.1/16/22
故將有股肱○翼七十二	
人	3.1/16/27
○翼四人	3.1/17/29
宮、商、角、徵、○	3.11/26/28
○聲應管	3.11/27/6
○也	3.11/27/16
飛鳧赤莖白○	4.1/29/26
電影青莖赤○	4.1/29/27
車者、軍之○翼也	6.5/44/19

雨 yǔ	11
是故風○時節	3.4/21/10
〔天〕○不張蓋〔幕〕	3.6/22/15
大風甚○者	3.10/26/6
無陰雲風○	3.11/27/4
又有大風甚○之利	3.12/28/1
逆大風甚○之利	3.12/28/4
過旬不雷不○	3.12/28/11
天○	4.1/31/12
而天暴○	4.5/33/17
日夜霖○	4.8/35/7,6.8/46/14

禹 yǔ	1
爲○占	1.1/1/10

語 yǔ	12
言○應對者	1.1/1/27
將○君天地之經	1.8/6/29
○無爲以求名	1.9/8/12
論議談○	3.1/17/21
所以陰通言○	3.7/23/25
言○不通	3.8/24/4
故至事不○	3.9/24/18

不可以○敵	3.10/26/12
不可以○奇	3.10/26/12
不可以○變	3.10/26/12
言○妖祥	3.12/27/25
相○以不利	3.12/27/30

與 yǔ	65
能○人共之者、仁也	1.1/2/11
○人同憂同樂、同好同	
惡者	1.1/2/13
乃載○俱歸	1.1/2/16
○而勿奪	1.3/3/22
則○之〔也〕	1.3/4/1
善○而不爭	1.4/4/18
不慎所○也	1.6/5/18
○天地同光	1.8/7/12
王者慎勿○謀	1.9/8/10
○鬼神通	2.1/11/27
○人同〔利〕	2.1/11/29
故○人爭	2.2/13/21
○天下共其生	2.2/13/29
民無○而自富	2.2/13/32
因○之謀	2.3/14/25
如○同生	2.3/14/31
人臣無不重貴○富	2.3/15/1
惡死○咎	2.3/15/1
時○大勢以誘之	2.3/15/5
而○天下圖之	2.3/15/6
○其寵人	2.5/16/5
○之所欲	2.5/16/5
夫士外貌不○中情相應	
者十五	3.3/19/13
此士之外貌不○中情相	
應者也	3.3/19/19
三曰、○之閒謀	3.3/19/28
〔故上〕將○士卒共寒	
暑	3.6/22/23
主○將	3.7/23/6
上戰無○戰〔矣〕	3.9/24/23
智○衆同	3.9/24/26
技○衆同	3.9/24/27
其成○敗	3.10/25/23
○敵同服者	3.10/26/6
一○一奪	3.10/26/8
三軍之○俱治	3.10/26/19
○之俱亂	3.10/26/19

無○敵人爭道	4.3/32/19
以飛江、轉關○天潢以	
濟吾軍	4.4/33/6
吾○敵人臨境相拒	4.6/34/3
○敵之軍相當	4.7/34/19
○敵相避	4.7/34/31
○敵相當　4.7/34/31,4.8/35/7	
○敵相守	4.9/35/23
卒○敵人相薄	4.9/35/30
○我相拒	4.10/36/9
相○密謀	4.10/36/16
慎勿○戰	4.10/36/22
○敵分林相拒	5.1/37/31
相○爲伍	5.1/38/3
○敵人衝軍相當	5.3/38/30
敵人○我車騎相當	5.4/39/25
○敵人臨水相拒	5.6/40/17
必得大國（而）〔之〕	
○、鄰國之助	5.7/41/13
我無大國之○	5.7/41/16
則得大國之○、鄰國之	
助矣	5.7/41/23
○敵人相遇於險阨之中	5.8/41/30
○我分險相拒	5.8/41/31
然後移檄書○諸將吏期	6.1/42/18
子弟欲○其將報仇者	6.3/43/21
以車○步卒戰	6.5/44/16
以騎○步卒戰	6.5/44/16
以車○騎戰	6.5/44/17
車少地易、○步不敵者	6.8/46/13
步兵〔○〕車騎戰奈何	
	6.10/48/18
步兵○車騎戰者	6.10/48/20

錯 yǔ	2
結枲鉏○	4.1/31/12
則有飛橋、轉關、轆轤	
、鉏○	4.5/33/29

玉 yù	3
金銀珠○不飾	1.2/3/3
厚賂珠○	2.3/14/14
金○爲主	5.6/40/27

御 yù　2

○其四旁　1.7/6/11
軍不可從中○　3.4/21/1

欲 yù　45

○使主尊人安　1.3/3/16
今予○師至道之言　1.5/5/4
故義勝○則昌　1.5/5/11
○勝義則亡　1.5/5/11
言無○以求利　1.9/8/12
吾○賞一以勸百　1.11/10/11
我○襲之　1.12/11/1
○其西　1.12/11/7
○錮其心　2.3/14/22
予○立功　2.5/15/24
○離其親　2.5/16/5
與之所○　2.5/16/5
○簡練英雄　3.3/19/11
吾○令三軍之衆　3.6/22/8
名曰（上）〔止〕○將　3.6/22/21
將不身服止○　3.6/22/21
主將○合兵　3.8/24/3
吾○未戰先知敵人之强
　弱　3.12/27/21
○因以爲勝　4.3/32/17
我○必出　4.4/32/25
我○踰渡　4.4/33/3
吾○畢濟　4.5/33/18
我○往而襲之　4.6/34/4
吾○令敵人將帥恐懼　4.7/34/20
後陳○走　4.7/34/20
吾○戰則不可勝　4.9/35/23
○守則不可久　4.9/35/24
我○攻城圍邑　4.10/36/9
吾○以守則固　5.1/37/31
　5.2/38/10,5.5/40/6
吾○以戰則勝　5.3/38/31
○久其日　5.6/40/18
吾○以少擊衆　5.7/41/11
（各）〔吾〕○以守則
　固　5.8/41/31
將○期會合戰　6.1/42/15
夫○擊者　6.2/42/29
有王臣失勢、○復見功
　者　6.3/43/19

子弟○與其將報仇者　6.3/43/21
○掩迹揚名者　6.3/43/23
○快其心者　6.3/43/25
○逃其恥者　6.3/43/27
○令士卒練士教戰之道　6.4/44/3
士卒○鬭　6.9/47/7
敵人暮○歸舍　6.9/47/12

馭 yù　1

○民如父母之愛子　1.3/4/6

愈 yù　2

世亂○甚以至危亡者　1.10/9/14
是以世亂○甚　1.10/10/1

遇 yù　8

兩軍相○　1.12/11/1
○時不疑　3.9/25/9
○深谿大谷險阻之水　4.5/33/17
○深草蓊穢　4.11/36/32
○大林　5.1/37/31
卒○敵人　5.4/39/15
○高山盤石　5.5/40/5
與敵人相○於險阨之中　5.8/41/30

豫 yù　4

無猶○　3.9/25/8
猶○最大　3.9/25/8
巧者一決而不猶○　3.9/25/11
○見勝負之徵　3.12/27/21

禦 yù　7

鹿裘○寒　1.2/3/5
以備守○　3.1/17/19
孰能○之　3.9/25/12
所以止車○騎也　3.10/26/1
守○之備　3.13/28/18
戰攻守○之具　3.13/28/21
莫我能○　4.4/33/1

譽 yù　5

其失在君好用世俗之所
　○而不得眞賢也　1.10/9/20
〔好聽世俗之所○者〕　1.10/9/24
君以世俗之所○者爲賢
　〔智〕　1.10/9/25
姦臣以虛○取爵位　1.10/10/1
主揚名○　3.1/17/29

淵 yuān　3

深○度之　1.4/4/23
若○之深　1.9/9/7
至○者　3.4/20/22

垣 yuán　2

宮○屋室不堊　1.2/3/4
里有周○　3.13/28/27

圓 yuán　2

所以擊○破方也　3.10/26/3
矩內○外　4.1/31/4

源 yuán　3

○深而水流　1.1/1/26
今王已慮其○　1.12/10/28
奇正發於無窮之○　3.9/24/16

轅 yuán　1

立表○門　6.1/42/21

遠 yuǎn　32

其光必○　1.1/2/5
臨而無○　1.4/4/13
高居而○望　1.9/9/5
必使○民　2.5/16/12
○近陵易　3.1/17/8
震○方　3.1/17/29
吾將以近通○　3.7/23/3
御敵報○之符　3.7/23/14
相去遼○　3.8/24/4

詭伏設奇、○張誑誘者	3.10/26/2	2.2/13/27,2.2/14/1	6.10/48/20,6.10/48/26
長關○候、暴疾謬遁者	3.10/26/5	史編○　　　　1.1/1/10	文王再拜○　　　1.1/2/16
設雲火○候	4.4/33/10	文王勞而問之○　1.1/1/14	文王問太公○　　1.2/2/20
必不敢○追長驅	4.4/33/10	太公○　1.1/1/16,1.1/1/21	1.3/3/16,1.4/4/11,1.6/5/16
晝則登雲梯○望	4.5/33/28	1.1/1/26,1.1/2/1,1.1/2/10	1.7/6/9,1.8/6/27,1.9/7/16
發我○候	4.7/34/30	1.2/2/23,1.2/2/28,1.2/3/3	1.10/9/14,1.11/10/11
○我旌旗	4.7/34/31	1.3/3/18,1.3/3/22,1.3/3/26	2.2/13/3,2.3/14/5,2.4/15/12
當先發○候	4.9/36/1	1.4/4/13,1.4/4/18,1.4/4/22	一○仁　　　　　1.6/5/22
○者百里	4.9/36/2	1.4/4/27,1.5/5/6,1.5/5/10	二○義　　　　　1.6/5/22
車騎必○	4.10/36/13	1.6/5/18,1.6/5/22,1.6/5/26	三○忠　　　　　1.6/5/22
車騎○要其前	4.10/36/21	1.6/6/3,1.7/6/11,1.7/6/22	四○信　　　　　1.6/5/22
○望左右	4.11/37/4	1.8/6/29,1.8/7/1,1.9/7/18	五○勇　　　　　1.6/5/22
敵人卒去不○	4.12/37/24	1.9/7/23,1.10/9/16,1.10/9/20	六○謀　　　　　1.6/5/22
令我○邑別軍	5.2/38/12	1.10/9/24,1.10/10/6	〔文〕王○　　　1.7/6/20
敵人○遮我前	5.3/39/4	1.11/10/14,1.12/10/21	一○ 1.9/7/23,1.9/8/7,2.3/14/7
○其路	5.7/41/19	1.12/11/4,1.12/11/11	二○　1.9/7/25,1.9/8/10
則○近奔集	6.1/42/22	2.1/11/20,2.2/13/5,2.2/13/29	2.3/14/10
有蹊高絕○、輕足善走		2.3/14/7,2.4/15/14,2.5/15/26	三○　1.9/7/27,1.9/8/12
者	6.3/43/17	3.1/16/24,3.1/16/32	2.3/14/12
能負重致○者	6.3/43/29	3.2/18/11,3.2/18/15	四○　1.9/8/1,1.9/8/15
越絕險阻、乘敵○行者	6.8/46/10	3.3/19/13,3.3/19/24	2.3/14/14
○行而暮舍	6.8/46/21	3.4/20/17,3.5/21/19	五○　1.9/8/3,1.9/8/18
所從出者○	6.9/48/1	3.6/22/11,3.6/22/15,3.7/23/6	2.3/14/17
明將之所以○避、闇將		3.8/24/6,3.9/24/16	六○　1.9/8/5,1.9/8/21
之所以陷敗也	6.9/48/14	3.10/25/23,3.11/26/28	2.3/14/20
		3.11/27/11,3.11/27/15	七○　1.9/8/23,2.3/14/22
願 yuàn　　　　　　6		3.12/27/23,3.13/28/21	武王問太公○　1.12/10/19
		4.1/29/12,4.1/29/16,4.2/32/5	2.5/15/24,3.1/16/22,3.2/18/9
○聞其情	1.1/1/24	4.3/32/14,4.3/32/19	3.3/19/11,3.4/20/15
○聞為國之大務	1.3/3/16	4.4/32/27,4.4/33/6,4.5/33/21	3.5/21/17,3.6/22/8,3.7/23/3
○聞其道	1.9/7/21	4.6/34/6,4.6/34/13,4.7/34/23	3.8/24/3,3.9/24/14
○將軍帥師應之	3.4/20/18	4.7/34/30,4.8/35/11	3.10/25/21,3.11/26/26
○君亦垂一言之命於臣	3.4/21/2	4.8/35/18,4.9/35/26,4.9/36/1	3.12/27/21,3.13/28/18
○聞之	4.1/29/14	4.10/36/13,4.10/36/19	4.1/29/10,4.2/32/3,4.3/32/12
		4.11/37/4,4.11/37/12	4.4/32/24,4.5/33/17,4.6/34/3
曰 yuē　　　　　　329		4.12/37/18,4.12/37/23	4.7/34/19,4.8/35/7,4.9/35/23
		5.1/38/1,5.2/38/12,5.2/38/18	4.10/36/9,4.11/36/32
○	1.1/1/5	5.3/39/1,5.3/39/7,5.4/39/18	4.12/37/16,5.1/37/31
1.5/5/3,3.4/20/20,3.4/20/22		5.4/39/22,5.4/39/28,5.5/40/8	5.2/38/9,5.3/38/30,5.4/39/15
文王○　1.1/1/8,1.1/1/19		5.6/40/21,5.6/40/27	5.5/40/5,5.6/40/17,5.7/41/11
1.1/1/24,1.1/1/30,1.1/2/8		5.6/40/32,5.7/41/13	5.8/41/30,6.1/42/15
1.2/2/26,1.2/3/1,1.2/3/12		5.7/41/19,5.8/42/1,6.1/42/18	6.2/42/26,6.3/43/7,6.4/44/3
1.3/3/20,1.3/3/24,1.4/4/16		6.2/42/29,6.2/43/1,6.3/43/9	6.5/44/16,6.6/45/17
1.4/4/20,1.4/4/25,1.5/5/8		6.4/44/5,6.5/44/19,6.5/45/3	6.7/45/25,6.8/46/3,6.9/46/29
1.6/5/20,1.6/5/24,1.6/6/1		6.6/45/19,6.7/45/27,6.8/46/5	6.10/48/18
1.9/7/21,1.9/9/10,1.10/9/18		6.8/46/10,6.8/46/19,6.9/47/1	黃帝○　　　　1.12/10/23
1.10/9/22,1.10/10/4		6.9/47/5,6.9/47/27	武王○　　　　　1.12/11/1

乃分車騎爲鳥○之陳	5.5/40/12		5.2/38/26,5.3/39/11,5.4/40/1	北面○拜而問之	1.8/6/31
車騎分爲鳥○之陳	5.6/41/1		5.6/41/7,5.7/41/26,5.8/42/9	書皆一合而○離	3.8/24/6
然後以軍騎分爲鳥○之			6.4/44/12,6.5/45/13	○離者	3.8/24/7
陳	5.6/41/4		6.8/46/25,6.10/48/30		
所謂鳥○者	5.6/41/5	神○	2.2/13/24	**載** zài	3
鳥散而○合	5.6/41/5	深○	3.11/26/28	乃○與俱歸	1.1/2/16
		明○	5.3/39/7	螳蜋武士共○	4.1/30/1
允 yǔn	2			螳蜋武士三人共○	4.1/30/4
○哉	1.1/2/16,4.1/31/22	**在** zài	32	**燥** zào	1
		仁之所○	1.1/2/11	敵人因天○疾風之利	4.11/37/1
運 yùn	1	德之所○	1.1/2/12		
則天○不能移	2.4/15/16	義之所○	1.1/2/13	**譟** zào	2
		道之所○	1.1/2/14	鼓○而乘之	4.7/34/20
匝 zā	1	禍福○君	1.2/2/23	鼓○而俱起	4.7/34/24
掘地○後	6.10/48/27	不○天時	1.2/2/23		
		太子發○側	1.5/5/3	**則** zé	148
雜 zá	1	聖人之○天地間也	1.8/7/8	○得天下	1.1/2/10
○以強弩	6.9/47/22	其失安○	1.10/9/18	○失天下	1.1/2/11
		其失○君好用世俗之所		○國危而民亂	1.2/2/23
災 zāi	5	譽而不得眞賢也	1.10/9/20	○國安而民治	1.2/2/23
人道無○	2.1/11/20	用之○於機	1.12/10/23	○利之〔也〕	1.3/3/26
又見人○	2.1/11/21	顯之○於勢	1.12/10/23	○成之〔也〕	1.3/3/26
天下○之	2.4/15/20	成之○於君	1.12/10/23	○生之〔也〕	1.3/4/1
校○異	3.1/17/6	○於慮亡	1.12/10/27	○與之〔也〕	1.3/4/1
三軍之○	3.9/25/8	○於慮殃	1.12/10/27	○樂之〔也〕	1.3/4/1
		文王○酆	2.1/11/17	○喜之〔也〕	1.3/4/2
哉 zāi	41	故道○不可見	2.1/12/15	○害之〔也〕	1.3/4/2
微○	1.1/2/5,2.1/11/27	事○不可聞	2.1/12/15	○敗之〔也〕	1.3/4/2
	2.1/11/27,2.1/12/15	勝○不可知	2.1/12/15	○殺之〔也〕	1.3/4/3
	2.1/12/15,4.7/34/30	時之所○	2.2/13/7	○奪之〔也〕	1.3/4/3
樂○	1.1/2/6,2.1/12/24	命○通達	3.1/16/24	○苦之〔也〕	1.3/4/4
允○	1.1/2/16,4.1/31/22	命○於將〔也〕	3.2/19/1	○怒之〔也〕	1.3/4/4
大○	1.2/3/12,2.1/12/23	一○將軍	3.4/20/17	見其飢寒○爲之憂	1.3/4/6
	4.1/29/12	其敗○人	3.12/27/23	見其勞苦○爲之悲	1.3/4/7
善○	1.9/9/10,3.2/19/7	盡○於人事	3.13/28/21	周、○天也	1.4/4/14
	3.4/21/13,3.7/23/27	盡○於人事也	3.13/28/30	定、○地也	1.4/4/14
	3.8/24/10,3.9/25/17	審知敵人所○	4.9/36/1	許之○失守	1.4/4/22
	3.10/26/22,3.11/27/9	審知敵人別軍所○	4.10/36/19	拒之○閉塞	1.4/4/22
	3.12/28/14,3.13/29/4	其老弱獨○	4.10/36/21	○無不見也	1.4/4/27
	4.2/32/8,4.4/33/13,4.7/35/3	罪○一人	4.10/36/26	○無不聞也	1.4/4/28
	4.9/36/5,4.10/36/28	猶○吾後	4.11/37/5	○無不知也	1.4/4/28
		必知敵人所○	5.3/39/8	○明不蔽矣	1.4/4/28
		再 zài	4		
		文王○拜曰	1.1/2/16		

故義勝欲○昌	1.5/5/11
欲勝義○亡	1.5/5/11
敬勝怠○吉	1.5/5/11
怠勝敬○滅	1.5/5/12
〔以三寶〕借人○君	
〔將〕失其威	1.6/5/29
○穀足	1.6/6/3
○器足	1.6/6/3
○貨足	1.6/6/4
○君昌	1.6/6/5
○國安	1.6/6/5
○失其權	1.7/6/12
○害	1.7/6/17
○敗	1.7/6/18
○爲人所害	1.7/6/18
敬其眾○和	1.7/6/22
合其親○喜	1.7/6/22
盈○藏	1.8/7/3
藏○復起	1.8/7/4
○民安	1.8/7/8
○多黨者進	1.10/9/26
若是○群邪（此）〔比〕	
周而蔽賢	1.10/10/1
○國不免於危亡	1.10/10/2
○得舉賢之道也	1.10/10/7
○所不聞見者莫不陰化	
矣	1.11/10/14
濟○皆同其利	2.1/12/8
敗○皆同其害	2.1/12/9
然○皆有啓之	2.1/12/9
上勞○刑繁	2.2/13/21
刑繁○民憂	2.2/13/21
民憂○流亡	2.2/13/22
障之○止	2.2/13/24
啓之○行	2.2/13/24
〔動之○濁〕	2.2/13/24
靜之○清	2.2/13/24
○知其所終〔矣〕	2.2/13/25
○天運不能移	2.4/15/16
勇○不可犯	3.2/18/15
智○不可亂	3.2/18/15
仁○愛人	3.2/18/15
信○不欺〔人〕	3.2/18/16
忠○無二心	3.2/18/16
○賢、不肖別矣	3.3/20/11
○進	3.4/20/23
○止	3.4/20/23

○士眾必盡死力	3.4/20/25
○無天於上	3.4/21/5
〔○三軍不爲使〕	3.5/22/3
聞鼓聲○喜	3.6/22/23
聞金聲○怒〔矣〕	3.6/22/24
夫兵、聞○議	3.9/24/21
見○圖	3.9/24/21
知○困	3.9/24/21
辨○危	3.9/24/21
見勝○起	3.9/25/6
不勝○止	3.9/25/6
○三軍不親	3.10/26/15
○三軍不銳	3.10/26/15
○三軍大疑	3.10/26/15
○三軍大傾	3.10/26/16
○三軍失其機	3.10/26/16
○三軍失其備	3.10/26/16
○三軍失其職	3.10/26/16
○聽之	3.11/27/15
晝○以絳縞	4.1/29/27
夜○以白縞	4.1/29/27
暴用之○勝	4.3/32/14
徐用之○敗	4.3/32/14
勇鬭○生	4.4/33/9
不勇○死	4.4/33/9
○吾三軍皆精銳勇鬭	4.4/33/11
○有轒輼、臨衝	4.5/33/24
○有雲梯、飛樓	4.5/33/24
○有武衝、大櫓	4.5/33/25
○有材士、強弩	4.5/33/25
○有天羅、武落、行馬	
、蒺藜	4.5/33/26
晝○登雲梯遠望	4.5/33/28
夜○設雲火萬炬	4.5/33/28
○有飛橋、轉關、轆轤	
、鉬鋙	4.5/33/29
○有天潢、飛江	4.5/33/29
○有浮海、絕江	4.5/33/29
○止不來矣	4.6/34/8
○敵人不敢來	4.6/34/14
戰○不勝	4.7/34/28
吾欲戰○不可勝	4.9/35/23
欲守○不可久	4.9/35/24
○我軍堅固	4.9/35/27
以戰○勝	4.9/35/30
以守○固	4.9/35/31
○以武衝爲壘而前	4.9/36/1

○天下和服	4.10/36/26
○以雲梯飛樓	4.11/37/4
○引軍而卻	4.11/37/5
○敵不能害我	4.11/37/6
○知其去來	4.12/37/19
太疾、○前後不相次	4.12/37/24
不相次、○行陳必亂	4.12/37/25
○必勝矣	4.12/37/25
吾欲以守○固	5.1/37/31
	5.2/38/10,5.5/40/6
以戰○勝	5.1/37/31
	5.2/38/10,5.5/40/6,5.8/41/31
見便○戰	5.1/38/3
不見便○止	5.1/38/3
未盡至○設備而待之	5.2/38/18
吾欲以戰○勝	5.3/38/31
以守○固	5.3/38/31
○敵人擾亂	5.4/39/23
○爲敵所棲	5.5/40/8
○爲敵所囚	5.5/40/8
○不能前	5.6/40/18
○糧食少	5.6/40/18
○得大國之與、鄰國之	
助矣	5.7/41/23
（各）〔吾〕欲以守○	
固	5.8/41/31
○遠近奔集	6.1/42/22
○擊之	6.2/42/26
如何○可擊	6.2/42/26
變見○擊之	6.2/42/29
○一騎不能當步卒一人	6.5/44/23
○易戰之法	6.5/44/23

賊 zé　　　　　　6

○人將來	1.7/6/13
故王人者有六○七害	1.9/7/18
夫六○者	1.9/7/23
大○乃發	1.9/9/8
暴虐殘○	2.1/12/20
天下○之	2.4/15/19

澤 zé　　　　　　6

坳○窈冥者	3.10/26/1
吾三軍過大陵、廣○、	
平易之地	4.9/35/30

絕大○	6.7/45/28	湛 zhàn	2	○車居前	5.1/38/3
坦下漸○、黑土黏埴者	6.8/46/11			見便則○	5.1/38/3
殷草橫畝、犯歷深○者	6.8/46/12	有○○而無誠者	3.3/19/14	更○更息	5.1/38/4,5.8/42/7
汙下沮○	6.9/48/10			是謂林○之紀	5.1/38/5
		戰 zhàn	94	或○而侵掠我地	5.2/38/15
擇 zé	2			使我輕卒合○而佯走	5.2/38/20
		故強勇輕○	1.9/8/7	名曰突○	5.2/38/23
慎○六守者何	1.6/5/24	〔將〕臨敵決○	3.4/21/5	吾欲以○則勝	5.3/38/31
主○材力	3.1/17/14	○勝於外	3.4/21/10	利以出	5.3/39/1
		野○爭先赴	3.6/22/8	敵人見我○合	5.6/41/1
憎 zēng	1	故善○者	3.9/24/23	當敵臨○	5.6/41/4
		上○無與〔矣〕	3.9/24/23	凡險○之法	5.8/42/5
所○者	1.2/3/8	而後○者也	3.9/25/1	已○者	5.8/42/6
		未見形而○	3.9/25/6	將欲期會合○	6.1/42/15
增 zēng	1	善○者	3.9/25/6	其大將先定○地○日	6.1/42/18
		古之善○者	3.10/25/23	明告○日	6.1/42/19
深溝○壘而無出	4.6/34/6	非能○於天上	3.10/25/23	并力合○	6.1/42/22
		非能○於地下	3.10/25/23	欲令士卒練士教○之道	6.4/44/3
詐 zhà	6	所以○勇力也	3.10/26/2	使一人學○	6.4/44/8
		所以踰水○也	3.10/26/5	十人學○	6.4/44/8
去○僞	1.9/7/18	○必以義者	3.10/26/7	百人學○	6.4/44/8
主爲譎○	3.1/18/1	不知○攻之策	3.10/26/12	千人學○	6.4/44/9
必知敵○而爲偶人也	4.12/37/23	吾欲未○先知敵人之強		萬人學○	6.4/44/9
索便○敵而亟去之	5.6/40/21	弱	3.12/27/21	大○之法	6.4/44/10
敵不可得而○	5.6/40/24	○攻之具	3.13/28/18	以車與步卒○	6.5/44/16
妄張○誘	5.7/41/19	○攻守禦之具	3.13/28/21	以騎與步卒○	6.5/44/16
		其○車騎也	3.13/28/24	以車與騎○	6.5/44/17
齋 zhāi	4	其○步兵也	3.13/28/24	故車騎不敵	6.5/44/23
		突瞑來前促○	4.1/30/20	則易○之法	6.5/44/23
文王乃○三日	1.1/1/12	日出挑○	4.6/34/13	險○之法	6.5/44/27,6.5/45/4
○	1.8/6/29	三軍疾○	4.6/34/15,4.7/34/32	易○之法	6.5/45/3,6.5/45/8
王即○七日	1.8/6/31		5.1/38/4,5.2/38/13,5.2/38/23	險○者	6.5/45/9
○三日	3.4/20/18		5.3/39/9,5.5/40/13,5.6/41/1	○車奈何	6.8/46/3
		○合	4.7/34/24	○於易地	6.8/46/21
占 zhān	1	○則不勝	4.7/34/28	萬○必勝	6.8/46/23
		先○五日	4.7/34/30	○騎奈何	6.9/46/29
爲禹○	1.1/1/10	○合而走	4.7/34/32	三軍○於兩水之間	6.9/48/5
		吾欲○則不可勝	4.9/35/23	步兵〔與〕車騎○奈何	
展 zhǎn	1	以○則不勝	4.9/35/30		6.10/48/18
		○勝深入	4.10/36/9	步兵與車騎○者	6.10/48/20
○轉求之	2.2/13/10	窮寇死○	4.10/36/16	堅陣疾○	6.10/48/21
		慎勿與○	4.10/36/22	皆疾○而不解	6.10/48/28
斬 zhǎn	2	以○則勝	5.1/37/31		
			5.2/38/10,5.5/40/6,5.8/41/31	張 zhāng	14
○除草木	5.1/38/1	以便○所	5.1/38/2,5.8/42/2		
後期至者○	6.1/42/21	是謂林○	5.1/38/2	益之使○	2.5/15/26
		林○之法	5.1/38/3	太○必缺	2.5/15/26

〔天〕雨不○蓋〔幕〕　3.6/22/15
不待○軍　3.9/24/23
詭伏設奇、遠○誑誘者　3.10/26/2
○鐵蒺藜　4.1/30/18
○地羅　4.1/30/20
○鋋矛法　4.1/30/21
以環利通索○之　4.1/31/3
　4.1/31/4
以天浮○飛江　4.1/31/5
以鐵杙○之　4.1/31/12
皆列而○　5.2/38/18
妄○詐誘　5.7/41/19

彰 zhāng　1

故能名○　2.2/13/13

郭 zhāng　1

臣有結朋黨、蔽賢智、
　（○）〔障〕主明者　1.9/7/27

丈 zhàng　14

○夫平壤　3.13/28/24
○夫治田有畝數　3.13/29/1
廣二○　4.1/30/12
廣一○五尺　4.1/30/27,4.1/30/27
　4.1/31/3
長二○以上　4.1/31/3
　4.1/31/4,4.1/31/8,4.1/31/10
飛江廣一○五尺　4.1/31/4
長四○以上　4.1/31/9,4.1/31/9
　4.1/31/12

障 zhàng　2

臣有結朋黨、蔽賢智、
　（郭）〔○〕主明者　1.9/7/27
○之則止　2.2/13/24

爪 zhǎo　2

○牙五人　3.1/17/27
鷹○　4.1/31/14

召 zhào　3

○太公望　1.5/5/3
○太公曰　2.1/11/17
○將而詔之曰　3.4/20/17

兆 zhào　3

○得公侯　1.1/1/5
○致是乎　1.1/1/8
○比於此　1.1/1/10

詔 zhào　2

敢不受天之○命乎　1.1/2/16
召將而○之曰　3.4/20/17

照 zhào　1

大明發而萬物皆○　2.1/12/23

遮 zhē　7

○走北　4.1/30/14,4.1/30/16
　4.1/30/22,4.1/30/24
絕道○街　4.5/33/25
敵人遠○我前　5.3/39/4
所以陷堅陳、要彊敵、
　○走北也　6.5/44/19

折 zhé　2

太强必○　2.5/15/26
兵車○軸　3.12/28/5

者 zhě　283

言語應對○　1.1/1/27
言至情○　1.1/1/27
天下〔○〕、非一人之
　天下　1.1/2/10
同天下之利○　1.1/2/10
擅天下之利○　1.1/2/11
能與人共之○、仁也　1.1/2/11
免人之死、解人之難、
　救人之患、濟人之急
　○　1.1/2/12

與人同憂同樂、同好同
　惡○　1.1/2/13
能生利○、道也　1.1/2/14
〔其〕所以然○、何也　1.2/2/20
昔○帝堯之王天下　1.2/2/28
吏、忠正奉法○尊其位　1.2/3/6
廉潔愛人○厚其祿　1.2/3/6
民、有孝慈○愛敬之　1.2/3/6
盡力農桑○慰勉之　1.2/3/7
所憎○　1.2/3/8
所愛○　1.2/3/8
故善爲國○　1.3/4/6
此三○　1.5/5/10
此四○　1.5/5/11
君國主民○　1.6/5/16
其所以失之○　1.6/5/16
慎擇六守○何　1.6/5/24
富之而不犯○、仁也　1.6/5/27
貴之而不驕○、義也　1.6/5/27
付之而不轉○、忠也　1.6/5/28
使之而不隱○、信也　1.6/5/28
危之而不恐○、勇也　1.6/5/28
事之而不窮○、謀也　1.6/5/28
人君〔慎此六○以爲君
　用〕　1.6/5/29
順○、任之以德　1.7/6/23
逆○、絕之以力　1.7/6/23
王人○　1.9/7/16,1.9/7/18
故王人○有六賊七害　1.9/7/18
夫六賊○　1.9/7/23
臣有大作宮室池榭、遊
　觀倡樂○　1.9/7/23
民有不事農桑、任氣遊
　俠、犯歷法禁、不從
　吏教○　1.9/7/25
臣有結朋黨、蔽賢智、
　（郭）〔障〕主明○　1.9/7/27
外交諸侯、不重其主○　1.9/8/1
臣有輕爵位、賤有司、
　羞爲上犯難○　1.9/8/3
强宗侵奪、陵侮貧弱○　1.9/8/5
七害○　1.9/8/7
王○慎勿使爲將　1.9/8/7
王○慎勿與謀　1.9/8/10
王○慎勿近　1.9/8/12
王○慎勿寵　1.9/8/16
王○慎勿使　1.9/8/19

王○必禁之	1.9/8/21	有仁而不忍人○	3.2/18/18		3.5/21/21
王○必止之	1.9/8/23	有智而心怯○	3.2/18/19	賞一人而萬人說○	3.5/21/22
夫王○之道	1.9/9/5	有信而喜信人○	3.2/18/19	炊○皆熟	3.6/22/20
世亂愈甚以至危亡○	1.10/9/14	有廉潔而不愛人○	3.2/18/19	諸奉使行符、稽留〔○〕	
〔好聽世俗之所譽〕	1.10/9/24	有智而心緩○	3.2/18/19		3.7/23/24
君以世俗之所譽○爲賢		有剛毅而自用○	3.2/18/19	告○皆誅之	3.7/23/24
〔智〕	1.10/9/25	有懦而喜任人○	3.2/18/20	八符○	3.7/23/24
以世俗之所毀○爲不肖	1.10/9/25	勇而輕死○	3.2/18/22	再離○	3.8/24/7
則多黨○進	1.10/9/26	急而心速○	3.2/18/22	三發而一知○	3.8/24/7
少黨○退	1.10/9/26	貪而好利○	3.2/18/22	且事之至○	3.9/24/18
凡用賞○貴信	1.11/10/14	仁而不忍人○	3.2/18/22	兵之用○	3.9/24/18
用罰○貴必	1.11/10/14	智而心怯○	3.2/18/23	能獨專而不制○	3.9/24/19
則所不聞見○莫不陰化		信而喜信人○	3.2/18/23	故善戰○	3.9/24/23
矣	1.11/10/14	廉潔而不愛人○	3.2/18/23	善除患○	3.9/24/23
一○、能獨往獨來	1.12/10/21	智而心緩○	3.2/18/24	善勝敵○	3.9/24/23
一○、階於道	1.12/10/23	剛毅而自用○	3.2/18/24	故爭勝於白刃之前○	3.9/24/26
夫存○非存	1.12/10/27	懦而喜任人○	3.2/18/24	設備於已失之後○	3.9/24/26
樂○非樂	1.12/10/27	故兵○、國之大事	3.2/19/1	夫先勝○	3.9/25/1
利天下○	2.1/12/5	將○、國之輔	3.2/19/1	而後戰○也	3.9/25/1
害天下○	2.1/12/5,2.4/15/18	王○舉兵	3.3/19/11,4.1/29/10	善戰○	3.9/25/6
天下○、非一人之天下	2.1/12/5	夫士外貌不與中情相應		善○	3.9/25/8
	2.4/15/20	○十五	3.3/19/13	故智○從之而不釋	3.9/25/11
取天下○	2.1/12/8	有嚴而不肖○	3.3/19/13	巧○一決而不猶豫	3.9/25/11
無取於民○	2.1/12/11	有溫良而爲盜○	3.3/19/13	當之○破	3.9/25/12
取民○也	2.1/12/11	有貌恭敬而心慢○	3.3/19/13	近之○亡	3.9/25/12
無取於國○	2.1/12/11	有外廉謹而內無至誠○	3.3/19/14	有所不言而守○	3.9/25/14
取國○也	2.1/12/11	有精精而無情○	3.3/19/14	有所不見而視○	3.9/25/14
無取於天下○	2.1/12/11	有湛湛而無誠○	3.3/19/14	故知神明之道○	3.9/25/14
取天下○也	2.1/12/11	有好謀而不決○	3.3/19/14	古之善戰○	3.10/25/23
無取民○	2.1/12/13	有如果敢而不能○	3.3/19/15	得之○昌	3.10/25/23
無取國○	2.1/12/13	有悾悾而不信○	3.3/19/15	失之○亡	3.10/25/24
無取天下○	2.1/12/13	有悗悗惚惚而反忠實○	3.3/19/15	出甲陳兵、縱卒亂行○	
此六○備	2.4/15/16	有詭激而有功效○	3.3/19/15		3.10/25/26
故利天下○	2.4/15/18	有外勇而內怯○	3.3/19/16	深草蓊翳○	3.10/25/26
生天下○	2.4/15/18	有肅肅而反易人○	3.3/19/16	谿谷險阻○	3.10/26/1
殺天下○	2.4/15/18	有嗃嗃而反靜愨○	3.3/19/16	陷塞山林○	3.10/26/1
徹天下○	2.4/15/19	有勢虛形劣而外出無所		坳澤窈冥○	3.10/26/1
窮天下○	2.4/15/19	不至、無所不遂○	3.3/19/16	清明無隱○	3.10/26/2
安天下○	2.4/15/19	此士之外貌不與中情相		疾如流矢、〔擊〕如發	
危天下○	2.4/15/20	應○也	3.3/19/19	機○	3.10/26/2
唯有道○處之	2.4/15/20	上至天○	3.4/20/20	詭伏設奇、遠張誑誘○	3.10/26/2
王○帥師	3.1/16/22,6.1/42/15	至淵○	3.4/20/22	四分五裂○	3.10/26/3
所謂五材○	3.2/18/15	是故智○爲之謀	3.4/21/8	困其驚駭○	3.10/26/3
所謂十過○	3.2/18/18	勇○爲之鬬	3.4/21/8	因其勞倦暮舍○	3.10/26/4
有勇而輕死○	3.2/18/18	故殺一人而三軍震○	3.5/21/21	奇伎○	3.10/26/4
有急而心速○	3.2/18/18	〔煞一人而萬人慄○〕	3.5/21/21	彊弩長兵○	3.10/26/4
有貪而好利○	3.2/18/18	〔煞一人而千萬人恐○〕		長關遠候、暴疾謬遁○	3.10/26/5

鼓行喧嚻○	3.10/26/5	輕○不及走	5.2/38/23	殷草橫畝、犯歷深澤○	6.8/46/12
大風甚雨○	3.10/26/6	如此○謂之震寇	5.3/39/1	車少地易、與步不敵○	6.8/46/13
僞稱敵使○	3.10/26/6	如此○謂之敗兵	5.4/39/18	後有溝瀆、左有深水、	
與敵同服○	3.10/26/6	善○以勝	5.4/39/18	右有峻阪○	6.8/46/13
戰必以義○	3.10/26/7	不善○以亡	5.4/39/18	前不能進、後不能解○	6.8/46/14
尊爵重賞○	3.10/26/7	吾走○自止	5.4/39/23	此十○、車之死地也	6.8/46/14
嚴刑〔重〕罰○	3.10/26/8	其山敵所能陵○	5.5/40/10	此八○、車之勝地也	6.8/46/22
一徐一疾○	3.10/26/8	所謂鳥雲○	5.6/41/5	所從入○隘	6.9/48/1
處高敵○	3.10/26/9	變化無窮○也	5.6/41/5	所從出○遠	6.9/48/1
保阻險○	3.10/26/9	以少擊衆○	5.7/41/13	此九○、騎之死地也	6.9/48/14
山林茂穢○	3.10/26/9	以弱擊彊○	5.7/41/13	步兵與車騎戰○	6.10/48/20
深溝高壘、〔積〕糧多		無舟楫○	5.8/42/1		
○	3.10/26/10	已濟○	5.8/42/2	**貞** zhēn	1
故將○、人之司命	3.10/26/19	已戰○	5.8/42/6		
得賢將○	3.10/26/19	諸將吏至○	6.1/42/21	以觀其○	3.3/20/5
不得賢將○	3.10/26/19	先期至○賞	6.1/42/21		
古○	3.11/27/1	後期至○斬	6.1/42/21	**珍** zhēn	1
五管聲盡不應○	3.11/27/6	夫欲擊○	6.2/42/29		
聞桴鼓之音○	3.11/27/15	軍中有大勇敢死樂傷○	6.3/43/9	奇怪○異不視	1.2/3/3
見火光○	3.11/27/15	有銳氣壯勇彊暴○	6.3/43/11		
聞金鐵矛戟之音○	3.11/27/15	有奇表長劍、接武齊列		**眞** zhēn	1
聞人嘯呼之音○	3.11/27/16	○	6.3/43/13		
寂寞無聞○	3.11/27/16	有拔距伸鉤、彊梁多力		其失在君好用世俗之所	
此五○、聲色之符也	3.11/27/16	、潰破金鼓、絕滅旌		譽而不得○賢也	1.10/9/20
耒耜○、其行馬、蒺藜		旗○	6.3/43/15		
也	3.13/28/21	有踰高絕遠、輕足善走		**振** zhèn	2
馬牛、車輿○	3.13/28/21	○	6.3/43/17		
蓑薜、簦笠○	3.13/28/22	有王臣失勢、欲復見功		○贍禍亡之家	1.2/3/8
善爲國○	3.13/28/30	○	6.3/43/19	○鐸	4.5/33/28
如此○	4.3/32/14	子弟欲與其將報仇○	6.3/43/21		
4.7/34/23,4.7/34/30		欲掩迹揚名○	6.3/43/23	**陣** zhèn	3
4.10/36/19,4.12/37/25		欲快其心○	6.3/43/25		
5.6/40/21,5.6/40/32		欲逃其恥○	6.3/43/27	必宜衝○	5.6/41/4
若此○	4.4/33/6	能負重致遠○	6.3/43/29	堅○疾戰	6.10/48/21
4.11/37/4,4.11/37/12		所以整齊士衆○也	6.4/44/5	爲四武衝○	6.10/48/26
已出○	4.4/33/9	車○、軍之羽翼也	6.5/44/19		
先出○	4.4/33/10	騎○、軍之伺候也	6.5/44/21	**震** zhèn	6
不可以爲王○之兵也	4.5/33/21	夫車騎○、軍之武兵也	6.5/44/30		
吾往○不止	4.6/34/14	險戰○	6.5/45/9	○遠方	3.1/17/29
遠○百里	4.9/36/2	皆便習○	6.6/45/20	故殺一人而三軍○者	3.5/21/21
近○五十里	4.9/36/2	亂大衆○	6.7/45/28	兵法謂之○駭	4.1/29/17
中人以爲先出○得其徑		往而無以還○	6.8/46/10	三軍○動	5.3/38/31
道	4.10/36/21	越絕險阻、乘敵遠行○	6.8/46/10	如此者謂之○寇	5.3/39/1
降○勿殺	4.10/36/25	前易後險○	6.8/46/10	吾三軍皆○	5.4/39/16
未定而復返○	4.12/37/24	陷之險阻而難出○	6.8/46/11		
如此○謂之突兵	5.2/38/12	圮下漸澤、黑土黏埴○	6.8/46/11		
勇○不得鬭	5.2/38/23	左險右易、上陵仰阪○	6.8/46/12		

爭 zhēng	13
善與而不○	1.4/4/18
機動而得失○矣	1.8/7/8
莫進而○	1.8/7/11
○其强	2.1/11/24
故與人○	2.2/13/21
彼將不○	2.3/14/14
○心必起	2.5/16/3
攻城○先登	3.6/22/8
野戰○先赴	3.6/22/8
士○先登	3.6/22/24
士○先赴	3.6/22/24
故○勝於白刃之前者	3.9/24/26
無與敵人○道	4.3/32/19

徵 zhēng	15
此亡國之○也	2.1/12/18
○已見	2.3/15/8
知之有八○	3.3/19/24
八○皆備	3.3/20/11
聖人○於天地之動	3.9/25/3
宮、商、角、○、羽	3.11/26/28
○聲應管	3.11/27/5
佐勝之○	3.11/27/7
○也	3.11/27/15
豫見勝負之○	3.12/27/21
勝負之○	3.12/27/23
此强○也	3.12/27/27
此弱○也	3.12/27/31
大勝之○也	3.12/28/2
此大敗之○也	3.12/28/5

整 zhěng	5
外亂而內○	1.12/11/4
三軍齊○	3.12/28/1
其來○治精銳	5.4/39/25
所以○齊士衆者也	6.4/44/5
敵人行陳○齊堅固	6.9/47/7

正 zhèng	12
吏、忠○奉法者尊其位	1.2/3/6
平心○節	1.2/3/7
待物以○	1.4/4/18

○靜其極	1.4/4/23
而不終其○也	1.7/6/18
○群臣	1.9/9/2
賢人務○之	2.2/13/21
愚人不能○	2.2/13/21
君避○殿	3.4/20/17
奇○發於無窮之源	3.9/24/16
此其○聲也	3.11/26/28
奇○已設	5.5/40/12

政 zhèng	4
○之所施	2.2/13/7
陳其○教	2.2/13/18
夫民化而從○	2.2/13/30
然後可以爲天下○	2.4/15/16

之 zhī	659
以○佐昌	1.1/1/6
編○太祖史疇	1.1/1/10
文王勞而問○曰	1.1/1/14
殆非樂○也	1.1/1/16
水流而魚生○	1.1/1/26
木長而實生○	1.1/1/26
親合而事生○	1.1/1/27
情○飾也	1.1/1/27
事○極也	1.1/1/27
君其惡○乎	1.1/1/28
小魚食○	1.1/2/1
中魚食○	1.1/2/1
大魚食○	1.1/2/1
聖人○德　　1.1/2/5,2.1/12/23	
聖人○慮	1.1/2/6
樹斂何若而天下歸○	1.1/2/8
天下〔者〕、非一人○	
天下	1.1/2/10
乃天下○天下也	1.1/2/10
	2.1/12/5
同天下○利者	1.1/2/10
擅天下○利者	1.1/2/11
能與人共○者、仁也	1.1/2/11
仁○所在	1.1/2/11
天下歸○　1.1/2/12,1.1/2/13	
	1.1/2/14
免人○死、解人○難、	
救人○患、濟人○急	

者	1.1/2/12
德○所在	1.1/2/12
義○所在	1.1/2/13
天下赴○	1.1/2/13
道○所在	1.1/2/14
敢不受天○詔命乎	1.1/2/16
古○賢君	1.2/2/26
昔者帝堯○王天下	1.2/2/28
上世〔○〕所謂賢君也	1.2/2/28
帝堯王天下○時	1.2/3/3
玩好○器不寶	1.2/3/4
淫泆○樂不聽	1.2/3/4
糲粱○飯	1.2/3/5
藜藿○羹	1.2/3/5
不以役作○故	1.2/3/5
害民耕績○時	1.2/3/5
民、有孝慈者愛敬○	1.2/3/6
盡力農桑者慰勉○	1.2/3/7
振贍禍亡○家	1.2/3/8
故萬民富樂而無飢寒○色	1.2/3/9
賢君○德也	1.2/3/12
願聞爲國○大務	1.3/3/16
爲○奈何　1.3/3/16,1.11/10/11	
1.12/11/2,1.12/11/9	
2.5/15/24,3.3/19/11,3.6/22/9	
3.7/23/4,3.8/24/4,3.12/27/21	
4.3/32/12,4.3/32/17	
4.4/32/25,4.4/33/4,4.5/33/19	
4.6/34/4,4.7/34/28	
4.10/36/10,4.10/36/17	
4.11/37/2,4.11/37/9	
5.1/37/32,5.2/38/16	
5.3/38/31,5.3/39/5,5.4/39/16	
5.4/39/26,5.5/40/6,5.6/40/19	
5.6/40/24,5.6/40/29	
6.10/48/24	
則利○〔也〕	1.3/3/26
則成○〔也〕	1.3/3/26
則生○〔也〕	1.3/4/1
則與○〔也〕	1.3/4/1
則樂○〔也〕	1.3/4/1
則喜○〔也〕	1.3/4/2
則害○〔也〕	1.3/4/2
則敗○〔也〕	1.3/4/2
則殺○〔也〕	1.3/4/3
則奪○〔也〕	1.3/4/3
則苦○〔也〕	1.3/4/4

不知戰攻○策	3.10/26/12	城○氣出而復入	3.12/28/8	設伏而待○	4.7/34/31
故將者、人○司命	3.10/26/19	城○氣出而覆我軍○上	3.12/28/9	誠而約○	4.8/35/12
三軍與○俱治	3.10/26/19	城○氣出高而無所止	3.12/28/9.	親我軍○警戒	4.8/35/13
與○俱亂	3.10/26/19	必亟去○	3.12/28/11	隨而擊○	4.8/35/13
律音○聲	3.11/26/26	戰攻○具	3.13/28/18	敵人知我隨○	4.8/35/15
可以知三軍○消息、勝		守禦○備	3.13/28/18	隨而追○	4.8/35/18
負○決乎	3.11/26/26	戰攻守禦○具	3.13/28/21	凡深入敵人○地	4.9/35/26
王○問也	3.11/26/28	鋤耰○具	3.13/28/22	必察地○形勢	4.9/35/26
4.1/29/12,4.7/34/30,5.3/39/7		故用兵○具	3.13/28/30	依山（林）〔陵〕險阻	
五行○神	3.11/26/29	是富國強兵○道也	3.13/29/1	、水泉林木而爲○固	4.9/35/26
道○常也	3.11/26/29	攻守○具	4.1/29/10	又知城邑丘墓地形○利	4.9/35/27
各以其勝攻○	3.11/26/29	夫攻守○具	4.1/29/12	吾三軍過大陵、廣澤、	
三皇○世	3.11/27/1	此兵○大威也	4.1/29/12	平易○地	4.9/35/30
虛無○情以制剛彊	3.11/27/1	願聞○	4.1/29/14	凡帥師○法	4.9/36/1
五行○道	3.11/27/1	凡用兵○大數	4.1/29/16	爲○置遺缺○道以利其	
六甲○分	3.11/27/2	推○以八尺車輪	4.1/29/17	心	4.10/36/20
微妙○神	3.11/27/2	兵法謂○震駭	4.1/29/17	敵人○軍	4.10/36/22
往至敵人○壘	3.11/27/4	兵法謂○電擊	4.1/30/2	圍而守○	4.10/36/22
大呼驚○	3.11/27/5	兵法謂○霆擊	4.1/30/4	示○以仁義	4.10/36/25
此五行○符	3.11/27/7	以環利通索張○	4.1/31/3	施○以厚德	4.10/36/26
佐勝○徵	3.11/27/7		4.1/31/4	敵人因天燥疾風○利	4.11/37/1
成敗○機	3.11/27/7	謂○天潢	4.1/31/5	即燔吾前而廣延○	4.11/37/4
微妙○音	3.11/27/11	以鐵杙張	4.1/31/12	敵人○來	4.11/37/5
則聽○	3.11/27/15	此舉兵、軍用○大數也	4.1/31/20	何以知敵壘○虛實	4.12/37/16
聞枹鼓○音者	3.11/27/15	亦有前後、左右○利	4.2/32/5	以觀敵○變動	4.12/37/18
聞金鐵矛戟○音者	3.11/27/15	此天下○困兵也	4.3/32/14	急出兵擊○	4.12/37/25
聞人嘯呼○音者	3.11/27/16	暴用○則勝	4.3/32/14	無使敵人知吾○情	5.1/38/2
此五者、聲色○符也	3.11/27/16	徐用○則敗	4.3/32/14		5.5/40/11
吾欲未戰先知敵人○強		以武車驍騎驚亂其軍而		林戰○法	5.1/38/3
弱	3.12/27/21	疾擊○	4.3/32/14	是謂林戰○紀	5.1/38/5
豫見勝負○徵	3.12/27/21	必出○道	4.4/32/27	如此者謂○突兵	5.2/38/12
勝負○徵	3.12/27/23	審知敵人空虛○地	4.4/32/27	未盡至則設備而待○	5.2/38/18
明將察○	3.12/27/23	無人○處	4.4/32/27	如此者謂○震寇	5.3/39/1
又有大風甚雨○利	3.12/28/1	勇力、飛足、冒將○士	4.4/32/28	選吾材士、強弩、車騎	
金鐸○聲揚以清	3.12/28/1	勇力冒將○士疾擊而前	4.4/32/31	爲○左右	5.3/39/1
鼙鼓○聲宛以鳴	3.12/28/2	無舟楫○備	4.4/33/3	出我勇、銳、冒將○士	5.3/39/7
此得神明○助	3.12/28/2	或能守○	4.4/33/6	令○滅火	5.3/39/8
大勝○徵也	3.12/28/2	遇深谿大谷險阻○水	4.5/33/17	如此者謂○敗兵	5.4/39/18
逆大風甚雨○利	3.12/28/4	無有舟梁○備	4.5/33/18	用○奈何	5.4/39/20
金鐸○聲下以濁	3.12/28/5	又無水草○資	4.5/33/18	爲○左右	5.4/39/22
鼙鼓○聲濕如沐	3.12/28/5	不可以爲王者○兵也	4.5/33/21	凡三軍處山○高	5.5/40/8
此大敗○徵也	3.12/28/5	我欲往※襲○	4.6/34/4	處山○下	5.5/40/8
城○氣色如死灰	3.12/28/7	敵人知我○情	4.6/34/10	必爲鳥雲○陳	5.5/40/9
城○氣出而北	3.12/28/7	通我○謀	4.6/34/10	鳥雲○陳	5.5/40/9
城○氣出而西	3.12/28/7	與敵○軍相當	4.7/34/19	處山○陽	5.5/40/9
城○氣出而南	3.12/28/8	鼓譟而乘○	4.7/34/20	備山○陰	5.5/40/9
城○氣出而東	3.12/28/8	敵○地勢	4.7/34/27	處山○陰	5.5/40/10

備山○陽	5.5/40/10	名曰勵鈍○士	6.3/43/23	此十者、車○死地也	6.8/46/14
處山○左	5.5/40/10,5.8/42/1	名曰必死○士	6.3/43/25	故拙將○所以見擒、明	
備山○右	5.5/40/10	有胥靡免罪○人	6.3/43/27	將○所以能避也	6.8/46/15
處山○右	5.5/40/10,5.8/42/1	名曰倖用○士	6.3/43/27	八勝○地奈何	6.8/46/17
備山○左	5.5/40/10	名曰待命○士	6.3/43/29	敵○前後	6.8/46/19
各置衝陳於山○表	5.5/40/12	此軍○服習	6.3/43/31	即陷○	6.8/46/19,6.8/46/19
乃分車騎爲鳥雲○陳	5.5/40/12	合三軍○衆	6.4/44/3		6.8/46/20,6.8/46/20
踰水擊○	5.6/40/17	欲令士卒練士教戰○道	6.4/44/3		6.8/46/21,6.8/46/21
吾居斥鹵○地	5.6/40/18	有金鼓○節	6.4/44/5		6.8/46/21,6.8/46/22
索便詐敵而亟去○	5.6/40/21	申○以三令	6.4/44/5	此八者、車○勝地也	6.8/46/22
求途○道	5.6/40/27	以教操兵起居、旌旗指		翼而擊○	6.9/47/10
車騎分爲鳥雲○陳	5.6/41/1	麾○變法	6.4/44/6	車騎陷○	6.9/47/17
凡用兵○大要	5.6/41/4	合○十人	6.4/44/8	此騎○十勝也	6.9/47/22
然後以軍騎分爲鳥雲○		合○百人	6.4/44/8	此騎○敗地也	6.9/47/27
陳	5.6/41/4	合○千人	6.4/44/9	此騎○圍地也	6.9/47/29
此用兵○奇也	5.6/41/4	合○萬人	6.4/44/9	此騎○死地也	6.9/47/31
必以日○暮	5.7/41/13	合○三軍○衆	6.4/44/9	此騎○沒地也	6.9/48/1
要○隘路	5.7/41/13	大戰○法	6.4/44/10	此騎○竭地也	6.9/48/3
必得大國（而）〔○〕		合○百萬○衆	6.4/44/10	三軍戰於兩水○間	6.9/48/5
與、鄰國○助	5.7/41/13	車者、軍○羽翼也	6.5/44/19	此騎○艱地也	6.9/48/5
我無大國○與	5.7/41/16	騎者、軍○伺候也	6.5/44/21	此騎○困地也	6.9/48/8
又無鄰國○助	5.7/41/16	三軍○衆成陳而相當	6.5/44/23	此騎○患地也	6.9/48/10
事大國○君	5.7/41/23	則易戰○法	6.5/44/23	此騎○陷地也	6.9/48/12
下鄰國○士	5.7/41/23	險戰○法	6.5/44/27,6.5/45/4	此九者、騎○死地也	6.9/48/14
則得大國○與、鄰國○		夫車騎者、軍○武兵也	6.5/44/30	明將○所以遠避、闇將	
助矣	5.7/41/23	車騎○吏數、陳法奈何	6.5/45/1	○所以陷敗也	6.9/48/14
與敵人相遇於險阨○中	5.8/41/30	置車○吏數	6.5/45/3	敵○車騎雖衆而至	6.10/48/21
急備山○右	5.8/42/1	易戰○法	6.5/45/3,6.5/45/8	敵人○至	6.10/48/23
急備山○左	5.8/42/1	置騎○吏數	6.5/45/8		
以武衝絕○	5.8/42/3	選車士○法	6.6/45/19	**枝** zhī	1
凡險戰○法	5.8/42/5	及馳而乘○	6.6/45/19		
凡用兵○法	6.1/42/18	名曰武車○士	6.6/45/21	方胸兩○鐵叉	4.1/31/15
三軍○衆	6.1/42/18	選騎士○法	6.7/45/27		
必有分合○變	6.1/42/18	名曰武騎○士	6.7/45/29	**知** zhī	69
凡用兵○要	6.2/42/26	凡車○死地有十	6.8/46/5		
則擊○	6.2/42/26	十死○地奈何	6.8/46/8	則無不○也	1.4/4/28
變見則擊○	6.2/42/29	車○死地也	6.8/46/10	○非而處	1.5/5/10
練士○道奈何	6.3/43/7	車○竭地也	6.8/46/10	莫○所終	1.8/7/4
名曰（冑）〔冒〕刃○		車○困地也	6.8/46/11	莫○所始	1.8/7/4
士	6.3/43/9	陷○險阻而難出者	6.8/46/11	今商王○存而不○亡	1.12/10/27
名曰陷陳○士	6.3/43/11	車○絕地也	6.8/46/11	○樂而不○殃	1.12/10/27
名曰勇銳○士	6.3/43/13	車○勞地也	6.8/46/12	敵不○我所備	1.12/11/7
名曰勇力○士	6.3/43/15	車○逆地也	6.8/46/12	敵○我情	1.12/11/9
名曰寇兵○士	6.3/43/17	車○拂地也	6.8/46/12	乃○其心	2.1/11/21
名曰死鬭○士	6.3/43/19	車○敗地也	6.8/46/13	乃○其意	2.1/11/22
有死將○人	6.3/43/21	車○壞地也	6.8/46/13	乃○其情	2.1/11/22
名曰敢死○士	6.3/43/21	車○陷地也	6.8/46/14	勝在不可○	2.1/12/15

莫○其化　　　　　　2.2/13/7
莫○其移　　　　　　2.2/13/7
則○其所終〔矣〕　　2.2/13/25
勿使○謀　　　　　　2.5/16/12
審○命理　　　　　　3.1/16/27
○人心去就之機　　　3.1/17/6
不○所由　　　　　　3.1/17/14
○士之高下　　　　　3.3/19/11
凡人莫○　　　　　　3.3/19/19
何以○之　　　　　　3.3/19/22
　　　　3.11/27/13,4.12/37/21
○之有八徵　　　　　3.3/19/24
〔煞一人而萬民不○〕3.5/22/1
無以士卒之寒暑　　　3.6/22/16
無以士卒之勞苦　　　3.6/22/18
無以士卒之飢飽　　　3.6/22/21
爲其將（○）〔念〕
　〔其〕寒暑〔之極〕
　、〔○其〕飢飽之審　3.6/22/26
不泄中外相○之術　　3.7/23/25
三發而一○　　　　　3.8/24/7
三發而一○者　　　　3.8/24/7
相參而不相○情也　　3.8/24/7
○則困　　　　　　　3.9/24/21
孰○其紀　　　　　　3.9/25/3
故○神明之道者　　　3.9/25/14
不○戰攻之策　　　　3.10/26/12
可以○三軍之消息、勝
　負之決乎　　　　　3.11/26/26
可以○敵　　　　　　3.11/26/29
吾欲未戰先○敵人之強
　弱　　　　　　　　3.12/27/21
此所以○可攻而攻　　3.12/28/11
審○敵人空虛之地　　4.4/32/27
無使敵人○我意　　　4.6/34/7
敵人不○我情　　　　4.6/34/8
敵人○我之情　　　　4.6/34/10
敵○我慮　　　　　　4.7/34/27
敵人○我隨之　　　　4.8/35/15
又○城邑丘墓地形之利　4.9/35/27
審○敵人所在　　　　4.9/36/1
審○敵人別軍所在　　4.10/36/19
何以○敵壘之虛實　　4.12/37/16
將必上○天道　　　　4.12/37/18
下○地理　　　　　　4.12/37/18
中○人事　　　　　　4.12/37/18
即○其虛實　　　　　4.12/37/19

則○其去來　　　　　4.12/37/19
必○敵詐而爲偶人也　4.12/37/23
無使敵人○吾之情　　5.1/38/2
　　　　　　　　　　5.5/40/11
必○敵人所在　　　　5.3/39/8
微號相○　　　　　　5.3/39/8
敵人○我伏兵　　　　5.6/40/29
步貴○變動　　　　　6.8/46/5
車貴○地形　　　　　6.8/46/5
騎貴○別徑奇道　　　6.8/46/5

織 zhī　　　　　　　3
婦人○絍　　　　　　3.13/28/23
婦人○絍有尺度　　　3.13/29/1
參連○女　　　　　　4.1/30/20

直 zhí　　　　　　　2
邪曲勝○　　　　　　2.1/12/20
群曲化○　　　　　　2.2/13/18

執 zhí　　　　　　　3
○斧必伐　　　　　　1.7/6/12
○斧不伐　　　　　　1.7/6/13
人○旌旗　　　　　　4.8/35/11

埴 zhí　　　　　　　1
圮下漸澤、黑土黏○者　6.8/46/11

職 zhí　　　　　　　3
將相分○　　　　　　1.10/10/6
因能受○　　　　　　3.1/16/24
則三軍失其○　　　　3.10/26/16

止 zhǐ　　　　　　　35
其所○　　　　　　　1.5/5/8
道之所○也　　　　　1.5/5/10
何禁何○　　　　　　1.9/7/16
○奢侈　　　　　　　1.9/7/18
王者必○之　　　　　1.9/8/23
障之則○　　　　　　2.2/13/24
遺疑乃○　　　　　　2.5/16/6

主三軍行○形勢　　　3.1/17/8
則○　　　　　　　　3.4/20/23
何以爲禁○而令行　　3.5/21/17
以罰審爲禁○而令行　3.5/21/19
名曰（上）〔○〕欲將　3.6/22/21
將不身服○欲　　　　3.6/22/21
不勝則○　　　　　　3.9/25/6
所以○車禦騎也　　　3.10/26/1
妖言不○　　　　　　3.12/27/30
城之氣出高而無所○　3.12/28/9
不可攻而○　　　　　3.12/28/11
令至火而○　　　　　4.4/33/11
莫我能○　　　　　　4.4/33/11
三軍行○　　　　　　4.5/33/25
則○不來矣　　　　　4.6/34/8
吾往者不○　　　　　4.6/34/14
擊金無○　　　　　　4.7/34/32
旬日不○　　4.8/35/7,6.8/46/14
佯北不○　　　　　　4.8/35/15
人馬疲倦休○　　　　4.11/37/1
不見便則○　　　　　5.1/38/3
或○而收我牛馬　　　5.2/38/15
鼓音皆○　　　　　　5.3/39/8
走不可○　　　　　　5.4/39/16
吾走者自○　　　　　5.4/39/23
長驅不○　　　　　　6.9/47/29
更發更○　　　　　　6.10/48/20

指 zhǐ　　　　　　　3
旌旗前○　　　　　　3.12/28/1
從我所○　　　　　　4.4/33/7
以教操兵起居、旌旗○
　麾之變法　　　　　6.4/44/6

至 zhì　　　　　　　35
言○情者　　　　　　1.1/1/27
今臣言○情不諱　　　1.1/1/28
唯仁人能受○諫　　　1.1/1/30
不惡○情　　　　　　1.1/1/30
今予欲師○道之言　　1.5/5/4
時○而疑　　　　　　1.5/5/10
○道其然也　　　　　1.8/7/6
世亂愈甚以○危亡者　1.10/9/14
時及將○　　　　　　2.3/14/31
有外廉謹而內無○誠者　3.3/19/14

有勢虛形劣而外出無所	
不〇、無所不遂者	3.3/19/16
上〇天者	3.4/20/20
〇淵者	3.4/20/22
故〇事不語	3.9/24/18
且事之〇者	3.9/24/18
往〇敵人之壘	3.11/27/4
令〇火而止	4.4/33/11
流水大〇	4.5/33/18
〇而必還	4.8/35/13
三隊俱〇	4.8/35/18
恐其別軍卒〇而擊我	4.10/36/10
必莫敢〇	4.10/36/22
敵人若〇	4.11/37/5,5.2/38/20
其三軍大〇	5.2/38/9
其大軍未盡〇	5.2/38/15
未盡〇則設備而待之	5.2/38/18
敵人已〇	5.7/41/16
諸將吏〇者	6.1/42/21
先期〇者賞	6.1/42/21
後期〇者斬	6.1/42/21
三軍俱〇	6.1/42/22
敵人始〇	6.9/47/5
敵之車騎雖衆而〇	6.10/48/21
敵人之〇	6.10/48/23

志 zhì　　9

臣聞君子樂得其〇	1.1/1/16
削心約〇	1.2/3/6
虛心平〇	1.4/4/18
士有抗〇高節以爲氣勢	1.9/8/1
以順其〇	2.3/14/7
以廣其〇	2.3/14/14
無使得〇	2.5/16/5
疑〇不可以應敵	3.4/21/2
士卒無鬭〇	5.3/39/5

制 zhì　　5

將軍〇之	3.4/20/20,3.4/20/22
能獨專而不〇者	3.9/24/19
所以調和三軍、〇一臣	
下也	3.10/26/8
虛無之情以〇剛彊	3.11/27/1

治 zhì　　14

一〇一亂	1.2/2/20
則國安而民〇	1.2/2/23
其〇如何	1.2/3/1
無舍本而〇末	1.7/6/12
故天下〇	1.8/7/6
〇壁壘	3.1/17/19
以〇金瘡	3.1/18/3
臣聞國不可從外〇	3.4/21/1
不通〇亂	3.10/26/12
三軍與之俱〇	3.10/26/19
春秋〇城郭	3.13/28/28
丈夫〇田有畝數	3.13/29/1
修〇攻具	4.1/31/19
其來整〇精銳	5.4/39/25

致 zhì　　7

兆〇是乎	1.1/1/8
道可〇也	2.1/11/24
〇其大尊	2.3/14/28
〇五穀	3.1/17/12
皆〇其死	4.4/33/7
〇吾三軍恐懼	5.2/38/16
能負重〇遠者	6.3/43/29

秩 zhì　　1

果敢輕死以貪祿〇	1.9/8/18

智 zhì　　23

心貴〇	1.4/4/27
臣有結朋黨、蔽賢〇、	
（郭）〔障〕主明者	1.9/7/27
無〇略權謀	1.9/8/7
〔或以非〇爲〇〕	1.10/9/24
君以世俗之所譽者爲賢	
〔〇〕	1.10/9/25
大〇不〇	2.1/12/3
陰納〇士	2.3/15/2
心以啓〇	2.5/16/16
〇以啓財	2.5/16/16
勇、〇、仁、信、忠也	3.2/18/15
〇則不可亂	3.2/18/15
有〇而心怯者	3.2/18/19

有〇而心緩者	3.2/18/19
〇而心怯者	3.2/18/23
〇而心緩者	3.2/18/24
是故〇者爲之謀	3.4/21/8
敵雖聖〇	3.7/23/25,3.8/24/8
〇與衆同	3.9/24/26
故〇者從之而不釋	3.9/25/11
將不〇	3.10/26/15

置 zhì　　14

亟爲〇代	2.3/14/17
故〇將不可不察也	3.2/19/2
又〇兩踵軍於後	4.9/36/2
爲之〇遺缺之道以利其	
心	4.10/36/20
高〇旌旗	5.1/38/2,5.5/40/11
	5.8/42/3
必〇衝陳	5.1/38/4,5.8/42/5
各〇衝陳於山之表	5.5/40/12
〇車之吏數	6.5/45/3
〇騎之吏數	6.5/45/8
〇牛馬隊伍	6.10/48/26
均〇蒺藜	6.10/48/27

鷙 zhì　　1

〇鳥將擊	2.1/12/15

中 zhōng　　28

〇魚食之	1.1/2/1
日〇必彗	1.7/6/12
日〇不彗	1.7/6/12
其〇必衰	2.2/14/10
軍〇之情	3.1/17/25
夫士外貌不與〇情相應	
者十五	3.3/19/13
此士之外貌與〇情相	
應者也	3.3/19/19
軍不可從〇御	3.4/21/1
軍〇之事	3.4/21/5
從〇應外	3.7/23/4
不泄〇外相知之術	3.7/23/25
曠野草〇	4.1/30/21
環利〇通索	4.1/31/9
〇軍迭前迭後	4.3/32/19

若是則群邪（此）〔比〕	
○而蔽賢	1.10/10/1
○密爲寶	2.5/16/3
里有○垣	3.13/28/27
○吾軍前後左右	4.11/36/32
○環各復故處	6.5/45/10
前後、左右、上下○旋	6.6/45/20
前後、左右○旋進退	6.7/45/28
敵雖圍○	6.8/46/22

軸 zhóu　2

兵車折○	3.12/28/5
○旋短衝矛戟扶胥	4.1/30/16

冑 zhòu　1

其甲○、干楯也	3.13/28/22

畫 zhòu　3

○則以絳縞	4.1/29/27
○則登雲梯遠望	4.5/33/28
白○而昏	6.9/47/8

朱 zhū　1

當以○雀	3.11/27/6

珠 zhū　2

金銀○玉不飾	1.2/3/3
厚賂○玉	2.3/14/14

誅 zhū　2

將以○大爲威	3.5/21/19
告者皆○之	3.7/23/24

諸 zhū　19

外交○侯、不重其主者	1.9/8/1
引兵深入○侯之地	3.7/23/3
3.8/24/3,4.4/32/24,4.5/33/17	
4.7/34/19,4.8/35/7,4.9/35/23	
4.11/36/32,5.1/37/31	
5.3/38/30,5.4/39/15,5.5/40/5	

5.6/40/17,5.8/41/30	
○奉使行符、稽留〔者〕	
	3.7/23/24
○有陰事大慮	3.8/24/6
然後移檄書與○將吏期	6.1/42/18
○將吏至者	6.1/42/21

逐 zhú　3

若○野獸	2.1/12/8
敵人○我	5.4/39/22
走能○奔馬	6.6/45/19

主 zhǔ　35

欲使○尊人安	1.3/3/16
○位如何	1.4/4/16
○聽如何	1.4/4/20
○明如何	1.4/4/25
君國○民者	1.6/5/16
臣有結朋黨、蔽賢智、	
（鄣）〔障〕○明者	1.9/7/27
外交諸侯、不重其○者	1.9/8/1
以高談虛論說於人○	1.9/8/18
相不能富國強兵、調和	
陰陽以安萬乘之○	1.9/9/2
○潛謀應卒	3.1/16/32
○（昌）〔圖〕安危	3.1/17/3
○司星曆	3.1/17/6
○三軍行止形勢	3.1/17/8
○講論異同	3.1/17/10
○度飲食、蓄積	3.1/17/12
○擇材力	3.1/17/14
○伏鼓旗	3.1/17/16
○任重持難	3.1/17/19
○拾遺補過	3.1/17/21
○行奇譎	3.1/17/23
○往來	3.1/17/25
○揚威武	3.1/17/27
○揚名譽	3.1/17/29
○伺姦候變	3.1/17/31
○爲譎詐	3.1/18/1
○百藥	3.1/18/3
○計會三軍營壁、糧食	
、財用出入	3.1/18/5
○與將	3.7/23/6
○將祕聞	3.7/23/24

○將欲合兵	3.8/24/3
○以書遺將	3.8/24/6
將以書問○	3.8/24/6
城○逃北	3.12/28/9
○將何憂	4.5/33/30
金玉爲○	5.6/40/27

助 zhù　6

公尙○予憂民	2.1/11/17
同惡相○	2.1/11/29
此得神明之○	3.12/28/2
必得大國（而）〔之〕	
與、鄰國之○	5.7/41/13
又無鄰國之○	5.7/41/16
則得大國之與、鄰國之	
○矣	5.7/41/23

著 zhù　1

○轉關轆轤八具	4.1/31/3

築 zhù　1

銅○	4.1/31/14

專 zhuān　2

○斧鉞之威	3.4/21/2
能獨○而不制者	3.9/24/19

轉 zhuǎn　7

付之而觀其無○	1.6/5/26
付之而不○者、忠也	1.6/5/28
展○求之	2.2/13/10
牛馬、所以○輸糧用也	
	3.13/28/23
著○關轆轤八具	4.1/31/3
以飛江、○關與天潢以	
濟吾軍	4.4/33/6
則有飛橋、○關、轆轤	
、鉏鋙	4.5/33/29

壯 zhuàng　2

有銳氣○勇彊暴者	6.3/43/11

○健捷疾	6.7/45/27	〔動之則○〕	2.2/13/24	摠 zǒng		1
		金鐸之聲下以○	3.12/28/5			
狀 zhuàng	1			○攬計謀	3.1/16/32
		資 zī	2		
其○不足見也	3.9/24/18			縱 zòng		4
		○因敵家之動	3.9/24/16		
追 zhuī	4	又無水草之○	4.5/33/18	出甲陳兵、○卒亂行者	
					3.10/25/26
審候敵人○我	4.4/32/32	輜 zī	2	可以○擊橫、可以敗敵	4.1/30/1
必不敢遠○長驅	4.4/33/10			○橫相去二里	6.5/45/6
隨而○之	4.8/35/18	○車騎寇	4.1/30/1	○橫相去百步	6.5/45/10
○北踰險	6.9/47/29	先燔吾○重	4.4/33/9		
				走 zǒu		32
贅 zhuì	1	子 zǐ	7		
				所以備○北也	3.10/26/7
有○婿人虜	6.3/43/23	○樂〔得〕漁邪	1.1/1/14	遮○北	4.1/30/14,4.1/30/16
		臣聞君○樂得其志	1.1/1/16		4.1/30/22,4.1/30/24
屯 zhūn	11	君○情同而親合	1.1/1/27	其將可○	4.3/32/19
		馭民如父母之愛○	1.3/4/6		5.1/38/4,5.6/41/2,5.7/41/20
敵人○壘	4.4/33/3	太○發在側	1.5/5/3	後陳欲○	4.7/34/20
三千人爲一○	4.8/35/12	以明傳之○孫	1.5/5/4	敵人遂○	4.7/34/21
○衛警戒	4.10/36/13	○弟欲與其將報仇者	6.3/43/21	戰合而○	4.7/34/32
或○其陰	5.5/40/9			敵人必○	4.7/34/32,6.9/47/5
或○其陽	5.5/40/9	自 zì	16	○其別軍	4.10/36/20
還歸○所	5.8/42/6			散亂而○	4.11/37/2
二十車爲○	6.5/45/5	其天時變化○然乎	1.2/2/21	必還○	4.11/37/6
三十騎爲一○	6.5/45/10	其○奉也甚薄	1.2/3/8	使我輕卒合戰而佯○	5.2/38/20
百而爲○	6.9/47/21	夫天地不○明	2.2/13/13	輕者不及○	5.2/38/23
立而爲○	6.10/48/28	聖人不○明	2.2/13/13	其將必○	5.2/38/24,5.4/39/29
		民無與而○富	2.2/13/32	皆散而○	5.3/39/5
拙 zhuō	1	有剛毅而○用者	3.2/18/19	○不可止	5.4/39/16
		剛毅而○用者	3.2/18/24	吾○者自止	5.4/39/23
故○將之所以見擒、明		天地○然	3.11/27/1	吾三軍敗亂而○	5.6/40/24
將之所以能避也	6.8/46/15	絞車連弩○副	4.1/29/21	有踰高絕遠、輕足善○	
			4.1/29/23,4.1/30/26	者	6.3/43/17
桠 zhuó	1	飛鳧電影○副	4.1/29/26	所以陷堅陳、要彊敵、	
		環絡○副	4.1/31/5	遮○北也	6.5/44/19
○杙大鎚	4.1/31/17	○來○去	4.12/37/16	百騎○千人	6.5/44/30
		吾走者○止	5.4/39/23	○能逐奔馬	6.6/45/19
斲 zhuó	1			敵人奔○	6.9/47/19
		字 zì	1	敵人佯○	6.9/47/27
薥桷桠楢不○	1.2/3/4			亂敗而○	6.10/48/24
		無有文○	3.11/27/1		
濁 zhuó	3	宗 zōng	1	足 zú		8
吏○苛擾	1.3/4/4	強○侵奪、陵侮貧弱者	1.9/8/5	則穀○	1.6/6/3
				則器○	1.6/6/3

則貨○　1.6/6/4
富貴甚○　2.3/15/2
其言不○聽也　3.9/24/18
其狀不○見也　3.9/24/18
勇力、飛○、冒將之士　4.4/32/28
有踰高絕遠、輕○善走
　者　6.3/43/17

卒 zú　70

○見太公　1.1/1/12
主潛謀應○　3.1/16/32
無以知士○之寒暑　3.6/22/16
無以知士○之勞苦　3.6/22/18
〔士○〕、軍皆定次　3.6/22/20
無以知士○之飢飽　3.6/22/21
〔故上〕將與士○共寒
　暑　3.6/22/23
三軍○有緩急　3.7/23/3
出甲陳兵、縱○亂行者
　3.10/25/26
士○所告　3.12/27/25
士○畏法　3.12/27/27
士○不齊　3.12/27/30
士○恐懼　3.12/28/4
弱○、車騎居中　4.4/32/29
弱○車騎　4.4/32/32
其○必寡　4.4/33/6
士○不習　4.5/33/21
其○必駭　4.6/34/14
士○必傷　4.7/34/20
我士○心傷　4.7/34/28
士○不戒　4.8/35/8
○與敵人相薄　4.9/35/30
恐其別軍○至而擊我　4.10/36/10
士○迷惑　4.10/36/17,5.5/40/6
其練○、材士必出　4.10/36/21
望其士○　4.12/37/19
敵人○去不遠　4.12/37/24
彼用其士○太疾也　4.12/37/24
吾士○大恐　5.2/38/10
士○絕糧　5.2/38/12
使我輕○合戰而佯走　5.2/38/20
其○必亂　5.3/39/2
士○無鬭志　5.3/39/5
○遇敵人　5.4/39/15
士○已陳　5.5/40/12

士○無糧　5.6/40/21
吾士○迷惑　5.6/40/24
將離士○可擊　6.2/43/2
聚爲一○　6.3/43/9,6.3/43/11
　6.3/43/13,6.3/43/15
　6.3/43/17,6.3/43/19
　6.3/43/21,6.3/43/23
　6.3/43/25,6.3/43/27
　6.3/43/29
欲令士○練士教戰之道　6.4/44/3
以車與步○戰　6.5/44/16
一車當幾步○　6.5/44/16
幾步○當一車　6.5/44/16
以騎與步○戰　6.5/44/16
一騎當幾步○　6.5/44/17
幾步○當一騎　6.5/44/17
則一騎不能當步○一人　6.5/44/23
一車當步○八十人　6.5/44/23
一騎當步○八人　6.5/44/24
一車當步○四十人　6.5/44/27
一騎當步○四人　6.5/44/27
六騎當一（○）〔車〕　6.5/44/28
士○或前或後　6.8/46/19
士○前後相顧　6.8/46/20
三軍○驚　6.8/46/21
士○欲鬭　6.9/47/7
士○不鬭　6.9/47/10
士○散亂　6.9/47/19
令我士○爲行馬、木蒺
　藜　6.10/48/26

族 zú　1

無亂其○　1.6/6/4

鏃 zú　1

鋪兩○蒺藜　4.1/30/20

阻 zǔ　16

水洇山○　3.1/17/8
谿谷險○者　3.10/26/1
保○險者　3.10/26/9
險○又固　4.4/32/25
必依草木、丘墓、險○　4.4/33/10
遇深谿大谷險○之水　4.5/33/17

依山（林）〔陵〕險○
　、水泉林木而爲之固　4.9/35/26
○其外內　4.10/36/13
林多險○　5.1/38/4
○難狹路可擊　6.2/43/2
冒險○　6.7/45/28
越絕險○、乘敵遠行者　6.8/46/10
陷之險○而難出者　6.8/46/11
敵人無險○保固　6.9/47/15
必依丘陵險○　6.10/48/20
又無險○　6.10/48/23

祖 zǔ　1

編之太○史疇　1.1/1/10

鑽 zuān　1

○靈龜　3.4/20/18

最 zuì　1

猶豫○大　3.9/25/8

罪 zuì　6

有○必罰　1.2/3/8
無○而罰　1.3/4/3
忠臣死於無○　1.10/10/1
○殺不辜　2.1/11/17
○在一人　4.10/36/26
有胥靡免○之人　6.3/43/27

醉 zuì　1

八日、○之以酒　3.3/20/9

尊 zūn　7

吏、忠正奉法者○其位　1.2/3/6
欲使主○人安　1.3/3/16
而以重賞○爵之　1.9/8/7
○之以名　2.3/14/28
致其大○　2.3/14/28
陰示大○　2.3/15/1
○爵重賞者　3.10/26/7

左 zuǒ	49
撫其○右	1.7/6/11
巫蠱○道	1.9/8/23
陰賂○右	2.3/14/12
收其○右忠愛	2.3/14/22
一○一右	4.2/32/5
亦有前後、○右之利	4.2/32/5
○軍疾○	4.3/32/19
以備○右	4.4/32/31
或出其○	4.6/34/14
周吾軍前後○右	4.11/36/32
遠望○右	4.11/37/4
强弩、材士衛吾○右	4.11/37/6
敵人燔吾○右	4.11/37/9
强弩翼吾○右	4.11/37/12
或攻吾○	5.3/38/31
選吾材士、强弩、車騎	
爲之○右	5.3/39/1
武車驍騎繞我○右	5.4/39/15
爲之○右	5.4/39/22
衝其○右	5.4/39/23
伏於○右	5.4/39/28
積弩射其○右	5.4/39/28
處山之○	5.5/40/10, 5.8/42/1
備山之○	5.5/40/10
射其○右	5.6/41/1
車騎衝其○右	5.6/41/2
疾擊其○右	5.7/41/20
吾○山而右水	5.8/41/30
敵右山而○水	5.8/41/30
急備山之○	5.8/42/1
翼吾○右	5.8/42/5
○軍以○	5.8/42/6
○右十步	6.5/45/4
○右六步	6.5/45/5
○右四步	6.5/45/9
○右二步	6.5/45/9
前後、○右、上下周旋	6.6/45/20
射前後○右	6.6/45/20
前後、○右周旋進退	6.7/45/28
○險右易、上陵仰阪者	6.8/46/12
後有溝瀆、○有深水、	
右有峻阪者	6.8/46/13
或○或右	6.8/46/20
擊其○右	6.9/47/5
獵其○右	6.9/47/10

○右有水	6.9/48/5
○有深溝	6.9/48/12
備我○右	6.10/48/28

佐 zuǒ	2
以之○昌	1.1/1/6
○勝之徵	3.11/27/7

作 zuò	3
不以役○之故	1.2/3/5
臣有大○宮室池榭、遊	
觀倡樂者	1.9/7/23
姦臣乃○	1.9/9/8

坐 zuò	3
○茅以漁	1.1/1/12
士未○勿○	3.4/20/24

附　　　　　　　錄

全書用字頻數表

全書總字數　＝　16,953

單字字數　　＝　1,394

字	數	字	數	字	數	字	數	字	數	字	數	字	數	字	數
之	659	此	73	事	41	弩	29	已	22	銳	18	金	14	戟	12
其	363	十	72	哉	41	情	29	已	22	內	17	便	14	虛	12
日	329	問	72	城	41	絕	29	信	22	乎	17	威	14	間	12
以	329	於	71	君	40	聞	29	莫	22	甚	17	飛	14	傷	12
而	293	道	71	善	40	謂	29	發	22	害	17	張	14	慎	12
不	291	卒	70	出	38	中	28	樂	22	氣	17	勞	14	溝	12
者	283	知	69	明	38	水	28	賞	22	動	17	雲	14	路	12
人	276	與	65	六	37	合	28	親	22	設	17	置	14	過	12
也	220	相	64	名	37	死	28	變	22	應	17	審	14	疑	12
為	198	上	62	備	37	陷	28	觀	22	七	16	雖	14	語	12
太	183	陳	59	萬	37	日	27	千	21	安	16	寶	14	輕	12
王	181	二	58	止	35	若	27	吏	21	自	16	奈	14	歸	12
公	177	長	58	主	35	高	27	材	21	阻	16	矛	13	驚	12
敵	168	眾	58	令	35	衝	27	通	21	柄	16	即	13	屯	11
則	148	國	57	至	35	賢	27	力	20	候	16	里	13	方	11
軍	147	利	56	疾	35	去	26	又	20	神	16	忠	13	別	11
三	144	奈	54	亂	35	來	26	食	20	草	16	爭	13	扶	11
天	139	能	54	尺	34	是	26	旌	20	窮	16	要	13	周	11
無	139	五	51	外	34	恐	26	陰	20	引	15	寇	13	夜	11
有	134	文	51	攻	34	聖	26	聲	20	木	15	常	13	雨	11
武	134	百	51	法	34	謀	26	亡	19	各	15	殺	13	胥	11
將	130	故	51	處	33	險	26	仁	19	形	15	喜	13	望	11
一	124	如	50	勿	32	夫	25	言	19	服	15	進	13	越	11
下	118	行	50	在	32	具	25	從	19	乘	15	勢	13	隊	11
所	118	敗	50	走	32	重	25	符	19	旁	15	實	13	塞	11
我	114	勝	50	勇	32	分	24	然	19	德	15	罰	13	極	11
大	113	左	49	皆	32	生	24	貴	19	徵	15	器	13	義	11
士	111	用	49	遠	32	兩	24	微	19	數	15	濟	13	察	11
何	111	右	48	入	31	時	24	聚	19	舉	15	鐵	13	慮	11
必	109	四	48	失	31	馬	24	諸	19	丈	14	火	12	機	11
可	108	或	47	先	31	糧	24	翼	19	立	14	北	12	靜	11
車	105	守	46	乃	30	同	23	未	18	多	14	正	12	薄	11
騎	101	得	46	凡	30	取	23	因	18	矣	14	好	12	聽	11
兵	98	深	46	心	30	命	23	往	18	定	14	邑	12	飆	11
地	94	見	45	伏	30	固	23	枚	18	居	14	奇	12	刃	10
戰	94	強	45	使	30	智	23	弱	18	易	14	拒	12	化	10
後	89	欲	45	非	30	鼓	23	堅	18	林	14	起	12	及	10
擊	80	步	44	八	29	旗	23	敢	18	治	14	教	12	牛	10
前	77	當	44	山	29	壘	23	愛	18	物	14	圍	12	目	10
吾	74	民	43	臣	29	寸	22	廣	18			富	12	危	10

字	數	字	數	字	數	字	數	字	數	字	數	字	數	字	數
彼	10	懼	9	務	7	持	6	室	5	舟	4	稷	4	坐	3
表	10	權	9	連	7	施	6	按	5	衣	4	蔽	4	忍	3
急	10	少	8	野	7	殃	6	負	5	克	4	賦	4	芒	3
風	10	白	8	魚	7	苦	6	赴	5	完	4	賤	4	角	3
師	10	示	8	尊	7	降	6	面	5	技	4	鄰	4	伴	3
復	10	伐	8	幾	7	借	6	修	5	良	4	豫	4	卑	3
惑	10	色	8	等	7	俱	6	徑	5	邪	4	隨	4	奉	3
陽	10	求	8	禁	7	家	6	索	5	怯	4	縱	4	拔	3
盡	10	足	8	號	7	偽	6	胸	5	怖	4	繁	4	肱	3
憂	10	身	8	誠	7	唯	6	逆	5	侵	4	螳	4	股	3
彊	10	呼	8	農	7	清	6	副	5	保	4	避	4	青	3
操	10	厚	8	隘	7	畢	6	掩	5	帝	4	齋	4	律	3
世	9	怒	8	蓋	7	揚	6	救	5	度	4	識	4	拜	3
功	9	怠	8	暮	7	詐	6	械	5	政	4	勸	4	指	3
平	9	宮	8	論	7	順	6	暑	5	盈	4	嚴	4	春	3
田	9	商	8	遮	7	會	6	渡	5	突	4	黨	4	星	3
羽	9	異	8	禦	7	罪	6	登	5	剛	4	鐸	4	秋	3
耳	9	寒	8	臨	7	賊	6	鳴	5	射	4	驍	4	美	3
志	9	惡	8	還	7	電	6	廉	5	徐	4	楯	4	苟	3
受	9	散	8	隱	7	圖	6	祿	5	息	4	蜋	4	計	3
斧	9	期	8	擾	7	震	6	群	5	消	4	鈇	4	夏	3
門	9	煞	8	禮	7	擒	6	解	5	迷	4	潰	4	容	3
帥	9	遇	8	轉	7	澤	6	賂	5	追	4	緝	4	浮	3
既	9	駭	8	驅	7	斂	6	奪	5	參	4	刀	3	狹	3
流	9	櫓	8	蓏	7	營	6	說	5	密	4	卜	3	留	3
音	9	燔	8	踰	7	爵	6	誘	5	患	4	土	3	病	3
破	9	藜	8	墊	7	藏	6	餌	5	授	4	工	3	疲	3
啓	9	九	7	久	6	辭	6	齊	5	淫	4	父	3	益	3
陵	9	子	7	斤	6	願	6	練	5	移	4	且	3	納	3
鳥	9	小	7	甲	6	屬	6	衛	5	終	4	乏	3	逃	3
視	9	今	7	亦	6	襲	6	養	5	習	4	多	3	陣	3
意	9	丘	7	共	6	予	5	學	5	術	4	召	3	除	3
敬	9	犯	7	存	6	反	5	整	5	許	4	司	3	執	3
節	9	列	7	收	6	巧	5	橫	5	貪	4	斥	3	掠	3
馳	9	刑	7	次	6	任	5	輸	5	閉	4	母	3	接	3
寡	9	江	7	助	6	位	5	關	5	猶	4	玄	3	推	3
管	9	戒	7	告	6	決	5	警	5	結	4	玉	3	旋	3
精	9	更	7	困	6	災	5	譽	5	鄉	4	石	3	畫	3
暴	9	待	7	肯	6	谷	5	聲	5	黑	4	伍	3	梁	3
獨	9	紀	7	和	6	依	5	裏	5	落	4	兆	3	梯	3
積	9	約	7	奔	6	制	5	疏	5	虜	4	旬	3	淵	3
選	9	致	7	昌	6	始	5	口	4	雷	4	汝	3	焉	3
遺	9	首	7	舍	6	官	5	古	4	飽	4	西	3	率	3
環	9	書	7	返	6	社	5	史	4	飾	4	伺	3	理	3
謹	9	財	7	近	6	虎	5	由	4	輔	4	作	3	貧	3
離	9	退	7	俗	6	巫	5	光	4	潔	4	免	3	速	3
難	9	飢	7	冒	6	姦	5	再	4	穀	4	坑	3	逐	3

部	3	才	2	玩	2	婦	2	漸	2	顧	2	劣	1	朋	1
報	3	仇	2	直	2	孰	2	熙	2	顯	2	圯	1	杷	1
就	3	允	2	空	2	寂	2	禍	2	衢	2	夙	1	枝	1
測	3	月	2	阜	2	專	2	臺	2	伎	2	字	1	板	1
絞	3	比	2	亭	2	彗	2	蓄	2	悅	2	并	1	杵	1
黃	3	爪	2	侮	2	御	2	蕎	2	袄	2	戎	1	欣	1
毀	3	犬	2	卻	2	惚	2	誓	2	紆	2	妖	1	氛	1
源	3	付	2	品	2	掘	2	誑	2	悾	2	朱	1	泥	1
滅	3	代	2	垂	2	斬	2	障	2	培	2	汙	1	波	1
詭	3	半	2	垣	2	猛	2	鳴	2	嗃	2	灰	1	況	1
載	3	布	2	封	2	略	2	嘿	2	彀	2	耒	1	沮	1
遊	3	矢	2	昧	2	祥	2	影	2	鉏	2	肉	1	炊	1
遂	3	休	2	柔	2	、	2	樓	2	堯	2	臼	1	狀	1
鉤	3	仰	2	柯	2	累	2	毅	2	鋙	2	佞	1	狐	1
境	3	全	2	泉	2	蓥	2	潛	2	廥	2	伸	1	肯	1
榭	3	吉	2	炬	2	釣	2	潰	2	鋌	2	否	1	芟	1
漁	3	向	2	畏	2	鹿	2	熟	2	闇	2	吹	1	附	1
熒	3	妄	2	科	2	割	2	談	2	轄	2	均	1	俠	1
竭	3	年	2	茅	2	堯	2	輦	2	轤	2	孝	1	促	1
貌	3	曲	2	苛	2	循	2	遷	2	鑊	2	巫	1	係	1
銅	3	池	2	茂	2	惠	2	壁	2	縣	2	廷	1	昺	1
劍	3	老	2	虐	2	欺	2	擇	2	勑	2	忘	1	冠	1
廟	3	考	2	迭	2	湛	2	橋	2	无	2	快	1	削	1
稽	3	佐	2	倦	2	渭	2	歷	2	己	1	抗	1	勉	1
編	3	似	2	倖	2	渺	2	激	2	干	1	投	1	南	1
緩	3	壯	2	倡	2	短	2	縞	2	弓	1	杓	1	客	1
請	3	妙	2	娛	2	肅	2	諫	2	井	1	沐	1	屋	1
調	3	弟	2	徒	2	詔	2	霖	2	凶	1	沒	1	弭	1
輪	3	役	2	恭	2	軸	2	默	2	刈	1	狂	1	恃	1
樹	3	折	2	振	2	鈍	2	懦	2	勾	1	辰	1	拽	1
濁	3	束	2	校	2	開	2	谿	2	尤	1	迂	1	拾	1
踵	3	沈	2	桑	2	閒	2	獵	2	幻	1	迅	1	挑	1
龍	3	赤	2	柴	2	集	2	穢	2	手	1	侈	1	某	1
勵	3	阪	2	殊	2	嗇	2	簡	2	斗	1	刺	1	殆	1
斷	3	並	2	殷	2	圓	2	繞	2	氏	1	味	1	洗	1
織	3	刻	2	海	2	愚	2	覆	2	牙	1	孤	1	珍	1
職	3	咎	2	涓	2	愈	2	豐	2	兄	1	宗	1	皇	1
謬	3	委	2	珠	2	搏	2	寵	2	加	1	宜	1	省	1
鎖	3	姓	2	畝	2	業	2	懲	2	匝	1	宛	1	禹	1
鎚	3	忽	2	矩	2	椙	2	懷	2	占	1	尚	1	背	1
壞	3	念	2	紛	2	經	2	獸	2	囚	1	延	1	英	1
羅	3	東	2	缺	2	裘	2	疇	2	本	1	怪	1	貞	1
議	3	果	2	笏	2	誅	2	謫	2	末	1	承	1	限	1
驕	3	河	2	豈	2	資	2	覺	2	申	1	拂	1	革	1
杕	3	泄	2	鬼	2	遁	2	譟	2	禾	1	拙	1	香	1
叉	2	炎	2	偶	2	基	2	釋	2	穴	1	昔	1	倍	1
女	2	牧	2	曼	2	對	2	辯	2	交	1	昏	1	俯	1

倫	1	屠	1	窘	1	僥	1	豎	1	薛	1	栬	1
倉	1	帶	1	策	1	塵	1	輩	1	講	1	笧	1
兼	1	庶	1	粟	1	塹	1	適	1	趨	1	椓	1
冥	1	悉	1	絡	1	寞	1	醉	1	轂	1	榮	1
冢	1	捷	1	給	1	寧	1	鋪	1	輿	1	橡	1
孫	1	族	1	絳	1	寢	1	鋤	1	闌	1	籌	1
展	1	晦	1	華	1	幣	1	鋒	1	鮮	1	遒	1
峻	1	棄	1	著	1	幕	1	閭	1	黏	1	愨	1
庫	1	淑	1	萌	1	彰	1	霆	1	叢	1	郫	1
庭	1	涸	1	街	1	態	1	駕	1	瀆	1	嶄	1
恥	1	淨	1	裂	1	慢	1	麾	1	繡	1	懌	1
恩	1	牽	1	超	1	暢	1	奮	1	贅	1	餧	1
悅	1	痊	1	距	1	暝	1	懈	1	闓	1	歆	1
扇	1	笠	1	辜	1	漏	1	擅	1	雜	1	薉	1
效	1	羞	1	階	1	福	1	曆	1	雞	1	螭	1
根	1	粗	1	隆	1	稱	1	燒	1	曠	1	輼	1
涉	1	脫	1	雄	1	綱	1	薏	1	羹	1	鍂	1
畜	1	被	1	須	1	綺	1	築	1	藥	1	簽	1
皋	1	貨	1	飯	1	維	1	縛	1	鏃	1	鎌	1
眞	1	途	1	飲	1	蓑	1	耨	1	鏤	1	羆	1
砥	1	郭	1	馭	1	誠	1	衡	1	麋	1	頹	1
祕	1	都	1	傳	1	誤	1	諱	1	鶩	1	藿	1
祖	1	陶	1	傾	1	豪	1	諜	1	壞	1	鐩	1
秩	1	雀	1	塗	1	賓	1	輻	1	礦	1	懽	1
窈	1	鹵	1	嫌	1	遣	1	辨	1	耀	1	糯	1
素	1	傑	1	慈	1	銀	1	遼	1	贍	1	繮	1
耕	1	最	1	慄	1	銜	1	鋸	1	嚚	1	穉	1
茨	1	創	1	搖	1	際	1	錦	1	覽	1	氎	1
蚩	1	博	1	新	1	領	1	錮	1	闞	1	鄙	1
衰	1	喧	1	暇	1	儉	1	雕	1	鰥	1	鷟	1
記	1	喪	1	楹	1	厲	1	龜	1	籠	1	臼	1
託	1	堡	1	殿	1	嘯	1	優	1	蠱	1	揔	1
躬	1	婿	1	溫	1	增	1	儲	1	驗	1	徧	1
酒	1	尋	1	煙	1	慰	1	壑	1	攬	1	恊	1
配	1	廄	1	煩	1	憎	1	徽	1	讓	1	肦	1
偉	1	悲	1	照	1	憤	1	戴	1	讒	1	迹	1
健	1	揆	1	盟	1	戮	1	檄	1	靈	1	踈	1
側	1	提	1	督	1	撓	1	濕	1	鷹	1	嵒	1
偸	1	敝	1	粱	1	撫	1	燥	1	鑽	1	冑	1
偏	1	棘	1	腹	1	澗	1	獲	1	陀	1	担	1
倏	1	棲	1	葉	1	瘡	1	縮	1	坳	1		
剪	1	殘	1	補	1	盤	1	績	1	洗	1		
匿	1	游	1	試	1	瞑	1	縲	1	枹	1		
唱	1	湊	1	運	1	罷	1	翳	1	梟	1		
啗	1	渠	1	達	1	誰	1	聰	1	泇	1		
埕	1	滋	1	違	1	誹	1	艱	1	舡	1		
奢	1	盜	1	頓	1			薪	1	埧	1		

The ICS Ancient Chinese Texts Concordance Series

Philosophical works No.28

先秦兩漢古籍逐字索引叢刊子部第二十八種

鬻子逐字索引

A CONCORDANCE TO THE YUZI

目　次

凡　　例

一．《鶡子》正文：

1．本《逐字索引》所附正文據正統《道藏》本。

2．凡誤字之改正，例如 a 字改正爲 b 字，以（a）〔b〕方式表示。

例如：士民（若）〔苦〕之 1.5/1/31

表示正統《道藏》本作「若」，乃誤字，今改正爲「苦」。讀者翻檢《增字、刪字、誤字改正說明表》，即知改字之依據爲俞樾《諸子平議補錄》（頁2）。

3．本《逐字索引》所收之字一律劃一用正體，以昭和四十九年大修館書店發行之《大漢和辭典》，及一九八六至一九九零年湖北辭書出版社、四川辭書出版社出版之《漢語大字典》所收之正體爲準，遇有異體或譌體，一律代以正體。

例如：魯周公使康叔往守於殷 2.9/3/26

正統《道藏》本原作「魯周公使康叔徃守於殷」，據《大漢和辭典》，「往」、「徃」乃異體字，音義無別，今代以正體「往」字。爲便讀者了解底本原貌，凡異體之改正，均列《通用字表》中。

二．逐字索引編排：

1．以單字爲綱，旁列該字在全文出現之頻數（書末另附《全書用字頻數表》〔附錄〕，按頻數次序列出全書單字），下按原文先後列明該字出現之全部例句，句中遇該字則代以「○」號。

2．全部《逐字索引》按漢語拼音排列；一字多音者，只於最常用讀音下，列出全部例句，異讀請參《漢語拼音檢字表》。

3．每一例句後加上編號 a/b/c 表明於原文中位置，例如 1.1/2/3，「1.1」表示原文的篇章次、「2」表示頁次、「3」表示行次。

三．檢字表：

　　備有《漢語拼音檢字表》、《筆畫檢字表》兩種：

　1．漢語拼音據《辭源》修訂本（一九七九年至一九八三年北京商務印書館）及《漢語大字典》。一字多音者，按不同讀音在音序中分別列出；例如「說」字有 shuō, shuì, yuè, tuō 四讀，分列四處。聲母、韻母相同之字，按陰平、陽平、上、去四聲先後排列。讀音未詳者，一律置於表末。

　2．《逐字索引》中某字所出現之頁數，在《漢語拼音檢字表》中所列該字任一讀音下皆可檢得。

　3．筆畫數目、部首歸類均據《康熙字典》。畫數相同之字，其先後次序依部首排列。

　4．另附《威妥碼 – 漢語拼音對照表》，以方便使用威妥碼拼音之讀者。

Guide to the use of the Concordance

1. Text

1.1 The text printed with the concordance is based on the *Zhengtong Daozang* (*ZTDZ*) edition.

1.2 An emendation of character <u>a</u> to character <u>b</u> is indicated by (a)〔b〕, e.g.,

士民（若）〔苦〕之 1.5/1/31

The character 若 in the *ZTDZ* edition has been emended to 苦 on the authority of Yuyue's *Zhuzi pingyibulu* (p.2).

A list of the emendation is appended on p.10 where the authority is given.

1.3 For all concordanced characters only the standard form is used. Variant or incorrect forms have been replaced by the standard forms as given in Morohashi Tetsuji's *Dai Kan-Wa jiten*, (Tokyo: Taishūkan shōten, 1974), and the *Hanyu da zidian* (Hubei cishu chubanshe and Sichuan cishu chubanshe 1986-1990), e.g.,

魯周公使康叔往守於殷 2.9/3/26

The *ZTDZ* edition has 徃 which, being a variant form, has been replaced by the standard form 往 as given in the *Dai Kan-Wa jiten*. A list of all variant forms that have been in this way replaced is appended on p.10.

2. Concordance

2.1 In the entries the concordanced character is replaced by the ○ sign. The entries are arranged according to the order of appearance in the text. The frequency of appearance of the character concerned in the whole text is shown, and a list of all the concordanced characters in frequency order is appended. (Appendix)

2.2 The entries are listed according to Hanyupinyin. In the body of the concordance only the most common pronunciation of a character is listed under which all occurrences of the character are located.

2.3 Figures in three columns show the chapter, page and line in which the first character in the text cited appears, e.g., 1.1/2/3,

      1.1 denotes the chapter.
      2   denotes the page.
      3   denotes the line.

3. Index

A Stroke Index and an Index arranged according to Hanyupinyin are included.

3.1 The pronunciation given in the *Ciyuan* (The Commercial Press, Beijing, 1979-1983) and the *Hanyu da zidian* is used. Where a character has two or more pronunciations, it can be found under any of these in the Index. For example : 說 which has four pronunciations : shuō, shuì, yuè, tuō is to be found under any one of these four entries. Characters with the same pronunciation but different tones are listed according to tone order. Characters of which the pronunciation is unknown are relegated to the end of the Index.

3.2 In the body of the Concordance only the most common pronunciation of a character is listed, but in the Index all alternative pronunciations of the character are given.

3.3 In the stroke Index, characters with the same number of strokes appear under the radicals in the same order as given in the *Kangxi zidian*.

3.4 A correspondence table between the Hanyupinyin and the Wade-Giles systems is also provided.

漢 語 拼 音 檢 字 表

ài 　愛　　5	**bó** 　百 (bǎi)　5 　暴 (bào)　5	**chū** 　出　　6	**dàn** 　旦　　6	**èr** 　二　　7
àn 　黯　　5	**bū** 　誧　　5	**chú** 　除　　6 　諸 (zhū)　19	**dāng** 　當　　6	**fā** 　發　　7
bǎi 　百　　5	**bù** 　不　　5	**cī** 　疵　　6	**dàng** 　湯 (tāng)　13 　當 (dāng)　6	**fán** 　凡　　7
bǎo 　飽　　5	**cè** 　側　　5	**cí** 　子 (zǐ)　19 　辭　　6	**dǎo** 　道 (dào)　6	**fēi** 　非　　7
bào 　暴　　5	**chá** 　察　　5	**cǐ** 　此　　6	**dào** 　陶 (táo)　13 　道　　6	**fěi** 　非 (fēi)　7
bēi 　卑　　5	**cháng** 　長　　5 　常　　5 　嘗　　5	**cōng** 　從 (cóng)　6	**dé** 　得　　6	**fēng** 　封　　7
běi 　北　　5	**chàng** 　唱　　5	**cóng** 　從　　6	**dì** 　地　　6 　帝　　6	**fōu** 　不 (bù)　5
bèi 　北 (běi)　5	**cháo** 　朝 (zhāo)　18	**cù** 　取 (qǔ)　11 　數 (shù)　13	**dōng** 　東　　6	**fǒu** 　不 (bù)　5
běn 　本　　5	**chén** 　陳　　5	**cuī** 　衰 (shuāi)　13	**dù** 　土 (tǔ)　14 　杜　　6	**fū** 　夫　　7 　不 (bù)　5
bǐ 　比　　5 　卑 (bēi)　5	**chéng** 　成　　6 　丞　　6 　程　　6	**cuò** 　昔 (xī)　15	**duì** 　對　　7	**fú** 　夫 (fū)　7 　福　　7
bì 　必　　5 　避　　5	**chī** 　離 (lí)　9	**dà** 　大　　6	**duó** 　鐸　　7	**gǎi** 　改　　7
bié 　別　　5	**chí** 　治 (zhì)　19	**dài** 　大 (dà)　6 　代　　6	**è** 　惡　　7	**gǎn** 　敢　　7
bō 　發 (fā)　7		**dān** 　堪 (kān)　9	**ér** 　而　　7	**gāo** 　皋　　7

gě		**hē**		既	8	**kān**		**lián**
合(hé)	8	何(hé)	8	紀	8	堪	9	令(lìng) 10
gōng		**hé**		**jiǎ**		**kāng**		**líng**
公	7	合	8	暇(xià)	15	康	9	令(lìng) 10
功	7	何	8					
訟(sòng)	13	和	8	**jiān**		**kàng**		**lìng**
		害(hài)	8	肩	8	康(kāng)	9	令 10
gòng				間	8			
恐(kǒng)	9	**hè**				**kě**		**liú**
		何(hé)	8	**jiàn**		可	9	留 10
gū		和(hé)	8	見	9			
皋(gāo)	7			間(jiān)	8	**kè**		**liǔ**
辜	7	**hóu**				可(kě)	9	留(liú) 10
		侯	8	**jiāo**				
gǔ				教(jiào)	9	**kǒng**		**liù**
苦(kǔ)	9	**hòu**				恐	9	六 10
鼓	7	後	8	**jiào**				
				教	9	**kǔ**		**lǔ**
gù		**hū**				苦	9	魯 10
故	7	乎	8	**jiē**				
		惡(è)	7	皆	9	**kù**		**lù**
guǎ						嚳	9	六(liù) 10
寡	8	**huà**		**jiè**				路 10
		化	8	戒	9	**kuáng**		
guī						狂	9	**luàn**
歸	8	**huáng**		**jiǔ**				亂 10
		湟	8	久	9	**kuī**		
guó		黃	8			虧	9	**luó**
國	8			**jū**				羅 10
		huī		且(qiě)	11	**kuì**		
hǎi		揮	8			歸(guī)	8	**luò**
海	8			**jǔ**		饋	9	路(lù) 10
		huò		去(qù)	11			
hài		惑	8	舉	9	**lí**		**mén**
害	8					離	9	門 10
		jī		**jù**				
háng		其(qí)	10	具	9	**lǐ**		**mín**
行(xíng)	15	積	8	據	9	里	9	民 10
		擊	8	虞	9	理	9	
hàng								**míng**
行(xíng)	15	**jǐ**		**jué**		**lì**		明 10
		紀(jì)	8	爵	9	力	9	冥 10
háo						吏	9	銘 10
皋(gāo)	7	**jì**		**jūn**		離(lí)	9	
		其(qí)	10	君	9			**mó**
		季	8					無(wú) 14

mò			qí			què			shài			shì		
百（bǎi）		5	其		10	爵（jué）		9	殺（shā）		12	士		12
												世		13
móu			qǐ			rán			shàn			事		13
謀		10	起		11	然		11	善		12	是		13
												飾		13
ná			qì			rě			shāng					
南（nán）		10	器		11	若（ruò）		12	湯（tāng）		13	shǒu		
												守		13
nǎi			qiān			rén			shǎng			首		13
乃		10	千		11	人		11	上（shàng）		12			
						仁		11	賞		12	shòu		
nài			qiāng									受		13
奈		10	慶（qìng）		11	rì			shàng			獸		13
能（néng）		10				日		11	上		12			
			qiě						賞（shǎng）		12	shū		
nán			且		11	róng						叔		13
南		10				訟（sòng）		13	shēn					
			qīn						身		12	shǔ		
néng			親		11	rú			信（xìn）		15	數（shù）		13
而（ér）		7				如		12						
能		10	qìn						shén			shù		
			親（qīn）		11	rù			神		12	數		13
nián						入		12						
年		10	qīng						shèn			shuāi		
			卿		11	ruǎn			慎		12	衰		13
níng			輕		11	蝡		12						
甯		10	慶（qìng）		11				shēng			shùn		
寧		10				ruò			生		12	舜		13
			qìng			若		12	聲		12			
nìng			慶		11							shuò		
甯（níng）		10	磬		11	sà			shèng			數（shù）		13
寧（níng）		10				殺（shā）		12	聖		12			
			qiú									sì		
pí			求		11	sān			shī			四		13
比（bǐ）		5				三		12	失		12	食（shí）		12
			qū						施		12			
pì			去（qù）		11	sāng						sǒng		
闢		10	取（qǔ）		11	喪（sàng）		12	shí			從（cóng）		6
			軀		11				十		12			
pù						sàng			食		12	sòng		
暴（bào）		5	qǔ			喪		12				訟		13
			取		11				shǐ					
qī						shā			使		12	sù		
七		10	qù			殺		12	始		12	數（shù）		13
			去		11				施（shī）		12			

suī		wàn		wǔ		xìng		伊	16
雖	13	萬	14	五	14	行(xíng)	15	yí	
suí		wáng		wù		興(xīng)	15	施(shī)	12
隨	13	王	14	物	15	xiū		焉(yān)	15
suì		wǎng		惡(è)	7	休	15	yǐ	
歲	13	王(wáng)	14			xū		已	16
sǔn		往	14	xī		虛	15	以	16
簨	13	wàng		西	15	頊	15	矣	16
suǒ		王(wáng)	14	昔	15	xǔ		yì	
所	13	忘	14	xiá		休(xiū)	15	失(shī)	12
		往(wǎng)	14	暇(xià)	15	xuán		亦	16
tái						懸	15	食(shí)	12
能(néng)	10	wēi		xià		xuǎn		施(shī)	12
		微	14	下	15	撰(zhuàn)	19	義	16
tài		wéi		暇	15	xué		yīn	
大(dà)	6	為	14	xián		學	15	殷	16
能(néng)	10	唯	14	賢	15	yān		yǐn	
tāng		wěi		xiàn		身(shēn)	12	尹	16
湯	13	唯(wéi)	14	見(jiàn)	9	殷(yīn)	16	殷(yīn)	16
tàng		wèi		xiāng		焉	15	yíng	
湯(tāng)	13	謂	14	相	15	yán		盈	16
		衛	14	xiàng		言	16	yòng	
táo		wén		相(xiāng)	15			用	16
陶	13	文	14	xiāo		yáng		yōu	
鞀	13	聞	14	肖(xiào)	15	湯(tāng)	13	憂	17
tiān		wèn		xiào		yáo		yóu	
天	13	文(wén)	14	肖	15	陶(táo)	13	由	17
tīng		問	14	xīn		猶(yóu)	17	猶	17
聽	14	聞(wén)	14	親(qīn)	11	yě		yǒu	
tíng		wū		xìn		也	16	有	17
廷	14	於(yú)	17	信	15	yè		yòu	
tǔ		惡(è)	7			夜	16	有(yǒu)	17
土	14	wú		xīng		業	16	yú	
tuàn		吾	14	興	15	yī		吾(wú)	14
緣(yuán)	17	無	14	xíng		一	16	於	17
				行	15				

愚	17	zhě		zhòu			
與（yǔ）	17	者	18	紂	19		
				晝	19		
yǔ		zhēn					
禹	17	振（zhèn）	18	zhū			
語	17			誅	19		
與	17	zhěn		諸	19		
		振（zhèn）	18				
yù				zhǔ			
玉	17	zhèn		主	19		
欲	17	振	18				
與（yǔ）	17	陳（chén）	5	zhù			
獄	17			除（chú）	6		
語（yǔ）	17	zhēng					
諭	17	政（zhèng）	18	zhuān			
鬻	17			顓	19		
		zhèng					
yuán		政	18	zhuàn			
緣	17			撰	19		
		zhī					
yuē		之	18	zǐ			
曰	17	知	19	子	19		
		智（zhì）	19				
yuè				zì			
月	17	zhì		自	20		
		至	19	事（shì）	13		
zài		志	19				
在	18	知（zhī）	19	zōng			
		治	19	從（cóng）	6		
zé		秩	19				
則	18	智	19	zǒng			
賊	18	置	19	從（cóng）	6		
zè		zhōng		zòng			
側（cè）	5	中	19	從（cóng）	6		
		忠	19				
zhǎng		終	19	zū			
長（cháng）	5	鐘	19	諸（zhū）	19		
zhàng		zhòng		zuì			
杖	18	中（zhōng）	19	最	20		
長（cháng）	5			罪	20		
		zhōu					
zhāo		周	19	zuǒ			
昭	18	鬻（yù）	17	佐	20		
朝	18						

威 妥 碼 － 漢 語 拼 音 對 照 表

A		ch'ing	qing	**F**		hui	hui	k'ou	kou
a	a	chiu	jiu	fa	fa	hun	hun	ku	gu
ai	ai	ch'iu	qiu	fan	fan	hung	hong	k'u	ku
an	an	chiung	jiong	fang	fang	huo	huo	kua	gua
ang	ang	ch'iung	qiong	fei	fei			k'ua	kua
ao	ao	cho	zhuo	fen	fen	**J**		kuai	guai
		ch'o	chuo	feng	feng	jan	ran	k'uai	kuai
C		chou	zhou	fo	fo	jang	rang	kuan	guan
cha	zha	ch'ou	chou	fou	fou	jao	rao	k'uan	kuan
ch'a	cha	chu	zhu	fu	fu	je	re	kuang	guang
chai	zhai	ch'u	chu			jen	ren	k'uang	kuang
ch'ai	chai	chua	zhua	**H**		jeng	reng	kuei	gui
chan	zhan	ch'ua	chua	ha	ha	jih	ri	k'uei	kui
ch'an	chan	chuai	zhuai	hai	hai	jo	ruo	kun	gun
chang	zhang	ch'uai	chuai	han	han	jou	rou	k'un	kun
ch'ang	chang	chuan	zhuan	hang	hang	ju	ru	kung	gong
chao	zhao	ch'uan	chuan	hao	hao	juan	ruan	k'ung	kong
ch'ao	chao	chuang	zhuang	he	he	jui	rui	kuo	guo
che	zhe	ch'uang	chuang	hei	hei	jun	run	k'uo	kuo
ch'e	che	chui	zhui	hen	hen	jung	rong		
chei	zhei	ch'ui	chui	heng	heng			**L**	
chen	zhen	chun	zhun	ho	he	**K**		la	la
ch'en	chen	ch'un	chun	hou	hou	ka	ga	lai	lai
cheng	zheng	chung	zhong	hsi	xi	k'a	ka	lan	lan
ch'eng	cheng	ch'ung	chong	hsia	xia	kai	gai	lang	lang
chi	ji	chü	ju	hsiang	xiang	k'ai	kai	lao	lao
ch'i	qi	ch'ü	qu	hsiao	xiao	kan	gan	le	le
chia	jia	chüan	juan	hsieh	xie	k'an	kan	lei	lei
ch'ia	qia	ch'üan	quan	hsien	xian	kang	gang	leng	leng
chiang	jiang	chüeh	jue	hsin	xin	k'ang	kang	li	li
ch'iang	qiang	ch'üeh	que	hsing	xing	kao	gao	lia	lia
chiao	jiao	chün	jun	hsiu	xiu	k'ao	kao	liang	liang
ch'iao	qiao	ch'ün	qun	hsiung	xiong	ke	ge	liao	liao
chieh	jie			hsü	xu	k'e	ke	lieh	lie
ch'ieh	qie	**E**		hsüan	xuan	kei	gei	lien	lian
chien	jian	e	e	hsüeh	xue	ken	gen	lin	lin
ch'ien	qian	eh	ê	hsün	xun	k'en	ken	ling	ling
chih	zhi	ei	ei	hu	hu	keng	geng	liu	liu
ch'ih	chi	en	en	hua	hua	k'eng	keng	lo	le
chin	jin	eng	eng	huai	huai	ko	ge	lou	lou
ch'in	qin	erh	er	huan	huan	k'o	ke	lu	lu
ching	jing			huang	huang	kou	gou	luan	luan

lun	lun	nu	nu	sai	sai	t'e	te	tsung	zong
lung	long	nuan	nuan	san	san	teng	deng	ts'ung	cong
luo	luo	nung	nong	sang	sang	t'eng	teng	tu	du
lü	lü	nü	nü	sao	sao	ti	di	t'u	tu
lüeh	lüe	nüeh	nüe	se	se	t'i	ti	tuan	duan
				sen	sen	tiao	diao	t'uan	tuan

M

O

ma	ma	o	o	seng	seng	t'iao	tiao	tui	dui
mai	mai	ou	ou	sha	sha	tieh	die	t'ui	tui
man	man			shai	shai	t'ieh	tie	tun	dun
mang	mang			shan	shan	tien	dian	t'un	tun

P

mao	mao	pa	ba	shang	shang	t'ien	tian	tung	dong
me	me	p'a	pa	shao	shao	ting	ding	t'ung	tong
mei	mei	pai	bai	she	she	t'ing	ting	tzu	zi
men	men	p'ai	pai	shei	shei	tiu	diu	tz'u	ci
meng	meng	pan	ban	shen	shen	to	duo		
mi	mi	p'an	pan	sheng	sheng	t'o	tuo		

W

miao	miao	pang	bang	shih	shi	tou	dou	wa	wa
mieh	mie	p'ang	pang	shou	shou	t'ou	tou	wai	wai
mien	mian	pao	bao	shu	shu	tsa	za	wan	wan
min	min	p'ao	pao	shua	shua	ts'a	ca	wang	wang
ming	ming	pei	bei	shuai	shuai	tsai	zai	wei	wei
miu	miu	p'ei	pei	shuan	shuan	ts'ai	cai	wen	wen
mo	mo	pen	ben	shuang	shuang	tsan	zan	weng	weng
mou	mou	p'en	pen	shui	shui	ts'an	can	wo	wo
mu	mu	peng	beng	shun	shun	tsang	zang	wu	wu
		p'eng	peng	shuo	shuo	ts'ang	cang		

N

Y

na	na	pi	bi	so	suo	tsao	zao	ya	ya
nai	nai	p'i	pi	sou	sou	ts'ao	cao	yang	yang
nan	nan	piao	biao	ssu	si	tse	ze	yao	yao
nang	nang	p'iao	piao	su	su	ts'e	ce	yeh	ye
nao	nao	pieh	bie	suan	suan	tsei	zei	yen	yan
ne	ne	p'ieh	pie	sui	sui	tsen	zen	yi	yi
nei	nei	pien	bian	sun	sun	ts'en	cen	yin	yin
nen	nen	p'ien	pian	sung	song	tseng	zeng	ying	ying
neng	neng	pin	bin			ts'eng	ceng	yo	yo
ni	ni	p'in	pin			tso	zuo	yu	you

T

niang	niang	ping	bing	ta	da	ts'o	cuo	yung	yong
niao	niao	p'ing	ping	t'a	ta	tsou	zou	yü	yu
nieh	nie	po	bo	tai	dai	ts'ou	cou	yüan	yuan
nien	nian	p'o	po	t'ai	tai	tsu	zu	yüeh	yue
nin	nin	p'ou	pou	tan	dan	ts'u	cu	yün	yun
ning	ning	pu	bu	t'an	tan	tsuan	zuan		
niu	niu	p'u	pu	tang	dang	ts'uan	cuan		
no	nuo			t'ang	tang	tsui	zui		

S

nou	nou	sa	sa	tao	dao	ts'ui	cui		
				t'ao	tao	tsun	zun		
				te	de	ts'un	cun		

筆　畫　檢　字　表

一畫
| 一 | 一 | 16 |

二畫
一	七	10
丿	乃	10
二	二	7
人	人	11
入	入	12
力	力	9
十	十	12

三畫
一	下	15
	上	12
	三	12
丿	久	9
乙	也	16
几	凡	7
十	千	11
土	土	14
士	士	12
大	大	6
子	子	19
己	已	16

四畫
一	不	5
丨	中	19
丿	之	18
二	五	14
人	仁	11
八	六	10
	公	7
匕	化	8
大	夫	7
	天	13
尸	尹	16
文	文	14
日	日	11
曰	曰	17
月	月	17

| 比 | 比 | 5 |
| 玉 | 王 | 14 |

五畫
一	世	13
	且	11
、	主	19
丿	乎	8
人	代	6
	令	10
	以	16
凵	出	6
力	功	7
匕	北	5
厶	去	11
口	可	9
囗	四	13
大	失	12
心	必	5
日	旦	6
木	本	5
氏	民	10
玉	玉	17
生	生	12
用	用	16
田	由	17

六畫
一	丞	6
亠	亦	16
人	伊	16
	休	15
口	吏	9
	合	8
土	在	18
	地	6
女	如	12
宀	守	13
干	年	10
戈	成	6
月	有	17
止	此	6

白	百	5
而	而	7
自	自	20
至	至	19
行	行	15
兩	西	15

七畫
人	佐	20
	何	8
刀	別	5
口	君	9
	吾	14
廴	廷	14
心	志	19
	忘	14
戈	戒	9
攴	改	7
木	杜	6
	杖	18
水	求	11
犬	狂	9
矢	矣	16
肉	肖	15
見	見	9
言	言	16
身	身	12
里	里	9

八畫
丨	事	13
人	使	12
八	具	9
	其	10
十	卑	5
又	叔	13
	受	13
	取	11
口	和	8
	周	19
夕	夜	16
大	奈	10

女	始	12
子	季	8
彳	往	14
心	忠	19
戶	所	13
攴	政	18
方	於	17
日	明	10
	昔	15
木	東	6
水	治	19
牛	物	15
矢	知	19
肉	肩	8
長	長	5
門	門	10
非	非	7

九畫
人	侯	8
	信	15
刀	則	18
十	南	10
寸	封	7
巾	帝	6
彳	後	8
攴	故	7
方	施	12
无	既	8
日	是	13
	昭	18
火	爲	14
白	皆	9
皿	盈	16
目	相	15
内	禹	17
糸	紂	19
	紀	8
老	者	18
艸	苦	9
	若	12
食	食	12

| 首 | 首 | 13 |

十畫
一	冥	10
宀	害	8
心	恐	9
手	振	18
攴	殷	16
水	海	8
田	留	10
广	疵	6
白	皋	7
示	神	12
禾	秩	19
肉	能	10
衣	衰	13
走	起	11
阜	除	6

十一畫
人	側	5
冂	卿	11
口	唱	5
	唯	14
	問	14
囗	國	8
巾	常	5
广	康	9
彳	從	6
	得	6
攴	教	9
日	晝	19
欠	欲	17
殳	殺	12
火	焉	15
玉	理	9
糸	終	19
言	訟	13
阜	陶	13
	陳	5

十二畫
口	喪	12
	善	12
土	堪	9
心	惡	7
	惑	8
手	揮	8
攴	敢	7
日	智	19
曰	最	20
月	朝	18
水	湟	8
	湯	13
火	無	14
	然	11
犬	猶	17
用	甯	10
癶	發	7
禾	程	6
舛	舜	13
虍	虛	15
辛	辜	7
門	間	8
黃	黃	8

十三畫
乙	亂	10
彳	微	14
心	愚	17
	慎	12
	愛	5
日	暇	15
木	業	16
止	歲	13
田	當	6
网	置	19
	罪	20
羊	義	16
耳	聖	12
艸	萬	14
言	誅	19
貝	賊	18

足	路	10
辵	道	6
頁	項	15
鼓	鼓	7

十四畫
口	嘗	5
宀	寡	8
	察	5
	寧	10
寸	對	7
犬	獄	17
示	福	7
耳	聞	14
臼	與	17
言	語	17
	誧	5
車	輕	11
金	銘	10
革	韶	13
食	飽	5
	飾	13

十五畫
心	憂	17
	慶	11
手	撰	19
攴	數	13
日	暴	5
糸	緣	17
虫	蝘	12
貝	賞	12
	賢	15
魚	魯	10

十六畫
口	器	11
子	學	15
手	據	9
石	磬	11
禾	積	8
臼	興	15

通　用　字　表

編號	本索引用字	原底本用字	章/頁/行	內文
1	皋	臯	2.4/2/26	得皋陶
2	虡	簴	2.6/3/3	為銘於簨虡
3	往	徃	2.9/3/26	魯周公使康叔往守於殷

徵　引　書　目

徵　引　書　目

編號	書名	標注出處方法	版本
1	俞樾諸子平議補錄	頁數	臺灣世界書局印行

增字、刪字、誤字改正說明表

增字、刪字、誤字改正說明表

編號	原句 / 位置（章/頁/行）	校改依據
1	士民（若）〔苦〕之 1.5/1/31	俞樾《諸子平議補錄》頁2

正　　文

1 鬻子卷上

1.1 《撰吏五帝三王傳政乙第五》

政曰：君子不與人謀之則已矣，若與人謀之則非道無由也。故君子之謀能必用道，而不能必見受；能必忠，而不能必入；能必信，而能必見信。君子非人者不出之於辭而施之於行，故非非者行是，惡惡者行善，而道諭矣。

1.2 《大道文王問第八》

政曰：昔者文王問於鬻子[1]，敢問人有大忘乎？對曰：「有。」文王曰：「敢問大忘奈何。」鬻子曰：「知其身之惡而不改也，以賊其身乃喪其軀。其行如此，是謂之大忘。」

1.3 《貴道五帝三王周政乙第五》

昔之帝王所以為明者，以其吏也。昔之君子，其所以為功者，以其民也。力生於神，而功最於吏，福歸於君。昔者五帝之治天下也，其道昭昭若日月之明然，若以晝代夜然。故其道首首然，萬世為福、萬世為教者，唯從黃帝以下、舜禹以上而已矣。君王欲緣五帝之道而不失，則可以長久。

1.4 《守道五帝三王周政甲第四》

聖人在上，賢士百里而有一人，則猶無有也。王道衰微，暴亂在上，賢士千里而有一人，則猶比肩也。

1.5 《撰吏五帝三王傳政乙第三》

故曰：民者，賢、不肖之杖也；賢、不肖皆具焉。故賢人得焉，不肖人休焉，杖能側焉，忠信飾焉。民者、積愚也，雖愚、明主撰吏焉，必使民興焉。士民與之，明上舉之；士民（若）〔苦〕[2]之，明上去之。故王者取吏不忘必使民唱然後和。民者、吏之

---

1. 編者按：「子」下疑當有「曰」字。
2. 俞樾云：此「若」字是「苦」字之誤，其意言民之所與，上則舉之；民之所苦，上則去之。文甚明白易曉，且「與」、「舉」、「苦」、「去」皆一韻，此四句乃有韻之文。「苦」誤為「若」，不特失其義，且失其韻矣。《賈子・大政篇》：「故士民譽之，則明上察之，見歸而舉之；故士民苦之，則明上察之，見非而去之。」其文與此相同，正作「士民苦之」。

程也，察吏於民然後隨。政曰：民者、至卑也，而使之取吏焉必取所愛，故十人愛之，則十人之吏也；百人愛之，則百人之吏也；千人愛之，則千人之吏也；萬人愛之，則萬人之吏也。故萬人之吏撰卿相矣。卿相者、諸侯之丞也，故封侯之土秩出焉。卿相者、侯之本也。

2 鶡子卷下

2.1　《曲阜魯周公政甲第十四》

政曰：昔者魯周公曰：吾聞之於政也，知善不行者謂之狂，知惡不改者謂之惑。夫狂與惑者，聖王之戒也。

2.2　《道符五帝三王傳政甲第二》

不肖者、不自謂不肖也，而不肖見於行，雖自謂賢，人猶謂之不肖也。愚者不自謂愚，而愚見於言，雖自謂智，人猶謂之愚。

2.3　《數始五帝治天下第七》

昔者帝顓頊年十五而佐黃帝，二十而治天下。其治天下也，上緣黃帝之道而行之，學黃帝之道而常之。昔者帝嚳年十五而佐帝顓頊，三十而治天下。其治天下也，上緣黃帝之道而明之，學帝顓頊之道而行之。

2.4　《禹政第六》

禹之治天下也，得皋陶，得杜子業，得既子，得施子黯，得季子甯，得然子堪，得輕子玉。得七大夫以佐其身，以治天下，以[1]天下治。

2.5　《湯政天下至紂第七》

湯之治天下也，得慶誧、伊尹、湟里且、東門虛、南門蝡、西門疵、北門側，得七大夫佐以治天下，而天下治。二十七世，積歲五百七十六歲至紂。

---

1. 編者按：「以」疑當作「而」，下文正作「而」。

2.6 《上禹政第六》

禹之治天下也，以五聲聽。門懸鐘鼓鐸磬，而置鞀，以得四海之士。爲銘於簨虡，曰：「教寡人以道者擊鼓，教寡人以義者擊鐘，教寡人以事者振鐸，語寡人以憂者擊磬，語寡人以獄訟者揮鞀。」此之謂五聲。是以禹嘗據一饋而七十起，日中而不暇飽食，曰：「吾猶恐四海之士留於道路。」是以四海之士皆至。是以禹當朝，廷間也可以羅爵。

2.7 《道符五帝三王傳政甲第五》

夫國者、卿相世賢者有之，有國無國智者治之，智者非一日之志，治者非一日之謀，而知所避。發教施令爲天下福者謂之道，上下相親謂之和，民不求而得所欲謂之信，除去天下之害謂之仁。仁與信，和與道，帝王之器。凡萬物皆有器。故欲有爲不行其器者，雖欲有爲不成。諸侯之欲王者亦然，不用帝王之器者不成。

2.8 《湯政湯治天下理第七》

天地闢而萬物生，萬物生而人爲政焉。無不能生而無殺也。唯天地之所以殺人不能生，人化而爲善，獸化而爲惡。人而不善者謂之獸，有天然後有地，有地然後有別，有別然後有義，有義然後有教，有教然後有道，有道然後有理，有理然後有數。曰有冥、有旦、有晝、有夜。然後以爲數。月一盈一虧，月合月離以數紀，四者皆陳以爲數治。政者、衛也，始終之謂衛。

2.9 《愼誅魯周公第六》

昔者，魯周公使康叔往守於殷，戒之曰：「與殺不辜，寧失有罪。無有無罪而見誅，無有有功而不賞。戒之！封！誅賞之愼焉。」

逐字索引

愛 ài	5	**必 bì**	9	人猶謂之○肖也	2.2/2/15
				愚者○自謂愚	2.2/2/15
而使之取吏焉必取所○	1.5/2/1	故君子之謀能○用道	1.1/1/5	日中而○暇飽食	2.6/3/5
故十人○之	1.5/2/1	而不能○見受	1.1/1/6	民○求而得所欲謂之信	2.7/3/12
百人○之	1.5/2/2	能○忠	1.1/1/6	故欲有爲○行其器者	2.7/3/13
千人○之	1.5/2/2	而不能○入	1.1/1/6	雖欲有爲○成	2.7/3/14
萬人○之	1.5/2/2	能○信	1.1/1/6	○用帝王之器者○成	2.7/3/14
		而能○見信	1.1/1/6	無○能生而無殺也	2.8/3/18
黯 àn	1	○使民興焉	1.5/1/30	唯天地之所以殺人○能	
		故王者取吏不忘○使民		生	2.8/3/18
得施子○	2.4/2/26	唱然後和	1.5/1/31	人而○善者謂之獸	2.8/3/19
		而使之取吏焉○取所愛	1.5/2/1	與殺○辜	2.9/3/26
百 bǎi	4			無有有功而○賞	2.9/3/27
		避 bì	1		
賢士○里而有一人	1.4/1/24			**側 cè**	2
○人愛之	1.5/2/2	而知所○	2.7/3/12		
則○人之吏也	1.5/2/2			杖能○焉	1.5/1/29
積歲五○七十六歲至紂	2.5/2/32	**別 bié**	2	得慶誧、伊尹、湟里且	
				、東門虛、南門蝡、	
飽 bǎo	1	有地然後有○	2.8/3/19	西門疵、北門○	2.5/2/31
		有○然後有義	2.8/3/19		
日中而不暇○食	2.6/3/5			**察 chá**	1
		誧 bū	1		
暴 bào	1			○吏於民然後隨	1.5/2/1
		得慶○、伊尹、湟里且			
○亂在上	1.4/1/24	、東門虛、南門蝡、		**長 cháng**	1
		西門疵、北門側	2.5/2/31		
卑 bēi	1			則可以○久	1.3/1/20
		不 bù	29		
民者、至○也	1.5/2/1			**常 cháng**	1
		君子○與人謀之則已矣	1.1/1/5		
北 běi	1	而○能必見受	1.1/1/6	學黃帝之道而○之	2.3/2/21
		而○能必入	1.1/1/6		
得慶誧、伊尹、湟里且		君子非人者○出之於辭		**嘗 cháng**	1
、東門虛、南門蝡、		而施之於行	1.1/1/6		
西門疵、○門側	2.5/2/31	知其身之惡而○改也	1.2/1/12	是以禹○據一饋而七十起	2.6/3/5
		君王欲緣五帝之道而○			
本 běn	1	失	1.3/1/19	**唱 chàng**	1
		賢、○肖之杖也	1.5/1/29		
卿相者、侯之○也	1.5/2/3	賢、○肖皆具焉	1.5/1/29	故王者取吏不忘必使民	
		○肖人休焉	1.5/1/29	○然後和	1.5/1/31
比 bǐ	1	故王者取吏○忘必使民			
		唱然後和	1.5/1/31	**陳 chén**	1
則猶○肩也	1.4/1/25	知善○行者謂之狂	2.1/2/10		
		知惡○改者謂之惑	2.1/2/10	四者皆○以爲數治	2.8/3/21
		○肖者、○自謂○肖也	2.2/2/15		
		而○肖見於行	2.2/2/15		

丞 chéng		1
卿相者、諸侯之○也		1.5/2/3
成 chéng		2
雖欲有爲不○		2.7/3/14
不用帝王之器者不○		2.7/3/14
程 chéng		1
民者、吏之○也		1.5/1/31
出 chū		2
君子非人者不○之於辭　而施之於行		1.1/1/6
故封侯之土秩○焉		1.5/2/3
除 chú		1
○去天下之害謂之仁		2.7/3/13
疵 cī		1
得慶誧、伊尹、湟里且　、東門虛、南門蝯、　西門○、北門側		2.5/2/31
辭 cí		1
君子非人者不出之於○　而施之於行		1.1/1/6
此 cǐ		2
其行如○		1.2/1/12
○之謂五聲		2.6/3/5
從 cóng		1
唯○黃帝以下、舜禹以　上而已矣		1.3/1/19
大 dà		5
敢問人有○忘乎		1.2/1/11

敢問○忘奈何	1.2/1/11
是謂之○忘	1.2/1/12
得七○夫以佐其身	2.4/2/27
得七○夫佐以治天下	2.5/2/31
代 dài　　1	
若以晝○夜然	1.3/1/18
旦 dàn　　1	
曰有冥、有○、有晝、　有夜	2.8/3/20
當 dāng　　1	
是以禹○朝	2.6/3/6
道 dào　　17	
若與人謀之則非○無由也	1.1/1/5
故君子之謀能必用○	1.1/1/5
而○諭矣	1.1/1/7
其○昭昭若日月之明然	1.3/1/18
故其○首首然	1.3/1/19
君王欲緣五帝之○而不　失	1.3/1/19
王○衰微	1.4/1/24
上緣黃帝之○而行之	2.3/2/20
學黃帝之○而常之	2.3/2/21
上緣黃帝之○而明之	2.3/2/21
學帝顓頊之○而行之	2.3/2/22
教寡人以○者擊鼓	2.6/3/4
吾猶恐四海之士留於○路	2.6/3/6
發教施令爲天下福者謂　之○	2.7/3/12
和與○	2.7/3/13
有教然後有○	2.8/3/20
有○然後有理	2.8/3/20
得 dé　　13	
故賢人○焉	1.5/1/29
○皋陶	2.4/2/26
○杜子業	2.4/2/26
○既子	2.4/2/26
○施子黯	2.4/2/26

○季子甯	2.4/2/26
○然子堪	2.4/2/26
○輕子玉	2.4/2/26
○七大夫以佐其身	2.4/2/27
○慶誧、伊尹、湟里且　、東門虛、南門蝯、　西門疵、北門側	2.5/2/31
○七大夫佐以治天下	2.5/2/31
以○四海之士	2.6/3/3
民不求而○所欲謂之信	2.7/3/12
地 dì　　4	
天○闢而萬物生	2.8/3/18
唯天○之所以殺人不能　生	2.8/3/18
有天然後有○	2.8/3/19
有○然後有別	2.8/3/19
帝 dì　　14	
昔之○王所以爲明者	1.3/1/17
昔者五○治天下也	1.3/1/18
唯從黃○以下、舜禹以　上而已矣	1.3/1/19
君王欲緣五○之道而不　失	1.3/1/19
昔者○顓頊年十五而佐　黃	2.3/2/20
上緣黃○之道而行之	2.3/2/20
學黃○之道而常之	2.3/2/21
昔者○譽年十五而佐○　顓頊	2.3/2/21
上緣黃○之道而明之	2.3/2/21
學○顓頊之道而行之	2.3/2/22
○王之器	2.7/3/13
不用○王之器者不成	2.7/3/14
東 dōng　　1	
得慶誧、伊尹、湟里且　、○門虛、南門蝯、　西門疵、北門側	2.5/2/31
杜 dù　　1	
得○子業	2.4/2/26

○其道首首然	1.3/1/19
○曰	1.5/1/29
○賢人得焉	1.5/1/29
○王者取吏不忘必使民	
唱然後和	1.5/1/31
○十人愛之	1.5/2/1
○萬人之吏撰卿相矣	1.5/2/3
○封侯之土秩出焉	1.5/2/3
○欲有為不行其器者	2.7/3/13

寡 guǎ　　5

教○人以道者擊鼓	2.6/3/4
教○人以義者擊鐘	2.6/3/4
教○人以事者振鐸	2.6/3/4
語○人以憂者擊磬	2.6/3/4
語○人以獄訟者揮韜	2.6/3/5

歸 guī　　1

福○於君	1.3/1/18

國 guó　　3

夫○者、卿相世賢者有	
之	2.7/3/11
有○無○智者治之	2.7/3/11

海 hǎi　　3

以得四○之士	2.6/3/3
吾猶恐四○之士留於道路	2.6/3/6
是以四○之士皆至	2.6/3/6

害 hài　　1

除去天下之○謂之仁	2.7/3/13

合 hé　　1

月○月離以數紀	2.8/3/21

何 hé　　1

敢問大忘奈○	1.2/1/11

和 hé　　3

故王者取吏不忘必使民	
唱然後○	1.5/1/31
上下相親謂之○	2.7/3/12
○與道	2.7/3/13

侯 hóu　　4

卿相者、諸○之丞也	1.5/2/3
故封○之土秩出焉	1.5/2/3
卿相者、○之本也	1.5/2/3
諸○之欲王者亦然	2.7/3/14

後 hòu　　10

故王者取吏不忘必使民	
唱然○和	1.5/1/31
察吏於民然○隨	1.5/2/1
有天然○有地	2.8/3/19
有地然○有別	2.8/3/19
有別然○有義	2.8/3/19
有義然○有教	2.8/3/20
有教然○有道	2.8/3/20
有道然○有理	2.8/3/20
有理然○有數	2.8/3/20
然○以為數	2.8/3/21

乎 hū　　1

敢問人有大忘○	1.2/1/11

化 huà　　2

人○而為善	2.8/3/19
獸○而為惡	2.8/3/19

湟 huáng　　1

得慶誧、伊尹、○里且	
、東門虛、南門蠾、	
西門疵、北門側	2.5/2/31

黃 huáng　　5

唯從○帝以下、舜禹以	
上而已矣	1.3/1/19

昔者帝顓頊年十五而佐	
○帝	2.3/2/20
上緣○帝之道而行之	2.3/2/20
學○帝之道而常之	2.3/2/21
上緣○帝之道而明之	2.3/2/21

揮 huī　　1

語寡人以獄訟者○韜	2.6/3/5

惑 huò　　2

知惡不改者謂之○	2.1/2/10
夫狂與○者	2.1/2/10

積 jī　　2

民者、○愚也	1.5/1/30
○歲五百七十六歲至紂	2.5/2/32

擊 jī　　3

教寡人以道者○鼓	2.6/3/4
教寡人以義者○鐘	2.6/3/4
語寡人以憂者○磬	2.6/3/4

季 jì　　1

得○子甯	2.4/2/26

紀 jì　　1

月合月離以數○	2.8/3/21

既 jì　　1

得○子	2.4/2/26

肩 jiān　　1

則猶比○也	1.4/1/25

間 jiān　　1

廷○也可以羅爵	2.6/3/6

見 jiàn	5
而不能必○受	1.1/1/6
而能必○信	1.1/1/6
而不肯○於行	2.2/2/15
而愚○於言	2.2/2/16
無有無罪而○誅	2.9/3/26

教 jiào	7
萬世爲福、萬世爲○者	1.3/1/19
○寡人以道者擊鼓	2.6/3/4
○寡人以義者擊鐘	2.6/3/4
○寡人以事者振鐸	2.6/3/4
發○施令爲天下福者謂 　之道	2.7/3/12
有義然後有○	2.8/3/20
有○然後有道	2.8/3/20

皆 jiē	4
賢、不肖○具焉	1.5/1/29
是以四海之士○至	2.6/3/6
凡萬物○有器	2.7/3/13
四者○陳以爲數治	2.8/3/21

戒 jiè	3
聖王之○也	2.1/2/11
○之曰	2.9/3/26
○之	2.9/3/27

久 jiǔ	1
則可以長○	1.3/1/20

舉 jǔ	1
明上○之	1.5/1/30

具 jù	1
賢、不肖皆○焉	1.5/1/29

據 jù	1
是以禹嘗○一饋而七十起	2.6/3/5

虞 jù	1
爲銘於簋○	2.6/3/3

爵 jué	1
廷間也可以羅○	2.6/3/6

君 jūn	6
○子不與人謀之則已矣	1.1/1/5
故○子之謀能必用道	1.1/1/5
○子非人者不出之於辭 　而施之於行	1.1/1/6
昔之○子	1.3/1/17
福歸於○	1.3/1/18
○王欲緣五帝之道而不 　失	1.3/1/19

堪 kān	1
得然子○	2.4/2/26

康 kāng	1
魯周公使○叔往守於殷	2.9/3/26

可 kě	2
則○以長久	1.3/1/20
廷間也○以羅爵	2.6/3/6

恐 kǒng	1
吾猶○四海之士留於道路	2.6/3/6

苦 kǔ	1
士民（若）〔○〕之	1.5/1/31

礜 kù	1
昔者帝○年十五而佐帝 　顓頊	2.3/2/21

狂 kuáng	2
知善不行者謂之○	2.1/2/10
夫○與惑者	2.1/2/10

虧 kuī	1
月一盈一○	2.8/3/21

饋 kuì	1
是以禹嘗據一○而七十起	2.6/3/5

離 lí	1
月合月○以數紀	2.8/3/21

里 lǐ	3
賢士百○而有一人	1.4/1/24
賢士千○而有一人	1.4/1/24
得慶諆、伊尹、湟○且 　、東門虛、南門蝡、 　西門疵、北門側	2.5/2/31

理 lǐ	2
有道然後有○	2.8/3/20
有○然後有數	2.8/3/20

力 lì	1
○生於神	1.3/1/17

吏 lì	12
以其○也	1.3/1/17
而功最於○	1.3/1/18
雖愚、明主撰○焉	1.5/1/30
故王者取○不忘必使民 　唱然後和	1.5/1/31
民者、○之程也	1.5/1/31
察○於民然後隨	1.5/2/1
而使之取○焉必取所愛	1.5/2/1
則十人之○也	1.5/2/2
則百人之○也	1.5/2/2
則千人之○也	1.5/2/2

以○民也	1.3/1/17	慶 qìng	1	○後以爲數	2.8/3/21
○道昭昭若日月之明然	1.3/1/18				
故○道首首然	1.3/1/19	得○誧、伊尹、湟里且		人 rén	29
○治天下也	2.3/2/20, 2.3/2/21	、東門虛、南門蝚、			
得七大夫以佐○身	2.4/2/27	西門疵、北門側	2.5/2/31	君子不與○謀之則已矣	1.1/1/5
故欲有爲不行○器者	2.7/3/13			若與○謀之則非道無由也	1.1/1/5
		磬 qìng	2	君子非○者不出之於辭	
起 qǐ	1			而施之於行	1.1/1/6
		門懸鐘鼓鐸○	2.6/3/3	敢問○有大忘乎	1.2/1/11
是以禹嘗據一饋而七十○	2.6/3/5	語寡人以憂者擊○	2.6/3/4	聖○在上	1.4/1/24
				賢士百里而有一○	1.4/1/24
器 qì	4	求 qiú	1	賢士千里而有一○	1.4/1/24
				故賢○得焉	1.5/1/29
帝王之○	2.7/3/13	民不○而得所欲謂之信	2.7/3/12	不肖○休焉	1.5/1/29
凡萬物皆有○	2.7/3/13			故十○愛之	1.5/2/1
故欲有爲不行其○者	2.7/3/13	軀 qū	1	則十○之吏也	1.5/2/2
不用帝王之○者不成	2.7/3/14			百○愛之	1.5/2/2
		以賊其身乃喪其○	1.2/1/12	則百○之吏也	1.5/2/2
千 qiān	3			千○愛之	1.5/2/2
		取 qǔ	3	則千○之吏也	1.5/2/2
賢士○里而有一人	1.4/1/24			萬○愛之	1.5/2/2
○人愛之	1.5/2/2	故王者○吏不忘必使民		則萬○之吏也	1.5/2/2
則○人之吏也	1.5/2/2	唱然後和	1.5/1/31	故萬○之吏撰卿相矣	1.5/2/3
		而使之○吏焉必○所愛	1.5/2/1	○猶謂之不肖也	2.2/2/15
且 qiě	1			○猶謂之愚	2.2/2/16
		去 qù	2	教寡○以道者擊鼓	2.6/3/4
得慶誧、伊尹、湟里○				教寡○以義者擊鐘	2.6/3/4
、東門虛、南門蝚、		明上○之	1.5/1/31	教寡○以事者振鐸	2.6/3/4
西門疵、北門側	2.5/2/31	除○天下之害謂之仁	2.7/3/13	語寡○以憂者擊磬	2.6/3/4
				語寡○以獄訟者揮鞀	2.6/3/5
親 qīn	1	然 rán	15	萬物生而○爲政焉	2.8/3/18
				唯天地之所以殺○不能	
上下相○謂之和	2.7/3/12	其道昭昭若日月之明○	1.3/1/18	生	2.8/3/18
		若以晝代夜○	1.3/1/18	○化而爲善	2.8/3/19
卿 qīng	4	故其道首首○	1.3/1/19	○而不善者謂之獸	2.8/3/19
		故王者取吏不忘必使民			
故萬人之吏撰○相矣	1.5/2/3	唱○後和	1.5/1/31	仁 rén	2
○相者、諸侯之丞也	1.5/2/3	察吏於民○後隨	1.5/2/1		
○相者、侯之本也	1.5/2/3	得○子堪	2.4/2/26	除去天下之害謂之○	2.7/3/13
夫國者、○相世賢者有		諸侯之欲王者亦○	2.7/3/14	○與信	2.7/3/13
之	2.7/3/11	有天○後有地	2.8/3/19		
		有地○後有別	2.8/3/19	日 rì	4
輕 qīng	1	有別○後有義	2.8/3/19		
		有義○後有教	2.8/3/20	其道昭昭若○月之明然	1.3/1/18
得○子玉	2.4/2/26	有教○後有道	2.8/3/20	○中而不暇飽食	2.6/3/5
		有道○後有理	2.8/3/20	智者非一○之志	2.7/3/11
		有理○後有數	2.8/3/20	治者非一○之謀	2.7/3/11

如 rú	1	**上 shàng**	8	**失 shī**	2
其行○此	1.2/1/12	唯從黃帝以下、舜禹以		君王欲緣五帝之道而不	
		○而已矣	1.3/1/19	○	1.3/1/19
入 rù	1	聖人在○	1.4/1/24	寧○有罪	2.9/3/26
而不能必○	1.1/1/6	暴亂在○	1.4/1/24		
		明○舉之	1.5/1/30	**施 shī**	3
蝡 ruǎn	1	明○去之	1.5/1/31	君子非人者不出之於辭	
得慶諭、伊尹、湟里且		○緣黃帝之道而行之	2.3/2/20	而○之於行	1.1/1/6
、東門虛、南門○、		○緣黃帝之道而明之	2.3/2/21	得○子黶	2.4/2/26
西門疵、北門側	2.5/2/31	○下相親謂之和	2.7/3/12	發教○令爲天下福者謂	
				之道	2.7/3/12
若 ruò	4	**身 shēn**	3		
○與人謀之則非道無由也	1.1/1/5	知其○之惡而不改也	1.2/1/12	**十 shí**	9
其道昭昭○日月之明然	1.3/1/18	以賊其○乃喪其軀	1.2/1/12	故○人愛之	1.5/2/1
○以晝代夜然	1.3/1/18	得七大夫以佐其○	2.4/2/27	則○人之吏也	1.5/2/2
士民（○）〔苦〕之	1.5/1/31			昔者帝顓頊年○五而佐	
		神 shén	1	黃帝	2.3/2/20
三 sān	1	力生於○	1.3/1/17	二○而治天下	2.3/2/20
○十而治天下	2.3/2/21			昔者帝嚳年○五而佐帝	
		慎 shèn	1	顓頊	2.3/2/21
喪 sàng	1	誅賞之○焉	2.9/3/27	三○而治天下	2.3/2/21
以賊其身乃○其軀	1.2/1/12			二○七世	2.5/2/32
		生 shēng	5	積歲五百七○六歲至紂	2.5/2/32
殺 shā	3	力○於神	1.3/1/17	是以禹嘗據一饋而七○起	2.6/3/5
無不能生而無○也	2.8/3/18	天地闔而萬物○	2.8/3/18		
唯天地之所以○人不能		萬物○而人爲政焉	2.8/3/18	**食 shí**	1
生	2.8/3/18	無不能○而無殺也	2.8/3/18	日中而不暇飽○	2.6/3/5
與○不幸	2.9/3/26	唯天地之所以殺人不能			
		○	2.8/3/18	**始 shǐ**	1
善 shàn	4			○終之謂衛	2.8/3/22
惡惡者行○	1.1/1/7	**聲 shēng**	2		
知○不行者謂之狂	2.1/2/10	以五○聽	2.6/3/3	**使 shǐ**	4
人化而爲○	2.8/3/19	此之謂五○	2.6/3/5	必○民興焉	1.5/1/30
人而不○者謂之獸	2.8/3/19			故王者取吏不忘必○民	
		聖 shèng	2	唱然後和	1.5/1/31
賞 shǎng	2	○人在上	1.4/1/24	而○之取吏焉必取所愛	1.5/2/1
無有有功而不○	2.9/3/27	○王之戒也	2.1/2/11	魯周公○康叔往守於殷	2.9/3/26
誅○之慎焉	2.9/3/27				
				士 shì	7
				賢○百里而有一人	1.4/1/24

賢○千里而有一人	1.4/1/24	**叔 shū**	1	**篹 sǔn**	1
○民與之	1.5/1/30				
○民〔若〕〔苦〕之	1.5/1/31	魯周公使康○往守於殷	2.9/3/26	爲銘於○廣	2.6/3/3
以得四海之○	2.6/3/3				
吾猶恐四海之○留於道路	2.6/3/6	**數 shù**	4	**所 suǒ**	6
是以四海之○皆至	2.6/3/6				
		有理然後有○	2.8/3/20	昔之帝王○以爲明者	1.3/1/17
世 shì	4	然後以爲○	2.8/3/21	其○以爲功者	1.3/1/17
		月合月離以○紀	2.8/3/21	而使之取吏焉必取○愛	1.5/2/1
萬○爲福、萬○爲教者	1.3/1/19	四者皆陳以爲○治	2.8/3/21	而知○避	2.7/3/12
二十七○	2.5/2/32			民不求而得○欲謂之信	2.7/3/12
夫國者、卿相○賢者有		**衰 shuāi**	1	唯天地之○以殺人不能	
之	2.7/3/11			生	2.8/3/18
		王道○微	1.4/1/24		
事 shì	1			**湯 tāng**	1
		舜 shùn	1		
教寡人以○者振鐸	2.6/3/4			○之治天下也	2.5/2/31
		唯從黃帝以下、○禹以			
是 shì	5	上而已矣	1.3/1/19	**陶 táo**	1
故非非者行○	1.1/1/7	**四 sì**	4	得皋○	2.4/2/26
○謂之大忘	1.2/1/12				
○以禹嘗據一饋而七十起	2.6/3/5	以得○海之士	2.6/3/3	**韜 táo**	2
○以四海之士皆至	2.6/3/6	吾猶恐○海之士留於道路	2.6/3/6		
○以禹當朝	2.6/3/6	是以○海之士皆至	2.6/3/6	而置○	2.6/3/3
		○者皆陳以爲數治	2.8/3/21	語寡人以獄訟者揮○	2.6/3/5
飾 shì	1				
		訟 sòng	1	**天 tiān**	17
忠信○焉	1.5/1/30				
		語寡人以獄○者揮韜	2.6/3/5	昔者五帝之治○下也	1.3/1/18
守 shǒu	1			二十而治○下	2.3/2/20
		雖 suī	4	其治○下也　2.3/2/20,2.3/2/21	
魯周公使康叔往○於殷	2.9/3/26			三十而治○下	2.3/2/21
		○愚、明主撰吏焉	1.5/1/30	禹之治○下也　2.4/2/26,2.6/3/3	
首 shǒu	2	○自謂賢	2.2/2/15	以治○下	2.4/2/27
		○自謂智	2.2/2/16	以○下治	2.4/2/27
故其道○○然	1.3/1/19	○欲有爲不成	2.7/3/14	湯之治○下也	2.5/2/31
				得七大夫佐以治○下	2.5/2/31
受 shòu	1	**隨 suí**	1	而○下治	2.5/2/32
				發教施令爲○下福者謂	
而不能必見○	1.1/1/6	察吏於民然後○	1.5/2/1	之道	2.7/3/12
				除去○下之害謂之仁	2.7/3/13
獸 shòu	2	**歲 suì**	2	○地闢而萬物生	2.8/3/18
				唯○地之所以殺人不能	
○化而爲惡	2.8/3/19	積○五百七十六○至紂	2.5/2/32	生	2.8/3/18
人而不善者謂之○	2.8/3/19			有○然後有地	2.8/3/19

此之謂○聲	2.6/3/5

物 wù　3

凡萬○皆有器	2.7/3/13
天地闢而萬○生	2.8/3/18
萬○生而人爲政焉	2.8/3/18

西 xī　1

得慶諵、伊尹、湟里且 　、東門虛、南門蠖、 　○門疵、北門側	2.5/2/31

昔 xī　8

○者文王問於鬻子	1.2/1/11
○之帝王所以爲明者	1.3/1/17
○之君子	1.3/1/17
○者五帝之治天下也	1.3/1/18
○者魯周公曰	2.1/2/10
○者帝顓頊年十五而佐 　黃帝	2.3/2/20
○者帝嚳年十五而佐帝 　顓頊	2.3/2/21
○者	2.9/3/26

下 xià　16

昔者五帝之治天○也	1.3/1/18
唯從黃帝以○、舜禹以 　上而已矣	1.3/1/19
二十而治天○	2.3/2/20
其治天○也	2.3/2/20, 2.3/2/21
三十而治天○	2.3/2/21
禹之治天○也	2.4/2/26, 2.6/3/3
以治天○	2.4/2/27
以天○治	2.4/2/27
湯之治天○也	2.5/2/31
得七大夫佐以治天○	2.5/2/31
而天○治	2.5/2/32
發教施令爲天○福者謂 　之道	2.7/3/12
上○相親謂之和	2.7/3/12
除去天○之害謂之仁	2.7/3/13

暇 xià　1

日中而不○飽食	2.6/3/5

賢 xián　7

○士百里而有一人	1.4/1/24
○士千里而有一人	1.4/1/24
○、不肖之杖也	1.5/1/29
○、不肖皆具焉	1.5/1/29
故○人得焉	1.5/1/29
雖自謂○	2.2/2/15
夫國者、卿相世○者有 　之	2.7/3/11

相 xiāng　5

故萬人之吏撰卿○矣	1.5/2/3
卿○者、諸侯之丞也	1.5/2/3
卿○者、侯之本也	1.5/2/3
夫國者、卿○世賢者有 　之	2.7/3/11
上下○親謂之和	2.7/3/12

肖 xiào　7

賢、不○之杖也	1.5/1/29
賢、不○皆具焉	1.5/1/29
不○人休焉	1.5/1/29
不○者、不自謂不○也	2.2/2/15
而不○見於行	2.2/2/15
人猶謂之不○也	2.2/2/15

信 xìn　5

能必○	1.1/1/6
而能必見○	1.1/1/6
忠○飾焉	1.5/1/30
民不求而得所欲謂之○	2.7/3/12
仁與○	2.7/3/13

興 xīng　1

必使民○焉	1.5/1/30

行 xíng　9

君子非人者不出之於辭 　而施之於○	1.1/1/6
故非非者○是	1.1/1/7
惡惡者○善	1.1/1/7
其○如此	1.2/1/12
知善不○者謂之狂	2.1/2/10
而不肖見於○	2.2/2/15
上緣黃帝之道而○之	2.3/2/20
學帝顓頊之道而○之	2.3/2/22
故欲有爲不○其器者	2.7/3/13

休 xiū　1

不肖人○焉	1.5/1/29

虛 xū　1

得慶諵、伊尹、湟里且 　、東門○、南門蠖、 　西門疵、北門側	2.5/2/31

頊 xū　3

昔者帝顓○年十五而佐 　黃帝	2.3/2/20
昔者帝嚳年十五而佐帝 　顓○	2.3/2/21
學帝顓○之道而行之	2.3/2/22

懸 xuán　1

門○鐘鼓鐸磬	2.6/3/3

學 xué　2

○黃帝之道而常之	2.3/2/21
○帝顓頊之道而行之	2.3/2/22

焉 yān　11

賢、不肖皆具○	1.5/1/29
故賢人得○	1.5/1/29
不肖人休○	1.5/1/29
杖能側○	1.5/1/29
忠信飾○	1.5/1/30

憂 yōu 1

語寡人以〇者擊磬　2.6/3/4

由 yóu 1

若與人謀之則非道無〇也　1.1/1/5

猶 yóu 5

則〇無有也　1.4/1/24
則〇比肩也　1.4/1/25
人〇謂之不肖也　2.2/2/15
人〇謂之愚　2.2/2/16
吾〇恐四海之士留於道路　2.6/3/6

有 yǒu 32

敢問人〇大忘乎　1.2/1/11
〇　1.2/1/11
賢士百里而〇一人　1.4/1/24
則猶無〇也　1.4/1/24
賢士千里而〇一人　1.4/1/24
夫國者、卿相世賢者〇
　之　2.7/3/11
〇國無國智者治之　2.7/3/11
凡萬物皆〇器　2.7/3/13
故欲〇爲不行其器者　2.7/3/13
雖欲〇爲不成　2.7/3/14
〇天然後〇地　2.8/3/19
〇地然後〇別　2.8/3/19
〇別然後〇義　2.8/3/19
〇義然後〇教　2.8/3/20
〇教然後〇道　2.8/3/20
〇道然後〇理　2.8/3/20
〇理然後〇數　2.8/3/20
曰〇冥、〇旦、〇晝、
　〇夜　2.8/3/20
寧失〇罪　2.9/3/26
無〇無罪而見誅　2.9/3/26
無〇〇功而不賞　2.9/3/27

於 yú 13

君子非人者不出之〇辭
　而施之〇行　1.1/1/6
昔者文王問〇鬻子　1.2/1/11

力生〇神　1.3/1/17
而功最〇吏　1.3/1/18
福歸〇君　1.3/1/18
察吏〇民然後隨　1.5/2/1
吾聞之〇政也　2.1/2/10
而不肯見〇行　2.2/2/15
而愚見〇言　2.2/2/16
爲銘〇簨虡　2.6/3/3
吾猶恐四海之士留〇道路　2.6/3/6
魯周公使康叔往守〇殷　2.9/3/26

愚 yú 6

民者、積〇也　1.5/1/30
雖〇、明主撰吏焉　1.5/1/30
〇者不自謂〇　2.2/2/15
而〇見於言　2.2/2/16
人猶謂之〇　2.2/2/16

禹 yǔ 5

唯從黃帝以下、舜〇以
　上而已矣　1.3/1/19
〇之治天下也　2.4/2/26, 2.6/3/3
是以〇嘗據一饋而七十起　2.6/3/5
是以〇當朝　2.6/3/6

與 yǔ 7

君子不〇人謀之則已矣　1.1/1/5
若〇人謀之則非道無由也　1.1/1/5
士民〇之　1.5/1/30
夫狂〇惑者　2.1/2/10
仁〇信　2.7/3/13
和〇道　2.7/3/13
〇殺不辜　2.9/3/26

語 yǔ 2

〇寡人以憂者擊磬　2.6/3/4
〇寡人以獄訟者揮韜　2.6/3/5

玉 yù 1

得輕子〇　2.4/2/26

欲 yù 5

君王〇緣五帝之道而不
　失　1.3/1/19
民不求而得所〇謂之信　2.7/3/12
故〇有爲不行其器者　2.7/3/13
雖〇有爲不成　2.7/3/14
諸侯之〇王者亦然　2.7/3/14

獄 yù 1

語寡人以〇訟者揮韜　2.6/3/5

諭 yù 1

而道〇矣　1.1/1/7

鬻 yù 2

昔者文王問於〇子　1.2/1/11
〇子曰　1.2/1/12

緣 yuán 3

君王欲〇五帝之道而不
　失　1.3/1/19
上〇黃帝之道而行之　2.3/2/20
上〇黃帝之道而明之　2.3/2/21

曰 yuē 13

政〇　1.1/1/5
　1.2/1/11, 1.5/2/1, 2.1/2/10
對〇　1.2/1/11
文王〇　1.2/1/11
鬻子〇　1.2/1/12
故　1.5/1/29
昔者魯周公〇　2.1/2/10
〇　2.6/3/4, 2.6/3/6
〇有冥、有旦、有晝、
　有夜　2.8/3/20
戒之〇　2.9/3/26

月 yuè 4

其道昭昭若日〇之明然　1.3/1/18
〇一盈一虧　2.8/3/21

○合○離以數紀	2.8/3/21

在 zài　2

聖人○上	1.4/1/24
暴亂○上	1.4/1/24

則 zé　9

君子不與人謀之○已矣	1.1/1/5
若與人謀之○非道無由也	1.1/1/5
○可以長久	1.3/1/20
○猶無有也	1.4/1/24
○猶比肩也	1.4/1/25
○十人之吏也	1.5/2/2
○百人之吏也	1.5/2/2
○千人之吏也	1.5/2/2
○萬人之吏也	1.5/2/2

賊 zé　1

以○其身乃喪其軀	1.2/1/12

杖 zhàng　2

賢、不肖之○也	1.5/1/29
○能側焉	1.5/1/29

昭 zhāo　2

其道○○若日月之明然	1.3/1/18

朝 zhāo　1

是以禹當○	2.6/3/6

者 zhě　41

君子非人○不出之於辭　而施之於行	1.1/1/6
故非非○行是	1.1/1/7
惡惡○行善	1.1/1/7
昔○文王問於鬻子	1.2/1/11
昔之帝王所以爲明○	1.3/1/17
其所以爲功○	1.3/1/17
昔○五帝之治天下也	1.3/1/18
萬世爲福、萬世爲教○	1.3/1/19

民○	1.5/1/29
民○、積愚也	1.5/1/30
故王○取吏不忘必使民　唱然後和	1.5/1/31
民○、吏之程也	1.5/1/31
民○、至卑也	1.5/2/1
卿相○、諸侯之丞也	1.5/2/3
卿相○、侯之本也	1.5/2/3
昔○魯周公曰	2.1/2/10
知善不行○謂之狂	2.1/2/10
知惡不改○謂之惑	2.1/2/10
夫狂與惑	2.1/2/10
不肖○、不自謂不肖	2.2/2/15
愚○不自謂愚	2.2/2/15
昔○帝顓頊年十五而佐　黃帝	2.3/2/20
昔○帝嚳年十五而佐帝　顓頊	2.3/2/21
教寡人以道○擊鼓	2.6/3/4
教寡人以義○擊鐘	2.6/3/4
教寡人以事○振鐸	2.6/3/4
語寡人以憂○擊磬	2.6/3/4
語寡人以獄訟○揮鞀	2.6/3/5
夫國○、卿相世賢○有　之	2.7/3/11
有國無國智○治之	2.7/3/11
智○非一日之志	2.7/3/11
治○非一日之謀	2.7/3/11
發教施令爲天下福○謂　之道	2.7/3/12
故欲有爲不行其器○	2.7/3/13
諸侯之欲王○亦然	2.7/3/14
不用帝王之器○不成	2.7/3/14
人而不善○謂之獸	2.8/3/19
四○皆陳以爲數治	2.8/3/21
政○、衛也	2.8/3/22
昔○	2.9/3/26

振 zhèn　1

教寡人以事者○鐸	2.6/3/4

政 zhèng　7

○曰	1.1/1/5
1.2/1/11　1.5/2/1　2.1/2/10	
吾聞之於○也	2.1/2/10

萬物生而人爲○焉	2.8/3/18
○者、衛也	2.8/3/22

之 zhī　70

君子不與人謀○則已矣	1.1/1/5
若與人謀○則非道無由也	1.1/1/5
故君子○謀能必用道	1.1/1/5
君子非人者不出○於辭　而施○於行	1.1/1/6
知其身○惡而不改也	1.2/1/12
是謂○大忘	1.2/1/12
昔○帝王所以爲明者	1.3/1/17
昔○君子	1.3/1/17
昔者五帝○治天下也	1.3/1/18
其道昭昭若日月○明然	1.3/1/18
君王欲緣五帝○道而不　失	1.3/1/19
賢、不肖○杖也	1.5/1/29
士民與○	1.5/1/30
明上舉○	1.5/1/30
士民（若）〔苦〕○	1.5/1/31
明上去○	1.5/1/31
民者、吏○程也	1.5/1/31
而使○取吏焉必所愛	1.5/2/1
故十人愛○	1.5/2/1
則十人○吏也	1.5/2/2
百人愛○	1.5/2/2
則百人○吏也	1.5/2/2
千人愛○	1.5/2/2
則千人○吏也	1.5/2/2
萬人愛○	1.5/2/2
則萬人○吏也	1.5/2/2
故萬人○吏撰卿相矣	1.5/2/3
卿相者、諸侯○丞也	1.5/2/3
故封侯○土秩出焉	1.5/2/3
卿相者、侯○本也	1.5/2/3
吾聞○於政也	2.1/2/10
知善不行者謂○狂	2.1/2/10
知惡不改者謂○惑	2.1/2/10
聖王○戒也	2.1/2/11
人猶謂○不肖也	2.2/2/15
人猶謂○愚	2.2/2/16
上緣黃帝○道而行○	2.3/2/20
學黃帝○道而常○	2.3/2/21
上緣黃帝○道而明○	2.3/2/21
學帝顓頊○道而行○	2.3/2/22

禹○治天下也　2.4/2/26, 2.6/3/3	
湯○治天下也　2.5/2/31	
以得四海○士　2.6/3/3	
此○謂五聲　2.6/3/5	
吾猶恐四海○士留於道路　2.6/3/6	
是以四海○士皆至　2.6/3/6	
夫國者、卿相世賢者有	
○　2.7/3/11	
有國無國智者治○　2.7/3/11	
智者非一日○志　2.7/3/11	
治者非一日○謀　2.7/3/11	
發教施令爲天下福者謂	
○道　2.7/3/12	
上下相親謂○和　2.7/3/12	
民不求而得所欲謂○信　2.7/3/12	
除去天下○害謂○仁　2.7/3/13	
帝王○器　2.7/3/13	
諸侯○欲王者亦然　2.7/3/14	
不用帝王○器者不成　2.7/3/14	
唯天地○所以殺人不能	
生　2.8/3/18	
人而不善者謂○獸　2.8/3/19	
始終○謂衛　2.8/3/22	
戒○曰　2.9/3/26	
戒○　2.9/3/27	
誅賞○愼焉　2.9/3/27	

知 zhī　4

○其身之惡而不改也　1.2/1/12	
○善不行者謂之狂　2.1/2/10	
○惡不改者謂之惑　2.1/2/10	
而○所避　2.7/3/12	

至 zhì　3

民者、○卑也　1.5/2/1	
積歲五百七十六歲○紂　2.5/2/32	
是以四海之士皆○　2.6/3/6	

志 zhì　1

智者非一日之○　2.7/3/11	

治 zhì　15

昔者五帝之○天下也　1.3/1/18	

二十而○天下　2.3/2/20	
其○天下也　2.3/2/20, 2.3/2/21	
三十而○天下　2.3/2/21	
禹之○天下也　2.4/2/26, 2.6/3/3	
以○天下　2.4/2/27	
以天下○　2.4/2/27	
湯之○天下也　2.5/2/31	
得七大夫佐以○天下　2.5/2/31	
而天下○　2.5/2/32	
有國無國智者○之　2.7/3/11	
○者非一日之謀　2.7/3/11	
四者皆陳以爲數○　2.8/3/21	

秩 zhì　1

故封侯之土○出焉　1.5/2/3	

智 zhì　3

雖自謂○　2.2/2/16	
有國無國○者治之　2.7/3/11	
○者非一日之志　2.7/3/11	

置 zhì　1

而○韶　2.6/3/3	

中 zhōng　1

日○而不暇飽食　2.6/3/5	

忠 zhōng　2

能必○　1.1/1/6	
○信飾焉　1.5/1/30	

終 zhōng　1

始○之謂衛　2.8/3/22	

鐘 zhōng　2

門懸○鼓鐸磬　2.6/3/3	
教寡人以義者擊○　2.6/3/4	

周 zhōu　2

昔者魯○公曰　2.1/2/10	
魯○公使康叔往守於殷　2.9/3/26	

紂 zhòu　1

積歲五百七十六歲至○　2.5/2/32	

晝 zhòu　2

若以○代夜然　1.3/1/18	
曰有冥、有旦、有○、	
有夜　2.8/3/20	

誅 zhū　2

無有無罪而見○　2.9/3/26	
○賞之愼焉　2.9/3/27	

諸 zhū　2

卿相者、○侯之丞也　1.5/2/3	
○侯之欲王者亦然　2.7/3/14	

主 zhǔ　1

雖愚、明○撰吏焉　1.5/1/30	

顓 zhuān　3

昔者帝○頊年十五而佐	
黃帝　2.3/2/20	
昔者帝嚳年十五而佐帝	
○頊　2.3/2/21	
學帝○頊之道而行之　2.3/2/22	

撰 zhuàn　2

雖愚、明主○吏焉　1.5/1/30	
故萬人之吏○卿相矣　1.5/2/3	

子 zǐ　12

君○不與人謀之則已矣　1.1/1/5	
故君○之謀能必用道　1.1/1/5	
君○非人者不出之於辭	

附　　　錄

全書用字頻數表

全書總字數 ＝ 1,173
單字字數 ＝ 294

字	頻	字	頻	字	頻	字	頻	字	頻	字	頻	字	頻	字	頻
之	70	政	7	卿	4	成	2	入	1	始	1	湟	1	軀	1
者	41	教	7	善	4	此	2	力	1	季	1	發	1	離	1
而	36	與	7	數	4	別	2	三	1	往	1	程	1	羅	1
有	32	賢	7	器	4	吾	2	凡	1	東	1	舜	1	辭	1
人	29	君	6	謀	4	改	2	久	1	肩	1	虛	1	懸	1
也	29	所	6	雖	4	杖	2	土	1	長	1	辜	1	闕	1
不	29	明	6	千	3	狂	2	中	1	南	1	間	1	黠	1
以	28	非	6	功	3	周	2	尹	1	既	1	亂	1	聽	1
天	17	愚	6	至	3	夜	2	六	1	盈	1	微	1	甯	1
道	17	七	5	戒	3	忠	2	比	1	紂	1	慎	1	蠔	1
下	16	大	5	身	3	封	2	且	1	紀	1	暇	1	籫	1
謂	16	生	5	里	3	昭	2	主	1	苦	1	業	1	譽	1
治	15	見	5	取	3	首	2	乎	1	食	1	當	1	饋	1
然	15	門	5	和	3	側	2	代	1	冥	1	置	1	虞	1
帝	14	信	5	物	3	唯	2	令	1	害	1	賊	1		
曰	13	是	5	施	3	晝	2	北	1	恐	1	路	1		
其	13	相	5	海	3	理	2	旦	1	振	1	飽	1		
於	13	禹	5	問	3	惑	2	本	1	殷	1	飾	1		
爲	13	欲	5	國	3	敢	2	玉	1	留	1	嘗	1		
得	13	惡	5	殺	3	歲	2	由	1	皋	1	寧	1		
子	12	猶	5	智	3	罪	2	丞	1	神	1	察	1		
吏	12	黃	5	義	3	聖	2	亦	1	秩	1	對	1		
民	11	愛	5	頊	3	誅	2	伊	1	衰	1	獄	1		
焉	11	寡	5	福	3	鼓	2	休	1	起	1	聞	1		
王	10	夫	4	緣	3	語	2	合	1	除	1	誦	1		
後	10	日	4	擊	3	撰	2	如	1	唱	1	輕	1		
故	10	月	4	顙	3	衛	2	守	1	常	1	銘	1		
十	9	世	4	二	2	諸	2	西	1	康	1	慶	1		
必	9	四	4	已	2	賞	2	何	1	從	1	憂	1		
行	9	地	4	仁	2	魯	2	廷	1	疵	1	暴	1		
則	9	百	4	公	2	學	2	志	1	終	1	據	1		
能	9	自	4	化	2	磬	2	杜	1	訟	1	興	1		
上	8	佐	4	文	2	積	2	求	1	陳	1	親	1		
昔	8	忘	4	出	2	聲	2	言	1	陶	1	論	1		
無	8	矣	4	去	2	獸	2	事	1	最	1	隨	1		
萬	8	使	4	可	2	鐘	2	具	1	喪	1	爵	1		
一	7	知	4	失	2	鐸	2	卑	1	堪	1	舉	1		
士	7	侯	4	用	2	韶	2	叔	1	揮	1	虧	1		
五	7	皆	4	在	2	饗	2	受	1	朝	1	避	1		
肖	7	若	4	年	2	乃	1	奈	1	湯	1	歸	1		